21 श्रेष्ठ कहानियां

(कहानी संग्रह)

चित्रा मुद्गल

डायमंड बुक्स

प्रकाशक : **डायमंड पॉकेट बुक्स (प्रा.) लि.**
X-30, ओखला इंडस्ट्रियल एरिया, फेज-II
नई दिल्ली-110020
फोन : 011-40712200
ई-मेल : sales@dpb.in
वेबसाइट : www.dpb.in

---

21 Shresth Kahaniyan
by : Chitra Mudgal

अनुक्रम

1

शिनाख्त हो गई है

सनसनाती हुई-सी उठी हौक ने मुझे चीर डाला। लगा, उठने की चेष्टा में मैं हाथ-पैर हिलाना चाहती हूं, लेकिन न तो अपनी उंगलियों को मुट्ठी की शक्ल दे पा रही हूं, न घुटनों से टांगें मोड़ सकती हूं, न धड़ उठा सकती हूं। बस, समग्र चेतना जैसे दृष्टि में आकारित हो लपकती है और टेलीफोन की घंटी से चिपककर खड़ी हो जाती है--कौन होगा फोन पर? कहां से आया होगा? कैसी सूचना होगी? 'कहीं'...'कहीं...' में व्याप्त आशंका समूची देह को एकबारगी थर्रा देती है। सत्य जानना-सुनना चाहकर भी शायद मैं नहीं सुन-सह सकती जो मेरी उम्मीद के लहलहाते नन्हे पौधे को बाड़ छांटनेवाली अजगर-सी कैंची चला लीलने को आतुर है। मैं सहमकर आंखें मींच लेती हूं, शब्दों से पहले चेहरे बोलते हैं और रिसीवर उठाए दीदी के चेहरे ने कुछ उगल दिया तो?

"हलो, हलो...मीरा बोल रही हूं, इट इज 57839...जी, जी...क्या?"

दीदी की इस 'क्या' के साथ हौक की सर्पीली दौड़ फिर से सीना रौंदने लगती है-'धड़, धड़, धड़'...

रहा नहीं जाता। कातर दृष्टि से दीदी का चेहरा छीलती हूं, उनका तनाव से टूटता खिंचता चेहरा! घुटनों के नीचे ठंडी शून्य टांगों में सहसा हजार-हजार चींटियां रेंगने लगी हैं। मैं दीदी के तने हुए चेहरे को पुकारती हूं, "दीदी, दीदी!"

दीदी सुनने में व्यस्त हैं। क्या मेरी आवाज उन तक नहीं पहुंच रही? उनकी हुंकारियां तो बराबर मेरे कानों में गूंज रही!

"प्लीज!...प्लीज!..." गिड़गिड़ाती हुई-सी दीदी ने रिसीवर रख दिया। क्षण-भर बुत-सी टेलीफोन के करीब खड़ी रहीं, फिर मुड़कर मेरे निकट आ गईं। झुकीं, उनका हाथ मेरे माथे पर टिक गया।

"ऐसे क्या देख रही है, पगली!" उनकी उंगलियां माथे से सरककर मेरे बालों को सहलाने लगीं। किंतु... सहलाहट रेंग-सी महसूस हुई। इच्छा हुई कि उनका हाथ झटक दूं... कुछ बताती क्यों नहीं कि...

"पुलिस का फोन था, कुकी!...सोनू की हुलिया के किसी बच्चे के पकड़े जाने या दुर्घटनाग्रस्त होने की उनके पास कोई सूचना दर्ज नहीं..."

दीदी का लंबा निःश्वास ताजा हवा के ठंडे झोंके-सा महसूस हुआ।

धीरे-से आंखें मूंद लेती हूं ताकि इस राहत को अगली सूचना तक अपने भीतर संजोए रख सकूं। लेकिन ऐसा हो नहीं पाता। अगली सूचना के पूर्व ही वह आशंकाओं और अविश्वास के आवृत्त में कैद उद्विग्न-सी छटपटाने लगती हैं...

"कुकी!" दीदी की आवाज मुझे कहीं दूर-दराज से आती अनुभव हुई, "हिम्मत बांध। मुझे विश्वास है, बच्चा जहां भी होगा, सही-सलामत होगा," दीदी कहे जा रही हैं, "तू तो जानती है, मेरा सोचा हुआ कभी गलत नहीं निकलता... याद नहीं, अम्मा अकसर बचपन में कहा करती थीं, मैया बैठी हैं बड़ी के कपाल में..."

लॉक खुलने की ध्वनि के साथ अचानक घर का दरवाजा खुला। दीदी चुप हो गईं। फिर "आइए!" कहकर मेरे सिरहाने से उठ खड़ी हुईं।

"कइसा है दीदी कुकी को?"

आवाज पहचान लेती हूं। पड़ोसिन मिसेज पाटिल हैं।

"क्या बताऊं।" दीदी के स्वर में चिंता गहरा आती है, "बस इसे तबसे यही समझा रही हूं-हिम्मत बांध..."

"वो तो है," मिसेज पाटिल सहमति में सिर हिलाती हैं, "देखो दीदी, आपको विश्वास होगा न, तो मैं एक बात बोलती... बांद्रा वेस्ट को वो 'जरी-मरी' का मंदिर है ना, उधर एक पंडित है, बोत पहुंचा हुआ। विचार करके बता देता है कि बच्चा किधर है, कब तलक वापस आएगा... कुछ जादू-टोने का लफड़ा होगा न... वो भी पता चल जाएगा-चलें क्या?"

दीदी ऊहापोह में पड़ गईं, "पीछे फोन वगैरह आया तो...?"

"सीमा है न! तब तलक बैठेगी। अपुन ताबड़तोड़ टैक्सी से जाएंगे।"

"चलते हैं, चलो... कहीं कुछ..." कहकर दीदी अटकती हैं, फिर प्रश्न करती हैं, "कुछ लेकर लेकर चलना है साथ?"

"अभी नहीं, बच्चा मिल जाएगा तो जाके ग्यारह रुपए और फकत पांच नारियल दे देंगे।"

करीब आकर मिसेज पाटिल ने सहानुभूति से मेरा हाथ अपने हाथों में दबा लिया, "ऐसा अफसोस करके नहीं बैठना... बच्चा स्कूल ड्रेस में है... बैग-बीग भी साथ में है, कुछ ऊंचा-नीचा घटता तो अभी तलक पता चल जाता..."

क्या जवाब दूं, कहने के लिए है भी क्या? दीदी जैसी थीं ठीक वैसी ही पर्स उठाकर उनके संग निकल गईं। सीमा मेरे करीब आकर बैठ गई है, उसके शब्दों ने मुझे हलके से सहलाया, "सिर दबा दूं, मौसी।"

"सीमा ! सीमा!" मैं बेआवाज-सी बुदबुदाती हूं, माथे पर ठहरी हुई उसकी किशोर हथेलियों को खींचकर आंखों पर दबा लेती हूं। गोद में दुबके दुध-मुंहे बच्चे की ग़रमाहट-सा

उसकी मुलायम गदेली का स्पर्श बूंद-बूंद धमनियों में उतर रहा है... भीतर कुछ घुमड़ने लगता है... सीमा क्षणांश जड़वत् बैठी रहती है, फिर धीरे-से अपनी हथेली मेरी पकड़ से छुड़ाकर उंगलियों से कनपटियों पर सरकता गीलापन कांछने लगती है, "तबीयत ज्यादा खराब हो जाएगी मौसी! चुप हो जाइए न, प्लीज!..."

आंखें खोलकर मैं सीमा को देखना चाह रही हूं... सीमा का चेहरा मेरी भरी आंखों की जल सतह पर न किसी परछाईं-सा थर्रा रहा है... मैं उसे साफ देख भी नहीं पा रही... फिर सहसा लगता है, मैं उसे बिलकुल नहीं देख पा रही, सीमा मेरे पास बैठी ही कहां है... कमरे में सिर्फ मैं और सोनू हैं... सोनू स्कूल से लौटा है और पीठ मेरे सामने करके खड़ा हो गया है...

"बैग तो उतारिए जरा मम्मी!"

"बाबा, बैग है या आलू की बोरी", मैं बैग उसके कंधों से अलग करती हुई बड़बड़ाती हूं, "पालने से उठकर खड़े नहीं हुए कि ढेरों कॉपी-किताबें... पढ़ाई है कि आफत।"

"फिर क्या! पीठ दुखने लगती है, मम्मी..."

"रोज इतनी कॉपी-किताबें लगती हैं तुझे कि सारी-की-सारी ढो ले जाता है?"

"फिर क्या!" सोनू अपने गालफुलाऊ अंदाज में जवाब देता है, "पता है कल इंगलिश फर्स्ट की नोटबुक ले जाना भूल गया तो फादर ने रूलर से पिटाई की मेरी. .. मम्मी। एक नोटबुक भूल गया तो टीचर को फादर के पास नहीं भेजना चाहिए न? फादर बहुत गंदे हैं।..."

"मौसी...ओ मौसी..." सीमा मुझे छूती हुई पूछती है, "कॉफी पीएंगी थोड़ी...?"

सिर हिलाकर मना कर देती हूं उसे, घूंट भी नहीं भर सकूंगी... सोनू ने भला क्या खाया-पिया होगा... सुबह बस एक गिलास दूध पीकर निकला था...

"पी लीजिए न... थोड़ी-सी बना लाती हूं, मौसी।" सीमा अनुनय करती है। मैं फिर अकेली हो गई हूं... कुछ घंटों पहले बीत गई दोपहर, नीम के दातून के कड़वे थूक-सी गले में रिसने लगी है...।

तीन बज गए हैं और सोनू स्कूल से नहीं लौटा है...।

मैं अधीर-सी बालकनी में जाकर खड़ी हो जाती हूं। दृष्टि मीलों लंबी हो गई है... सोसाइटी की चारों इमारतों के बीच भिंची हुई संकरी सड़क, स्टिल्स, छतें, गेट और फिर गेट से बाहर... दूर गायब होती हुई सड़क पर दौड़ने लगी है। इक्के-दुक्के दूधवाले मिल्क बूथ से स्टैंड में बोतलें लटकाए लौट रहे हैं।

कुछ बच्चे नीचे आकर खेलने लगे हैं। उनका शोर मुझे अनमना कर रहा है... भरी दोपहरी में सोनू की जिद के बावजूद मैं उसे नीचे खेलने नहीं जाने देती लेकिन वह है कि आंख झपकती नहीं कि फट से नीचे भाग लेता और जब मेरी नींद उचटती है तो नीचे खेल रहे उद्दंड बच्चों की हुड़दंग में सोनू की आवाज सबसे तीखी होती... उसे बुलाने के लिए मैं बालकनी से आवाजें लगाती। पुकार सुनकर दुष्ट किसी

पेड़ के तने की ओट हो लेता।... बच्चे कूदते-फांदते चिल्लाते, "आंटी! सोनू उधर छिपा है... उधर!"

"आंटी, आंटी! सोनू आया?...कुछ बच्चे मिलने आए हैं।"

"आंटी! हम लोग उसका क्लासमेट विक्रम का घर जाकर आया, वो बोलता होता–आज सोनू क्लास में नई आया?... स्कूल बस में भी नई होता वो?"

बच्चों को जवाब देने के लिए मेरे पास कुछ भी नहीं। मैं सिर्फ उन्हें डूबी नजर से ताकती रहती हूं... सूखे गले से कोई बोल नहीं फूटता।

कंधों पर दीदी के हाथों का स्पर्श मुझे चौंका देता है।

"कुकी, मिसेज स्वामी और मिसेज सिन्हा... कुछ को मैं पहचानती नहीं... मिलने आई हैं। बैठ तो जरा उठकर उनके पास..."

ड्राइंग रूम में वे सारे घर इकट्ठा हैं जिनके बच्चे सोनू के साथ पढ़ते है, खेलते हैं, पड़ोस में रहते हैं या किसी ने उसे गणेश उत्सव के 'फैंसी ड्रेश शो' में पुरस्कार पाते सराहा है।... इतनी भीड़ देखकर मैं भीतर घबराहट महसूस करती हूं। घर में कभी पार्टी भी तो नहीं होती... दीदी से कहना चाहती हूं, बालकनी में खड़े रहकर मैं सिर्फ सोनू की प्रतीक्षा करना चाहती हूं...

"पुलिस में रिपोर्ट किया?" एक प्रश्न उन घरों में से उछला।

जवाब दीदी देती हैं, "निखिलजी गए हैं रिपोर्ट करने..."

मिसेज स्वामी पूछती हैं, "सुबू, तुम उसको गुस्सा-वुस्सा तो नहीं किया?"

मिसेज स्वामी का प्रश्न मुझे चौंका देता है। मैं रंगे हाथों पकड़े जाने के संकोच से सिमटकर नजरें नीची कर लेती हूं। किंतु अगले ही पल स्वयं को सहेज इनकार में धीरे से सिर हिला देती हूं और फर्श घूरने लगती हूं। मां और बेटे के बीच कुछ व्यक्तिगत नहीं हो सकता।

"आजकल के बच्चे बड़े नाजुक मिजाज होते हैं। गुस्से-उस्से की तो छोड़ो, शिकन तक बरदाश्त नहीं कर पाते।"

"एक ही लाठी से सबको हांकना ठीक नहीं... हां, बुरी संगत में पड़कर कोई दिमाग खराब कर ले तो बात और।"

"सोनू किसी बुरी सोहबत में तो नहीं पड़ गया?"

"पड़ भी गया हो तो कोई अचरज नहीं", मेरे जवाब देने से पूर्व ही कटाक्षपूर्ण स्वर में मिसेज श्याम कहती हैं, "स्कूल में आधे से अधिक बच्चे झोपड़पट्टी से पढ़ने आते हैं... मत पूछिए अंधेर! बाइयां चार घर भांडी कटका करती हैं पर बच्चों को पढ़ाएंगी अंग्रेजी स्कूल में... आदतें बदलती हैं कहीं?..."

"झोपड़पट्टी वालों को ही क्यों दोष दे रहीं, लंबी गाड़ीवालों के बच्चों के 'लच्छन' किन चोर-उचक्कों से कम हैं? पिछले दिनों अखबारों में नहीं पोल-पट्टी छपी... सेंट जेवियर्स से लेकर 'मॉडर्न स्कूल' तक के अमीर बच्चों के कच्चे चिट्ठे... कि वे बस्तों

में गांजा-चरस छिपाकर लाते हैं और दोपहर की छुट्टी में सुट्टा मारते हैं... पीते हैं तो संगी-साथियों को पिलाते भी होंगे...।"

"मुझे तो सच पूछिए... यह स्कूल ही पसंद नही है। अगले साल मैं अपने रवि को निकाल लूंगी..."

"सोच तो मैं भी रही हूं। मुसीबत दाखिला मिलने की है।"

"सब हो जाता है; बस, जरा दौड़-धूप करनी पड़ती है।"

"दौड़-धूप धरी रह जाती है भैनजी, टेंट ढीली करनी पड़ती है, टेंट... काम तभी बनता है। मैंने तो इसी स्कूल में रिंकी के एडमीशन के पांच हजार भरे हैं..."

"सस्ते में छूट गईं आप... मिसेज राठौर ने तो पूरे दस दिए है पिंकी के दाखिले के..."

टेलीफोन की घंटी ने एकाएक उनके बतरस में व्यवधान पैदा किया। दीदी उठकर सोने के कमरे में चली गईं... भीड़ के कान खड़े हो उनकी पीठ से चिपट लिये...

मेरी शिराओं में खून नहीं, पड़ोसियों की बातें-घातें सनसनाती बहने लगीं मथती हुई; लगने लगा कि अभी देह के किसी हिस्से में एक भयानक विस्फोट होगा और मैं धज्जियों में विभक्त हो किरच-किरच हो जाऊंगी...

हमदर्दी की संस्कृति क्या इतनी विकृत और घिनावनी होती है? ...संवेदन शून्य! ...कि लग रहा है, चीख-चीखकर इनसे कह दूं-सब-के-सब चले जाओ। नहीं दरकार तुम्हारी सहलाहट की। सोनू तुम्हारी बघनख सहानुभूति की चचटाइट पाए बगैर भी लौट आएगा... ठीक ही होगा... मैं भी ठीक हूं... ठीक ही रहूंगी... न भी रहूं तो क्या...

"निखिल का फोन है, कुकी। वे यातायात पुलिस के दफ्तर में हैं... अभी तक तो कहीं कुछ पता नहीं चला", दीदी लंबी उसांसें भरकर बैठ गई हैं मेरे सिरहाने।

"बेचारा सोनू! पता नहीं भूखा-प्यासा कहां भटक रहा होगा..."

बघनख मेरे आसपास फिर से तनने लगे हैं और मुझे लग रहा है, मैं किसे आवाज दूं जो इन्हें धक्का मार-मारकर इस कमरे से बाहर फेंक दे?...

"तुम अलमारी चेक किया, कुकी? कुछ चोरी-वोरी करके तो नई ले गया, सोनू! बच्चा लोगों को जास्ती सिद्धा नहीं समझना..." मिसेज कोटियन का संदिग्ध स्वर भाले की तीखी अनी-सा मेरी ओर तन आया। किसी को कोंचने की सीमा होती है।

मेरी आंखों में भीतर का लावा फूटने लगता है...

दीदी संयम नहीं खोतीं, "सोनू ऐसा बच्चा नहीं है, मिसेज कोटियन, पूछे बिना वह किसी चीज को छूता तक नहीं, फिर...?"

दीदी मुझे टेका देकर उठाती हैं और हितचिंतकों के हमलों से बचाकर सोने के कमरे में लाकर लिटा देती हैं...

करवट भरकर तकिये में मुंह गड़ा लेती हूं। मिसेज स्वामी की कुरेद हथौड़ी की धमक-सी मस्तिष्क में प्रतिध्वनित हो रही, 'गुस्सा-उस्सा तो नई किया तुम?... गुस्सा-उस्सा तो...'

क्या सचमुच सोनू मेरी बात से नाराज होकर कहीं चला गया है? अनुशासन की बात इतनी कड़वी तो नहीं थी कि... दृश्य आपस में गड़मड़ा रहे हैं...।

दरवाजे से बाहर होते-न-होते सोनू घूमकर खड़ा हो गया..."मम्मी टट्टी आई बैग पकड़ना जरा..."

"शिकार के समय कुत्तिया हगासी! कोई-न-कोई बहानेबाजी ताकि स्कूल-बस छूट जाए? हां।" मैं उसकी बांह दबोचकर झकझोरती हुई भन्नाई, "चुपचाप बस्ता उठाओ और चलते बनो। परीक्षा सिर पर खड़ी है, नहीं जानते? उठाते-उठाते मैं तंग आ जाती हूं और तू है कि उठके ही नहीं देता। जैसे तुझे स्कूल नहीं, सैर-सपाटे के लिए निकलना है।"

सोनू कंधों पर बस्ता लादे अपलक मेरा मुंह ताकता रहा। उसकी ढिठाई देख मेरी खीज गहरा उठी, "घड़ी देख! देख, सात बज रहे हैं..."

"'ममी, अगर मैं लैट्रिन जाता तो एक मिनट में बाहर भी आ जाता...अब तो सचमुच लेट हो गया...यह सब आप मुझे लौटने पर भी समझा सकती थीं न! चलिए, अब लेट नोट लिखकर दीजिए...मैं के.जी. वाली बस से चला जाऊंगा.. . प्लीज, मम्मी।...वरना फादर सीधा स्कूल से लौटा देंगे...प्लीज।"

उलटा चोर कोतवाल को डांटे? मेरे अहम पर जैसे खौलता पानी पड़ गया। गले की कर्कशता चीख में बदल गई, "कुछ लिखकर नहीं दूंगी, समझे और इतना याद रखो, फादर ने अगर तुम्हें लेट होने पर लौटाया तो मैं तुम्हें घर में भी नहीं घुसने दूंगी, समझे?"

गुस्से से उबलती हुई मैं रोज की तरह उसे लिफ्ट तक छोड़ने भी नहीं गई।

डेढ़ बजे सारे बच्चे स्कूल से लौट आए, पर सोनू नहीं लौटा। मन को दिलासा देती रही, किसी के साथ खेल-खाल रहा होगा, कुछ देर बाद स्वयं ही आ जाएगा। लेकिन ढ़ाई-तीन बजे तक जब वह घर नहीं लौटा तो मन भांति-भांति की आशंकाओं से घिर उठा। वैसे भी स्वभाव से सोनू संकोची है, किसी के घर आता-जाता भी नहीं। और इतना लापरवाह भी नहीं कि स्कूल से लौटने के बाद घंटों वह बच्चों के संग खेलता रहे। समझ में नहीं आ रहा था करूं क्या? अस्थिर मन से पहले मैंने दीदी को फोन पर सोनू के न लौटने की इत्तिला दी; फिर थर्राती उंगलियों से निखिल के दफ्तर का नंबर घुमाया। उन्हें बता दिया कि स्कूल-बस आकर चली गई। साथ के बच्चे लौट आए। बच्चे बता रहे हैं कि वह बस में नहीं था।...

निखिल और दीदी तकरीबन साथ-साथ ही घर पहुंचे।

स्कूल, पास-पड़ोस, बगीचों...रिश्तेदारों...रेलवे प्लेटफॉर्म...पुलिस स्टेशन...ट्रैफिक दुर्घटना सूची...रेलवे दुर्घटना सूची...बाल सुधार गृह।...निखिल विक्षिप्त से स्कूटर लिये

दौड़ रहे थे। दीदी ने ढूंढ़-ढांढ़कर न जाने कितने रिश्ते के पुलिस अफसरों को फोन कर डाला है...सभी आश्वासन दे रहे हैं...बस, एक ही काम मुझसे नहीं हो रहा। निखिल ने सोनू का एक ताजा फोटो निकालकर रखने के लिए कहा है जो शायद वे दूरदर्शन और अखबारों में 'गुमशुदा' की तलाश के रूप में देना चाहते हैं।

शाम को निखिल के दफ्तर से कई लोग हिम्मत बंधाने आ गए। सभी दफ्तर से सीधे मिलने आए थे। सोनू के खो जाने की चिंता में उनके जबरन ओढ़ी कुम्हलाहट से संवलाए चेहरे भीतर कुनमुनाती चाय की दरकार को छिपाए नहीं छिपा पा रहे थे। दीदी ने बैठक में ही उन्हें चाय पिलाई, फिर मुझसे मिलाने सोने के कमरे में ले आईं। सभी लोग मेरी नाजुक हालत देखकर परेशान हो गए। कोई एक शायद मिस्टर डेविस दीदी को सुझाव देते हैं कि मुझे एहतियातन डॉक्टर को दिखा लिया जाए। दीदी उन्हें मेरी हिम्मत के विषय में आश्वस्त करती हैं, "मां का दिल है, भाई साहब...पत्थर भी है, मोम भी..."

वे दीदी से कह रहे हैं, "कल का पेपर आपने पढ़ा ही होगा! आजकल शहर में बच्चों को उड़ानेवाला एक खतरनाक गिरोह सक्रिय है।"

"अच्छा!" दीदी का स्वर अनिष्ट की आशंका से कांप उठा। दूसरे सज्जन अपनी ताजा जानकारी परोसने को बेसब्र हो आए और उनके सुर-में-सुर मिला एक हादसा सुनाने लगे, "बहन मेरी अंधेरी में रहती है, साहब! उनकी बिल्डिंग का एक बारह साल का बच्चा अचानक खेलते-खेलते गायब हो गया। और साहब!...दो दिन बाद उसकी लाश पवई लेक में तैरती पाई गई। पुलिस का अनुमान है, इन अपहरणों में तांत्रिकों का हाथ है।"

"उफ", मेरा कंठ सूख रहा है, घूंट-भर पानी चाहिए... घूंट-भर! मैं दीदी को पुकारना चाहती हूं... हाथ से संकेत करना चाहती हूं; मगर न स्वर फूट रहा है, न निर्जीव हो रही देह का कोई अंग ही नियंत्रण में है...

सूखे होंठों पर जीभ फिराती हूं। दीदी क्यों नहीं डपट देती उन्हें? लेकिन पाती हूं कि दीदी भी अफवाहों की परिचर्चा में रस ले रही हैं, "ओफ, कितने निर्दयी होते हैं ये गुंडे! सुना है कि बच्चों को सम्मोहित करके ले जाते हैं और...।"

"यही होता है...कुछ दिनों पहले एक ऐसी ही घटना कहीं पढ़ी...एक बच्चे को एक व्यक्ति ने पता लिखा कागज पढ़ने को दिया। बस, उसके बाद उस बच्चे को होश ही नहीं रहा। घरवालों का अन्न-जल छूट गया। पर साहब, किस्मत के धनी थे घरवाले...दूसरे दिन सुबह दस बजे बच्चा अपने आप घर लौट आया। थका-हारा...जैसे रात-भर सोया न हो। पूछने पर बस यही जवाब देता, कुछ पता नहीं उसे कि कहां था, कैसे गया...इतना बताया कि एक आदमी उसे घर पहुंचा गया है, उसकी शक्ल भी उसे याद नहीं..."

सुनकर मेरी जान-में-जान आई, चलो बच्चा घर लौट तो आया...मेरे सोनू को भी कोई इसी तरह लौटा जाए...

"पुण्य किए होंगे किसी जन्म में सो बच्चा घर लौट आया", दीदी उच्छ्‌वास भरकर अपनी प्रतिक्रिया व्यक्त करती हैं, "वरना भरोसा क्या! सुना है कि हाथ-पैर तोड़कर भीख मंगवाते हैं..."

"बुरा वक्त है भई, बच्चों को कभी अकेला नहीं छोड़ना चाहिए।"

"ठीक कहते हैं यार, मगर चौबीस घंटे की चौकीदारी भी तो आदमी के वश की नहीं।"

मुझे सोनू के दोस्त राजू की मम्मी का स्वर सुनाई दिया, "मैंने कई बार कुकी को समझाया है...मियां-बीवी स्कूटर फटफटाते जब देखो चल देते हैं घूमने बच्चे को छोड़कर...वह बेचारा राजू के पास दस-ग्यारह बजे रात तक खेलता बैठा रहता है। कहता है, आंटी, बाई के साथ रहना मुझे अच्छा नहीं लगता है..."

"बड़ा मनोवैज्ञानिक असर पड़ता है इन सब बातों का उनके कोमल मन पर। मुश्किल तो यही है कि पढ़े-लिखे मां-बाप ही बच्चों पर अधिक जुल्म करते हैं।" मिस्टर डेविस ने तर्क किया।

"हां, चौबीसों घंटे बच्चों का गू-मूत उठाना ही तो जीवन नहीं। खैर!...ईश्वर सोनू को सही-सलामत लौटा दे...मैं तो सोनू के नाम का नारियल चढ़ाऊंगी श्रीराम मंदिर में।" राजू की मम्मी कहती हैं।

मंदिर की बात कानों में पड़ते ही मैं जैसे एकदम से निराधार हो उठती हूं। एकाएक मेरी सोई आस्था जागती है और सैकड़ों-सैकड़ों हाथ जोड़ असहाय-सी गिड़गिड़ाने लगती है। मैं आसपास के तमाम मंदिरों को याद करने की कोशिश करती हूं और बारी-बारी से उनका प्रसाद मान लेती हूं कि सोनू लौट आएगा तो निश्चित ही मैं सबके दर्शन करूंगी।

दफ्तर के लोग उठकर चले गए हैं...

दीदी टेलीफोन पर निखिल से बात कर रही हैं। सहसा उनका स्वर भर्राया-सा कमरे में धुंधलके में कांपता है...और मैं अपने ऊपर बर्फ की भीमकाय सिल्लियों का बोझ भारी होता महसूस करती हूं...

"निखिल सेंट जॉर्ज अस्पताल शिनाख्त के लिए जा रहे हैं...अपराह्न करीब साढ़े चार बजे एक छात्र लोकल ट्रेन के नीचे दबकर कट गया है..."

दिमाग की नसें एकबारगी भाड़ में भुन रहे मक्के के दानों-सी उछलती चटखने लगती हैं...दीदी से कहना चाहती हूं...निखिल से कह दें, मुझे भी वे अपने साथ लिये चलें। पर गले से आवाज नहीं फूट पाती...आवाज जैसे भाप बनकर उड़ गई है और गले की भीतरी दीवारें आवे-सी तप रही हैं।...सोनू! कहीं मेरा सोनू ही तो नहीं?...सोनू उतनी दूर विक्रोली में...कैसे पहुंच सकता है?...कोई ले भी तो जा सकता है...कहीं तांत्रिकों के गिरोह ने तो सोनू को...

"निखिल की आवाज डरी हुई थी, रे।" दीदी भीतर-ही भीतर किसी अनहोनी की आशंका को घुटकते हुए कहती हैं।

घर पर अब सिर्फ मैं हूं, दीदी हैं, सीमा है। मेरे तपते माथे पर बर्फ की पट्टी रखतीं, सूखे होंठों को उसी पट्टी से नमियाती! फोन की घंटी नहीं बज रही? क्यों? क्यों नहीं बज रही? निखिल भूल गए फोन करना? बच्चे की लाश देखने में इतना समय लगता है? एक पूरी सदी गुजर रही है मेरे ऊपर से आरी की भांति इस छोर से उस छोर तक खिंचते-छुटते। मैं रह सकूंगी अपने बच्चे के बिना? निखिल रह पाएंगे? नहीं, ये दीवारें बोलती हैं, किलकती हैं, आइसक्रीम खाना चाहती हैं, कॉमिक्स पढ़ना चाहती हैं, क्रिकेट का अच्छा बैट खरीदने की जिद ठान लेती हैं, जुहू बीच घुमाने के लिए मचलती हैं तो सोनू की ही वजह से न! उसके न होने से इनका अर्थ?

घंटे भर बाद निखिल का फोन आया है, "शिनाख्त हो गई है। वह किसी और का बच्चा है।..."

किसी और का बच्चा है?...यानी मेरा सोनू...थैंक्स गॉड! मैं कृतज्ञ-सी ईश्वर को धन्यवाद देती हूं। हाथ नहीं उठ पा रहे, पर भीतर किन्हीं अमूर्त हाथों ने जुड़कर अभ्यर्थना में माथा नवा दिया...उफ्! मैं भी कैसी हूं? घर में भगवान का एक फोटो तक नहीं रख छोड़ा मैंने!

...वे सारे कैलेंडर कहां चले गए? बीड़ी बनानेवालों का जिस पर भगवान शिव का बड़ा-सा रंगीन चित्र अंकित था? क्लॉथ स्टोरवाला लक्ष्मीजी का, गणपतिजी का भी तो था कोई जो किसी कश्मीरी किमाम बनानेवाली कंपनी ने दिया था निखिल को। शायद...शायद झाड़ूवाली और धोबन को दे दिया मैंने!

"मौसीजी, बिचारी उस बच्चे की मां का क्या हाल होगा जो अस्पताल में डेड पड़ा हुआ है...हाऊ सैड नो!"...व्यथित सीमा बुदबुदाती ही चली जा रही है, "उसके घरवाले भी उसे यूं ही खोज रहे होंगे न, मौसी?... उन्हें क्या पता कि उनका बच्चा गाड़ी के नीचे आ गया?"

मैं जैसे आगे सुन नहीं सकती। सोनू के सुरक्षित होने का संतोष किसी बारूद लगी चट्टान-सा विस्फोटित हो चूर-चूर हो उठता है...एक मुखौटाधारी भीड़ उस मां को आश्वस्त कर रही होगी...हमदर्दी के हथौड़े से कूट-कूटकर कुचल रही होगी और जब उसे पता चलेगा कि उसका बच्चा बर्फ की सिल्लियों के बीच लावारिस लाश-सा अपनी शिनाख्त की प्रतीक्षा में दबा पड़ा है तो...तो, विक्षिप्त-सी मैं तकिये पर सिर धुनने लगती हूं...लग रहा है, तकिये की जगह एक पत्थर की सिल धरी है, फिर भी न माथा फूटता है, न खून भलभलाता है।

"क्या हुआ, मौसीजी?...क्या हुआ?" सीमा मेरी इस हरकत पर भयभीत हो उठी है और दीदी को पुकारने लगती है। जरूर उसके मन में यह भाव आया होगा...मौसी का दिमाग तो नहीं चल गया कहीं? नहीं हुआ तो हो जाएगा...हरकतें तो ऐसी ही हैं...

"क्या पागलपन है, कुकी?" दीदी मुझे झकझोर रही हैं।

मेरी बेचैनी सहसा चीखों की शक्ल में फूटने लगती है। मैं पूरी ताकत से उठकर सीमा को बांहों से दबोच लेती हूं, "सीमा, सीमा,...मेरे दिमाग से उस बच्चे की लाश हटा दो...हटा दो, सीमा...अच्छा हुआ वह बच्चा मरा, मेरा सोनू तो बच गया, सीमा।"

दीदी मुझे पकड़कर जबरन बिस्तर पर लिटा देती हैं और हलके-हलके माथा चांपने लगती हैं...सीमा मेरे बर्फ हो आए तलुवों को अपनी हथेलियों से मलती है। उसकी हथेलियों की ऊष्मा मुझमें चेतना रोप रही है। उसके शब्द जैसे सुखद सहलाहट में परिवर्तित हो उठे हैं।" आप उस बच्चे को लेकर इतना क्यों परेशान हो रही हैं? भगवान से सोनू की खैरियत की प्रार्थना कीजिए।"

चेतना कॉलेज की बगलवाले हनुमान मंदिर से लौट आई हैं दीदी। निखिल भी 'बालसुधार गृह' देखकर लौट आए हैं।

"जितने भी बच्चे वहां भेजे गए हैं, सोनू उनमें नहीं है...अपना फोन नंबर सभी जगह दे आया हूं"...वे उतरे-थके-टूटे स्वर में कहते हैं। उम्मीद की आखिरी निचुड़ी बूंद-सी हताशा उनके चेहरे को लीले हुए है।...

"पंडितजी ने विचारकर बतलाया है...बच्चा सुरक्षित है।" दीदी भभूत की पुड़िया खोलते हुए आशान्वित स्वर में कहती हैं, "इसी इलाके के भीतर ही है..."

मेरी निगाह दीवार-घड़ी की ओर उठ जाती है...रात के बारह बज रहे हैं.. इसी इलाके में है सोनू तो कहां भटक रहा होगा? इतनी रात हो गई है...अंधेरे से उसे बहुत डर लगता है...रात को पेशाब करने के लिए भी उठता है तो मुझे आवाज लगाए बगैर नहीं। अकसर मुझे पाखाने के बाहर खड़े रहना पड़ता है।

"यह भभूत दी है पंडितजी ने, जबान खोल जरा," मुझे खिलाकर दीदी निखिल की ओर बढ़ती हैं। निखिल चुपचाप मुंह खोल देते हैं। और कोई दिन होता तो ठठाकर दीदी का मजाक उड़ाने लगते...

"सोनू घर आ जाए तो उसे लेकर मंदिर में हो आना...पांच नारियल और सवा ग्यारह रुपये रख देना 'जरी-मरी' वाले पंडितजी के हाथ में और अपने हुनमानजी के मंदिर में मंगल को सिंदूर चढ़ा आना।"

फिर बड़बड़ाती हैं, "हमेशा कहती रहती हूं, जरा-सा पूजा-पाठ कर लिया कर, पर तेरा दिमाग ही उलटा है..."

मैं निरंतर छत को ताके जा रही हूं। सोनू को दिन में तीन-चार बार भूख लगती है...आठ बजा नहीं कि फौरन पलकें झपकने लगती हैं। पढ़ने के लिए मुंह पर छींटे मार-मार कर जगाना पड़ता है, तब कहीं बमुश्किल साढ़े नौ-दस तक वह जग पाता है और इस वक्त बारह बज रहे हैं!...

"कुकी, सोनू सुबह कोई गरम कपड़ा पहनकर गया था?" निखिल भर्राए स्वर में प्रश्न करते हैं। कोशिशों के बाद बस इतना ही मुंह से निकल पाता है, "नहीं।" वे

सिरहाने तकिया खड़ा कर अधलेटे-से आंखें मूंद लेते हैं। कुछ पल नहीं बीतते कि एकाएक उठ बैठते हैं और टेलीफोन की तरफ लपकते हैं। कहीं का नंबर घुमाते हैं। कुछ पूछते हैं। वहां से कोई जवाब देता है। प्रत्युत्तर में निखिल का कुछ ऊंचा हुआ करुण स्वर अपराध-बोध से बोझिल हो उठता है।

"क्या करें, साहब। चैन नहीं पड़ रहा, इसलिए आपको कष्ट दे रहे हैं..." वे फोन पर शायद किसी पुलिस अधिकारी से बातें कर रहे हैं।

"ठीक है, ठीक है...मैं फोन के करीब ही बैठा हूं।"

निखिल लौटकर उसी तकिये के सहारे अधलेटे-से हो आंखें मूंद लेते हैं।

"निखिल, गरम पानी में थोड़ी-सी 'रम' दूं?" दीदी उनके करीब खड़ी हो पूछती हैं, "स्कूटर दौड़ाते-दौड़ाते थक गए होंगे।"

दीदी पीने-पिलाने के सख्त खिलाफ हैं। निखिल का कभी-कभार किसी पार्टी या उत्सव में एकाध पेग ले लेना भी उन्हें नहीं रुचता। वही दीदी उदार हो स्वयं निखिल को रम देने को कह रहीं। सुनकर उसे विस्मय हुआ। एकदम से विश्वास नहीं हो रहा। दरअसल निखिल की दयनीय अवस्था दीदी से सहन नहीं हो पा रही। निखिल उठते-चलते हैं तो उनकी पौने छः फिटी काया किसी डोलते पुतले में परिवर्तित हो उठती है। ठीक ही आग्रह कर रही हैं। एकाध पेग उन्हें अनमनाहट से तो संभवतः मुक्त न कर पाए किंतु लस्त देह को हलकी झपकियों में अवश्य थपका देगी।

"इच्छा नहीं हो रही, दीदी।" निखिल की विरक्ति बुझे चैलों के धुएं-सी कमरे में घुटन बोने लगी।

मैं उनके चेहरे की ओर उमड़ी आंखों से अधिक देर तक नहीं देख पाती, कुछ दिखाई भी नहीं दे रहा। आंखें मूंद लेती हूं। संवादहीनता से बोझिल लंबी-चुप्पी प्रेतात्मा-सी कमरे में भटकने लगती है...लगता है जैसे हम सबको नींद आ गई है।

तभी सहसा दरवाजे की घंटी हमें चौंका देती है। दीदी झपाटे से उठकर दरवाजे की ओर लपकती हैं। निखिल भी उनके पास पहुंच गए हैं और दरवाजा खोलते ही दोनों एक साथ खुशी से चीख पड़ते हैं, "सोनू, तू कहां था? मेरा बच्चा!"

सोनू! सचमुच निखिल की बांहों में सोनू को देखती हूं। सहसा किसी अदृश्य शक्ति का संचार स्वयं में फूटते हुए महसूस करती हुई-मैं स्प्रिंग-सी उछलकर उसकी ओर झपटती हूं और निखिल की बांहों में से सोनू को लगभग दबोच अपने सीने से भींच लेती हूं...

आह! मेरी सूखी छातियों से दूध उतरने लगा है या अविरल अश्रुधाराएं कंठ फलांगती वक्षस्थल पर प्रवाहित हो रहीं!

सोनू और मेरी हिचकियों के बीच दीदी सतर्क स्वर में साथ आए हुए अजनबी व्यक्ति से पूछताछ कर रहीं...वह आदमी दीदी को बता रहा है..."मैं फैक्टरी जाता होता

रात पाली में, तभी जुहू बीच का सामनेवाला रोड पर ये हमकूं बैग-बीग के साथ रोता दीखा। अपुन पुच्छा–इतना रात गया किधर फिरता तुम, तो जास्ती रोने को लगा–हमको हमारा मम्मी के पास जाना है, सोचा मैं, भले घर का छोकरा दिखता है, गुस्से में भाग-भूगकर आया होगा, अभी घर का याद आता तो पिच्छू रोता है। अपुन पता पूछा और ताबड़तोड़ टैक्सी किया। अभी संभालना, हां...ऐसा किधर छोड़ना नई...दादा लोगों के हाथ चढ़ेगा न तो वो लोग सीधा दारू की भट्टी में झोंक देगा...!"

कृतज्ञ दीदी जबरन उसे टैक्सी का भाड़ा दे रहीं। वह इनकार कर देता है, "अपुन भी बाल-बच्चेवाला ठेरा"...दीदी फिर भी नहीं मानतीं। उपकृत निखिल उस मनुष्य को गले लगा लेते हैं।...

सारी जगहें जहां-जहां रिपोर्ट दर्ज कराई है, निखिल टेलीफोन से रद्द कर रहे हैं–"बच्चा घर सही-सलामत लौट आया है, ठीक-ठाक है।"

'बच्चा घर लौट आया है, ठीक-ठाक है'...'बच्चा वापस आ गया है'...निखिल का स्फूर्त सधा हुआ स्वर अनायास भीड़ की आह्लादकारी हर्षध्वनि में परिवर्तित हो रहा है। मुझे लग रहा है मैं भी उस भीड़ का हिस्सा हो रही हूं। कितनी खुश हूं। उसके माथे को विह्वल-सी चूमते हुए मैं उसे गौरैया-सी अपने सीने में समेट लेती हूं। उसके इर्द-गिर्द मेरी बांहें कसती जा रही हैं।...सोनू बुदबुदा रहा है, "मम्मी, अब कभी मत डांटना मुझे..."

सहसा मेरी बांहें शिथिल हो झूल जाती हैं। लगता है, सोनू मेरी पकड़ से छूट गया है। मैं पूरी ताकत से चीख पड़ती हूं और बेतहाशा उसकी ओर दौड़ती हूं पर महसूस होता है कि मेरी टांगें सूखकर डंडी हो गई हैं। और एक किस्म की पोली जमीन में गहरे धंस रही हैं। मैं इंच भर हिल पाने में असमर्थ हूं। बस, एक पोली खड़खड़ाहट उनमें पैदा हो रही है। मेरी चीख ने एक आरी की शक्ल अख्तियार कर ली है जो मेरी समूची देह को शनैः-शनैः विभक्त कर रही है। मेरा एक हिस्सा मुझसे कटकर अलग हो रहा है...

आभास हो रहा है, मेरे आसपास कुछ आहटें चौकन्नी हैं..."पानी लाओ डॉक्टर. ..शॉक..." निखिल की आवाज, "कुकी, कुकी...देखो, सोनू खड़ा है तुम्हारे पास, तुम्हारे एकदम सामने...आंखें खोलो!"

मेरी मूर्च्छा टूटने लगती है, एकाएक मैं आंखें खोलती हूं। पाती हूं, मैं अस्पताल में खड़ी हूं और...उस दूसरे बच्चे की लाश पर से सफेद चादर का टुकड़ा खींच दिया गया है...।

•••

2

दरमियान

प्रवेश द्वार पर मुस्तैद खड़े वाचमैन मंशाराम की तरफ उसने वाउचर कॉपी बढ़ाई। मंशाराम ने परिचित मुसकान से अपनी खिचड़ी मूंछोंवाला चेहरा भिगोया और आहिस्ता से पत्रिका में दबी स्लिप खींच ली। वह लगभग तुनक-भरी चाल में बरामदे की सीढ़ियां उतरने लगी। प्रवेश द्वार पर स्लिप देने के लिए ठहरना उसे बड़ा बेहूदा लगता। सही शब्दों में अपमानजनक।

कोई नियम है! अखबार के दफ्तर में काम करो और अपनी ही पत्रिका आप बगैर इजाजत के बाहर नहीं ले जा सकते। हर महीने यही दोहराया जाता। हर बार ऐसा करते हुए उसे यही महसूस होता कि उसकी ईमानदारी को कागज की एक चिट से आजमाया जा रहा है। फिर भी, संदेहास्पद स्थिति उस पर जारी है...

आधी सड़क पार कर वह सड़क के बीचोबीच बने डिवाइडर पर खड़ी हो बाईं ओर के यातायात को घूरने लगी।

यातायात का सिलसिला टूटता नहीं दिखा। पार कर पाने का इस वक्त एक ही उपाय था कि सिग्नल पर 'थांबा' (ठहरो) के साथ लाल बत्ती जलती। यातायात रुकता तो गाड़ियों की रफ्तार धीमी पड़ने लगती और फिर ठहर जाती। जेबरा लाइन तक पहुंचकर सड़क पार करने की जहमत कौन उठाए। हालांकि यह तरीका यातायात नियम के विरुद्ध है और अचानक धाड़ पड़ने पर कई दफे कई लोग नियम तोड़ते पकड़े गए और बाकायदा उन्हें पुलिस चौकी ले जाकर जुरमाना वसूला गया। इस कड़ी चेतावनी के साथ छोड़ा गया कि आइंदा वे सड़क पार करने के लिए जेबरा लाइन का ही इस्तेमाल करेंगे। उसे इस बात पर हंसी आती है कि कायदे-कानून बना देने मात्र से क्या नागरिकों में जागरूकता पैदा हो जाती है?

वही हुआ। सिग्नल पर लाल बत्ती जलते ही यातायात रुक गया।

पीछे तेजी से बढ़ी चली आ रही गाड़ियां चींटियों की रफ्तार में बदलती ठिठकने लगीं। वह गाड़ियों के बीच से निकलते-बचते सड़क पार कर फुटपाथ पर आ गई और तेजी से डग भरते हुए वी-टी स्टेशन पर। चलते हुए अचानक उठी मरोड़ ने उसकी चुस्ती शिथिल कर दी। चलती नहीं, अगल-बगल भागती भीड़ के संग होड़

करती वह रुकी नहीं। मरोड़ ने उसे असमंजस में डाल दिया। पीड़ा पेट में घुमड़ती, कूल्हों की ओर पसरती, थकी जांघों में टूटन-सी उतरने लगीं। चेहरे पर कसैला विषाद खिंच आया–मरोड़ की प्रतिक्रियास्वरूप नहीं, इस आशंका से त्रस्त हो कि कहीं... जांघों के रगड़ने से रिसता पसीना भी हो सकता है। मगर वह इतनी थुलथुल नहीं कि चलते हुए जांघें रगड़ खाएं। मरोड़ और कुछ नहीं, उन्हीं संकेतों को पुष्ट कर रही। ईश्वर! वह घबराई। छिः छिः! क्या तमाशा है यह! कैसी-कैसी इल्लतें लगी हैं उनके पीछे। क्यों हुई वह औरत जात! औरत होना नरक है, नरक! कार्यालय से छूटे इर्द-गिर्द चलते हुए मर्द थकन के बावजूद कितनी चुस्ती से लबरेज लोकल पकड़ने को आगे बढ़े जा रहे। निश्चिंत! निर्द्वंद्व! एक वह...आशंकित, सहमी, चौकन्नी, दुखी! चलती नहीं, लिथड़ती, घिसटती! उसे लगा कि वह फुटपाथ पर नहीं, खेल के मैदान में सम्मिलित दौड़ में शामिल है जिसमें दौड़ते हुए पुरुष हवा में उड़ते हुए नजर आ रहे और सारी-की-सारी दौड़ती औरतें दौड़ती नहीं, लंगड़ाती।

कार्यालय में मेज पर सिर गड़ाए अपने स्तंभ के 'प्रूफ' देखते हुए वह कुछ अतिरिक्त थकान निरंतर अनुभव करती रही। सोचने का समय नहीं था। दोपहर में खाना खाने की इच्छा ही नहीं हुई। उस समय लगा कि पेट कुछ भारी है। बदहजमी भी हो सकती है। रात में स्वादिष्ट बने छोले, बासी न बचें इस चक्कर में, ज्यादा ही खा लिये थे। हो सकता है पेट का भारीपन उसी वजह से हो। समस्या यह है आशंका सही हो या गलत, उसे समाधान के लिए खुद को देखभाल कर तसल्ली करना बेहद जरूरी है। घर पहुंचते-पहुंचते उसे कम-से-कम डेढ़ घंटा लगेगा। स्टेशन पहुंचने के लिए भी अभी उसे आठ-दस मिनट और चलना होगा। विकल्प दफ्तर ही है। पलटी, तो बमुश्किल दो-तीन मिनट लगेंगे।

दफ्तर ही लौटना बेहतर होगा। खतरा मोल नहीं ले सकती। कहीं साड़ी दाग धब्बों से भर गई तो रास्ता चलना दूभर हो जाएगा। औरतें चाहे भीड़ में चल रही हों या भीड़-भड़क्के से दूर, पुरुष उन्हें घूरने से नहीं चूकते। वैसे भी अधिकांश पुरुष उसे रावण के वंशज प्रतीत होते हैं, जिनकी दस जोड़ी भुजाएं ही नहीं, दस जोड़ी आंखें भी हैं जो राडार की भांति स्त्रियों की गतिविधियों को सूंघती बारीक-से-बारीक हरकत को दर्ज करती रहती हैं। ऐसी स्थिति में किसी ने उसे घूर भर दिया तो वह लज्जा से गड़ ही जाएगी। वैसे, वह बड़े मस्त स्वभाव की लड़की है, मगर अपने प्रति कहीं सतर्क भी। किसी समय उसे अपने ऊपर गड़ी नजरों का अहसास हो जाए, बस एकदम से असहज हो उठती है–हाथ-पांव ठंडे हो जाने की हद तक।

दफ्तर लौट चले, पर अभी अधिकांश लोग दफ्तर से निकल रहे होंगे। उसकी आदत है, पांच बजने में कुछ मिनट शेष रहते ही वह अपनी मेज सरिया, दराजें बंद कर उठ देती है। उसे वापस घुसता हुआ देखकर उन्हें अचंभा होगा। मंशाराम जरूर चौंकेगा। चौंकेगा तो चौंके। लोगों की चिंता क्या उसे इस सीमा तक करनी चाहिए? यही सबसे बड़ी कमजोरी रही है उसकी। कुछ हो न हो, औरों का अच्छा-बुरा लगना

पहले सताने लगता है। वैसे चिंता निर्मूल नहीं। चिंता करने के उसके पास प्रामाणिक आधार हैं। लड़कियों के मामले में उसका कार्यालय कुछ अधिक ही बदनाम है। लड़कियां भी कम त्रस्त नहीं। वह स्त्री होने के बावजूद महसूस करती है। कुछ कन्याओं ने पत्रकारिता को बतौर फैशन अपनाया हुआ है और मिजाज निर्धारित किया है—बोल्डनेस। किसी महिला पत्रकार से ही उसकी मुठभेड़ हो जाए और वह अर्थपूर्ण ढंग से जुमला उछाल दे, "भई, सब एडीटरों को तो ओवरटाइम करना नहीं पड़ता," तो कोई आश्चर्य नहीं।...

भले ही संपादकीय विभाग की मानसिकता निहायत बदबूदार है, पर जहां तक उसके बॉस का सवाल है, अन्य संपादकों की अपेक्षा उसकी प्रतिष्ठा काफी उजली-धुली है। वह अंग्रेजी में होती और खुदा-न-खास्ता अखबार में कार्यरत होती तो निस्संदेह दफ्तर खतम होने के बाद उसके संपादकीय मेज पर बने रहने या वापस लौटने पर दूसरे रोज वह स्वयं सनसनीखेज खबर होती। उसके बॉस पर लड़कियों की अत्यंत निराशाजनक प्रतिक्रिया है, "ही इज स्मार्ट लल्लू।" दाना जो नहीं डालता वह इन 'कंधे उचकाऊ, हाव-भावों से चिकनी-चुपड़ी' छोकरियों को। और तो और, वह अपनी साथिनों को ही नहीं समझ पाती। आखिर वे अपने साथ किस तरह के सुलूक की अपेक्षा करती हैं? जो उन्हें लिफ्ट देता 'वह चालू है', और जो उनके लटकों-झटकों की गिरफ्त में नहीं फंसता वह 'लल्लू'।

'उफ्।' विचारों की अनर्गल रस्साकशी से ऊबी वह। उसे तुरंत फैसला करना है, दफ्तर लौटे या आगे बढ़े। उधेड़बुन में कुछ और आगे निकल आई है। पलटना ही होगा।

...मगर यह हो कैसे गया। जहां तक उसका अनुमान है 'तारीख' में अभी समय है। यह भी हो सकता है, इधर कुछ ज्यादा ही व्यस्तता में वह सही तारीख याद रखना भूल गई हो। वरना ऐसी असावधानी होती नहीं। समय नजदीक होता है तो वह अपने दफ्तरी तामझाम के साथ-साथ पैड रखना नहीं भूलती।

यह संयोग की बात है कि अब की न उसे तारीख याद रही न कपिल को ही। वरना वे उसे छिछले परिहास के साथ पहले से ही आगाह कर देते, "भई, अपना लंगोट रख लो, आकांक्षा।"

कपिल के परिहास पर वह अकसर खीज उठती, "इतना गंदा लफ्ज क्यों इस्तेमाल करते हो। याद दिलाने के लिए तुम्हारे पास यही एक तरीका है?"

"कमाल करती हो तुम भी," ढीठ मुसकराहट चेहरे पर लपेटकर वे हंस पड़ते, "एक तो तुम्हें जहालत से बचाता हूं और तुम...खैर, मैं भी तो सुनूं कि इसे हिंदी में क्या कहेंगे?"

"जो भी कहते होंगे, बहरहाल तुम अंग्रेजी का ही शब्द इस्तेमाल किया करो। मुझसे नहीं बरदाश्त होता ये छिछोरापन...पति-पत्नी के बीच क्या कोई भद्रता नहीं बरती जानी चाहिए?"

"पति-पत्नी के बीच।" कपिल गंभीरता ओढ़ने की असफल चेष्टा करते, "भला पति-पत्नी के दरमियान गंदा और अश्लील क्या होता है?"

"तुमसे तो बहस करना फिजूल है।" वह निरुपाय-सी हथियार डाल देती।

"चलो, नाराज मत होओ।" वे उसकी तनी हुई भृकुटियों को सहज करने की मंशा से परिहास पर उतर आते, "आज से हम गंदी बातें नहीं करेंगे बस, गंदे काम करेंगे...अब तो कोई ऐतराज नहीं।"

तुनक फिर भी नथुनों पर तनी रहती, "मुझे क्या...जो जी में आए, कहा करो..."

वह तुनकना न छोड़ती। कपिल की परिहास प्रवृत्ति में कोई अंतर न पड़ता। दो-तीन दिन मुश्किल से बीतते कि वे छेड़-भरे अंदाज में पूछ बैठते, "अरे भई, तुम्हारी स्वेज कैनाल का क्या हाल है?"

"बुरा।" वह पिछली बातों को आज की मुसीबत से जोड़कर मन-ही-मन बुदबुदाई।

यातायात ने फिर उसे दफ्तर के सामनेवाले फुटपाथ पर अटका दिया। दृष्टि ने दफ्तर के प्रवेश द्वार को टटोला। अनुमान सही था। लोग विरल भीड़ की शक्ल में बरामदा उतर रहे थे। किसी परिचित से मुठभेड़ हो जाने की आशंका ने उसे फिर असमंजस की स्थिति में ढकेल दिया। उनकी ओर से हुए किसी सवाल का उसके पास जवाब क्या होगा?

"किसी की प्रतीक्षा कर रही हो?"

आखिर वही हुआ जिसका अंदेशा उसे था। आवाज पहचान ली उसने।

बंधी हुई दिनचर्या में आपाद-मस्तक डूबी महीने में पच्चीस-छब्बीस दिन उसे आभास ही नहीं होता कि वह स्त्री है और उसकी नितांत भिन्न प्रकृति है। कूट-कूटकर स्त्री होने का बोध कराती! वितृष्णा पैदा करती। पीड़ा का इंच-इंच कतराता दुष्चक्र। सहिष्णुता को महीने-दर-महीने, साल-दर-साल खनन कर उसे गहरा, चौड़ा, पुख्ता करता। समर्थ बनाता इतना कि वह घोर-से-घोर कष्ट के संहारक प्रहार को कवच की भांति झेल जाए। उफ्, उसे अपने से घृणा होती है।

एक घिनौना गिजगिजा एहसास अपने में लिथाड़ता, तमाम दर्द निवारक गोलियां गटक लेने के बावजूद उसे उस बोध से मुक्त नहीं करता।

तनाव बिच्छू के विष-सा चढ़ने लगा। कला विभाग का सिराज था। कुछ तो कहना ही होगा। कह बैठी, "मालिनी कुछ भूल गई दराज में, लौटकर लेने गई है।"

समझ में नहीं आया कि सरासर झूठ किसलिए और किस भय से बोल गई? वह भी सिराज से? कह देती कि जरा दफ्तर लौटकर बाथरूम जाना चाहती है। लोकल ट्रेनों में तो बाथरूम होता नहीं। सिराज भला क्या अनर्गल सोच लेता? पता नहीं मन में क्या आया सिराज से बोली, "चलिए स्टेशन चलते हैं...मालिनी बहुत वक्त लगा रही है...मेरी लोकल छूट जाएगी...देर हो जाने पर मिनी बहुत हुड़कती है..."

सिराज साथ-साथ चलने लगा। मिनी के प्रसंग पर उसने दिलचस्पी-भरी उत्सुकता दिखाई, "कितनी बड़ी हो गई है मिनी?"

"बहुत भई,...डेढ़ साल पूरे करने वाली है इसी सात को।"

जवाब दे रही सिराज को, मगर दिमाग चल रहा, क्या करेगी अब। एक और तिनका है स्टेशन पर बना महिला प्रतीक्षालय। तसल्ली हुई। वहीं जाकर खुद को देख लेगी। हालांकि महिला प्रतीक्षालय के नहानघरों और पाखानों की जो दुर्व्यवस्था है, स्मरण मात्र से ही रोंगटे खड़े हो गए। नथुनों में अजीब-सी दुर्गंध भर गई। फिनैल नहाई। मन हुआ कि गंदगी के स्मरण से जो कसैली मितलाहट मुंह के भीतर पनिया रही है उसे फुटपाथ पर थूक दे, नहीं तो सिराज से बातें नहीं कर पाएगी। रहा नहीं गया। बेचैन हो फुटपाथ के कोने की ओर बढ़ी और थूककर वापस सिराज के निकट लौट आई, "चलो।"

उसके इस आचरण पर सिराज का विशेष ध्यान नहीं गया। गया भी हो तो वह अपनी सोच में डूबा-सा लगा उसे। वैसे, सिराज का एक पल के लिए भी प्रतिक्रियाविहीन होना उसके लिए अचरज की बात अवश्य थी। दो खूबियां हैं उसकी। चुप वह कभी रह नहीं पाता, और अपनी बहक में बोलते हुए कभी किसी के अच्छे-बुरे लगने की परवाह भी नहीं करता। खैर, चुप ही रहे तो ज्यादा बेहतर है। दफ्तरवालों की मानसिकता से वह बड़ा ऊबती है। वे चाहे दुनिया के किसी कोने में मिल जाएं, और चाहे जिस विषय से बातचीत आरंभ करें, घूम-फिरकर सूई वहीं अटक जाती। अबकी बोनस कितने प्रतिशत मिल रहा?...पालेकर एवार्ड का फैसला हो ही नहीं रहा। हो गया तो समझो लॉटरी खुल गई। नयों को कितना फायदा होगा, पुरानों को कितनी रकम एकमुश्त मिलेगी...कौन-सी लड़की किसपे 'फ्लर्ट' कर रही है...फलाने संपादक ने तो हद ही कर रखी है, सरेआम केबिन का दरवाजा बंद कर लेता है। ऐन मौके पर अचानक कोई मिलने पहुंच जाए तो पी.ए. थपलियाल केबिन के बाहर से ही उसे टरका देता, "सा'ब जरूरी काम में बिजी हैं–पिच्छू आव।..."

आखिर अपनी तर्ज में सिराज का मुंह खुला।

"कल तुम्हारे विभाग में काफी हंगामा हुआ?"

'उतर आए न रंडी रोने पर,' चिढ़कर वह आहिस्ता से अपने भीतर खुसखुसाई, मगर प्रत्यक्ष में विस्मित होती-सी बोली, "'हंगामा?"

"क्यों...कल दफ्तर नहीं आई तुम?"

"आई, ओह! तुम्हारा मतलब है नलिनीवाला प्रसंग?" उसने जान-बूझकर याद न आने का नाटक किया। जैसे कलवाली घटना उसके लिए विशेष महत्त्वपूर्ण न हो।

सिराज को अपनी बात का इस हद तक सामान्य लेना कुछ अखरा, "कल पूरे दफ्तर में सनसनी थी।"

"दफ्तर में सनसनी का तो यह आलम है कि लोगों की छींक से भी पैदा हो जाती है।" एकाएक उसे अहसास हुआ, वह सिराज से रूखी हो रही है। फौरन उदार हुई। स्वर को यथासंभव अपनत्वपूर्ण बनाया, "देखो सिराज, हंगामा कैसा। नलिनी और बतरा में जरा जमकर तनातनी हो गई।" फिर अपनी ही प्रतिक्रिया, 'जरा और जमकर' को स्पष्ट किया, "ऐसे मनमुटाव तो अक्सर हर विभाग में होते रहते हैं और कारण

होते हैं व्यक्तिगत आक्षेप। तुम्हारे कला विभाग में भी ऐसी घटिया हरकतें करनेवालों की कमी नहीं। बतरा ने उसे नीचा दिखाने की कोशिश की। तुम शायद जानते हो या न भी जानते होओ, नलिनी को छिछोरापन बरदाश्त नहीं। फिर लोगों को क्या पड़ी है उसे कुरेदने की? जिन बातों से उसे चिढ़ है, जिनका जिक्र तक उसे बरदाश्त नहीं, उस दुखती रग पर उंगली रखने का अर्थ...?"

"देखो आकांक्षा," सिराज ने बगैर किसी उत्तेजना के उसे टोका, "नलिनी को कुछ भी हो, इतना आक्रामक रुख नहीं अपनाना चाहिए था। मुंह से तकरार हो रही थी, हो रही थी, बतरा पर हाथ उठाने की क्या जरूरत थी? यही दिखाने के लिए न, मैं ईंट का जवाब पत्थर से दे सकती हूं?...दफ्तर की भी मर्यादा है।"

वह तनिक उत्तेजित हो उठी, "माना, दफ्तर को अखाड़ा नहीं बनाना चाहिए, पर किसी लड़की पर समलैंगिक होने का लांछन लगाया जाए और कहा जाए कि आपके पति आपसे तलाक लेने की ये ही वजह बतलाते फिर रहे हैं तो...मैं तो कहती हूं, नलिनी की जगह अगर कोई दूसरी लड़की होती तो मात्र एक थप्पड़ से ही अपने अपमान का बदला न लेती, सीधा सैंडिल उतारकर जुट जाती...सिराज! साथ काम करनेवाली औरत के लिए यह हक आपको कहां से मिल जाता है कि आप कुछ सुनी-सुनाई बातों के आधार पर उनकी निजता को सरेआम उछालें? और मान लो इसमें सचाई भी हो तो उसे सबके सामने उजागर करने से आपका मंतव्य...? अच्छा ही किया उसने...औरों के लिए सबक हो गया।"

सिराज को निराशा हुई। गरमागरम बहस में फंसने की उसकी कतई इच्छा नहीं थी। आकांक्षा का इस हद तक आक्रोशी हो उठना भी उसके लिए अप्रत्याशित था। उसे लगा था कि आकांक्षा जरूर कलवाली घटना पर कोई मसालेदार टिप्पणी व्यक्त करेगी, जो अधिकतर महिलाओं की कमजोरी होती है। वैसे वे चाहे आपस में कितनी ही गहरी दोस्त क्यों न हों, पर टीका-टिप्पणी का सुअवसर हाथ लगते ही उनके अपने ईर्ष्या-द्वेष प्रतिद्वंद्विता में उतर आते हैं।

आकांक्षा ने अब तक अपने को संयत कर लिया। सिराज की चुप्पी खली। सोचा कि औरों के लफड़ों में पड़कर उन्हें आपसी संबंधों को कलहपूर्ण नहीं बनाना चाहिए।

"चलो छोड़ो...बताओ, तुम अपने चित्रों की प्रदर्शनी कब कर रहे?"

"मुझे यह भी नहीं पता कि वह तलाकशुदा है।" वह अभी उसी प्रकरण में फंसा हुआ था। चित्रों की प्रदर्शनीवाली जिज्ञासा पर उसका ध्यान ही नहीं गया।

उसने महसूस किया। इस वक्त सिराज का पूरा-का-पूरा ध्यान इस ओर लगा हुआ है कि इन बातों से उसके मन में सिराज के प्रति धारणा न बिगड़ जाए। वह उसे घटिया न शुमार करने लगे। सिराज की बरसों पुरानी आदत है। उसके द्वारा झिड़क दिए जाने या फटकार दिए जाने को वह बड़ी अहमियत देता और अपने समझदार, शालीन और अलाहदा होने के पक्ष में बतौर सफाई दलीलें प्रस्तुत करने लगता। वह समझती है, उसके प्रति बरसों पुराना सिराज का आकर्षण अभी भी जिंदा है। जिस

साथ उठने-बैठने को वह कार्यालयी मित्रता की व्यावहारिकता के रूप में लेती रही, सिराज के लिए 'मुहब्बत और जिंदगी' जैसे मायनों से खुनकदार हो उठे थे...

अपने प्रति उनकी गलतफहमी तोड़ने के बावजूद सिराज को वह अब भी मोहाविष्ट पाती है...

पिछले दिनों नलिनी ने उससे सिराज की शिकायत की थी, "यह सिराज क्या चीज है भई?...तुम्हारा काम तो फटाफट कर देता है, मुझसे क्या खुन्नस है भाई को? मामूली-मामूली-सी साज-सज्जा के लिए भी परेशान करता है..."

प्रतिक्रिया में वह मात्र मुसकराकर रह गई थी। नलिनी जो एक बार शुरू हुई तो बंद होने से रही। "ऐसे-ऐसे ऊदबिलाव पल रहे हैं इस दफ्तर में जिन्हें काम-धाम से कोई मतलब नहीं। बस जी-हुजूरी खाने की आदत पड़ गई उन्हें। अपन तो आकांक्षा, बड़े अनफिट हैं इस म्यूजियम में...पापी पेट का सवाल है जी, वरना कब की राम-राम कर लेते..." हाथ जोड़ दिए नलिनी ने।

दफ्तर में दूसरा या तीसरा दिन था नलिनी का। ठीक से याद नहीं। पर उसकी वह धाकड़ मुद्रा याद है अब तक-"मैं उस मेज पर नहीं, तुम्हारी मेज पर तुम्हारे सामने ही बैठूंगी।" कहकर वह जैसी आत्मविश्वासी मुसकराहट में मुसकाई थी, वह उसके बेबाकपने पर रीझ उठी थी, "शौक से!"

"कश्यप राजी है कि आप..." उसने संकोच से भरकर कहा था। नलिनी के बैठने की व्यवस्था कश्यप की मेज पर की गई थी।

"वे कौन हैं?..." हमने बॉस से कह दिया, "काम समझने में मैं समझदार व्यक्ति की सहायता लेना चाहती हूं..."

"धन्यवाद।" अपनी प्रशंसा ने उसे मुदित किया था।

उसके तराशे हुए दबंग व्यक्तित्व पर वह मोहित हो उठी थी। विभाग में महिलाएं बहुत थीं, मगर उनमें से कोई भी उसे ऐसी नहीं लगी, जिनसे बराबरी के स्तर पर मिला जा सके। थोड़ी ही देर में अनुमान हो गया कि नलिनी की धारणा पुरुष सहकर्मियों के प्रति रूक्ष ही नहीं, कुंठा की हद तक दुराग्रही है। कारण उसे मात्र यही लगा-उसका कड़ुवाहट भरा अतीत!

उसे याद है, आए दिन नलिनी के विरुद्ध होनेवाली टीका-टिप्पणी और उन्हें बॉस तक पहुंचाने की घटिया प्रवृत्तियों से ऊबकर उसने उसे समझाना चाहा था, "वरिष्ठों को महत्त्व दिए बिना तुम न सहजता से विभाग में काम कर सकती हो, न तुम्हें इसकी सहूलियत ही दी जाएगी। स्वयं को थोड़ा सा व्यवस्थित कर लो...दफ्तर तो दफ्तर ही है...फिर कोई तुम्हारी धौंस में आए ही क्यों? या कायदे से तुम उन पर अपने को थोपो ही क्यों?"

वह एकाएक आवेशमय हो उठी थी और इतने तेज-तेज स्वर में बोलने लगी थी कि पूरे विभाग के कान खड़े हो गए, "मुझे दफ्तर में किस तरह से रहना चाहिए, यह तुमसे नहीं सीखना होगा। नौकरी मैं पहली दफे नहीं कर रही...।"

उसने खिसियाकर मेज पर फैले हुए कागजों के ढेर में चेहरा गड़ा लिया और अपनी आहत मन:स्थिति को व्यस्तता में डुबो लेने की कोशिश की। मगर अपने से कहीं ज्यादा दु:ख उसे नलिनी की आंखों के कोरों पर सहसा तैर आए जलकणों को देखकर हुआ...

"आई एम ए साइकिक केस...प्लीज! मेरी बातों को अन्यथा न लेना, आकांक्षा!" उसने कागजों के ऊपर रखे उसके हाथ पर अपनी हथेली रख दी थी।

प्लेटफॉर्म के सीढ़ीदार बरामदे पर पांव रखते ही वह प्लेटफॉर्म की ओर पीठ करके खड़ी हो गई, "चलती हूं।"

"अच्छा!..."

सिराज ने संक्षिप्त प्रत्युत्तर दिया और आगे बढ़ गया। वह उसके आगे बढ़ते ही उसकी ओर मुड़कर खड़ी हो गई। आश्वस्त-सी कि सिराज उसकी पिछाड़ अब किसी हालत में नहीं देख सकेगा, पलटकर उसे देखे तब भी। अपने लंबे पल्लू से उसने अपनी पीठ को सावधानीपूर्वक आवृत्त कर लिया। इस तरह से कि पीठ के नीचे का हिस्सा भी ढका रहे।

प्लेटफॉर्म पर पहुंचकर आदतन दृष्टि सूचनापट की ओर उठ गई। अपनी गाड़ी लगी देखकर वह गाड़ी पकड़ने का मोह त्याग नहीं पाई। मिनी का खयाल प्रबल हो आया। उसके देरी से पहुंचने पर कैसे जार-जार रोती है। महिला प्रतीक्षालय के पाखाने की दुर्गंध ने भी उसके मन को हुसका दिया। फिर इस भीड़-भड़क्के में भला कौन किसको देखता है? वह नाहक तिल को ताड़ बनाकर चिंतित हो रही है। ठीक छ: बजे उसे 'शिशु विकास केंद्र' से मिनी को ले लेना होता है। इस लोकल के छूट जाने से वह भी संभव नहीं होगा।

दफ्तर में अगर जरा-सी भी उसे इस इल्लत का पूर्वाभास हो जाता तो वह तत्काल कपिल को उसके कार्यालय फोन कर देती कि वह कुछ कारणवश सीधी घर पहुंचेगी। इसलिए कपिल कार्यालय से जरा जल्दी निकल और 'शिशु विकास केंद्र' ठीक समय पर पहुंचकर मिनी को घर ले आएं। अब...अजीब असहाय स्थिति में फंस गई। दूसरे दरजे के महिलाओं वाले डिब्बे में फुरती से दाखिल होते हुए अनायास बायां हाथ पीछे पहुंचकर कमर के निचले हिस्से को मुस्तैदी से टटोल आया। कहीं कोई...

बैठने के लिए सीट मिल गई उसे। तीन स्टेशन भी पार नहीं हुए थे कि उसे अपने नीचे किसी तरलता के अहसास ने कुछ अनमना कर दिया। उफ्, दिमाग पर हथौड़े-से लगे।

"क्षमा कीजिए"...अपनी सीट पर से वह एकाएक उठ खड़ी हुई। उसने अपनी पड़ोसन महिला से झिझकते हुए 'फुसफुसाकर पूछा, "देखिए, जरा कहीं मेरी साड़ी तो नहीं भर गई?"

उसकी बात सुनकर महिला चौंकी, किंतु अगले ही पल उसका आशय भांपकर मुसकाई। दूसरों की पकड़ में न आए इस सतर्कता से निरीक्षण किया

उन्होंने, फिर उसे बैठ जाने का संकेत कर झुककर उसके कानों में फुसफुसाई, "हलका-सा स्पॉट है..."

उच्छ्‌वास निकल गया मुंह से। जिसका भय था आखिरकार वही हुआ।

"कहां जाएंगी?" महिला का स्वर सहानुभूति से भर आया।

"सांताक्रुज।"

"उतरकर टैक्सी पकड़ लें...स्टेशन से घर दूर है?"

"जुहू चर्च के पास।"

महिला बातें करने के मूड में लगीं। उसे इस पूछताछ से ऊब हो आई। उसने बैग से पत्रिका निकाल ली। पढ़ने का उपक्रम करने लगी। हालांकि पढ़ने का मन कतई नहीं हो रहा था। पर फिजूल की बातों से बचने का अन्य कोई उपाय भी नहीं। मन-ही-मन समय का हिसाब-किताब लगाने लगी। तकरीबन पैंतीस मिनट उसे बांद्रा पहुंचते लगेंगे। बांद्रा से ट्रेन बदलने और सांताक्रुज पहुंचने में लगभग पांच मिनट और। इतनी देर में निस्संदेह उसकी हालत खराब हो जाएगी। वैसे स्टेशन से लगा हुआ ही जुहूवाला बस स्टॉप है, पर आज...आज तो इस स्थिति में बस स्टॉप पर खड़े रहना उसे खासी नुमाइश बना देगा।

पड़ोसन यात्री का सुझाव दुरुस्त है। खैर...अगर वह सुझाव न भी देती तब भी वह ऐसी हालत में टैक्सी ही पकड़ती। आठ-दस रुपयों का सत्यानास करने की हैसियत तो रखती ही है। दरअसल मेहनत से कमाए गए रुपयों का इस तरह जाया होना उसे तर्कसंगत नहीं लगता। जहां बस द्वारा बीस पैसों से काम निकलता हो, वहां आठ-दस रुपए निकल जाना अखरेगा ही। कपिल ऐसे मौकों पर उससे पूरी तरह से असहमत होते हैं। उन्हें लगता है, मुसीबत में फंस जाने पर जो पैसा खर्च होता है, वह जाया होना नहीं, पैसों का सदुपयोग है।

उसने पैसा पुराण को दिमाग से झटका और सोचने लगी कि इस इल्लत को लिये हुए ही वह 'शिशु विकास केंद्र' जाकर मिनी को ले या पहले सीधी घर निकल जाए? उचित यही लगा कि घर पहुंचकर पहले नहा-धो ले। तब मिनी को लेने 'शिशु विकास केंद्र' जाए। ऐसे कुछ नहीं होने का उससे।

...अगर सीधे ही घर निकल जाती है तो निश्चय ही 'शिशु विकास केंद्र' पहुंचने में कम-से-कम आधा घंटा लेट हो जाएगी। छः से सवा छः होते ही मिसेज [illegible] की त्योरियां आसमान छूने लगेंगी।

"अपने को पन घर-गिरस्ती करने कूं होता...तुम लोग सोच के रक्खेगा कि अपना बच्चा है मजा में हय अऊर जबी मरजी आएगा तबी लेकर आने में वांदा नई, पिच्छू सोचो, अमेरा क्या हालत होएगा! तुमेरा सरखा दो-चार मदर लोग ऐइसाच करेगा न तो अपना तो भट्ठा बैइठ जाएंगा। अबी कैइसा बोलना...ये जो आया लोग है ना, बोत हरामी है। दस मिनट पन ऊपर रुकने को बोलेगा न तो सिद्धा ओवरटैम मांगते...क्या करने का, अबी बोलो?"

खैर...मिसेज हबेवाला के गुस्से को तो छोड़ो, मिनी क्या कम संवेदनशील है? पिछले दिनों की ही घटना है। वडाला के आसपास लोकल दुर्घटना की वजह से हारबर ब्रांच की लगातार तीन-चार लोकलें रद्द हो गईं। निरुपाय उसने चर्चगेट पहुंचकर लोकल पकड़ी। सारी हबड़ा-तबड़ी के बावजूद मिनी के पास वह घंटे-भर देरी से पहुंची। जैसे ही उसने 'शिशु विकास केंद्र' वाली इमारत की पहली सीढ़ी पर पांव रखा, मिनी की किकियाती चीखें सुनकर उसका दिल दहल गया...

"ये डेढ़ साल का छोकरी तुमेरा आने का टेम बोत पेचानती...सामसेच बोमा-बोम करके रखी है...नईं आया मंगता, नईं मैं..." हबेवाला ने तौबा करनेवाले अंदाज में कानों को हाथ लगाया।

मिनी उसे देखते ही कैसी छाती से चिपक गई थी!...

मिनी सचमुच उसकी प्रतीक्षा करती रहती है। दफ्तर से छूटकर वह मिनी के पास भागी-भागी जैसे ही पहुंचती है, खिलौनों के ढेर को नकार कर डगडग करती भागती है उसकी ओर। फिर लाख मिसेज हबेवाला उसे अपनी गोदी में आने के लिए फुसलाएं...तरह-तरह के प्रलोभन दें मगर वह जो गलबहियां डालकर उससे चिपटती है, हरगिज नहीं पलटती। जैसे आशंकित हो कि एक क्षण के लिए भी वह पलटी तो कहीं मम्मी उसे दोबारा हबेवाला की गोद में टिकाकर न चल दें। अबोध बच्ची की समझदारी पर दोनों पति-पत्नी चकित हो उठते। उनकी मजबूरी का अहसास कहीं उसके नन्हे मन को भी है तभी...सुबह वह शाम से बिलकुल विपरीत मिनी होती है।

...वह और कपिल दफ्तर के लिए निकलते समय मिनी को उसके तामझाम सहित 'शिशु विकास केंद्र' पहुंचाने जाते। मिनी बिना किसी हील-हुज्जत के हबेवाला की गोद में उतर जाती। उनके आग्रह पर उसे और कपिल को कई पप्पियां देती। मिसेज हबेवाला उनके नीचे उतरते ही उसे बालकनी में ले आतीं। वे नीचे ठमककर ऊपर देखते-सुनते हैं। मिसेज हबेवाला प्रशिक्षणी अंदाज में कहतीं, "ममा-पापा को एक फ्लाइंग किस तो दो मिनी! 'फौरन चाभी वाली गुड़िया-सी मिनी अपनी गुलाब की पंखुड़ी-सी हथेली सीप-से होंठों से छुलाकर हौले-से उनकी ओर उछाल देती।

कपिल के डग भारी हो उठते, "छोड़ो भी यह नौकरी-फौकरी का चक्कर, घर बैठो...जैसे भी चलेगा, चलाएंगे...सच! इस गुड़िया को यूं छोड़कर जाना अखरता है..."

वह कोई प्रतिक्रिया व्यक्त नहीं करती। कहे भी क्या? भावुकता बड़ी दयनीय होती है, सचाई तंगदिल। यही सोचकर चुप्पी साधे रहती है।

घर के सामने टैक्सी से उतरते ही उसने सोचा, नहाते-धोते अगर कपिल आ गए तो फौरन उन्हें ही 'शिशु विकास केंद्र' मिनी को लिवाने दौड़ा देगी। जितना परेशान वह पूरे रास्ते आन पड़ी इस मुसीबत को लेकर थी, उससे कहीं ज्यादा उद्वेलित हो उठी मिनी के समय पर न पहुंच जाने की प्रतिक्रियास्वरूप पैदा होनेवाली हुड़कन को

लेकर। व्यवस्थित होकर घर से निकलने तक कपिल घर नहीं पहुंचे। आमतौर पर वे साढ़े सात से पहले कभी घर नहीं पहुंचते।

सड़क पर आते ही एक खाली टैक्सी पर दृष्टि पड़ते ही हाथ दिखाकर टैक्सी रोक ली उसने। पैदल भी जा सकती है। मुश्किल से पांच-छ: मिनट का पैदल रास्ता है 'शिशु विकास केंद्र' का। मगर देर-में-देर करने से क्या फायदा?

टैक्सीवाले से उसे बीस पैसे वापस लेने थे। न उसके पास छुट्टे थे न अपने पास। कोई दूसरा समय होता तो वह आसपास की दुकानों से छुट्टा करवाकर ही उसे पैसे देती। बीस पैसे कम नहीं होते। एक तरफ का बस का किराया निकल आता है।

पहली सीढ़ी पर पांव रखते ही उसने थमककर आसपास तैर रही ध्वनियों को टोहा। मिनी के रुदन का कोई कतरा उस तक नहीं पहुंचा। लेकिन धीरज था कि वह उससे छूटकर पसीज रही हथेलियों में बर्फ-सा पिघल रहा था।

उसने तीन-तीन सीढ़ियां एक साथ फलांगीं और दुमंजिला इमारत में लिफ्ट न होने की कमी को कोसा। अपनी शारीरिक अवस्था पर भी खयाल अटका कि ऐसी नाजुक स्थिति में उसे एक साथ इतनी सीढ़ियां नहीं फलांगनी चाहिए। बैठे-बिठाए किसी और संकट में भी फंस सकती है वह!...

दरवाजे पर पहुंचकर कॉलबेल पर लगातार अंगूठा दबाए रही। अपनी अधीरता का आभास उसे स्वयं हुआ। प्रत्युत्तर में हबेवाला का अत्यंत खीज भरा स्वर दरवाजे की आड़ को चीरता उस तक दौड़ा आया, "अरे बाबा, कोन हय! काय के वास्ते इतना धांधल? दरवाजा तो खुलेगाच न पन बेल जलेगा कि नईं?"

वह बगैर उनसे मुखातिब हुए बच्चोंवाले हॉल की ओर बेतहाशा लपकी। उसे आशंका ही नहीं विश्वास था कि उसकी प्रतीक्षा में रो-रोकर बेहाल हुई मिनी हबेवाला की गोद में मिलेगी और त्रस्त मिसेज हबेवाला का पारा सातवें आसमान पर होगा। अवश्य ही वे उसे आखिरी नोटिस थमा देंगी, 'कल से अपना बच्चा का कोई दूसरा प्रबंध करो, हम बच्चा संभालने का जिम्मेदारी लिया है, मां-बाप का संभालने का नई।'

न मिसेज हबेवाला त्योरियां चढ़ाए हुए मिलीं, न उन्होंने उससे अन्यथा कहा-सुना।

हॉल का परदा हटाते ही वह भीतर के दृश्य को अवाक् देखती रह गई। खिलौनों के ढेर से घिरी मिनी खेलने में व्यस्त थी। उसके पास बैठी थी मिसेज हबेवाला की बड़ी लड़की ग्रेस किसी पत्रिका में डूबी हुई। उससे रहा नहीं गया। अपराधबोध और खिसियाहट में मिले-जुले भाव से आक्रांत हो उसने पुकारा, "मिनीऽऽ..."

मिनी ने खिलौनों के ढेर से सिर उठाया। विहंसते हुए उसे देखा। फिर अपनी नन्ही हथेलियों में दबे रबड़ के कुत्ते को उसकी ओर उठाकर, उसका पेट दबाकर छोटी आवारा थूथन-सी गोल बना तुतलाई, "बोब्बोऽऽऽ...बोब्बोऽऽऽ..."

•••

3

फातिमाबाई कोठे पर ही नहीं रहती

उसे लगा कि बरसों पुरानी घिसन से चिकनी हो आई लकड़ी की सीढ़ियों में रपटन हो रही है। पैर सावधानी से जमा-जमाकर नहीं रखे और बाईं तरफ जो ढबढबाते अंधेरे में काली चादर-सी तनी दीवार है, उसपर टेक के लिए पंजा नहीं जमाया तो निश्चित ही किसी भी क्षण दुर्घटना से उसकी मुठभेड़ हो सकती है। दीवार से पंजा छूते ही एक लिसलिसी चिकनाहट हथेलियों को भेदती पूरे शरीर में सिहर गई। मन एकबारगी घिना आया। न जाने कितनी और कैसी-कैसी हथेलियां टेक की खातिर इन दीवारों से चिपकी होंगी और...उसे टॉर्च साथ लेकर आनी चाहिए थी। लेकिन उसे क्या पता था कि इतनी खस्ताहाल सीढ़ियों और हिकाते अंधेरे से उसका पाला पड़ेगा।

"मैं पन साथ में टॉर्च लाना भूल गया। दिन पाली में जरूरत भी नईं पड़ता न।" कुछेक सीढ़ियां उससे ऊपर अभ्यस्त अंदाज में चढ़ते हवलदार पवार ने उसकी परेशानी भांपते हुए संकोचपूर्वक सफाई दी।

हवलदार पवार की बात सुनकर उसने कोई प्रतिक्रिया व्यक्त नहीं की। उसे सीढ़ियां किसी दुर्गम पहाड़ी रास्ते की कठिन चढ़ाई की सतर्कता से जकड़े हुए थी। ध्यान बंटाकर वह किसी प्रकार का खतरा आमंत्रित करने के मूड में नहीं थी। यहां तक आने का निश्चय ही अपने आपमें एक ललकारती चुनौती थी। वह चाहती तो कुछेक खोजी पत्रकारों के लेखों और विश्लेषणों के आधार पर बड़ी आसानी से देह-व्यापार की दुनिया अपने इर्दगिर्द बुन लेती और उसकी रिपोर्टिंग तैयार हो जाती। मगर रह-रहकर उसके अंतर्मन को यही प्रश्न उमेठता रहा कि क्या वह दूसरों के गढ़े आईनों में मनुष्यता की देह पर कोढ़ सदृश गल रही इन विद्रूप सच्चाइयों के वास्तविक चेहरे टटोल पाएगी?

'खरर!' अचानक अंधेरे में माचिस की तीली सुलगी। उसके और हवलदार पवार के बीच की दूरी तय करती कुछेक सीढ़ियां पीली कांपती लौ में क्षणांश उजिया आईं।

पता नहीं कैसे उसकी असुविधा का यह समाधान हवलदार पवार को सहसा सूझ आया। उसे अच्छा लगा। एक तीली बुझती कि तुरंत पवार दूसरी सुलगा के उसके सामने कर देता।

"हमें कोई आपत्ति नहीं। आप जाना ही चाहती हैं तो एक हवलदार संग किए देते हैं। वह आपको रेड लाइट एरिया का कुछ हिस्सा दिखा देगा।" कहकर पुलिस उपायुक्त श्री श्याम सुंदर सिन्हा पल भर को कारुणिक खामोशी में उतर गए प्रतीत हुए। दुबारा दृष्टि उसके चेहरे पर टिकी तो वे उसके मनोभावों की दृढ़ता तौलते हुए बोले, "उनकी अभावग्रस्त जिंदगी वाकई नरक है, नरक। आप चाहें तो एकाध औरत को हम यहीं बुलवाकर आपसे मुलाकात करवाए देते हैं।"

"इतने से काम चल जाता तो आपके पास आने की जरूरत न पड़ती।" कटाक्ष उसके स्वर में स्पष्ट हो आया था।

"अभी अपुन आ गए।" सीढ़ियों का एक घुमावदार मोड़ मुड़ते ही प्रसन्नचित्त पवार का स्वर उसे भी उत्फुल्ल कर गया। अपनी फूलती सांसों को काबू करने का प्रयास करते हुए पवार ने बताया कि हमें चौथे माले पर ही पहुंचना था और अब हम चौथे माले पर पहुंच गए हैं। फातिमाबाई पच्चीस नंबर में रहती है। पवार का प्रसन्न होना स्वाभाविक लगा। लग रहा था कि वे वस्तुत: किसी दुर्गम गुफा को पार कर गंतव्य तक पहुंच पाने में सफल हुए हैं।

सीढ़ियों से लगा एक लंबा सहन था, जिसके चारों ओर चालनुमा खोलियां फैली हुई थीं। उसे अंदाज हो आया। इन्हीं खोलियों की पिछली दीवारों पर, जिनमें जंगलेनुमा खिड़कियां सड़क की दाहिनी ओर खुलती हैं, लड़कियां उत्तेजक भाव-भंगिमाओं में खड़ी हुई ग्राहकों को अपनी ओर आकर्षित करने का प्रयास करती दिखती हैं।

पवार ने गलियारे में प्रवेश करने से पहले उसे ठहरने का संकेत किया। "मैडम, मैं जरा फातिमाबाई का पता लगा के आता।"

मिनट भर भी नहीं गुजरा होगा कि वह चेहरे पर फतह भाव चुपड़े मुसकराता उसके पास आ खड़ा हुआ, "फातिमाबाई जग गई हैं।"

चीकट परदे को एक ओर सरकाते ही पलंग पर से जैसे किसी औंधे घड़े ने गरदन उठाई हो, "आओ पवार, सुबू-सुबू कैसे तकलीफ की?"

समझ गई कि सवाल पवार के बहाने उससे ही किया गया है। पवार तो उनसे मिनट भर पहले ही मिलकर गया है। उद्देश्य भी उसने जरूर स्पष्ट कर दिया होगा। उत्तर उसी ने दिया, "अपनी कुछ लड़कियों से बात करवा देंगी?"

फातिमाबाई की सुरमा लिपी मिचमिची आंखों ने दाहिनी भौं चढ़ाकर पवार को साभिप्राय देखा--"करवाना ही पड़ेगा। मगर एक बात बता दूं आपको, यहां गैर-कानूनी धंधा नहीं होता। हम लड़की बाद में लाते, लाइसेंस पहले बनवा लेते।" फिर बिस्तर

पर से उतरते हुए उससे कुरसी पर बैठने का आग्रह करती ताना मारते से स्वर में कहने लगी, "बोलो मेम सा'ब! ये पोलिसवाले तो सुबू-शाम अपनी हाजिरी लेते ही हैं...अब अखबारवाले भी चक्कर लगाने को लगे हैं। बाकी सब तो खैरियत है, पन मैं बोलती कि कुछ इसके बारे में भी आप लोग लिखिए कि सरकार हमारी इमारतें भी थोड़ा दुरुस्त कराए। पानी हफ्ते-हफ्ते ऊपर नहीं चढ़ता...संडास भर रहे हैं। टूटे पाइप से अक्खा दिन मैला रिसता रहता है। बदबू के मारे गिराक ऊपर नई चढ़ता। धंधे का खोटी कैसे सहन करें, आप ही बोलो?" शिकायत करते-करते अचानक फातिमाबाई को चेत आया कि अपना दुखड़ा रोने के पीछे अब तक उन्होंने उसकी आवभगत का कोई उपक्रम नहीं किया। फौरन आवाज देकर, एक छोकरे को पास बुलाकर गुर्राए हुए स्वर में आदेश देती बोलीं, "लौंडे! जा फटाफट 'लिम्का' की दो ठंडी बोतलें ले आ।" लड़के को भेज एक सायास विनम्र मुसकराहट उछालती वे उसकी ओर पलटीं, "अभी बुलाती छोकरियों को।"

"बुलाती क्यों हैं, वहीं चलकर मिलवा दीजिए जहां वे रह रही हैं।"

उसका अभिप्राय भांपकर फातिमाबाई क्षणांश विचारमग्न हुईं। फिर सहज होकर बोलीं, "ठीक है, चलिए।"

उसने उठते हुए हवलदार पवार को संकेत से वहीं ठहरने का इशारा किया और स्वयं फातिमाबाई के पीछे हो ली।

"ये बड़ा खोली है। इसमें चार छोकरी एक साथ रहती हैं। सबको किला (क्लास) के मुताबिक रखते हैं। हमारे पास अच्छे गिराक भी आते हैं न! जागा तो आपने देखा, कितना घाण है। सरकार बोलती जास्ती कुछ करने के नाम पर इल्ले। हमने कई दफे लिख के भेजा भी है कि सरकार को हमारे वास्ते किदर भी एक अच्छा कॉलोनी बना के देना चाहिए। हम कोई भेड़-बकरी तो नहीं हैं" वे पुन: अपनी परेशानियों का रोना दोहरातीं, आगे बढ़तीं सहसा एक खोली के सामने रुकीं। दरवाजे पर पड़ा चीकट परदा एक ओर सरकाकर भीतर झांकती अचानक चीखीं, "उठने को नईं भी! बोत हरामी है ये छोकरी लोग, सीधे बोलने से सिर चढ़ते हैं।"

उसके कान गरम हो उठे।

लड़कियां सचमुच सोकर उठी थीं। उनके चेहरों पर रात का अंधेरा बदरंग धब्बों में पुता हुआ था।

"ये जरीना, ये रेशमा, ये केतकी, ये शहनाज। शहनाज नेपाली है।" उनके परिचय के बाद वे उन्हें उसका परिचय देती बोलीं "ये मेम अखबार में तुम्हारी बातचीत लिखेंगी। इनको जो पूछें वो साफ-साफ बोलना।"

वह संकेतों में चाबुक फिराने की चतुराई भांप गई। लड़कियों के लिए स्पष्ट चेतावनी थी कि जो भी बोलना, सोच-समझकर बोलना, वरना परिणाम भुगतने के लिए तैयार रहना।

वह बिस्तर पर बैठती सकुचाई तो केतकी ने अपने गोद के बच्चे को सिरहाने लिटाते हुए व्यंग्य कसा, "गिराहक को हम इधर नहीं निपटाते। अराम से बैठिए।"

वह कटकर रह गई।

फातिमाबाई थोड़ी हड़बड़ी में दिखीं–"आप बात करो, मैं अभी आई।"

फातिमाबाई के खोली के बाहर होते ही एकाएक वातावरण दबावमुक्त हो आया। उसे यही दुविधा सता रही थी कि अगर उनके बीच फातिमाबाई डटी रहीं तो वह न उनसे खुलकर मिल पाएगी, न बात ही कर पाएगी। लड़कियों के तो सहज होने का प्रश्न ही नहीं उठता।

...रेशमा ने बताया कि वह बेहद गरीब घर की लड़की थी। यहां तक कि दो-दो दिन हो जाते रोटी का मुंह देखे। सौतेली अम्मी के पहले मर्द से चार बच्चे थे, तीन हम। गुजर हो तो कैसे, एक रोज अम्मी बोली कि चल, तुझे काम पर लगाना है। काम कुछ नहीं है, फकत एक बूढ़ा-बुढ़िया को पानी-वानी देते रहना है। बुढ़िया तो ठीक थी; मगर जैसे ही वह घर से बाहर जाती, बूढ़ा उससे फ्रॉक उतार देने को कहता। अम्मी को बताया। पर उलटा वे उसे ही धांधने लगी थीं कि खबरदार जो वह काम छोड़कर आई और किसी से उसने इस बात की चर्चा की। अम्मी ने ही सिखलाया कि आइंदा जब वह बूढ़ा उससे फ्रॉक उतारने को कहे तो मचल जाना कि पहले हाथ में कुछ रुपए रखे।

दिन बीतते रहे। लेकिन एक दिन उसे महसूस हुआ कि पैसे अम्मी के हाथ में रखने के बावजूद उसके लिए रोटी नहीं बचती। उन्हीं दिनों वह फ्लैट की अन्य नौकरानियों के संपर्क में आई। उन्होंने उसकी भेंट एक फ्लैट की मालकिन से करवाई, जो दलाली लेकर लड़कियों से धंधा करवाती थी। वहीं से फिर फातिमाबाई से भेंट हुई। तब से यहीं पर है। जिस घोर नरक को मंझाती वह यहां तक पहुंची थी, तसल्ली इस बात की है कि यहां वे मुखौटे नहीं हैं, जो अम्मी और अब्बा की पाक सूरत की आड़ में नीच कर्म को विवश करते हैं।

"मान लो तुम्हें कल एक बेहतर सामाजिक जिंदगी जीने का आश्वासन मिले, तो क्या यह जगह छोड़ सकोगी?" उसने उद्वेलित स्वर में रेशमा से सवाल किया।

"नहीं।" एक निश्श्वास उसकी ओर उछला।

उसके चहरे पर विस्मय रेंग आया।

रेशमा की आवाज उसे किसी गहरे कुएं से आती प्रतीत हुई, "बेहतर जिंदगी!. ..अच्छी जगह, साफ-सुथरे कपड़े, क्या यही बेहतर जिंदगी की उम्मीदें हैं? क्या साफ-सुथरे कपड़ों के नीचे मर्द के हाथ औरत का जिस्म टटोलने से ठिठकते हैं?. यहां, अपने भरोसे मैं ज्यादा सुरक्षित और सुखी हूं।"

"हरामजादी डायलॉग मारती, हां! झूठ बोलती, झूठ!" अचानक केतकी गुस्से से बिफरती उस पर झपटी।

वह केतकी के इस अप्रत्याशित हमले से हतप्रभ रह गई। अन्य लड़कियों ने उसे इस अभद्र हरकत के लिए लताड़ा, फिर समझा-बुझाकर शांत किया। मगर केतकी का आक्रोश शांत नहीं हुआ। वह रेशमा को चुनौती देती-सी बोली, "सुख की बात करती. ..इदर सुखी है? ऐसे बोलती है जैसे इदर आने वाले राजा राम के अवतार हैं। अरे, कोई निकल के जाना भी चाहे तो कैसे पांव उठा सकती है? खाल उधेड़ के भूसा नहीं भर देंगे! दिखाऊं? दिखाऊं इस नरक की सड़न को? देख!" उसने आंचल हटा अपने ब्लाउज के बटन 'चट-चट' खोल दिए। उसके मातृत्व से भरे-भरे उघड़े स्तन नील और खरोंचों से क्षत-विक्षत बाहर लटक आए।

पीड़ा से सिहरकर उसने आंखें मींच लीं। उफ तक शर्म से होंठों पर आने से पहले ही घुट गई।

केतकी पर तो जैसे उन्माद तारी हो उठा। वह भूल ही गई कि भले इस क्षण फातिमाबाई खोली में मौजूद नहीं है, किंतु उसकी उद्दंडता की खबर उनसे छिपी नहीं रहेगी। मगर वह किसी भी आतंक और दबाव से निर्भय होकर बताने लगी कि अभी उसकी जचगी हुए तीसरा महीना भी पूरा नहीं हुआ है कि निर्दयी फातिमाबाई ने उसे धंधे के लिए विवश कर दिया। उसका एक चहेता ग्राहक है भट्ठी चलानेवाला जोसफ। लगभग हर रात वह धुत्त होकर उसके पास पहुंचता है, रात गुजारता है, वह तो कोई बात नहीं, मगर जिस नृशंसता और कामुकता से वह उसकी देह से खिलवाड़ करता है, उसकी गवाह ये छातियां हैं। और तो और, हरामखोर छातियां चूस...वह तड़पकर रह जाती है। चिरौरी करती है, गिड़गिड़ाती है, अपने दुधमुंहे बच्चे का वास्ता देती है; लेकिन वह एक नहीं सुनता। जब तक स्वयं बिस्तर नहीं छोड़ देता, उसे भी नहीं हिलने देता। सुबह जब वह अपने बच्चे के पास पहुंचती है, बच्चा निचुड़ी छातियों से मुंह नहीं लगाता। फातिमाबाई से कितनी दफे रोई है, पर वो उलटे ही घुड़क देती हैं कि एक रात के पंद्रह रुपल्ली थमाता है जोसफ। उसके जैसी एक बच्चे की अम्मा को तो कोई टके को न पूछे। और बच्चा रात भर उसका दूध नहीं चिंचोरेगा तो क्या उसके प्राण निकल जाएंगे? पूरे साढ़े तीन महीने महारानी ने खटिया तोड़ी है। नुकसान कौन भरेगा?

केतकी की तरल आंखें प्रश्नों की बौछार करती सीधे उस पर टिक गईं। पुतलियों के चारों ओर झल-झल करता गहरा नीला वृत्त मानो किसी लपलपाते अग्नि गोलों में परिवर्तित हो उठा। एक क्षण को उसे लगा कि इन पुतलियों से वह परिचित है। नीले वृत्त से घिरी पुतली जो आम आंखों से अपने को अलग खड़ा कर लेती हैं। अलग से याद भी रहती हैं। मगर कहां देखा है इन्हें? कब? शायद उसे भ्रम हो रहा है। केतकी से कहीं मिलना संभव भी कैसे हो सकता है? मगर नहीं। दुबारा दृष्टि टकराई तो फिर

यही एहसास कुनमुनाया। परिचय है। मस्तिष्क को खंगालना शुरू किया तो सहसा बिजली-सा एक किशोर चेहरा मानस-पट पर कौंधा। एक नाम होंठों पर कुनमुनाया–'शैला?'

केतकी चौंक गई। जलती आंखें झुककर फर्श कुरेदने लगीं।

"क्या मैं केतकी से अकेले..." उसने आग्रह किया तो तीनों लड़कियां उठकर खोली से बाहर हो गईं।

उसके बीच चुप्पी शब्द खोजने लगी।

...एक-एक सेकेंड महीने-दर-महीने की लंबाई फलांगता हुआ पीछे लौट रहा है। आठ साल पीछे...

वह पंजाब मेल की यात्रा थी। वह ग्वालियर से अपनी बीमार छोटी बहन को देखकर मुंबई लौट रही थी। आरक्षण न हो पाने पर उसे महिलाओं के चालू डिब्बे में बहनोई ने इस आश्वासन के साथ दाखिल करा दिया था कि इस ठुसम-ठूस से घबराने की कोई बात नहीं है। झांसी आते ही डिब्बा खाली हो जाएगा। हुआ भी ऐसा ही। झांसी पर लगभग आधा डिब्बा खाली हो गया। अच्छी तरह से बैठने की जगह ही नहीं मिल गई, अपितु ऊपरवाली बर्थ पर उसने तुरंत अपना बिस्तर खोल सोने की सुविधा भी जुटा ली। झांसी से जैसे ही गाड़ी आगे सरकी, अचानक टिकट चेकर ने प्रकट होकर जांच-पड़ताल शुरू कर दी। उसकी सीट के निकट पहुंचकर उसने भौंहें उछालकर टिकट दिखाने का इशारा किया। उसने टिकट आगे बढ़ा दिया।

"लड़की का?"

"कौन लड़की?"

"यह लड़की आपके साथ नहीं है?"

उसने इंगित लड़की की ओर दृष्टि घुमाई। यह तो वही लड़की थी जिसके साथ वह पिछले रास्ते मजे से गप्पें मारती चली आ रही थी। इसी भ्रम में कि वह सामनेवाली थुलथुल महिला यात्री की अपनी बेटी है। उसने स्पष्ट मना कर दिया कि वह लड़की कतई उसके साथ नहीं है।

"मगर यह तो कहती है कि यह आपके साथ है!"

उसने पाया कि गाड़ी की तेज रफ्तार से ऊंघ रही आस-पास की मुंदी दृष्टियां अचानक चौकन्नी हो उस पर टिक गईं। वह खीझ आई। अच्छा लफड़ा है। मगर अपने को संयत रखकर बोली, "जनाब, मेरा परिचय तो इस लड़की से डिब्बे में ही हुआ है। इसके कहने से क्या होता है! सोचने की बात है,अगर यह मेरे साथ होती तो जब मैं अपना टिकट खरीद सकती हूं तो इसका नहीं!"

उसका झुंझलाना था कि लड़की आहिस्ता से उसके निकट आ बैठी और सहमे चेहरे से बोली "प्लीज आंटी, प्लीज! कह दीजिए न कि मैं आपके साथ हूं। नहीं तो यह मुझे उतार देगा।"

"कैसे कह दूं! तुम्हारे पास टिकट तो है नहीं।" उसने खीझकर कहा।

प्रत्युत्तर में लड़की ने गरदन झुका ली।

"सफर में क्या कोई तुम्हारे साथ है?"

उसने इनकार में सिर हिलाया।

"तो?"

"आप मेरा मुंबई तक का टिकट ले दीजिए। स्टेशन पर मुझे लेने मेरे अंकल आएंगे ही। मैं आपके पैसे दिलवा दूंगी।" उसका स्वर रुंध आया।

यह पूछने पर कि उसके साथ हुआ क्या, लड़की ने बताया कि भीड़ में किसी ने उसका बटुआ मार दिया है। बटुए में ही टिकट था, पैसे थे, पता था।

"मुंबई में किधर रहते हैं अंकल?"

"वरली में।"

"पता क्या है?"

"मालूम नहीं।"

"मान लो, स्टेशन पर तुम्हारे अंकल नहीं पहुंचे तो तुम घर कैसे पहुंच पाओगी?"

"अंकल को बाबूजी ने पहले ही तार कर दिया है।"

"काम कहां करते हैं?"

"ग्लैक्सो लेबोटरीज में।"

तब तो अंकल का पता लगाना मुश्किल नहीं होगा। वह उधेड़-बुन में पड़ गई कि क्या करे। यात्राएं अब निरापद नहीं रहीं और यह भी अविश्वास लायक बात नहीं है कि तकरीबन चौदह-पंद्रह साल की लड़की गाड़ी में अकेले यात्रा नहीं कर सकती। पिछले दिनों ही अपनी आठ वर्षीय भतीजी को उन्होंने एयर इंडिया के विमान द्वारा अकेले लंदन भेजा है। भाई-भाभी पहले ही रवाना हो चुके थे।

लड़की देखने-सुनने, पहनावे-उढ़ावे से तो भले घर की प्रतीत हो रही है। अगर वह उसकी मदद नहीं करती और टिकट चेकर उसे शेष यात्रा पूरी नहीं करने देगा तो निश्चय ही स्टेशन पर उसे लिवाने आए अंकल दुश्चिंता में पड़ जाएंगे। उधर घरवाले परेशान होंगे सो अलग। क्या फर्क पड़ता है सत्तर-अस्सी रुपयों में। ज्यादा-से-ज्यादा यही होगा न कि पैसे वापस नहीं मिलेंगे, जिसकी कि संभावना कम है। अंकल ग्लैक्सो में काम करते हैं। अच्छी स्थिति में ही होंगे और नहीं भी मिले तो कौन-सा अंटी से हाथी निकल जाएगा। सोच लेगी कि खाने-पीने में खर्च हो गए।

उसने देखा कि लड़की की भयभीत दृष्टि टिकट चेकर की पीठ पर टिकी हुई है। लग रहा है कि पीठ जैसे ही इस ओर मुड़ेगी, उसका दम निकल जाएगा। करुणा उमड़ पड़ी। उसने हौले से उसके कंधे थपथपाए, "घबराओ नहीं, मैं तुम्हारे टिकट

के पैसे भर दूंगी।" लड़की ने पल भर को उसे अविश्वास से देखा, फिर विभोर होकर उसके कंधे से अपना सिर सटाकर कृतज्ञता व्यक्त की।

मगर तभी निरपेक्ष खामोशी से उनकी बातचीत सुन रही सामने थुलथुल महिला एकाएक जैसे नींद से जागी और सयानों सी सीख देती बोली, "कहां फंस रही हैं, बहनजी! आप तो पढ़ी-लिखी हैं। दिमाग लड़ाइए कि इसके मां-बाप ने अगर इसे अकेला ही भेजना होता तो चालू डिब्बे में बैठा देते छोरी को? साथ खाना-पीना न बांधते? कपड़ा-लत्ता न देते?"

थुलथुल महिला के दखल देते ही एकाएक वातावरण चैतन्य हो उठा।

"ठीक कह रही हैं।" सामनेवाली सीट पर घुटने पर घुटना चढ़ाए बैठी महिला ने उनका समर्थन किया, "अभी आधा घंटे पहले की बात है। मैंने इससे पूछा था कि बेटी, कहां से चढ़ी तो बोली–दिल्ली से, आंटी। किसके साथ हो, तो कहने लगी बाबूजी मर्दाना डिब्बे में बैठे हैं। अब किस बात का विश्वास करें?" फिर सहसा सतर्क मुद्रा बनाकर उसकी ओर झुकती हुई कुछ इस अंदाज में फुसफुसाई कि आस-पास के सभी लोग सुन लें, "अखबार में पढ़ा ही होगा आपने। पिछले दिनों ललितपुर में जो डकैती पड़ी थी उसमें सबसे पहले एक छोरी ने ही चिरौरी-विनती करके डिब्बे का दरवाजा खुलवाया था। पीछे ग्वालों के वेश में धड़धड़ाते हुए डाकू डिब्बे में घुस आए। क्या पता इसके साथ भी कोई टोली होवे! रात तो अभी पड़ेगी। आप टिकट-विकट के फेर में न पड़ो। टिकट तो हम भी ले के दे देवें, मगर इसकी तो गारंटी होवे कि जो बोल रही है, सही बोले। ऊपर से ये जनाना डिब्बा। जनानी नंगी तो रहें नहीं। सभी ने कुछ-न-कुछ पहन-ओढ़ रखा है।"

उसने प्रतिवाद किया, "होने को तो कुछ भी हो सकता है; मगर जानबूझकर एक बच्ची को मुसीबत में छोड़ देना..."

"और अगर सब मुसीबत में पड़ गए तो?" थुलथुल देह ने नथने फुलाकर कपाल पर भौंहें चढ़ाईं।

"पड़ सकते हैं जी, जरूर पड़ सकते हैं।" एक और ने अपनी हथेली पर हथेली पटककर शर्त-सी बदी, "हमें टिकट चेकर पर भरोसा करना चाहिए। वह तो मिनटों में अता-पता उगलवाकर इसे इसके मां-बाप के सुपुर्द कर देगा...कोई ऊंच-नीच मामला होगा, वह भी निबटाएगा। सरकारी जिम्मेदारी है। कोई मजाक है।" फिर लड़की को संदेह भरी नजरों से घूरती हुई बोलीं, "जरा गौर कीजिए। लड़की अच्छे नयन-नक्श की है। हो सकता है, सिनेमा-विनेमा के चक्कर में घर से भागी हो। कहीं मां-बाप ने आप पर बरगलाने का आरोप ठोंक दिया तो सफाई देते नहीं बनेगी।...पुलिस कचहरी में...परली बहनजी गलत नहीं कह रहीं, बटुआ गुम हो गया, सो माना...पर साथ का सामान कहां गायब हो गया?"

वे पलांश जैसे सांस लेने को ठहरीं, फिर अपने तर्कों के प्रमाण में 'मनोहर कहानियां' का ताजा अंक उसके सामने खोलती हुई बोलीं, "यह देखिए...हू...ब...हू ऐसा ही केस। एक डॉक्टर की खूबसूरत बीवी फिल्मों के चक्कर में भागकर मुंबई पहुंची। मुंबई में बाल-बच्चेवाली जिस महिला ने उसे घर में आसरा दिया उसके पति ने उसी पर जालसाजी का मुकदमा ठोंक दिया। औरत पुलिस की आए दिन होने वाली पूछताछ और अखबारों में उछले नाम की वजह से पुलिस के नाम एक खत लिखकर खटमल मारने वाली दवा पीकर हमेशा के लिए सो गई।"

वह चारों ओर से निरंतर बढ़ रहे दबाव को झेलती निरस्त हो आई। तर्क अपनी जगह थे। जनमत लड़की को टिकट चेकर को सौंप देने के पक्ष में था। उसे वही करना चाहिए। यह सही है कि जानबूझकर संकट न्यौतना बुद्धिमानी की बात नहीं होगी। उस लड़की के पीछे, जिसके बारे में वह स्वयं भी आश्वस्त नहीं है कि वह वास्तव में सच बोल रही है या झूठ? व्यावहारिक यही है कि झंझट में पड़ना फिजूल है। टिकट चेकर पर उसे भी भरोसा करना चाहिए। उसे समय नहीं लगेगा अभिभावकों से संपर्क करते।

उसने फौरन दुविधा झटककर अंतर्द्वंद्व के कपाट बंद कर दिए और चेहरे पर सख्त अपरिचित भाव ओढ़कर उस महिला पत्रिका में अपने को तल्लीन कर लिया, जिसमें आदिवासी महिलाओं के बीच प्रगति कर रहे साक्षरता अभियान को उसने अपने एक खोजपूर्ण लंबे-विवेचनात्मक लेख में बड़ी गहराई से रेखांकित किया था...

फातिमाबाई के द्वारा भिजवाया गया 'लिम्का' वह आधा भी नहीं पी पाई। छोटे-छोटे घूंट जैसे दीर्घ असमंजस बनकर उन दोनों के मध्य एक विशाल शून्यवृत्त खींच रहे हैं, जिसके एक छोर पर शैला है और दूसरे पर वह। वह शैला को देख नहीं रही, किंतु अनुभूत कर रही है कि वह शिथिल हाथों से अपने अब तक खुले पड़े ब्लाउज के बटन लगा रही है।

केतकी को प्रश्नोत्तरों से जोड़ना मुश्किल न था, मगर शैला के सामने उसकी हतप्रभ वाक्शक्ति संवाद के लिए जैसे मनोबल जुटा रही है। कोशिश कर इतना ही पूछ पाई, "तुमने मुझे पहचान लिया?"

नि:शब्द शैला ने स्वीकृति में सिर हिलाया।

"तो तुम्हारा संबंध वाकई गलत लोगों के साथ था?"

"नहीं।"

"फिर यहां कैसे?"

"आपकी कृपा से।"

"मेरी..." उसने अविश्वास और अचरज से शैला को देखा।

"जी, आप ही की।" शैला का आहत तिक्त स्वर अनायास भर्रा आया, "आप अगर उस दिन मुझे अपने साथ लिये जातीं तो आज मैं यहां हरगिज न दिखाई देती..."

और शैला ने भीगे करुण स्वर में दिल दहला देनेवाले जिस बीभत्स सत्य का उद्घाटन किया, उसे सुनकर उसका रोम-रोम स्वयं को धिक्कार उठा।

टिकट चेकर ने शैला का केस रेलवे मजिस्ट्रेट के समक्ष विचारार्थ रख दिया था। वह आतंक और भय से मन-ही-मन कांप रही थी। सोच रही थी कि फेल होने पर अपनी मां की जिस निर्मम पिटाई से खफा होकर वह विरोधस्वरूप घर से भागी थी, जरूर उसे वहीं वापस भेज दिया जाएगा। अब तो उसकी खैर नहीं। चार लड़कियों के बोझ से त्रस्त मां उसका गला ही घोंट देंगी। बाबूजी दारू पीकर उसे ही नहीं, उसकी खातिर मां की भी पिटाई करेंगे। वह शौचालय जाने के बहाने महिला पुलिसकर्मी को चकमा देकर भाग ली थी। फिर आगे का घटनाक्रम ...उफ्! उसे सुनना भी एक असाध्य यंत्रणा थी। किस तरह वह गलत लोगों की सहानुभूति का शिकार होकर काम दिलाए जाने के प्रलोभन में दलालों के शिकंजे में फंस गई। ऐसे ही एक रात उसने अपने को फातिमाबाई के कोठे पर पाया। फातिमाबाई ने उसे खरीदा था।

अपनी नादानी पर पश्चाताप करते हुए उसने चुपके से मां-बाबूजी को कई पत्र लिखे कि वे आएं और पुलिस की सहायता से उसे इस नरक से मुक्त कराएं। लंबी प्रतीक्षा के बाद चंद लाइनें बाबूजी ने लिखकर भेजी थीं कि तुम अब हमारे लिए मामा-मामी के गांव के तालाब में नहाते हुए अचानक डूबकर मर गई हो...

बड़ी मुश्किल से पूछ पाई, "यह बच्चा?"

"जोसफ से पहलेवाले बनिए का है।"

उसके भीतर कुछ चटख रहा है...प्रश्नों के पैने तीर रोम-रोम में बिंध रहे हैं...वह शैला को बचा सकती थी, उसे बहला-फुसलाकर अपने विश्वास में ले सकती थी. ..सच्चाई उगलवा सकती थी...उसके समाजभीरु मां-बाप को समझा-बुझा सकती थी. ..डिब्बे में मौजूद औरतों की बनिस्बत वह निश्चय सुशिक्षित, संवेदनशील और जागरूक विचारोंवाली थी...लेकिन...

आहट पर नजर उठी तो परदा सरकाकर फातिमाबाई को प्रवेश करते देख वह अपने भीतर चौंक पड़ी। वह तो बैठी है, फिर कमरे में कैसे प्रवेश कर रही है।

●●●

4

इस हमाम में

आज उसकी घंटी नहीं बजी, न ही आवाज सुनाई दी।

रोज सुबह दरवाजे के बाहर से उसकी आवाज सुनाई पड़ती–'बाई, कचरा!' इसी तर्ज में वह यानी अंजा हमारे लंबे कॉरीडोर से जुड़े हुए फ्लैट की घंटी बजाती हुई 'कचरा' शब्द का उच्चारण करती, फिर कचरा लेने उसी फ्लैट के सामने पहुंच जाती जिसकी घंटी उसने सबसे पहले बजाई थी। ऐसा शायद वह सुविधा के लिए करती थी कि तब तक हर फ्लैट का बाशिंदा अपने-अपने कचरे का डिब्बा दरवाजे के बाहर रख दे और अंजा को व्यर्थ प्रतीक्षा न करनी पड़े। दस माले की ऊंची इमारत के हर घर से उसे कचरा इकट्ठा करना पड़ता था। लोगों को भी आदत हो गई थी। वे उसकी घंटी पहचानते थे। सुबह दूधवाले की घंटी...पेपरवाले की...और अंजा की। सुबह की व्यस्तता के बावजूद लोग उसकी आवाज सुनते ही दरवाजा खोल अपना कचरे का डिब्बा बाहर रख देते और बिना अंजा की प्रतीक्षा किए हुए अपने काम में लग जाते। अंजा एक-एक का कचरा क्रमशः अपने प्लास्टिक के भारी झाबे में उड़ेलती, खाली डिब्बा यथास्थान रखकर दूसरे फ्लैट के दरवाजे पर पहुंच जाती। बाद में लोग अपना-अपना डिब्बा सुविधानुसार उठा लिया करते। शुरुआत के दिनों में मैं भी ऐसा ही करती थी।

ठीक पौने नौ बजे घड़ी देखकर सोमेश दफ्तर के लिए निकल पड़ते। मैं बैग उठाकर उन्हें लिफ्ट तक छोड़ने के लिए दरवाजा खोलती तो खाली कचरे का डिब्बा घर की देहरी से सटा रखा होता। शायद यह बात सोमेश कई दिनों से गौर कर रहे थे कि कचरेवाली कचरा तो लेकर चली जाती है, मगर मैं इस बीच खाली डिब्बा ज्यों-का-त्यों पड़ा रहने देती हूं। घर से निकलते ही सबसे पहले खाली डिब्बे का दर्शन उन्हें अपशकुन प्रतीत होता। उनके इस वहम से परिचित होते ही मैंने अपनी आदत बदल ली थी और ऐसी स्थिति में मेरे और अंजा के औपचारिक परिचय ने आत्मीयता की प्रगाढ़ता ग्रहण कर ली थी।

अब होता यह था, जैसे ही उसकी घंटी बजती, मैं फौरन अपनी व्यस्तता झटककर डिब्बा उठा अंजा के सामने पहुंच जाती और उसे तुरंत खाली कर देने के

लिए कहती। एक-आध रोज तो इस परिवर्तन से उसे परेशानी हुई थी। कचरे का 'झाबा' अट्ठावन नंबरवाले फ्लैट के सामने ही वह हमेशा की तरह रखा छोड़ आती थी। पूछे बिना उससे रहा भी न गया था। मुहांसे भरे सांवले गालों की उभरी गोलाइयों के नीचे कुछ अधिक फटे होंठों में वह अर्थपूर्ण ढंग से मुसकराई थी–"इधर कचरे का डिब्बा चोरी नईं होता।"

उसके गलत मतलब निकालने पर एकाएक दिमाग भन्ना उठा था। सुबह का वक्त था, संयत होकर जवाब दिया, "यह बात नहीं है, अंजा। असल में...सा'ब को दरवाजे पर पड़ा हुआ खाली कचरे का डिब्बा अपशकुन लगता है... बस इसीलिए..."

"क्या!" उसका मुंह अचरज से खुल गया। आंखें पटपटाकर बोली, "सा'ब इतना शिखेला-पढ़ेला मानुस होकर ये सब बात मानता है क्या? आजकल तो अपुन लोग भी ऐसा बात पे इस्वास नहीं करता, फिर..."

क्षण भर निर्विकार भाव से देखा मैंने उसे, फिर खाली डिब्बा लगभग उसके हाथ से झटककर अपना दरवाजा बंद कर लिया। इस प्रश्न का जवाब भी क्या था मेरे पास? जबरन सहेजा हुआ तटस्थ भाव रसोई तक पहुंचते-पहुंचते मोम-सा पिघलने लगा। एक तरह से उसका यह कटाक्षपूर्ण प्रश्न अच्छा लगा था; क्योंकि उसके प्रश्न में जिज्ञासा की तीव्रता के अलावा सोमेश के वहमी व्यक्तित्व के प्रति तिरस्कार का भाव भी था...

'...इतना शिखेला-पढ़ेला मानुस!'

अंजा के ये शब्द व्यस्तता के बावजूद मस्तिष्क के संवेदन तंतुओं में दुबके हथौड़े की धमक से निरंतर बजते रहे। लगा था, कभी अंजा को अपने करीब बैठाकर वह सब बता दूं...मैं एक नहीं, कई-कई वहमों की चोट से छिदी हुई हूं...और शुष्कता की हद तक जीवन मोह से विमुक्त...और जब अंजा की आंखों का प्रतिपल गहरा होता विस्मय एकाएक उपहास बनकर सोमेश के व्यक्तित्व पर गिट्टियां उछालेगा तो... शायद मैं एक सुखद राहत महसूस करूंगी। एक मामूली कचरेवाली का उपहास...मेरी अपनी टीसों पर ठंडा फाहा होगा...

ऐसा हो नहीं पाया। उसे अपने करीब फुरसत से बैठा तो नहीं पाई। बस परस्पर बोल-चाल निश्चय ही बढ़ गई। यह भी सोमेश से छिपा नहीं रहा। अपनी नाराजगी वे दबा नहीं सके। एक रोज झुंझलाकर बिफरे, "कचरा देने में इतना समय लगता है?"

बात सुनकर भी मैंने अनसुनी कर दी।

मेरी यह ढिठाई उन्हें बेहद नागवार गुजरी–"मेरा नहीं तो पास-पड़ोसवालों का तो लिहाज करो।"

सुनकर विद्रोह की एक तड़प-सी कौंधी। चीखों का ढका-दबा सैलाब फट पड़ने को हुआ, किंतु...हमेशा की तरह सब भीतर-ही-भीतर अंतस की गहराइयों में फूटता रहा...बहता रहा, बहुत पहले अपनी घुटन को अभिव्यक्ति दी थी...चश्मा उतारकर अपनी आंखें दिखाई थीं। इन आंखों में देखने की शक्ति है...मस्तिष्क सोचता भी है. ..हृदय में संवेदनशीलता भी है...

सुनकर सोमेश हंस दिए थे—"तुम्हारी आंखें सचमुच खूबसूरत हैं, दिवा; पर देखने के लिए उन्हें चश्मे के सहारे की जरूरत है?"

फिर जो निर्णय लादने की शुरुआत का सिलसिला शुरू हुआ, उसने शायद मेरे कंधों की मजबूती पहचान ली थी...शादी के चार साल बाद समीप हुआ था।

...मेरी खरीदी हुई स्लेट तथा रंगीन चाकों का डिब्बा न जाने कहां पड़ा होगा, सुंदर जिल्दवाली अक्षर ज्ञान की किताबें अपने ऊपर रखी जानेवाली नन्ही कोमल उंगलियों के स्पर्श से वंचित न जाने किस दराज में पड़ी धूल खा रही होंगी। पांच साल का समीप मेरी कांपती हुई टांगों से लिपटा चीखें मारता रहा...मदर ने अंक में भरकर उसे बहलाते हुए गोद में उठा लिया था और सांत्वना से मेरे कंधे थपथपाते हुए कहा था—कीप पेशंस!...

...भाभी-भैया सोमेश को देखकर लौटे थे। भाभी ने कहा था, 'उन्हें तो एम.ए. या पी-एच.डी. से नीचे पढ़ी-लिखी लड़की चाहिए ही नहीं।' कई महीनों तक मुझे देख-दाख आने के बावजूद सोमेश के घरवालों ने मेरे संबंध में ब्याह का निर्णय लटकाए रखा था। शादी हो जाने के काफी अरसे बाद मौसी ने बताया था, चश्मे के बावजूद उन्हें इतनी सुंदर लड़की ढूंढ़े नहीं मिली थी। लड़कियां तो बहुत देखी गई थीं, पर सुंदरता, शिक्षा तथा जन्मपत्री का मिलना और बत्तीस गुणों तक मिलना मेरे साथ ही संभव हो पाया था और इसीलिए निर्णय में समय तो जरूर लगा, पर हुआ मेरे पक्ष में।

उस रोज की घटना...सालों हो गए, मगर आज भी याद करते हुए सिहरती हूं। सोमेश दफ्तर के लिए निकल रहे थे और सहसा उनके दरवाजे के बाहर होते ही मुझे याद आया था कि मैं जल्दबाजी में उन्हें रूमाल देना भूल गई हूं। लपककर दरवाजा खोल कॉरीडोर में पहुंची तो पाया कि वे लिफ्ट के सामने खड़े उसके ऊपर आने की प्रतीक्षा कर रहे थे।

'सुनिए!' मैंने रूमालवाला हाथ आगे बढ़ाकर उन्हें पुकारा तो वे एकाएक मुड़े और तमतमाए से मेरे करीब आकर तकरीबन बांह से घसीटते हुए भीतर खींच ले गए। और इतनी जोर का धक्का मारा कि मेरा पूरा शरीर जड़ से उखड़े पेड़ की तरह ड्राइंगरूम की दीवार से टकरा गया। सुन्न होती देह और काले-काले धब्बों से भर गई। आंखों से मैंने उनका चेहरा कोशिश कर देखा था। वे लगभग चीख रहे थे, 'आइंदा ऐसी हरकत मत दोहराना, समझी? कितना भी जरूरी काम क्यों न हो—एक

बार मैं घर से निकल गया तो समझो, निकल गया। पीछे मुड़कर कभी न बुलाना। दफ्तर में फोन भले ही कर देना!'

उस वक्त अम्मा कुछ दिनों के लिए हमारे साथ थीं। मेरे प्रकृतिस्थ होते ही उन्होंने मुझे सोमेश के वहमी प्रकृति पक्ष और उसकी प्रामाणिकता पर लंबा-चौड़ा भाषण दे डाला था कि ऐसी टोका-टोकी से किस तरह बनते हुए काम बिगड़ जाते हैं, 'इन सब बातों में तुम्हें ध्यान रखना होगा, बहू। सोच-विचारकर चलने की हमारी कुल परंपरा है। हम बीस बिसुआवाले कान्यकुब्ज जो ठहरे।'

रूढ़ि और पाखंड के बवंडर से घिरा आहत मन क्षोभ और पीड़ा से छटपटा उठा था। भैया-भाभी के प्रति आक्रोश की उभड़ी चिनगारी शनैः-शनैः जवान आग की शक्ल अख्तियार करती जा रही थी कि तभी अचानक अंजा से भेंट हो गई थी और जानबूझकर मैंने उससे संसर्ग बढ़ाना शुरू कर दिया था, ताकि ऊंच-नीच की कुलीनता-अकुलीनता से प्रभावित रहनेवाली सोमेश की भावनाओं का मुंह बिरा सकूं...

एक दोपहर गहरी नींद में घंटी की आवाज सुनकर जब मैंने दरवाजा खोला तो पाया, सामने कचरेवाली अंजा खड़ी है। समझ में नहीं आया, इस वक्त वह क्योंकर आ सकती है। उसके असमय आने का प्रयोजन पूछना ही चाहती थी कि तब तक वह साधिकार भीतर दाखिल हो गई। पता नहीं क्यों, मुझे उसका आना अच्छा लगा।

उससे बैठने के लिए कहकर सोत्साह वॉश-बेसिन पर जाकर मुंह-हाथ धोने लगी। फिर दो कप चाय बनाकर, उसे कपों में छान एक कप अंजा को थमा उसके निकट आकर बैठ गई। अकसर जब कभी उसे सुबह 'फ्रिज' का ठंडा पानी पीना होता था तो वह मुझसे ही मांगती थी। मैं निस्संकोच पानी गिलास में ढाल उसे थमा देती। गिलास में पानी लेते हुए वह संकोच से सिकुड़ उठती। कहती, 'बाई, एक तुम्हीच हो जो अपने को बोईच बरतन में पानी पिलाता है जिसमें तुम खुद पीता है। नईं तो अपुन को तो लोग उसीच कप में पानी देता है जो कचरे में फेंकनेवाला होता है। समझते हैं, हम इनसान नईं, मैला है, मैला।'

वह बिना कुछ बोले फौरन चाय सुड़कने में तन्मय हो उठी। उसके द्वारा ही कुछ कहने जाने की प्रतीक्षा करती रही। उसका चेहरा चिंतामग्न काफी उदास लग रहा था। मैंने उसे हमेशा हंसते हुए, मजाक करते हुए देखा है। बल्कि सुबह मुझे उसके रसीले बतकहाव की वजह से ही प्रतीक्षा रहती थी कि भेंट होते ही वह कोई-न-कोई टीका-टिप्पणी भरी बात करेगी, या फिर कुछ फूहड़ किस्म के मजाक, जो मुझे वस्तुतः अच्छे लगते थे। हमारे बीच दुबकी बैठी चुप्पी मैंने ही तोड़ी।

"क्या बात है, अंजा? आज तुम बड़ी परेशान नजर आ रही हो?"

"हां...वो...बाई। मेरे को कुछ रुपया चइए था।" वह संकोच से सहमती हुई साहस कर बोली।

"पैसे! क्या जरूरत आ पड़ी तुम्हें?"

"झोंपड़ा लेने का मेरे को।"

उसकी बात सुनकर मुझे अचरज हुआ। अपनी जिज्ञासा दबा नहीं पाई, "घर नहीं है क्या तेरे पास?"

"है, पन..." कहकर वह अपने मन की दुविधा झेलती कुछ पल मौन हो आई। लेकिन चाय खत्म होते-न-होते वह अपनी सारी परेशानी ब्योरेवार बता गई। उसने तथा उसके तीसरे पति ने मिलकर खार झोंपड़पट्टी में एक झोंपड़ी ली है, जिसके लिए उसे डेढ़ सौ रुपए डिपॉजिट और पंद्रह रुपए चालू भाड़े का जुगाड़ करना था। मैंने देखा, घर के विषय में बताते हुए उसका उदास चेहरा खिले फूलों-सा निखर आया है।

"अभी वाला घर में नल भी है, म्यूनिसपेलिटी का संडास भी है। पिच्छू जहां हम रहता थान, वहां पानी का बोत दिक्कत था। बंबा से पानी भर के लाना पड़ता था। और संडास?...सुनेगा तो तुम हंसेगा–इश्वास नईं करेगा–एकदम सुबू को उठकर सड़क का बाजू में..."

ऐसी दयनीय स्थिति सुनकर भी मैं अपनी हंसी रोक नहीं सकी थी।

जाने के पहले डेढ़ सौ रुपए मैंने उसकी हथेली पर धर दिए थे। अंजा की आंखें अनायास स्नेहिल कृतज्ञता से भीग आई थीं। अचानक झुकी तो उसका हाथ मेरे पैरों पर टिक गया–"बाई! आपका जैसा दिल किसी का नई देखा अपुन।"

घर!...मुझे अंजा को मनपसंद घर मिल जाने की खुशी हुई थी। अपना यह फ्लैट मुझे कभी घर की तरह नहीं लगा। किसी दौड़ती हुई ट्रेन के स्लीपर कंपार्टमेंट का हिस्सा भर महसूस हुआ, जिसका फर्श दूसरों के घर की छत है और छत किसी और के घर की जमीन...

दो-तीन कहानियां लगातार पढ़ गई थी। आंखों में दर्द-सा महसूस होने लगा था। पता नहीं, चश्मे का नंबर बढ़ गया है या दोपहर भर लगातार पढ़ने का नतीजा था। कहानी की पत्रिका सिरहाने उठाकर रख दी। चश्मा उतारकर दोनों हथेलियों से दुखती आंखों को हलके-हलके दबाया। एक सुखद राहत से पलकें तंद्रिल हो उठीं। नहीं-नहीं, मैं सोना नहीं चाहती–

सोमेश महसूस ही नहीं करते कि अब मैं पढ़ते-पढ़ते थक गई हूं, सोते-सोते थक गई हूं, दिन भर टेबल-कुरसियां, कुशन झाड़ते-पोंछते थक गई हूं–सिर्फ उनकी और उनकी ही बातें सुनते-सुनते थक गई हूं। न किसी के संग उठना-बैठना, न कहीं मन-मुताबिक आना-जाना। आना-जाना भी हो तो सोमेश की उपस्थिति का दबाव हर पल किसी पीछा करते हुए व्यक्ति की कड़ी निगरानी के आतंक-सा मन को बंधक बनाए रहता।

अंजा से मैंने अपनी इस ऊबन का जिक्र किया तो वह सुझाव देती सी बोली थी, "बाई, अक्खा दिन काय कू घर में पड़ा सड़ता है कि दूर ऑफिस-वापिस में

काम-धंधा देख लो न। साबजी भी बोलता हय, तुम गुप-चुप काय को मान लेता हय? तुम शिखेला-पढ़ेला है न...परवा मत करो। जितना परवा करेगा न उतनाच वो तुमको आंख दिखाएगा। समझा...फिर बाबा का भी तो काम नईं है। वो उधर शाणा में और तुम इधर घर में अकेला भूत सरखा।"

उसकी बातों ने सचमुच घेरे को तोड़ने का विद्रोह पैदा कर दिया था। सोमेश को बिना बताए एक स्कूल में मैंने हिंदी अध्यापिका का प्रार्थना-पत्र भेज दिया। साक्षात्कार का बुलावा आने पर चुपचाप साक्षात्कार भी दे आई। अचानक एक दोपहर मुझे स्कूल के अधिकारियों का पत्र प्राप्त हुआ कि मुझे वहां एक हफ्ते के भीतर ज्वॉइन कर लेना है।

सुबह नाश्ते की टेबल पर सोमेश को जब मैंने यह खुशखबरी दी तो प्रत्युत्तर में उनका क्षण भर पहले का मीठा स्वर चिड़चिड़ाहट में बदल गया।

"नौकरी की तुम्हें क्या जरूरत आ पड़ी?"

"समीप के चले जाने के बाद से मैं दिन भर अकेली पड़ी ऊबती रहती हूं। बस, यही सोचकर आवेदन-पत्र भेज दिया था।"

"समय ही काटना है न! लिख-पढ़कर भी तो समय गुजारा जा सकता है।"

"कितना?"

"औरतें और भी बहुत-से काम घरों में करती हैं। तुम उनसे निराली हो?"

"निराली नहीं हूं; मगर वे बच्चे भी तो पालती हैं।"

"दिवा!" उनकी आवाज उत्तेजना से कांपने लगी, "तुम्हारे वाहियात तर्कों के फेर में मैं नहीं आनेवाला। घर में रखकर समीप की जिंदगी नहीं बिगाड़नी है मुझे।"

"मुझे क्यों घर में रख छोड़ा है?"

मेरे इस दुस्साहस की उन्हें रंचमात्र भी कल्पना नहीं थी। दाढ़ी का 'ब्रुश' गुस्से से बेसिन पर पटकते हुए वे तौलिया उठा भन्नाते हुए बाथरूम की ओर मुड़ गए-"पता नहीं हराम...क्या चाहती है! पांच लाख का फ्लैट है...बच्चा आराम से सिंधिया में पढ़ रहा है...ख्वाहमख्वाह आंसू टपकाने की आदत पड़ गई है। वह भी ठीक ऑफिस के लिए तैयार होने के समय ही...रेड़ मारकर रख दी। मल्होत्रा वाला अनुबंध आज तय होने से रहा।"

बाथरूम का दरवाजा बंद करने से पहले उन्होंने मुझे आग्नेय नेत्रों से घूरा, फिर आदेश भरे स्वर में बोले, "फिजूल के तेवर दिखाने की जरूरत नहीं है। उन्हें अभी इसी वक्त पत्र लिखकर मना कर दो, ताकि वे किसी और को तुम्हारी जगह नियुक्त कर लें। समझीं!"

क्या मैं मात्र सोमेश की उंगलियों का संकेत भर हूं? वही और बस इतनी ही मेरी पहचान है और मेरे होने की शर्त...अंजा ने तीसरे आदमी के साथ घर बसाया है-मैं,

..मैं...इस कटीली फेंसिंग को सुरक्षा की चारदीवारी का भ्रम बनाए क्यों पेट में निवाले डालने की मजबूरी को जीवन का तालमेल और आपसी समझदारी जैसे अर्थहीन शब्दों की आड़ में जी रही हूं। अंजा के लिए नहीं, उसका और मेरा समाज–समाज का जीवन-दर्शन अलग-अलग है।

बाथरूम से बाहर आकर सब कुछ पटका-पटकीवाले मूड में स्वत: किया गया। मेरे निकाले हुए कपड़े न पहनकर दूसरे निकाल लिये गए। पॉलिशवाले जूतों को परे सरकाकर गंदे सैंडिल पहने गए। रूमाल भी दूसरा ढूंढ़ा गया; पर शायद मिला नहीं। अत: रोष में वह भी साथ नहीं रखा गया...

दरवाजा इतनी जोर से बंद किया गया कि बड़ी देर तक कानों में एक अजीब-सी झन्नाहट गूंजती रही।

उठकर दरवाजे तक मैं भी नहीं गई। हमेशा ही समझौते को प्रस्तुत रहनेवाली मेरी आदत ने एकाएक रुख पलटा था और इस ढिठाई के लिए मन को पछतावे जैसी भावना ने उद्वेलित भी नहीं किया। बस, आक्रोश का ज्वार निरंतर मन को बेधता रहा। कब तक यह सब सहना है? छह सौ रुपए की यह नौकरी मुझे अपने ढंग से खड़ा तो रहने दे सकती है। फिर...

...घृणा...घृणा...घृणा का अविराम बहाव कब से अंतर की अनदेखी गुहाओं में अबाध बहता रहा था, मुझे आभास ही नहीं हुआ! एक शख्स के इतने हिस्से कैसे कर दिए जाते हैं? बेटी, बहू, पत्नी, मां–नारी...पैदा होते ही उसे समझाना शुरू कर दिया जाता है कि उम्र के हर टुकड़े को दूसरों की सुविधाओं के अनुकूल आत्मसात् करके जीने में ही उसका जीना है–एक निर्धारित स्वीकार...क्यों? आखिर क्यों?

तकिया अमीबा की शक्ल में कई जगह से भीग गया।

उठकर मैंने दीवारों-दरवाजों के इन हिस्सों को बार-बार छुआ था, पढ़ा था, जिन पर पिछली क्रिसमस की छुट्टियों में आए हुए समीप ने कहीं ए.बी.सी.डी. लिख दी थी तो कहीं सेब का अंडाकार आकार खींचकर ए फॉर एप्पल लिख दिया था,...कहीं वन, टू, थ्री, फोर...

रात को सोमेश मेहमानों के कमरे में ही सो गए। सुबह पता नहीं कब उठकर चले गए। दो बजे तक नींद ही नहीं आई। उठी। मेडीसिन बॉक्स से कंपोज निकाल खाया तब कहीं जाकर आंख लगी।

किसी भी काम के लिए उठने की इच्छा नहीं हो रही थी। लेकिन कचरेवाली अंजा की घंटी और साथ-साथ ऊंची हुई लहकदार आवाज ने चुंबक-सा खींच लिया। उठकर रसोई में आई तो हाथ यंत्र-चालित से फ्रिज पर चले गए। देखा, दूध की चारों बोतलें स्टैंड में करीने से लगी हुई हैं। सोमेश ने उठकर ले ली होंगी। मुझे तो पता ही नहीं चला कि कब दूधवाले की घंटी बजी, कब पेपरवाले की। रसोई के प्लेटफॉर्म

पर चायदानी तथा एक जूठा कप भी पड़ा हुआ दिखा। परंतु मन को ग्लानि नहीं हुई। यह सब मुझे तकलीफ पहुंचाने की भावना से नहीं किया गया है, बल्कि यह दर्शाने का प्रयास है कि तुम्हारे बगैर भी इस घर में पत्ता खड़क सकता है। तभी मन को मथते तर्क-वितर्क को परे झटक मैं कचरे का डिब्बा उठाकर फुर्ती से बाहर आई। बाहर खड़ी वह मेरी प्रतीक्षा कर रही थी।

कचरे का डिब्बा जैसे ही मैंने उसकी ओर बढ़ाया, तेज-तर्रार अंजा ने किसी अप्रिय घटना की परछाईं मेरी आंखों में पढ़ ली।

"क्या बात है, बाई? आंख तो ऐसा सुझेला हय जैसा रात को तुम बेवड़ा मारकर सोया हो।" मजाक करके वह खुद ही 'हो-हो' करके हंस दी। परंतु मैं न हंस सकी। शून्य दृष्टि से उसके कचरे के झावे को घूरती भर रही।

"रात सा'ब से लफड़ा हो गया था?" अंजा मेरी खामोशी पर तिक्त होती गंभीर हो आई।

"हां।" मैंने संक्षिप्त-सा उत्तर दिया।

"मरद जात कोई-कोई छोड़ के बोलेंगे तो...पक्का भड़ुआ होता है। अपन ने हिम्मत छोड़ी कि समझो उसके उनके खीसे में।" उसने हिकारत से मुंह बिचकाया।

उसकी इस गाली में शायद मिला-जुला आक्रोश था। सुनकर मैं अचकचा उठी। उसे शायद इस बात की परवाह नहीं थी कि इस तरह की कड़वाहट हमारे भीतर भी उठती है; किंतु ऐसी अशालीन शब्दाभिव्यक्ति में हम उसे सुनने-कहने के आदी नहीं होते...

अंजा का आक्रोश पीछे लौटता कहीं अपनी यंत्रणाओं की गलियों में भटकने लगा था...

"हम तो पहलेवाले मर्द को छोड़ा इसीलिए...अक्खा दिन किटकिट। जितना पगार उठाता था, सब दारू में खलास।...तीन साल में तीन बच्चा। बोत मुश्किल से एक गेस्ट हाउस में झाड़ू-कचरा उठाने का नौकरी मिला। पगार बोलेंगे तो फकत अस्सी रुपया. ..साला, जब देखो तब भेज देता था गेस्ट हाउस के मेम सा'ब के पास-अंजा, पांच रुपया उधार मांगकर ला न मेम सा'ब से...दारू भी मेरे पैसे की पीता और धुत्त होकर हड्डी भी मेरी तोड़ता...बच्चा लोग दो जून पेट को तरसता...छह साल खडुस के संग कैसा निकला, बोलने को नईं सकता। फिर सोचा, मर्द के साथ भी तो अपने हाथ का कमा के खाना पड़ता है। अकेला ही बच्चा लोग को पालेगा...

"पन बाई। जात-बिरादरीवाला अकेला भी तो नईं रहने देता।" कहते-कहते अंजा की आंखें पनिया आईं। "एक दिन हम भट्ठीवाला सेठ सद्धू के घर अपना तीनों बच्चा लेकर आ गया। कुछ दिन तलक तो वो हमकू बड़ा चाव से रखा। फिर

लगा दिया भट्ठी के काम में...मैं नौसादर और गुड़ सड़ा के दारू बनाने लगी औरे वह हरामखोर...रात-दिन जुआ खेलने लगा। बाद को पता लगा, एक रंडी पन रखेली होती उसने...वहीं अक्खा रात-दिन पड़ा रहता। झगड़ा करने से भड़ुआ मेरीच पिटाई करता...

"कितना दु:ख रोएगा...सद्धू ने मेरे दोनों छोकरों को दारू पहुंचाने के काम में भिड़ा दिया...एक रोज दोनों मोटर का टियूब में दारू भरकर अंधेरी स्टेशन का पिच्छू एक होटल में पहुंचाने गया होता, तभी पोलिस का हाथ पड़ गया...और वो कुतरा?... जामिन के वास्ते भी नहीं गया। बचा वो भी नईं। एक दिन अक्खा झोंपड़पट्टी पर पोलिस का धाड़ पड़ा। खोद-खोद के माल बाहर निकाला। सद्धू को भी पकड़ा। छोटेवाले बच्चे को लेकर मैं कैसा भी बच के भाग निकली। मंगतराम पेट्रोल पंप वाली झोंपड़पट्टी में एक रिश्ते की भावज थी। उसी के पास...भावज बड़ा-बड़ा बिल्डिंग में कचरेवाली का काम करती थी। मैंने भी पेट पालने के लिए दो-चार घर पकड़ लिये। बाद में खबर लगा था, सद्धू को साल भर का तड़ीपार मिला है।"

सहसा बगलवाले फ्लैट का दरवाजा खुलने से हमारी बातचीत में व्यवधान पड़ा। अंजा एकाएक खामोश हो गई। फ्लैट के मालिक मिस्टर पंजवानी बाहर निकल रहे थे। अंजा बड़े सहज भाव से चुपचाप अन्य घरों की ओर बढ़ती हुई उनकी घंटी बजाने लगी।

मिस्टर पंजवानी ने मेरे करीब ठहरकर मुझसे 'हलो' की। प्रत्युत्तर में मैंने अपनी अटपटी स्थिति को ढकते हुए मुसकराकर उनसे प्रतिप्रश्न किया, "बहुत दिनों से आप दिखाई नहीं दिए?"

"जी, मैं करीब तीन महीने के लिए यूरोप की यात्रा पर था।"

"अच्छा!" मैंने स्वर में भरसक विस्मय भरकर कहा।

वे मुसकराते हुए लिफ्ट की तरफ बढ़ लिये। उनके जाते ही अंजा दरवाजे से बाहर प्रतीक्षा करते कचरों के डिब्बों की उपेक्षा कर पुन: मेरे करीब आ खड़ी हुई।

"बाई!" उसका स्वर मेरी ओर झुकता हुआ अचानक फुसफुसाहट में बदल गया, "बाहर-बीहर कहीं नईं गया था। तीन महीना जेल काट के आया है ये सा'ब, मालूम क्या!"

"क्या!" उसकी करुण कथा से अभिभूत मेरा हृदय एकाएक किसी सनसनीखेज घटना को जान लेने की तीव्र उत्सुकता में परिवर्तित हो उठा।

"बोत बड़ा स्मगलर है ये...पकड़ा गया था...बचा नई...तुमको पता नई?"

"नहीं?" मेरे विस्मय का पारावार नहीं था।

"बोत ऊंचा-ऊंचा लोग रहता है आपके पड़ोस में। चौंतीस लंबरवाली वो केशव मेम सा'ब है न। आपको तो यईच पता होगा कि वो नाच-वाच सिखाती हय...डांस का किलास चलता है उसका। पर असल में..." कहते-कहते अंजा संकोचवश तनिक

ठिठकी, "धंधा करती है छोकरियों का...उनका घर का कचरे के साथ बोत सारा फैमिली प्लानिंग पड़ा रेता हय...क्या बोलेगा, छिह!" घृणा से मुंह बिचकाकर जैसे किसी से त्रस्त होकर नाक सिकोड़ी।

"तुम्हें ये बातें कैसे मालूम पड़ जाती हैं?" मैंने अचरज से पूछा, "जबकि मैं पड़ोस में रहती हूं।"

"तुम भी बाई, बुद्धू सरीखी बात करती। कचरा के साथ बहुत सारी बातें ये लोग खुद ही बाहर फेंक देता हय।"

मेरा मन उसकी कुशाग्रता पर हतप्रभ हो उठा। कैसी आत्मविश्वास से पगी औरत है! कितनी तेज बुद्धि! कितने आंधी-तूफान झेले, मगर छीज-छीजकर भी लड़ाई लड़ रही है...

आज वो घंटी नहीं बजी, न वो लहकदार आवाज ही सुनाई पड़ी जिसकी मुझे बेचैनी से प्रतीक्षा रहती थी।

घंटी तो बजी थी और कचरे के लिए पुकार भी आई थी, लेकिन घंटी का अंदाज रोजवाला नहीं था। आवाज किसी आदमी की थी। मुझे बेहद आश्चर्य हुआ। कचरे का डिब्बा उठाकर मैं हतोत्साहित-सी दरवाजा खोलकर खड़ी हो गई। मैंने अंजा की जगह पर एक बूढ़े को खड़ा पाया।

"आज अंजा नहीं आई? तबीयत ठीक नहीं है क्या उसकी?" मैं अपनी जिज्ञासा कोशिश करके भी दबा नहीं पाई।

प्रत्युत्तर में बूढ़े ने बुरा-सा मुंह बनाया और कटाक्ष भरे स्वर में बोला, "तबीयत क्या, बीबीजी! जिसकी एक के साथ नहीं निभी, दस के साथ क्या निभेगी! फिर आदमी और जगह बदल लेने से जिंदगी थोड़े ही बदल जाती है।"

"क्यों? ऐसा क्या हुआ?" मैंने आशंका से भरकर पूछा।

"होना क्या था, बीबीजी। रात मियां-बीबी में खूब झगड़ा हुआ। मरद जात, लुगाई की सहन नहीं हुई...हाथ उठ गया सो उठ गया। अंजा ने ताव में कुछ खा-पी लिया। वाडिया अस्पताल में पड़ी है। अभी तक होश नहीं आया है। मुझे उसके मरद ने बदले में काम संभालने के लिए भेजा है।"

सुनकर मैं अवाक् हो उठी हूं। काम में मन नहीं लग रहा। दिमाग में निरंतर बूढ़े की आवाज गूंज रही है–'आदमी और जगह बदल लेने से जिंदगी थोड़े ही बदल जाती है।'

•••

5

अढ़ाई गज की ओढ़नी

डोंगे में लबालब 'फ्रूटक्रीम' भरकर उसका ढक्कन लगाने से पहले उमा ने प्रिया को गुहार लगायी कि वह रसोई में आकर 'फ्रूटक्रीम' देखकर तनिक अंदाजा लगा ले कि एक डोंगा 'फ्रूटक्रीम' से उनकी पिकनिक का काम चल जायेगा या उमा शेष बची 'फ्रूटक्रीम' मिलाकर उसे किसी बड़े डिब्बे में भरकर पूरी की पूरी उन्हें दे दे।

दरअसल खाने-पीने की अन्य वस्तुएं बांटी गयी जिम्मेदारी के मुताबिक बच्चे अपने-अपने घरों से पकवाकर या बनी-बनायी संग ला ही रहे। लेकिन मामला दिन-भर का ठहरा। और जैसा कि उसके अपने बचपन का अनुभव उसे सचेत कर रहा कि अमूमन बच्चों को पिकनिक में कुछ अधिक ही भूख लगती है तो संभावना यह भी हो सकती है क़ि लगभग दो-ढाई किलो 'फ्रूटक्रीम' उनके लिए पर्याप्त न हो। जो भी हो, एक कटोरी वह केदार के लिए अलग निकालकर रख देगी। इतनी-सी बेईमानी उसके लिए अति आवश्यक है। केदार को मालूम है कि प्रिया की पिकनिक की खातिर आज घर पर 'फ्रूटक्रीम' बन रही। कार्यालय के लिए निकलने से पूर्व वे उसे याद दिलाते हुए निकले कि वह उनका हिस्सा अलग निकालकर रखना न भूले। अधैर्य के मामले में वे पांच पूरा कर रही के.जी. की विद्यार्थिनी बेटी प्रिया को प्रतिद्वंद्विता में पछाड़ते हुए उससे दो कदम आगे जा खड़े होने में सकुचाते नहीं।

सुन क्यूं नहीं रही प्रिया?

ऊबकर उमा ने अटकाहट से मुक्ति के लिए उसे दुबारा गुहार लगायी। जवाब में 'आयी मम्मी' सुनकर खीझ छिटकी। 'आया-आयी' बाप-बेटी दोनों में ही किसी की बात को विशेष महत्त्व न दे उसे लटकाये रखने का अवगुण है। तय है कि बिना तीन-चार बार 'आया-आयी' करवाये हुए वे हाजिर होने से रहे।...

उसने प्रिया को तीसरी पुकार लगायी।

फिर एहतियातन एक कटोरी 'फ्रूटक्रीम' अलग कर कटोरी फ्रिज में सरका दी। हालांकि जानती है कि कटोरी पकड़ाते ही केदार मुंह बिदकायेंगे—"मैडम, इसे मुंह में डालूं या कान में चुआऊं?"

छटांक-आध छटांक में उनकी गुजर नहीं होने की।

उनकी दशहरी आमों की खवाई का प्रसंग उसे किसी कष्टकर घटना से कम आतंकित नहीं करता। सेर खांड आम तुलवाना उन्हें तौहीन लगती। छह-सात चढ़े-तुले पिद्दी से आमों से भला उनका क्या होना? (स्वस्थ तगड़े आम सिर्फ विदेशी ही खा सकते हैं) किसी रोज कार्यालय से घर पलटते हुए वे 'गोलचा' वाली सब्जी मंडी से तीन-चार पेटी आम तिपहिया में रखवा लाते। मनोयोग से पेटियां खोली जातीं। खोलने के उपक्रम में उसकी रसोई की डसी, करछुल शहीद हो जायें तो उनके उत्साह उमंग में छदाम-भर खोट आने से रही। तदुपरांत आमों की छंटाई शुरू होती। तैयार आम धुलते और बाल्टी में फ्रिज की सारी ठंडी बोतलें उड़ेल भिगो दिए जाते। उस रोज भोजन का कार्यक्रम गोल कर बाप-बेटी जो कुहनियों तक सुआरियों के थूथन-से ओंठ सिकोड़ 'सुड़प-सुड़प' रस खींच आम चूसने पर पिलते कि उनकी सौंदी हुई मुखाकृतियां उसे भीतर तक घिना, सिहरा कई रोज तक आमों के निकट न फटकने देतीं।

वितृष्णा से भर वह चेतावनी पर चेतावनी टिकाती हुई बर्राती कि इतने आम इकट्ठे खाने से उनके पेट में पांक पड़ सकती है, आंखें आ सकती हैं, फोड़े-फुंसियां हो सकती हैं; मगर केदार के संग पट्टू तोते-सी उनका अनुसरण करती हुई न वह बित्ते-भर की छोकरी चेतती, न केदार।

"कुछ नहीं होने का।" केदार उसकी फिजूल की चिंता पर लापरवाही से हाथ झटकते।

"हांअंऽऽ, दो-चार रोज बाद पता लगेगा।"

"कैसे पता लगेगा...बाल्टी-भर दूध पियेंगे।"

"बाल्टी-भर दूध पियेंगे...बप्पा तुम्हारे भुर्री भैंस बंधवा गए दरवाजे? क्यों?" उसे चिढ़ छूटती।

"चिढ़ती क्यूं हो, दरवाजे न सही, गली में बंधी नहीं हुई 'मदर डेयरी'...मशीनी भैंस! और मेरे बप्पा ने न सही मालकिन, सरकार ने बंधवायी सही!"

"हुंह!" उसने मुंडी झटक जैसे केदार की बेहूदगियां झटकीं और प्रिया को चौथी कर्कश हुई हांक लगायी।

स्वर में प्रखर हुई कर्कशता का अपेक्षित असर हुआ। फुदकती हुई प्रिया उसके निकट आ खड़ी हुई–"क्यूं बुला रहीं मम्मी?"

"पहाड़ ढो रही थी?"

"बालकनी में चटाई खोज रही थी मम्मी! मिल के ही नहीं दे रही?"

प्रिया की हाथ नचाकर बोलने की भोली-मुख मुद्रा ने उसकी खीझ रिझाई–"मुझसे कहा होता...चल, 'फ्रूटक्रीम' देख। पूरी पड़ जायेगी तुम सबको?"

ऊंचे प्लेटफार्म पर रखे डोंगे की ओर देखने के लिए प्रिया पंजों के बल उचकी। डोंगे पर नजर पड़ते ही उसके उल्लसित चेहरे की चमक कुम्हला आयी– "बस, इतनी थोड़ी?"

"कम लग रही?"

"और नहीं तो क्या?"

"और नहीं की बच्ची...इतनी देर से काहे के लिए मैं चिल्ला-चिल्ली मचाए हुए हूं? होगे कितने तुम सब?"

हम सब मिला केऽऽ..." सोचने की मुद्रा में आंखें ऊपर टांग प्रिया ने पलकें पटपटायीं–होंगे कोई ट्वेन्टी वन्! मगर मम्मी, बबलू की मम्मी उसकी बीमार नानी को देखने गांव गयी हुई हैं...खाने के लिए वह अपने घर से कुछ भी नहीं ला सकता। उसके पापा हमारे पापा जैसे नहीं।...कहते हैं, इतने सारे बच्चों के लिए कुछ खरीदने के लिए उनके पास पैसे नहीं! रिया कह रही थी, उसके पापा झूठ बोलते हैं। वे रोज रात को ड्रिंक करते हैं। ड्रिंक में पैसे नहीं लगते मम्मी?"

"लगते होंगे...तुझे पंचायत से मतलब!"

"श्वेता बिचारी भी कुछ नहीं ला पा रही," प्रिया ने उसकी झिड़की अनसुनी की–"पिकनिक पर भेजने को ही राजी नहीं हो रही थी उसकी मम्मी। हम लोगों ने आंटी को बहुत मनाया। कह दिया, साथ खाने-पीने को भले कुछ मत दीजिए आंटी,. .. बस श्वेता को भेज दीजिए...और मम्मी..."

"बस कर अपना पिकनिक पुराण", ऊब कर टोक दिया उसने। फिर ढाई-तीन किलो का खाली स्टील का डिब्बा उसे दिखाकर पूछा कि क्या वह पूरी की पूरी फ्रूटक्रीम इसी डिब्बे में उड़ेलकर दे दे? प्रतिक्रिया में प्रिया की बांछें खिल उठीं। सिर हिलाते हुए हामी भरी उसने।

"श्वेता की मम्मी बहुत गंदी है मम्मी!"

"क्यों? बड़ों के लिए ऐसे नहीं बोलते!"

"क्यों नहीं बोलते? निक्की की मम्मी भी नौकरी पर जाती हैं। मगर वे आंटी साफ बोलीं। सुबह टाइम नहीं मिल पायेगा कोई खास 'डिश' बनाने के लिए...पर मैं एक काम कर सकती हूं। नीचे सब्जी वाले से कहकर तुम लोगों के लिए दो अंगूर की पेटी मंगवा दूंगी। आंटी अच्छी नहीं मम्मी?"

अबकी उसने कोई प्रतिक्रिया नहीं व्यक्त की। डिब्बा बंद कर उसे तौलिए में लपेटा और आहिस्ता से पिकनिक पर ले जाने वाली कंडी में सरका दिया। परोसने के लिए संग एक बड़ा-सा चम्मच और रख दिया। खाने के लिए कागज की प्लेटें। लकड़ी की चम्मचें। "ध्यान से देख, कोई और चीज तो नहीं साथ रखनी?" कंडी की ओर संकेत कर उसने प्रिया से पूछा।

स्वीकृति में चिबुक हिलायी प्रिया ने।

"बोल?"

"हाथ पोंछने के लिए पेपर वाले रूमाल रखे तुमने?"

"ओह!" खिसियायी हुई-सी उसने माथे पर हाथ मार अपनी याददाश्त को कोसा–"कैसी भुलक्कड़ हो रही मैं?"

रसोई प्लेटफार्म के कैबिनेट की निचली दराज में से उसने फुर्ती से पेपर रूमालों की एक गड्डी निकाली और कंडी में सरका लगे हाथ प्रिया को हिदायत थमाई कि वह परोसने के समय जब भी 'फ्रूटक्रीम' के डिब्बे का ढक्कन खोले, तनिक सावधानी बरते। लबालब भरा हुआ है डिब्बा। असावधानीवश छलक सकता है।

संतुष्ट भाव से कंडी उसने खाने की मेज के ऊपर लाकर रख दी। चलो जिम्मा निपटा।

"तादल (चादर) भी इछी कंडी में लाकल लख दूं मम्मी?" प्रिया ने पूछा।

"ले आ।" आनंदातिरेक में प्रिया एकदम से लड़ियाकर तुतलाने लगती है। उसे बुरा नहीं लगता। बुरे लगते हैं उसके अटपटे-से सवाल। टी.वी. का एक विज्ञापन देखते हुए अभी परसों ही उसने अचानक पूछा–"ऐसी 'ब्रा' हम कित्ते बड़े होकर पहनेंगे मम्मी?"

"चुप कर...फालतू के सवाल न किया कर?"कनखियों से केदार की ओर देख प्रिया को बुरी तरह घुड़का उसने। असंतुष्ट-सी प्रिया अचकचाकर टी.वी. के परदे की ओर घूरने लगी। उनके समय में बच्चे ऐसे बेहूदे सवाल कर सकते थे? तब वे सवाल कम करते और सुनते अधिक थे। और उसकी मनोवैज्ञानिक धारणा ही नहीं विश्वास है कि सुनने वाले बच्चे अक्सर चिंतन-मनन ही नहीं करते, गुनने में भी अव्वल होते हैं।

चटाई लाकर उसने कंडी की बगल में रख दी। मगर चिंता हुई–"सामान तू अकेली उठायेगी कैसे एक साथ इतना? छोड़ आऊं तुझे ऊपर चल के?"

"नईं, नईं...अपना सामान हम खुद उठा के ले जायेंगे।" आत्मविश्वास से भरी नन्ही जान ने प्रतिवाद किया। फिर घर के खुले दरवाजे की ओर प्रतीक्षारत उत्सुकता से देखा।

सीढ़ियों पर लिफ्ट का दरवाजा 'धाड़-धाड़' बंद होने और खुलने से बच्चों में व्याप्त उत्सव जैसी चटकई की हलचल का शोर-शराबा ताजा बयार के लयात्मक आलोड़न-सा घर में दाखिल हो रहा। उन्हें ठीक साढ़े नौ बजे बिल्डिंग की छत पर एकत्र होना है। साढ़े नौ होने को है। उसे उम्मीद नहीं कि वे दस तक भी छत पर इकट्ठे हो पायेंगे।

आहट पर नजर उठी तो पाया कि नीचे वाले आरिफ खान साहब का छोटा बेटा सिराज बगल में कैरम बोर्ड दबाये, दूसरे कंधे पर खाने का सामान का थैला लटकाये

प्रिया को वहीं से पुकारता हुआ घर में प्रविष्ट हुआ। कैरम बोर्ड सिराज की बगल में दबा हुआ देख उमा को हंसी आ गयी। उसने चुटकी ली।

"ये कैरम बोर्ड लादके कहां चल दिए मियां?"

"पिकनिक में खेलने के लिए आंटी!" सिराज जवाब में हुलसा।

"वो तो ठीक है, लेकिन इसमें तो सिर्फ चार जने ही बैठकर खेल पायेंगे और तुम लोग इतने कम नहीं?"

सिराज ने असमंजस से भरकर प्रिया की ओर देखा।

"ऊपर से जो खेल तुम घर पर बैठकर खेलते हो वही पिकनिक में जाकर खेलोगे तो पिकनिक का मजा ही क्या रहा? वहां तुम सबको वो खेल खेलना चाहिए जिसे तुम सब मिलकर एक साथ खेल सको...नईं प्रिया?"

"चल छोड़ दे इसे यहीं।" उसके तर्क से प्रिया सहमत हुई–"ऊपर मिलकर हम सब तय करेंगे...कौन से खेल खेलें। अंत्याक्षरी हम सब खेलेंगे ही...खो-खो खेल सकते हैं, नईं मम्मी?"

"सिराज कुछ पल ऊहापोह में ठिठका हुआ खड़ा रहा, फिर एकदम से मुड़ा–"मैं कैरम घर पर न रख जाऊं?"

"जल्दी दौड़ के रख के आ...देखना, हम सबसे पीछे पहुंचेंगे पिकनिक में।" प्रिया अधीर हुई।

अचानक उमा को ख्याल आया। रोजमर्रा के कामों में उलझने से पहले वह तनिक प्रिया से यह जान ले कि पीने के पानी की ऊपर कोई ठीक से व्यवस्था कर रखी है उन लोगों ने या नहीं? वरना कहीं ऐसा न हो कि ऐन शिकार के समय कुतिया हगाशी हो।

"हमारा इंतजाम कोई आपकी तरह भूल-भुलक्कड़ वाला नहीं मम्मी। सब रख के पेपर रूमाल रखना ही भूले जा रही थीं?" प्रिया ने कटाक्ष किया–"कीरत ला रहा है न पानी का बड़ा-सा मयूर जग। पीने के लिए प्लास्टिक के छोटे-छोटे गिलास भी।"

कैरम बोर्ड रखकर सिराज हांफता हुआ ऊपर आया। सिराज को देखते ही प्रिया फुर्ती से अपनी कंडी उठाने दौड़ी। चटाई-भर उठवाने के लिए मदद के अभिप्राय से उसने सिराज की ओर देखा। सिराज ने लपककर उसकी चटाई उठा ली। लदे-फदे बच्चों को घर से निकलते हुए देखकर अनायास वह भावुक हो आयी। उसके नथुनों को सहसा ईंटों के भट्ठे में पकती कच्ची ईंटों की सीजन की सीजी-सीजी धुआं छोड़ती महक सुवासित कर गयी।

घर का दरवाजा बंद करने लिए पलट ही रही थी कि अचानक एक अन्य आशंका ने धर दबोचा। अबोध बेसब्र मय सामान कहीं सीढ़ियों से ही छत की ओर

न चल दें। घर उसका है दूसरे माले पर और छत सातवें से ऊपर। उचित यही होगा कि वह उन्हें अपने सामने ही लिफ्ट में चढ़ा दे। दिमाग तभी निश्चिंत हो पायेगा।

पलटकर घर से बाहर हुई और तेजी से कॉरीडोर में खड़े बच्चों की ओर बढ़ी। अचानक सीढ़ियों पर किसी की उतरती तालबद्ध पदचाप ने उसका ध्यान अपनी ओर आकृष्ट किया। पांचवें माले वाले एम.एम.टी.सी. के सिन्हा साहब इकहरी काया अकड़ाये हुए सीढ़ियां उतरते दिखे। बच्चों को लिफ्ट की प्रतीक्षा में खड़े हुए पाकर सहसा वे उसे संबोधित करते हुए उबल पड़े–"इन बेहूदों को देख रहीं मिसिस सिंह? पिकनिक क्या मन रही इनकी सुबह से, आफत मचा रखी है कमबख्तों ने! ऊपर-नीचे, ऊपर-नीचे...सेकण्ड भ्र के लिए भी लिफ्ट खाली नहीं छोड़ रहे। दूध वाला अलग भिनक रहा था। खैर उसकी छोड़िए। मैं स्वयं अभी पांच मिनट तक लिफ्ट का बटन दबाये खड़ा लिफ्ट की प्रतीक्षा करता रहा मगर जिसे देखो वही अपने फ्लोर पर लिफ्ट रोके बैठा हुआ है।"

"बच्चे आपको वर्जिश का मौका देना चाह रहे। जानते हैं कि इधर आपका घूमना-फिरना कम हो रहा!" सिन्हा साहब के क्रोध को सहिष्णु बनाने की चेष्टा में चुहल की उसने।

"वर्जिश की भली कही आपने," सिन्हा साहब उसका चुहल गुटक तैश से भर आये–"गठिया का रोगी हूं। बायीं टांग एकदम साथ नहीं दे रही...मेरी छोड़िए...मेरे सामने वाले मेहता साहब एंजाइना के मरीज ठहरे। चार कदम चलना उनके लिए घातक हो सकता है। उन्हें दौरा पड़ने से इसलिए नहीं रुक सकता मिसिस सिंह कि हमारी सोसाइटी के बच्चे सिर्फ आज-भर के लिए पिकनिक मना रहे?"

वह सिन्हा साहब के विवेकहीन क्रोध से उलझने से बचने की खातिर चुप हो रही।

"सवाल अनुशासन का है मिसिस सिंह। पिकनिक मनाने से कौन रोक रहा बच्चों को? जरूरत इस बात की है कि कायदे से सब एक जगह इकट्ठे हों और दो-तीन खेपों में ऊपर चढ़-उतर लें। एक इन नौनिहालों के बाप भी हैं कि घर में मुंह छिपाये बैठे स्टार टी.वी. देख रहे होंगे।"

"केवल मांएं..." उसने उनकी भूल सुधारी।

सिन्हा साहब भन्नाये हुए-से नीचे बढ़ दिए।

सिन्हा साहब की तकलीफें और तर्क अपनी जगह सही हो सकते हैं, मगर उनकी बदमगजी के मुंह लगना उसे उचित नहीं लगा। सिन्हा साहब के विवादी मिजाज से वह अपरिचित नहीं। संयोग से वे दोनों ही सोसायटी की कार्यकारिणी समिति के सदस्य हैं। बच्चों के किसी भी कार्यक्रम के प्रति वे कभी उत्साही नहीं होते। चाहे सोसाइटी द्वारा आयोजित खेलकूद हो य्रा दीवाली मेला या फैंसी ड्रेस प्रतियोगिता; उसे

उनका स्वभाव कुछ विचित्र ही लगता है। उसकी समझ में नहीं आता कि वे हरदम नाखुश क्यों रहते हैं और हर काम में मीन-मेख क्यों निकालते रहते हैं। उन्हें यह भी लगता रहता है कि लोगों में न बातचीत का सलीका रहा और न नागरिक चेतना।

ऐसा नहीं कि लोगों की असुविधा उसे समझ में नहीं आ रही। सुबह का समय लोगों के कार्यालय जाने का व्यस्त समय होता है। उतरने-चढ़ने की परेशानी स्वाभाविक है। विशेष रूप से ऊपर वालों के लिए। पुरानी इमारत है। उतनी ही पुरानी लिफ्ट। सीखचों वाले दरवाजे वाली। असावधानीवश दरवाजा बंद होने में ढीला छूट गया तो नीचे लोग लिफ्ट बुलाने के लिए चाहे जितनी घंटियां बजाते रहें वह मानचढ़ी मेहरिया-सी टस से मस नहीं होने की। चौबीस परिवारों के मध्य एकमात्र लिफ्ट। उसे सोसाइटी की खस्ताहाल लिफ्ट और सिन्हा साहब की अड़ियल मानसिकता में एकरूपता नजर आयी...

तकरीबन तीन-चार बजे उसने जनरल बॉडी की मीटिंग में लिफ्ट बदलवाने के प्रस्ताव पर विचार-विमर्श रखवाया कि सदस्य खर्च उठाने के लिए तैयार हों तो 'ओटिस' वालों से बात की जा सकती है। मगर सदैव की भांति टंगड़ी लगाने में माहिर सिन्हा साहब उसकी मरम्मत का पक्ष लेकर बात आगे ही न बढ़ने देते। केदार उलटा उसे डपटते। तुम्हें क्या पड़ी! हमारा क्या! छह साल आये हो रहे दिल्ली में। किसी भी वक्त तबादले का आदेश आ सकता है। अपनी वे जानें।

नीचे आती हुई लिफ्ट अचानक चौथे माले पर रुक गयी। दरवाजा खुला। सामान चढ़ाने की खड़बड़-खड़बड़ से नीचे लटके हुए लिफ्ट के रस्से भूडोल से डोलते नजर आये। दिमाग में एक बात कौंधी। लिफ्ट के सीखचों से वे क्यों न अपने सामान चढ़ाते हुए साथियों को पुकारकर उनसे अनुरोध करें कि वे लिफ्ट ऊपर ले जाने के बजाय नीचे लाकर उन्हें भी अपने संग ले लें?

बच्चों को उसका सुझाव रुचा।

वे सीखचों में मुंह दे अपने मित्रों को हांक लगाने लगे।

वही ढाक के तीन पात।

घर में दाखिल होते ही जहन में अपनी दिनचर्या का सूचना-पट्ट टंग गया। तीस हो रही। दोपहर तीन बजे के बाद उसे 'सुपर बाजार' का चक्कर मारना होगा। पहली को सामान भराने का अर्थ होता दुकान से सड़क पार तक लम्बाती पंक्ति का पसीना निचोड़ते हुए कभी दायीं तो कभी बायीं टांग पर अपना भार ढोते वैतरणी पार करने की साध्यता अनुभव करना। उसे अक्सर लगता कि दिल्ली की आबादी बढ़ने की रफ्तार अगर इसी भांति स्पूतनिक पर सवारी साधे रही तो सुपर बजार की पंक्तियां उसे हरियाणा, राजस्थान और उत्तर प्रदेश की सीमा लांघती नजर आयेंगी और उन

पंक्तियों में लगने के लिए उन्हें टैक्सियों में जाना होगा और टैक्सियों में बैठे हुए ही अपनी बारी आने की प्रतीक्षा करनी होगी।

केदार की दुरात्मा में यदा-कदा 'आंधी' के नायक संजीव कुमार की पुण्यात्मा प्रविष्ट कर जाती और वे अचानक चोला बदल उसके लिए सहयोगी, साझीदार पति में परिवर्तित हो उठते। उसकी कठिनाई को महसूस करते हुए उन्होंने ही एक रोज उदार हो सुझाव दिया कि क्यों वह पहली तारीख की मारामारी में गर्क होने को दुबलाती रहती है? क्यों नहीं बैंक से अग्रिम रुपये निकाल उस जहालत से बचने की खातिर पहली से पहले राशन-पानी भर लेती? शुरू में अपनी चिरकुटी मनोवृत्ति के चलते एक ही संकोच हुआ उसे कि वह मामूली-सी सहूलियत के लिए बचत के पैसे खर्च किए डाल रही। फिर अपनी फोकल बुद्धि पर तरस आया कि माना कि गणित उसका सदैव कमजोर रहा, लेकिन यह सवाल बहुत मामूली है कि जो कुछ खर्च हो रहा उसे पहली के बाद जमा भी तो कराया जा सकता है।

'केबल' पर ग्यारह बजे 'आंधी' फिल्म दिखा रहे। केदार से कहती भी है वह कि अपने अब तक के जीवन में (उम्र बताना जरूरी नहीं) उसे चार फिल्में सबसे अधिक पसंद आयीं। जिन्हें वह हर दिन तो नहीं लगभग हर हफ्ते अवश्य देख सकती हैं और उनके नाम हैं, 'आंधी, 'अमर प्रेम', 'अभिमान', 'आनंद'! केदार चुटकी लेते, 'अ' से तुम्हारी आशनाई का राज मैडम।

कपड़े कोहनी में लटकाये हुए स्नानघर में घुसने को हुई कि ठीक उसी क्षण घर की घंटी बजी। अड़ोसन-पड़ोसन नहीं हो सकती। 'केबल' एक वही नहीं देखती। निश्चित ही प्रिया होगी। उसे 'पोटी' आयी होगी। पट्ठी की एक ही बुरी आदत है। पाखाने में घुसने से घबराती है।...

अनुमान गलत नहीं निकला। दरवाजे पर प्रिया और कीरत खड़े मिले। मगर उसकी अपेक्षा के विपरीत प्रिया उसे बगल हटाती हुई तीर की भांति पाखाने की ओर नहीं दौड़ी। उसे उसकी गोटे और मुकेश लगी ओढ़नी चाहिए थी। वही ओढ़नी जिसे करवा-चौथ की व्रत की रात ओढ़कर वह चन्द्रमा को अर्घ्य देने छत पर पानी की टंकी के ऊपर चढ़ती। सुनते ही वह पसोपेश में पड़ गयी। ओढ़नी निकालने की खातिर उसे पुराने कपड़ों वाला ट्रंक खोलना होगा। पुराने कपड़ों वाला ट्रंक बर्तन-भांडों वाले ट्रंक के नीचे दबा रखा हुआ। बर्तनों वाला ट्रंक उठाना तो क्या उसे तिल-भर अपनी जगह से खिसकाना भी उसके बूते का नहीं। जरूरत पड़ने पर यह काम वह केदार से ही करवाती। इतने भारी-भरकम ट्रंक बनवाकर वास्तव में अब वह पछता रही। लेकिन सच यही है कि तबादलों के चक्कर में सामान की सुरक्षा की दृष्टि से उसने ये भारी-भरकम ट्रंक विशेष रूप से बनवाये।

प्रिया जिद्द पर अड़ी रही। बदले में उसे कोई अन्य सादी ओढ़नी नहीं चलेगी। उसे वही ओढ़नी चाहिए।

प्रिया के हठ ने झिंकाया—"मामला क्या है? कोई सादी ओढ़नी क्यों नहीं चलेगी?"

"क्यों बतायें अभी से?" रहस्य बनाये रखने की मंशा से प्रिया इठलायी। उसकी असहिष्णुता सिर उठाती हुई रोष में परिवर्तित होने लगी—"वही ओढ़नी चाहिए थी तो सुबह पापा के घर पर होते हुए तुमने क्यों नहीं निकलवायी ओढ़नी?"

"बोर न कीजिए मम्मी।" कीरत के सामने उसके रूखे व्यवहार से क्षुब्ध हुई प्रिया कटु हो आयी, "सुबह कैसे बता देते...सुबह हमारा खेलने का प्रोग्राम बना हुआ था?"

"अब हम लोग गुड्डे-गुड़िया का खेल खेलने जा रहे आंटी।" विवाद से बचने के लिए कीरत ने फौरन स्पष्टीकरण देना मुनासिब समझा।

जवाब सुनकर उमा अचानक टूटी मटकी-सी बह आयी!

अपने बचपन की स्मृतियां तरल होने लगीं। सावन के महीने में वे भी अपनी दादी से पुरानी चिंदियां मांग-जोड़ गुड्डे-गुड़िया बनाया करते और सखियों के संग समधी-समधिन बनकर धूमधाम से उनका ब्याह रचाया करते। बिला गया गुड्डे-गुड़िया का खेल! कहां खेलते हैं बच्चे नगरीय जीवन में संवेदनाएं गहराते, संबंधों को रेशे-रेशे जोड़ते गठियाते शक्लें पहनते, भावनाओं से ओतप्रोत गुड्डे-गुड़िया का खेल, पैंया-पैंया चलना। खड़े होना आरंभ नहीं कर पाते शिशु कि उन्हें जबरन पकड़ा दिए जाते हैं खेलने के लिए बुद्धि को तराशते धार देते पजल्स।

निरे बेवकूफ हैं ये बच्चे। उसे जरा-सी भी भनक देते तो वह एक से एक सजीले गुड्डे-गुड़िया नहीं बना देती उनके लिए। देखते ही नादानों की आंखें फैल जातीं।

अधिक तर्क-वितर्क रंग में भंग डालने जैसा ही अरुचिकर होगा। सोचते हुए वह अपने सोने के कमरे में प्रविष्ट हुई। ट्रंक पर रखा सामान हटाया। बर्तन-भरे ट्रंक को पूरी शक्ति और एकाग्रता निचोड़ पहले एक ओर को खिसकाया। फिर साहसपूर्वक उसे नवा कर उसका एक सिरा फर्श पर टिका, संतुलन बनाये रखकर, उचकाकर नीचे उतारा। इसी प्रयास में चट्टान उचकाने जैसी अथकता से चूर हो बुरी तरह हांफ गयी। नाल उखड़ने की आशंका ने ऊपर से डराया। मगर अपने भय को झटक ट्रंक अपने बल-बुद्धि के बूते अकेले नीचे उतार लेने की सफलता ने उसे नयी शक्ति और स्फूर्ति से भर दिया।

ओढ़नी ढूंढ़नी नहीं पड़ी। पुरानी धोती में जतन से सहेजी-लपेटी ऊपर ही रखी मिली।

ओढ़नी देखते ही प्रिया की बटन जैसी गोल आंखें कारूं का खजाना हासिल करने जैसी खुशी से उद्दीप्त हो टिमटिम कर उठीं। मौके का लाभ उठाते हुए स्वर में फुसफुसाहट घोल उसने अपनी जिज्ञासा दोहराई—"बताया नहीं तुम लोगों ने कि आखिर अढ़ाई गज की ओढ़नी का करोगे क्या?"

मतलब सध गया। फुसलाहट बेअसर रही। पोटली ले वे दोनों फुदकते हुए जाने के लिए मुड़े। उनका मतलबी होना गहरे अवसन्न कर गया। उसे भारी-भरकम ट्रंक

अकेले चढ़ाता हुआ देख सहायता को आगे आने की बात तो दरकिनार रही, कुछेक पल अकेले निकट खड़े रहने भर को भी उन्हें राजी हुआ न पा खिन्नता चिढ़ में बदल गयी–'ओढ़नी लिथड़ने न पाये प्रिया...मेरे चढ़ाये की है...सुनाऽऽ...?"

प्रत्युत्तर में दरवाजा बंद होने की कर्कश 'धड़ाम' कानों में धमकी।

अपने को समझाया। कैसी नादान हो रही। बच्चों का अपनी पिकनिक में मग्न होना स्वाभाविक है और उनकी वह संलग्नता उसकी उपेक्षा नहीं।

घड़ी की ओर नजर उठी। बड़ी देर से ठेली पड़ी बेचैनी हरियायी। बच्चों के तमाशे में देर में देर। उसकी फिल्म गयी। गयी कैसे? बेवजह दिक्क हो रही। टी.वी. चलाकर के नहाने के लिए क्यों नहीं घुसती? कुछ नहीं तो नल बंद होने की अवस्था में संवादों की झांय-झूंय कानों में पड़ती हुई उसे तसल्ली देती रहेगी कि उसके देखने से कुछ विशेष नहीं छूटा। पार्श्व संगीत के मात्र उतार-चढ़ाव सुनकर ही वह अनुमान लगाने में सक्षम है कि 'आंधी' में इस समय पर्दे पर कौन-सा दृश्य चल रहा होगा।

टी.वी. चलाते ही पर्दे पर संजीव कुमार दिखायी दिया। उफ्, किस कदर भद्र दिखायी पड़ता है संजीव! शरत के नायकों-सा कुलीन, भद्र। सामने से न हट पाने का प्रलोभन दुरियाती हुई वह फौरन स्नानघर में जा घुसी। कहीं ऐसा न हो, किसी आवश्यकतावश बच्चे दुबारा घर की घंटी बजायें? बजायें, बजाते रहें। दरवाजे की भनभनाहट से प्रिया को अनुमान हो जायेगा कि मम्मी जरूर नहा रही होंगी। अपना अभीष्ट वे कहीं से भी पूरा कर लेने और करवा लेने में समर्थ हैं। कीरत, विशु, सिराज, रिया शानू के घर की घंटी बजा। बस उसे एक ही अनमनाहट हो रही। ऊपरी तौर पर सामांन्य बने रहने की चेष्टा के बावजूद। उसकी चढ़ाये की ओढ़नी सत्यानास न करके रख दें बच्चे। गुड्डे-गुड़िया की चर्चा न होती तो शायद वह इस सीमा तक भावुक न हो उठती कि प्रिया के हठ के सामने घुटने टेक दे। पुरानी आदत है। करके पछताये, न करे तो बिलबिलाये।

नल बंद कर दिया अचानक उसने, सुचित्रा सेन की ही आवाज है न?...भारी, भावुक, भुरभुरी।

संवाद पूरा होते ही नल की धार पूर्ववत् खोल दी। कुछ-न-कुछ लापरवाही होगी ही ओढ़नी के संग। सयानों और बच्चों के इस्तेमाल में फर्क जो ठहरा। दादी ने नहीं एक बार उसकी दुलहिन गुड़िया के शृंगार की खातिर अपना गोटा लगा जम्फर कतर दिया था विमोहित हो?

फिल्म समाप्त होते ही अवसाद-भरे मन से उसने रसोई का चक्कर लगाया। कटोरदान खोलकर देखा। तरकारी का ढक्कन उठाया। तरकारी सूंघी। फिर भी खाने की इच्छा नहीं हुई।

अपने लिए वह दो रोटी अधिक सेंककर नहीं रखती। ऊपर से आज प्रिया के खाने से भी निरताहट है। लेकिन अनिच्छा का कारण न प्रिया की अनुपस्थिति है, न

उसकी अपनी अस्वस्थता। संजीव को छोड़कर आरती (सुचित्रा सेन) का अपनी राह हो लेना ही उसके भावुक हृदय को सघन उदासी में, शिकार दबोच जल में उतर गए घड़ियाल-सा खींच ले गया...

विचित्र अनुभव है। अवसाद के घटाटोप में एक किस्म की एकान्तिकता का निरासक्त आनंद अनुभव करते हुए वह उससे बाहर निकलने को राजी नहीं, मगर महीने की तीस तारीख अपना कटोरा लिये खड़ी अवदान मांगती बाहर आने के लिए विवश कर रही...

सुघड़ गृहिणी-सी बहुत सारे नियमों में उसने यह नियम भी बना रखा है कि माह के आखिरी सप्ताह में स्टील के डिब्बों और भरनियों की शेष अन्न, दालें, मसाले पॉलीथिन की थैलियों में खाली कर; डिब्बे, भरनियां महरी से धुलवा, धूप में औंधा, पोछ-पांछ चमका सहेज रख लेती। ताकि राशन आने पर फटाफट चीज-बस्त भर यथा-स्थान रख सके। पारंपरिक भोजन विधियों में उसे विशेष रुचि है। केदार और प्रिया को उतनी ही अरुचि।

उसकी रसोई की चमक केदार की आंखों में खटकती। अवसर न चूक वे फिरकी लेते। वस्तुओं के नाम लिखे, लेबल लगे, चौंध पैदा करते डिब्बे-भरनियां सजी उसकी रसोई उन्हें किसी वैद्याचार्य की छोटी-मोटी दुकान का भ्रम देती-सी प्रतीत होती।

केदार का कटाक्ष वह उधार नहीं रखती। फौरन तरकश कस लेती। आखिर उसके रसोई प्रेम में बुराई? उसे तो कम-से-कम उसके इस लगाव से परम संतुष्ट होना चाहिए कि उनकी खानदान की नाम रखने के लिए पाक-कला में दक्ष कोई एक बहू घर आयी। जो उनके पुश्तैनी धंधे में गहरी रुचि रखते हुए प्रकट करने में लज्जित नहीं होती कि उसके ददिया ससुर और ससुर जी की सण्डीला स्टेशन के बायें निकलते ही चौरस्ते से लगी छोटी-सी 'गुप्ता मिष्टान्न भंडार' नाम की दुकान थी। कि उसके ददिया ससुर सण्डीले के ख्यात असली घी के स्वादिष्ट लड्डुओं के थोक व्यापारी थे। कि पारिवारिक हित में जिनके बेटों ने उच्च शिक्षा प्राप्ति के लिए काशी हिन्दू विश्वविद्यालय में दाखिला लेते ही दो क्रांतिकारी कदम उठाये। अपने नाम केदारनाथ, बद्रीनाथ के आगे गुप्ता हटाकर सिंह जोड़ लिया और पिता की चलती दुकान व्यवसाय बदलने की एवज में बिकवा दी। लड्डू आज भी छोटी-छोटी डलियों में सजे सण्डीला स्टेशन पर बिकते हैं, लेकिन लोग कहते हैं कि उन लड्डुओं में वह अनोखा स्वाद कहां जो स्टेशन पर गाड़ियों के लगते ही ठसाठस हुए पड़े डिब्बे में से सवारियों को प्लेटफॉर्म पर उतरने के लिए विवश कर दे।

अनपेक्षित प्रहार से खिसियाये हुए केदार बगल झांकते फौरन प्रिया की ओर देखने लगते जो उनकी परस्पर 'झौं-झौं' से विरक्त चल रहे टी.वी. के सामने खड़ी हू-ब-हू नायिका का अनुसरण करती, उसी की भांति अपनी बटन जैसी आंखें चमकाती, कूल्हे

मटकाती, कमर बलखाती, टांगें-हाथ झटकती, सपाट छाती थर्राती गीतों के तालबद्ध बोलों पर ओंठ चलाती नृत्य में (कह लेने में हर्ज?) लीन होती–'रात सैंया ने ऐसी बॉलिंग करी एक ओवर भी मैं खेल पायी नहीं...' देखकर केदार राहत की सांस भरते। 'केबल' न होता तो शर्तिया उनकी इज्जत बचनी मुश्किल हो जाती।

हो चुका आराम। बिस्तर छोड़ देना चाहिए उसे। दिमाग सांप और नेवले-सा अपने को ही निगलने को आतुर पल-पल पैंतरे भांजता घात लगाये हुए है...कपड़े-लत्ते बदलकर तैयार हो ले फटाफट।

साड़ी लपेटते हुए उसे बच्चों का ख्याल हो आया। फिर स्वयं को फटकारा। नाहक परेशान हो रही। बच्चे अम्मत-गम्मत करते मस्त होंगे अपनी हुड़दंगों में। पानी की टंकी पर न चढ़ने, मुंडेर पर न लटकने आदि-आदि चेतावनियां उनका कार्यक्रम बनते ही पिलानी शुरू कर दी थीं उसने। उनकी खैर-खबर लेने एक वही नहीं पहुंचेगी छत पर तो क्या? कोई न कोई पहुंच ही रहा होगा। मिसिस दुग्गल वैसे भी अधीर हृदय और आशंकित रहने वाली महिला हैं। अक्सर जो नहीं होने वाला उन्हें होता हुआ नजर आता। ऊपर से रक्तचाप की मरीज। न खुद चैन से बैठ पातीं, न औरों को बैठा हुआ सह पातीं। छत का चक्कर अब तक लग चुका होगा उनका मुआयने के लिए कि कहीं ऐसा न हो कि खेल-खेल में कोई हुड़दंगी बच्चा सातवें माले से नीचे टपक पड़े।

होने को यह भी हो सकता है कि सभी महतारियां एक-दूसरे के विषय में यही सोच रही हों और पूरी दोपहरी 'केबल' से चिपकी उसी की भांति 'आंधी' देखने में लगी रही हों?

उसे गृहस्थिनों के छद्म पर बेआवाज हंसी आयी।

'केबल' से दिन-रात गुड़ से चिपके चींटों की भांति चिपकी रहने वाली यही गृहस्थिनें (चुड़ैलों ने) सोसाइटी द्वारा भेजे गए परिपत्र में 'केबल' कनेक्शन लगवाने पर 'केबल' ऑपरेटरों द्वारा प्रस्तावित सामूहिक छूट के लाभ के मुद्दे पर कैसे बोरिया-बिस्तर बांधकर पिली थीं उस पर? हो चुकी बच्चों की पढ़ाई। स्कूल से लौटते ही बच्चे अपने लिए विशेष रूप से प्रसारित होने वाली कार्टून फिल्में देखेंगे या फिर 'एम' टी.वी. के 'होऽऽ, हाऽऽऽ' नंगे नाच। उनका गृहकार्य कौन निबटायेगा, उनकी मांएं? मिस्टर सिन्हा पांचवें माले वाली मिसिस कृपलानी के सुर में सुर मिलाते हुए अपनी किताबी हिंदी में भाषण झाड़ते-से उन्हें समर्थन देते हुए कहने लगे कि अबोध वय में प्रत्येक क्रियाकलाप बच्चों के लिए कौतूहल और जिज्ञासा का विषय होते हैं, जिन्हें वह केवल जानना ही नहीं चाहते, स्वयं अनुभूत भी करना चाहते हैं। बंदर और बच्चों में फर्क नहीं। वास्तविकता यह है कि उनकी स्वाभाविक प्रकृति अनुकरण की होती है...

सिन्हा साहब सोसाइटी की कार्यकारिणी समिति की बैठक में 'केबल' वाले मुद्दे पर उसे प्रगतिशील विचारों के सबसे बड़े दुश्मन नजर आये। वह भी नम्बरी अड़ियल

ठहरी। कौन उनके प्रभाव में आने वाली। आक्रामक हो एकदम किटकिटाई–"इसका मतलब यह हो गया कि हम जहां हैं वहीं ठहरे रहें? कुएं के मेढक बनें?"

"ठीक कह रहीं मिसिस सिंह।" कार्यकारिणी समिति के एक अन्य सदस्य अहलूवालिया उसके तर्क से सहमत हुए।

अहलूवालिया के समर्थन के पीछे उनकी आपसी अनबन थी या उसके आधुनिक विचारों में अपनी मान्यताओं की पुष्टि, उस समय उसके लिए विश्लेषित कर पाना संभव न था। केवल तसल्ली के लिए इतना ही पर्याप्त लगा कि उनके समर्थन ने उसके पक्ष को मजबूत ही नहीं किया बल्कि उसका साहस बढ़ा उसे सिन्हा साहब से उलझने की नयी स्फूर्ति से भर दिया–"उन समस्याओं और दबावों को आप नजरअंदाज नहीं कर सकते जो दिन पर दिन सामाजिक जीवन को कठिन बना रहे..."

सिन्हा साहब ने उसे चुभती नजरों से देखा।

"मंहगाई की चौतरफा मार को लेकर सोचना होगा सिन्हा साहब। पच्चीस रुपये का टिकट खरीदकर सिनेमा देख पाना संभव है आज के जमाने में? ऊपर से थियेटर परिवार के संग बैठकर फिल्में देखने लायक बचे हैं?"

उसने पैंतरा भांजा–"आप कह सकते हैं, फिल्में देखनी जरूरी हैं मनोरंजन के लिए? तो साहब! मुझे लगता है कि जटिल, बेस्वाद सामाजिक जीवन में मनोरंजन के लिए मनचाही सुविधा और साधन उपलब्ध ही कहां हैं लोगों के पास कि वे विदेशों की भांति हर शनिवार वीकैंड मनाने ऊटी और कोवलन बीच निकल जाया करें? क्यूं अहलूवालिया जी?"

"गलत नहीं।"

जोश ने ठाठें मारते हुए नेतई टोपी अगुवा ली। "हद कर रहे सिन्हा साहब। इक्कीसवीं सदी में प्रवेश कर रहे बच्चों को गुलेल और गुल्ली-डंडा के युग में लौटा ले जाने का हठ कर रहे...हर्जा नहीं। मगर फिर अपने नाती-पोतों को आप क्रिकेट बल्ले और टेनिस रैकेट क्यों लाकर पकड़ा रहे?"

तर्क करते हुए महसूस हुआ कि वह सिन्हा साहब के अन्तर्विरोधों को नहीं उधेड़ रही, उनकी आड़ में स्वयं उधड़ रही।

बेमौके अपने को कठघरे में घसीट रही आन्तरिक उधेड़बुन को कंधे पर आ चिपकी बरसाती पांखी-सा झटका उसने–" 'केबल के सकारात्मक पक्ष देखिए...पूरी दुनिया सिमटकर आपकी बैठक में आ गयी। खेलकूद, भ्रमण, जीवन-शैली, राजनीतिक हलचलें, आविष्कार, शिक्षाप्रद फीचर्स...सोच को खुली हवा और खुला दायरा ही नहीं देते, मानसिक खुराक भी देते हैं और ज्ञान, दृष्टि, सौन्दर्यबोध, साहस, आत्मविश्वास सभी कुछ आपमें पैदा करते हैं। इन उपलब्धियों को कैसे उपेक्षित किया जा सकता है?" अपनी विश्लेषणात्मक क्षमता ने एक बार फिर आत्ममुग्ध किया। उपजी अपेक्षित प्रतिक्रिया ने कुछ और।

कार्यकारिणी के दुविधाग्रस्त सदस्यों के मनोभावों पर अपना लोहा ठोस होता नजर आया–"सोचिए, चार साल का बच्चा अख़बार नहीं पढ़ता, लेकिन यह जरूर जानता है कि अमरीका के राष्ट्रपति क्लिंटन हैं और टेनिस मैच का नतीजा क्या निकला...माइकल जैक्सन और टीना टर्नर कौन हैं; कैसे?"

सदस्यों के चेहरे अभिभूत हुए। विजित भाव ने मूंछें मरोड़ीं।

उसे लगा प्रस्ताव के हक में अब और अधिक कुछ बोलने-कहने की जरूरत नहीं। गिनाने को अब अन्य बहुत-से फायदे धाराप्रवाह गिना सकती है। तरकश में तीर चूके नहीं। मसलन 'केबल' का प्रणेता चाहे जो भी व्यक्ति रहा हो, निर्विवाद रूप से वह मनोचिकित्सक जैसी गहरी सूझ-बूझ का चमत्कारी व्यक्ति रहा होगा जिसने दिनोंदिन दुश्वार होते जा रहे मनुष्य जीवन को विक्षिप्त होने से बचा लिया। जिन सोसाइटीज़ में 'केबल' पहुंच गया वहां महिलाओं में आपसी प्रपंच खत्म हो गए।

अभी कुछ रोज पहले केदार के कार्यालय सहकर्मी कुलकर्णी साहब की पत्नी तिलोत्तमा बता रही थीं कि पहले उनकी सोसाइटी में पत्ता खड़कता तो लोगों में परस्पर कानाफूसी शुरू हो जाती। अब हाल यह है कि पिछले दिनों उनके ऊपर वाले पड़ोसी चौधरी मोशाय की कॉलेज छात्रा बेटी चौबीसवें माले वाले मुसलमान लड़के के घर अपनी ही बिल्डिंग में भाग गयी और तुर्रा यह कि पट्ठी ने नियमित कॉलेज आना-जाना नहीं छोड़ा। फिर भी उन लोगों को हफ्तों खबर ही नहीं लगी। तिलोत्तमा अपना एक निजी अनुभव उससे बांटे बिना न रह पायी कि एक समय था कि उनके और कुलकर्णी साहब के मध्य भयंकर मतभेदों के चलते संबंध विच्छेद होने की नौबत पैदा हो गयी थी। उन लपटों पर गागर उड़ेली 'केबल' ने। "सोचो, दिन में तीन-तीन फिल्में देखने में व्यस्त दिमाग को आपसी कड़वाहटों को लेकर सोचने-झींकने, तनावग्रस्त होने की फुरसत ही कहां रह गयी उमा!"

प्रस्ताव हस्ताक्षरित होने के समय सिन्हा साहब एक बार फिर पानी में डूबने से पूर्व भकभकाती बाल्टी-से बौखलाये और जीवन को शुष्क और श्रीहीन बनाने वाले पोंगापंथी समाज सुधारकों जैसे बहकने लगे। वह मोर्चे पर पुन: आ डटी और उनकी अनर्गल दुश्चिन्ताओं को 'खच-खच' काटती हुई तर्क देने लगी–"समाज के लिए जो कुछ असंस्कारी है, अश्लील है, अहितकर है, उसका हम डटकर विरोध करेंगे और उसे बदलेंगे...चिंता क्यों करते हैं?"

"बदल चुके।" मिस्टर सिन्हा ने उनकी बड़ बस्ती से चिढ़कर घृणा से होंठ सिकोड़े–"नए के प्रति आकर्षण स्वाभाविक है...दुश्मनी हमारी भी नहीं लेकिन सच्चाई कड़वी है मिसिस सिंह! नए को हम आने तो देते हैं मगर उससे अगले नए से अभिभूत होकर एक तरह से एक नशे से ऊब दूसरे का मजा चखने को लालायित हो हम उस दुश्चक्र का हिस्सा हो उसे व्यसन बना लेते हैं...विरोध की फुरसत ही कहां होती है?"

कुछ नहीं हो सकता। उन्हें समस्या बोने-काटने की बीमारी है। वह छूत खतम नहीं होने की।

सनकी बुड्ढे की शिकायतें बदस्तूर जारी हैं...

मिस्टर सिन्हा आजकल सोसाइटी में व्याप्त अव्यवस्था से असंतुष्ट हो रहे। उन्हें लग रहा कि इसके लिए सरासर सोसाइटी की कार्यकारिणी के गैरजिम्मेदार सदस्य दोषी हैं। वे परस्पर मिलते हैं तो केवल मीटिंगों में मिलते हैं और मीटिंगें करने-भर के लिए मिलते हैं। नतीजतन माली की बीवी अक्सर बीमार रहती है। प्लम्बर का अलसर फूटते-फूटते बचता है। बिजली वाले की हर तीसरे रोज कमर उतर जाती है। जिसे देखो हरामखोरी करने पर तुला हुआ है। सोसाइटी का बगीचा अब इस लायक नहीं रहा कि वहां सुबह की हवाखोरी निर्भय होकर हो सके। बढ़ी हुई बेतरतीब घास उन्हें सर्प-बिच्छुओं की शरणस्थली बनी नजर आती। सीढ़ियों के लट्टू जब देखो तब फ्यूज! लोग घरों से बाहर निकलें तब न दिखायी दे उन्हें सीढ़ियों का अंधेरा। जब उन्हें नहीं कुछ सुनायी, दिखायी देता तो आखिर बिजली वाले को क्या पड़ी है अंधेरा दूर करने की?

सुबह कैसे वे बेमुरव्वत हो बच्चों की पिकनिक पर मिनक उठे।

खब्ती लोग उसे कतई पसंद नहीं। उसे क्या किसी को भी नहीं। बूढ़े लोग केवल उसे अपनी दादी जैसे ही प्रिय होते हैं। जो पूरी तरह से बहूरियों को सत्ता सौंप नाती-पोतों के संग हिलमिल हुड़दंग मचाती उन्हीं में से एक छौना हो उठती थीं...

खाद्य वस्तुओं की सूची और नकद पर्स के हवाले करते हुए उसके मन में दुबारा इस विचार ने सिर उठाया कि घर से निकलते ही वह छत का एक चक्कर मार ले। प्रिया को सूचित भी कर देगी कि वह सवा एक घंटे के लिए जरा 'सुपर बाजार' होकर आ रही। सूचित करना कोई जरूरी नहीं, मगर हर्ज कोई नहीं। वैसे भी उनकी पिकनिक शाम छत-सात से पहले समाप्त होने वाली नहीं।

कार्यक्रम बनाते हुए बच्चों ने पहले ही घोषणा कर दी थी कि वे दिया-बत्ती से पूर्व नीचे उतरकर आने से रहे। गर्मियों के दिन हैं। सात से पहले अंधेरा वैसे भी नहीं होता। संभावना यह भी हो सकती है कि वे सात तक भी नीचे न उतरे और अंत में उन्हीं लोगों को छत पर पहुंचकर उन्हें धर-पकड़कर नीचे लाना पड़े।

पिछले मंगल को कीरत और विशु ने सोसाइटी की कार्यकारिणी की सदस्या होने के नाते उससे अनुरोध किया था कि वह छत पर उनकी पिकनिक का ख्याल कर एकाध लट्टू लगवा दे, ताकि अंधेरा घिरने पर उन्हें अपना तम्बे-तंगाड़ा उखाड़ने में अड़चन न हो। उसने बिजली वाले रामप्रसाद से कहकर लिफ्ट की गुमटी से डंडा

बंधवा दो लट्टू लटकवा दिए थे। इस चेतावनी के साथ कि लट्टू लगवा देने का यह अर्थ हरगिज नहीं कि उन्हें देर रात तक पिकनिक मनाने की छूट हासिल हो गयी।

दरअसल ऐसा कहते हुए कहां उसके भीतर हल्का अपराध-बोध हुआ।

वैसे भी दिल्ली में छोटे बच्चे गर्मियों की छुट्टियों में अभिभावकों के संग कहीं सैर-सपाटे पर न निकल पायें तो उनका घर से बाहर निकल पाना संभव नहीं होता। लू-लपट के भय से घरों में बंद, कूलरों की तरावट में कैद, 'केबल' से चिपके हुए ही उनकी लगभग पूरी छुट्टियां समाप्त हो जातीं। शाम को कुछ देर के लिए वे नीचे उतरते अवश्य लेकिन अधिक समय मिल-बैठ परस्पर खेल नहीं पाते। सोसायटी की टेनिस की मेजें, झूले, धसरघुण्डी—सब खाली पड़े रहते। क्योंकि छुट्टियों के गृहकार्य की चिंता के साथ-साथ उन्हें अपने मनपसंद धारावाहिक भी देखने होते। इन परिस्थितियों में जब उन्हें कहीं सैर-सपाटे के लिए बाहर ले जाना मुमकिन नहीं तो फिर उनके मनोरंजन का ले-देकर एकमात्र साधन टी.वी. ही बचता। उन्हें कंठस्थ हो गया है कि किस दिन, किस समय कौन-सा धारावाहिक किस चैनल पर आने वाला है। उसे कोई कार्यक्रम याद ही नहीं रहता। प्रिया ही उसे याद दिलाती। प्रिया की स्मरणशक्ति उसे चमत्कृत करती। कमबख्त एकदम कम्प्यूटर है चलता-फिरता!

घर का दरवाजा बंद कर वह लिफ्ट की ओर बढ़ी। सातवें माले और छत के दरमियान यही कोई आठ-दस सीढ़ियों का फासला होगा। सीढ़ियां पार कर वह छत में दाखिल हुई। छत का नजारा देख पल-भर को वह मंत्रमुग्ध-सी खड़ी रह गयी। कमाल कर दिया नन्हे बच्चों ने! ऐसी रौनक? मानो किसी उत्सव का पंडाल सजा हो!

घर से लायी हुई चादरों को मुंडेरों से लगे हुए पाइपों के सहारे बांधकर बड़ी कुशलता से उन्होंने चारों ओर कनातें-सी तान रखी थीं। कुछेक चादरों को गठियाकर धूप से बचने के लिए सिर के ऊपर चंदोबा। फर्श के खुरदुरेपन को चटाइयों और दरियों से ढंका हुआ था। उन्हीं पर खाने के टिफिन बॉक्स, थर्मस, झूठी-सुच्ची पेपर तश्तरियां, प्लास्टिक के गिलास, चम्मचें और यत्र-तत्र बिखरे मुंह-हाथ पुंछे मुंजड़ पेपर रूमाल। उस बिखराव से अलिप्त वे गोलबन्द बैठे हुए अलमस्ती में डूबे ताली पीट-पीटकर झूमते हुए गाने में मग्न थे—'तू चीज बड़ी है मस्त-मस्त, तू चीज बड़ी. .' गोल के बीच विश और नन्ही रिया कूल्हे मटकाते तालबद्ध थिरक रहे थे। पंजों के बल थिरकने और फिरकी की भांति गोल चक्कर मार दो-चार ठुमके भर लेने के अलावा थी उनमें कहीं ऐसी गजब की लोच।

बच्चों को उसकी उपस्थिति का आभास नहीं हुआ। उसने घड़ी खांड उनके आत्मविस्मृत उल्लास का आनंद लेने के अभिप्राय से अपनी उपस्थिति प्रकट भी नहीं करनी चाही। अचानक रस-मग्न हो उसका ध्यान गया कि बच्चों के गोल में प्रिया कहीं दिखाई नहीं दे रहीं? गोलबंद बच्चों की ओर उसने गौर से देखा। बैठे हुए बच्चों

की उसकी ओर पीठ थी। मगर प्रिया को वह किसी भी मुद्रा में बैठे होने के बावजूद पहचानने में समर्थ थी। यहां नहीं तो कहां गयी? दुबारा गौर करते हुए उसने अपने भ्रम का निवारण करना चाहा। प्रिया वहां होती तो दिखाई देती।

अनिष्ट की आशंका अनायास काले पत्थर के टुकड़े पर उस्तरे-सी उलट-पलट होती धार पाने लगी। कहीं मिसिस दुग्गल वाली दुश्चिन्ता सत्य न निकले, लेकिन। दूसरे ही पल उसने अपने कमजोर पड़ते मन को फटकारा। बच्चों के गोल में प्रिया की अनुपस्थिति का अर्थ यह भी हो सकता है कि वह किसी काम से अपने किसी हमजोली के संग उसके घर गयी हुई हो। आखिर ओढ़नी लेने वह कीरत के संग अपने घर आयी नहीं? कोई अनहोनी घट जाये और बच्चों को उसकी भनक तक न लगे, संभव है?

धीरज सीढ़ियों पर पांव रपटी देह-सा लुढ़कने लगा।...किसी बच्चे को बुलाकर पूछना ही होगा।

सोचा, गोल से बाहर वेफर्स की थैली से पेपर प्लेट में वेफर्स निकालते हुए घुटनों के बल बैठे-बैठे मस्ती में उचक रहे शानू को न गुहार लगा ले? न-न, उसकी आवाज उनके जमे-जमाये रंग में भंग डाल सकती है। तब? एक उपाय है।

उसने मुंह से 'स्सीऽऽऽ स्सीऽऽऽ' की सिटकारी भरकर शानू का ध्यान अपनी ओर आकृष्ट करने की कोशिश की। दूसरे प्रयत्न के साथ ही चिहुंककर शानू ने उसकी ओर देखा और खिलता हुआ उसकी ओर बढ़ आया– "आंटी, आप! हमारी पिकनिक देखने आयी हैं?" उसने छटपटाकर शानू को छत के किवाड़ के पल्ले की ओट में खींच लिया–"सुनो शानू, प्रिया दिखाई नहीं दे रही?"

"प्रिया?" शानू उसके अप्रत्याशित प्रश्न से अचकचाया। फिर तनिक असमंजस से भरकर उसकी ओर देखा।

"गयी कहां प्रिया?" शानू के असमंजस ने उसे घबरा दिया।

"वो, वो हनीमून मनाने गयी आंटी!" शानू ने मुसकराते हुए कानों तक दांत फाड़े।

"दिमाग ठिकाने है तेरा?"

"मैं ठीक कह रहा हूं आंटी! प्रिया सिराज के साथ हनीमून पर गयी..."

"मतलब ये न आंटी, हम लोगों ने सिराज और प्रिया को गुड्डे-गुड़िया बनाया। रिया, प्रिया, श्वेता किसी के पास कोई नयी डॉल नहीं थी न! उन्हें गुड्डे-गुड़िया बनाकर हमने उनकी शादी की...उनकी बारात लेकर आये...उनका रिशेप्सन किया और फिर...फिर वे दोनों 'हनीमून' मनाने स्विट्जरलैंड चले गए..." शानू ने हाथ नचाते हुए बात पूरी की।

उसकी जान में जान आयी। चेहरे की अबूझियत छिटकी। उनके जमाने में गुड्डे-गुड़ियों के खेल में दुलहिन ससुराल पहुंचकर मुंह दिखायी और पैलगी की प्रथा पूरी कर रही होती..."ठीक है, ठीक है...कहां है तुम्हारा स्विट्जरलैंड?"

"बताऊं आंटी...?"

"बताओ, जरा मैं भी स्विट्जरलैंड घूम लूं।" स्वर में परिहास घुल आया।

"वोऽऽऽ उधर पानी की टंकी के पीछे।" शानू ने तर्जनी उठाकर छत के दाहिने हिस्से की ओर संकेत किया। "जाऊं आंटी?"

उसके 'जाओ' कहने के साथ ही शानू मृगशावक-सा पलटकर अपनी वेफर्स की तश्तरी की ओर लपका।

वह दबे पांव स्विट्जरलैंड की ओर बढ़ी। सोचा, अचानक प्रिया के निकट पहुंचकर उसे 'भौंऊ' कर चौंका देगी और देखेगी कि महारानी उसकी सगुन की ओढ़नी ओढ़े दुलहिन गुड़िया बनी कैसी लग रही!

मुंडेर और पानी की टंकी की दीवार के बीच एक चादर तनी हुई दिखी। उसने आहिस्ता से नीचे झुककर स्विट्जरलैंड की चादर उठा भीतर की ओर झांका। भीतर का दृश्य उसे स्तब्ध कर गया। उसकी ओढ़नी बिछाये लेटी प्रिया के ऊपर सिराज औंधा लेटा हुआ था...

•••

6

जरिया

आखिर नंबर घुमाते ही कान चोंगे से सट जाते हैं। घंटी बज रही है। 'हलो' भी होने लगी। निगम 'हलो' को बहुत खींचते हैं...मगर प्रत्युत्तर में वह कुछ खींचती-सी खामोश हो आई। यूं...यूं मजा नहीं आएगा। फोन उसके चेहरे पर थिरकते इंद्रधनुष को अभिव्यक्त नहीं कर पाएगा। उसकी उत्तेजक खुशी मात्र सूचना बनकर रह जाएगी।

"हलो..." कई बार खिंची फिर वहीं से फोन रख दिया गया।

धैर्य से शाम होने की प्रतीक्षा करेगी। समय ही कितना है। कलाई पलटकर देखा तो तसल्ली हुई कि ठीक डेढ़ घंटे बाद निगम घर में होंगे। तब तक रसोई का काम निबटा लेती है, ताकि उनके आने पर फुरसत से बैठ सके। बच्चों की आदतें भी बड़ी अजीब हैं। उसे फुरसत से बैठा-बतियाता नहीं देख सकते। ठीक उसी समय उन्हें या तो भूख लग आएगी या हिंदी का गृहकार्य याद आ जाएगा, या कान-पेट में दर्द होने लगेगा। आज उन्हें कोई ऐसा मौका नहीं देना चाहती, जिससे उसके अपने समय में व्यवधान पड़े। चुलबुली बिटिया के कोड शब्दों में कहे तो आज मौसम अच्छा है और वह अपनी तरफ से निगम के लिए 'ड्रिंक' की ट्रे तैयार कर सकती है। वे अगर बहुत दबाव डालेंगे तो स्वयं भी दो चम्मच ब्रांडी थम्सअप में ले लेगी। हालांकि निगम उसके ऐसे साथ देने का उपहास उड़ाने से नहीं चूकते, 'इससे तो बेहतर है कि सादे पानी का गिलास ही साथ लेकर बैठ जाओ।'

रसोई से भी निपट गई। बच्चों से भी पूछ लिया कि अगर हिंदी का गृहकार्य करना है तो वह उन्हें लेकर अभी इसी वक्त बैठ सकती है। बच्चों ने उसे अचरज से देखा, "कहीं जाना है, अम्मा?" (उसने बच्चों को 'अम्मा' कहना ही सिखाया है) उसने अस्वीकार में सिर हिलाया। मन में इच्छा कुलबुलाई कि उन्हें आज की तत्परता का कारण बता दे। फिर यही लगा कि जब इतनी देर से धीरज गठियाए बैठी है तो कुछ देर सब्र और सही।

ठीक सवा छह पर वह लिफ्ट से लगे गलियारे में मंद-मंद मुदित-सी आकर टहलने लगी। बच्चे नीचे क्लब में टेनिस खेलने उतर गए हैं। एकाएक मोटर साइकिल

का चिरपरिचित कर्णभेदी शोर कानों में पड़ा। होंठों पर स्मित दौड़ गया। वह टहलते हुए अनुमान लगाने लगी कि अब निगम ने बेसमेंट में गाड़ी पार्क की, अब लिफ्ट में दाखिल हुए, अब लिफ्ट ऊपर सरकने लगी है। वह 'लिफ्ट' के सामने आ खड़ी हुई। सूचनापट्ट पर अंक गुलाटी खा रहे हैं। छह, सात, आठ, नौ, दस, ग्यारह। 'हिच' करती लिफ्ट ठहर गई है। स्वचालित दरवाजे धड़धड़ाते से खुलने लगते हैं।

हेलमेट और बैग थामे बाहर होते निगम उसे सामने पा विस्मित हो पूछते हैं–"मामला क्या है, जनाब?"

वह इतराती-सी लंबी सांस भरती है, "मामला टोस्ट होगा, तभी बताया जाएगा।"

"तब तो लॉटरी खुल गई अपनी!" उत्साहित हो निगम उसे कंधों से जकड़ लेते हैं।

कमरे में प्रवेश करते ही वे बाथरूम की ओर बढ़ देते हैं–"फटाफट आया कपड़े बदल के।"

वह रसोई में आकर ड्रिंक की ट्रे तैयार करने लगती है। कुढ़कर सोचती है, निगम ने बिलकुल उत्सुकता नहीं दिखाई। वे उत्साहित और खुश हो रहे हैं तो केवल इस बात से कि आज उन्हें पीने की छूट होगी। क्यों नहीं पूछा उससे कि आखिर बात क्या है? वह इतनी आनंदित और उदार क्यों हो रही है? पता नहीं वे किसी अवसर को विशिष्ट क्यों नहीं बना पाते। वह बहुत भावुक है। उनकी तटस्थता ने सारा मूड चौपट कर दिया। खैर, जानती है कि यह कोई आज की ही बात नहीं है। कुछ कहने-सुनने से भी फर्क पड़नेवाला नहीं। फिर आज वह किसी भी तरह की झिक-झिक नहीं चाहती। छोटे-छोटे मनमुटावों और असहमतियों से यह उपलब्धि बहुत ऊंची है...

"चियर्स!"

"चियर्स!" उसने भी हाथ ऊपर उठा दिया–"मैं आज बहुत खुश हूं।"

"लेकिन किसलिए?"

"मेरी कहानी पर दूरदर्शन से फिल्म बनाने का प्रस्ताव प्राप्त हुआ है, इसलिए।"

"क्या!" और क्षणांश वह उन्मादी गिरफ्त में सिमट गई।

अब लगा कि वाकई 'चियर्स' हुआ है।

छूटी तो दौड़कर पत्र उठा लाई और उतावली-सी उन्हें पढ़कर सुनाने लगी...कि राष्ट्रीय नाट्य विद्यालय के एक भूतपूर्व छात्र विवेक बत्तरा, जो स्वयं रंगमंच के अनुभवी रंगकर्मी हैं और कई बहुचर्चित नाटकों को निर्देशित ही नहीं, अभिनीत भी कर चुके हैं, दिल्ली दूरदर्शन के लिए एक फिल्म बनाने की सोच रहे थे। फिल्म का विषय चुनने की समस्या से अरसे तक उलझे रहने के पश्चात् संयोग से उन्हें किसी ने उसकी विवादास्पद कहानी 'यही जवाब है' के विषय में सुझाया। कहानी पढ़ते ही वे अभिभूत हो उठे। तत्काल अपने सहकर्मियों से मिले। उन्हें एक बैठक में कहानी पढ़कर सुनाई। कहानी के चुनाव पर सभी मित्र मुक्तकंठ से एकमत हुए। मित्रों द्वारा

कहानी पर सहमत होते ही विवेक बत्तरा ने दूरदर्शन अधिकारियों को भी कहानी पढ़ने को दी। इत्तफाक से दूरदर्शन की सुप्रसिद्ध निर्देशिका अमला भटनागर को कहानी बहुत पसंद आई। वे चाहती हैं कि फिल्म का निर्देशन और निर्माण वे स्वयं करें। विवेक बत्तरा मात्र फिल्म की पटकथा एवं संवाद लिखें और कहानी के एक केंद्रीय चरित्र नपुंसक पति की अंतर्द्वंद्व भूमिका निबाहें। विवेक बत्तरा को इस प्रस्ताव पर कोई आपत्ति नहीं है। बस जल्दी-से-जल्दी वह 'यही जवाब है' के फिल्मीकरण की अनुमति भिजवा दें, ताकि वे कहानी पर आधिकारिक रूप से काम आरंभ कर सकें।

"वाह! वाह!...तुम्हारी तो पौ बारह!" निगम ने पुन: अपने अंदाज में लड़ियाकर उसे बधाई दी और कहा, "कमाल तो देखो, तुम रहती हो फिल्म नगरी मुंबई में... पर इधर किसी ने कभी तुम्हारी कहानियों को घास नहीं डाली। इसी को कहते हैं घर का जोगी जोगड़ा, आन गांव का सिद्ध!"

"यहां हिंदी पढ़नेवाले हैं ही कितने!" उसने तुनककर बात काटी।

"यह भी ठीक है। चालू अंग्रेजी उपन्यासों से तो प्लॉट मार-मारकर फिल्में बनाते हैं। ये क्या जानें..." निगम ने उसे खुश करने की बात बनाई कि तभी 'पियू-पियू' लगातार बजती घंटी ने उन्हें खामोश कर दिया। वह भुन्नाती-सी उठी कि बच्चों की यही हरकत रही तो एक रोज इतनी कीमती घंटी जलकर रहेगी। सब्र नाम की तो चीज ही नहीं है उनमें। चाहे जितना समझाओ-बुझाओ, मगर वही ढाक के तीन पात। सहन में पहुंच ही रही थी कि सहसा अपना गिलास याद आया। वापस कमरे की ओर पलटी और निगम को इशारे से समझाया कि बच्चों के कमरे में दाखिल होने से पहले वे उसका गिलास कहीं आड़ में कर दें...

डेढ़ महीने से निरंतर उसके और विवेक बत्तरा के मध्य 'यही जवाब है' की प्रगति के संदर्भ में पत्र-व्यवहार जारी है। विवेक ने कहानी में कुछ मामूली परिवर्तनों की अनुमति चाही थी और अपने सुझाव भेजे थे कि क्या उन सुझावों से कहानी की मूल धारा को किसी प्रकार की ठेस लगती है?

उसे सुझाव बुरे नहीं लगे थे। इतना अंदाजा तो उसे भी था कि उसने कहानी चाक्षुष की दृष्टि से तो लिखी नहीं थी। अत: फिल्मीकरण के लिहाज से उसमें कुछ परिवर्तन अपरिहार्य हैं और जो सुझाव विवेक ने उसे प्रेषित किए हैं, वे निश्चित ही कहानी की बुनावट को नाटकीय गतिशीलता प्रदान करेंगे। उसने जवाब भेज दिया था कि उसे परिवर्तनों पर कोई आपत्ति नहीं है।

विवेक ने यह भी सूचित किया कि स्क्रिप्ट लगभग पूरी होने जा रही है और वह अविलंब उसे अमलाजी को सौंप देगा। जहां तक पटकथा का मामला है, अमलाजी ने गहरी दिलचस्पी के साथ कई बैठकों में उसे सुना है और कई दृश्यबंदों को सुनकर बहुत सराहा है।

किंतु आज जो पत्र आया है उसमें विवेक ने उसे अगले सप्ताह अपने मुंबई आने की सूचना भेजी है। बहुत भावुक होकर लिखा है कि मुंबई के एक सुप्रसिद्ध निर्माता ने, जो पिछले दिनों अपनी नई फिल्म के प्रीमियर के अवसर पर दिल्ली आए हुए थे, अपने एक वितरक मित्र के साथ अचानक उसका चर्चित नाटक 'घासीराम कोतवाल' देखने श्रीराम सेंटर पहुंच गए। नाटक में कोतवाल के रूप में वह उसके जीवंत अभिनय को देखकर इस कदर अभिभूत हुए कि शो खत्म होते ही सीधा ग्रीनरूम में पहुंच गए और उसे गले लगाकर निस्संकोच बोले कि क्या वह फिल्मों में काम करना पसंद करेगा?

"बशर्ते भूमिका चुनौतीपूर्ण हो।" उसका उत्तर था।

ठीक हफ्ते भर बाद वह निर्माता की ओर से प्रस्ताव पाकर स्तंभित रह गया, जिसमें उन्होंने उसे लिखा था कि वह फलां-फलां तारीख को स्क्रीन टेस्ट के लिए मुंबई पहुंच जाए। अगर वह 'स्क्रीन टेस्ट' में उत्तीर्ण हो गया तो निश्चय ही वह उसकी अगली फिल्म में महत्त्वपूर्ण भूमिका निभा रहा है।

विवेक बहुत खुश है कि उसे इतने बड़े निर्माता की ओर से स्वयमेव प्रस्ताव प्राप्त हुआ। उसकी ओर से न कोई जद्दोजहद हुई, न तियां पांच, न प्रयोजनात्मक घेरा-घेरी। जबकि उसके रंगकर्मी मित्र, फिल्म के प्रीमियर या फिल्म को कर-मुक्त कराने के उद्देश्य से दिल्ली प्रवास पर आए निर्माता-निर्देशकों की टोह में ही रहते हैं, ताकि वे उन्हें अपने नाटकों में आमंत्रित कर उनकी प्रतिभा-पारखी दृष्टि तले अपना सिक्का जमा सकें। संयोग से अब तक उनके मनसूबे फलीभूत नहीं हो पाए। वह सचमुच भाग्यशाली है कि किस्मत स्वयं उसके भाग्य-कपाट पर दस्तक दे रही है। लेकिन बावजूद इसके वह चिंताग्रस्त है कि मुंबई तो वह किसी प्रकार पहुंच ही जाएगा, परंतु उस मायावी नगरी में आवास की कठिनाई से कैसे निपटेगा। न वहां उसका कोई आत्मीयजन है, न परिचित। वैसे राष्ट्रीय नाट्य विद्यालय के कुछ भूतपूर्व छात्र जरूर हैं फिल्म जगत में; मगर फिल्मों में प्राप्त अप्रत्याशित सफलता ने उनके दिमाग चढ़ा दिए हैं। उनसे किसी प्रकार की सहायता की उम्मीद व्यर्थ है। वह स्वाभिमानी भी कम नहीं। रहने को कोई उचित प्रबंध नहीं हो पाया तो वह अवसर खो देना मुनासिब समझेगा, बनिस्बत उनके दरवाजे खटखटाने के।

दरअसल उनकी मानसिकता द्वेषी, स्वार्थी, व्यक्तिवादी और होड़वादी हो गई है। वे नहीं चाहते कि फिल्मों में उनके मुकाबले अन्य छात्र भी सफल हों। ये वो लोग हैं जो रंगमंच के प्रति प्रतिबद्ध होने का दंभ भरते थे और फिल्मों में जाने तक यह वक्तव्य पीटते रहे कि अगर वे फिल्मों में गए तो मंच और फिल्मों के बीच संतुलन बनाए रखना उनका मुख्य उद्देश्य होगा। इस परिप्रेक्ष्य में वे कितने बेपर्द हो चुके हैं, वह अनभिज्ञ नहीं है। अब तो किसी नाटक-में बतौर दर्शक अपनी उपस्थिति में ही उन्हें रंगकर्म में बहुत बड़ा योगदान प्रतीत होती है। खैर, उसे क्या ! उनकी वे जानें।

उसे तो मात्र हफ्ते भर के लिए रात गुजारने की जगह चाहिए। दिन तो स्टूडियो की खाक छानते बीत जाएगा।

अड़चनें कई हैं। जिस प्रतिबद्धता से वह मंच से जुड़ा रहा है वहां अर्थोपार्जन की बात तो दूर, कई दफे मंचन की खातिर 'श्रीराम सेंटर' का किराया भरने के लिए भी दोस्तों के चंदे पर निर्भर करना पड़ता है। फिर वह किसी सामान्य से होटल में भी, जिसका कि किराया पचास-साठ रुपये प्रतिदिन होगा, कैसे रहने की सोच सकता है। इस वक्त दिमाग सिर्फ परेशान है, सिर्फ परेशान। कुछ सुझाई नहीं दे रहा। पता नहीं क्या सोचकर उसे इतना सब लिख गया है। शायद यही सोचकर कि एक संवेदनशील रचनाकार का मन किसी रंगकर्मी के संघर्ष की त्रासदी महसूस कर सकेगा।

इस लंबे खत से गुजरते हुए वह गहरे सोच में डूब गई...

विवेक बत्तरा निस्संदेह भाग्यशाली है कि अनायास भाग्य-लक्ष्मी उसके कैरियर के बंद कपाटों पर दस्तक देने स्वयं उस तक चलकर आई है। अड़चनें भी अपनी जगह हैं। हिंदी रंगमंच को अभी अपने पांवों पर खड़ा होना बाकी है। विवेक जैसे संघर्षशील युवक उसे आत्म-सक्षम बनाने के लिए कृत-संकल्प हैं। वह पूरी ईमानदारी से उसकी मदद करना चाहती है; पर कैसे?

शाम को उसने निगम के समक्ष विवेक की समस्या रख दी। पर उन्हें विशेष दिलचस्पी न दिखाते पा तुनक उठी कि अगर उन्हें किसी सस्ते से होटल या गेस्टहाउस की जानकारी नहीं है तो क्या वे अपने किसी कुंवारे दोस्त के साथ कुछ दिनों उसे नहीं टिका सकते? निगम सुनकर बिगड़ उठे, "कैसी वाहियात बातें कर रही हो! तुम समझती नहीं ऐसे मसलों को। एक बार हमने उनके प्रति जिम्मेदारी दिखा दी तो हमेशा के लिए मुसीबत गले पड़ जाएगी। वो आ रहे हैं। उनके लिए होटल ढूंढ़ो साहब। उन्हें जाना है, टिकट आरक्षित करवा दो। इसे सूचना दो, उसे खबर कर दो। सारे काम-धाम छोड़कर यही लफड़े पालते रहो। छोड़ो ये पचड़े। उनकी मुसीबत है, वे झेलें। समझीं।"

उसे निगम बेहद स्वार्थी, संकीर्ण और अपने से ईर्ष्या करते हुए महसूस हुए। बोले बिना नहीं रह पाई, "तुम सुविधाभोगी इंजीनियर हो न! तुम्हारे पास रचनाकार का संवेदनशील हृदय कहां कि जो दूसरों की परेशानी और पीड़ा को महसूस कर सके। आखिर विवेक बत्तरा हमारा क्या लगता है, जो मेरी कहानी पर ही फिल्म बनाए? कहानियों का अकाल तो नहीं पड़ा है?"

"बेवकूफी भरे तर्क मत दो। कहानी उसने स्वयं चुनी। तुम उसके पास दौड़ी नहीं गई थीं।"

"ठीक, मैं दौड़ी नहीं गई थी; लेकिन फिर भी यह कोई मामूली बात तो नहीं? मेरे लेखन कैरियर में यह कितना बड़ा प्लस-प्वाइंट होगा, यह सोच पा रहे हो तुम? अगर आज वह कहानी दूरदर्शन पर प्रस्तावित कर सकता है तो भविष्य में अगर वह फिल्मों में सफल हो गया तो निर्माता-निर्देशकों को भी मेरा नाम सुझा सकता है।"

निगम हठात् कलह से सावधान हुए। सारी गंभीरता और खिन्नता झाड़कर हंस पड़े-"माय गॉड, तुम तो बड़ी दूरदर्शी हो गई हो! एकदम बनिया!" फिर हथियार डालनेवाले अंदाज में बोले, "ठीक है, देखता हूं, क्या हो सकता है!"

वह आश्वस्त हो रसोई में व्यस्त हो गई। हाथ चलते रहे, पर दिमाग उधेड़-बुन में लगा रहा। निगम समझ नहीं रहे, न बात की गहराई महसूस कर रहे हैं। कितनी ईर्ष्या होती है उसे, जब वह दूरदर्शन पर किसी लेखक या लेखिका की फिजूल-सी कहानी का नाट्य रूपांतरण देखती है या पढ़ती है कि फलां-फलां लेखक की फलां कहानी पर फिल्म बन रही है। खूब सोचती है कि भला ऐसा क्या है उस कहानी में? ऐसी तो उसने बीसियों कहानियां लिखी हैं। पर सच्चाई तो यह है कि नाटक हो या सिनेमा, इन जगहों में तब तक बात नहीं बनती जब वहां अपने लोग बढ़ावा देने वाले न हों। विवेक इस दिशा में बड़ा उपयोगी सिद्ध हो सकता है। और उस छद्म लेखकीय स्वाभिमान की भी रक्षा कर सकता है, जिसके चलते लेखक यह तो चाहता है कि उसकी कहानियों पर धड़ाधड़ फिल्में बनें, नाटक हों; किंतु इस आक्षेप से बरी रहे कि वह स्वयं गरजू है और निर्माता-निर्देशक के चक्कर लगाता रहता है। विवेक के मुंबई आने पर वह अपनी कुछेक कहानियां भी उसे पढ़वाएगी, जिन पर बेहतर नाटक की संभावना तो है ही, सफल मनोवैज्ञानिक कला फिल्म भी बन सकती है। मगर यह तभी संभव है जब उनके दरमियान संबंध बनें—और संबंध एक-दूसरे की जरूरत पर खड़े होने से भी अंतरंग हो सकते हैं। उसकी सफलता भी संदिग्ध नहीं है। गत वर्षों में राष्ट्रीय नाट्य विद्यालय के जो भी छात्र फिल्मों में आए हैं, रातोंरात सफलता की चोटी पर जा बैठे हैं...

इतनी झिक-झिक में क्यों पड़ी है? क्यों नहीं उसे अपने यहां ही टिका लेती? लेकिन...लेकिन-वेकिन कुछ नहीं। इन्हीं लेकिन-वेकिन के चक्करों में अच्छे-खासे सुअवसर हाथ से छिटक जाते हैं। फिर बिसूरती बैठती है कि फलां लेखक का यह हो रहा है, वह हो रहा है और वह वहीं-की-वहीं पड़ी हुई है...

वसंत पंचमी की तारीख हफ्तों उसके घर टिकी रही...

...विवेक हफ्ते भर के लिए आया था। तकरीबन महीने भर तक उनके साथ रहा। हर दूसरे-तीसरे रोज कहानी पर उनकी बैठक होती। कहानी के कुछ अंश वह पात्रों में गहरे डूबकर इस हाव-भाव के साथ सुनाता कि उसकी आंखों के समक्ष दूरदर्शन का परदा खिंच जाता है और परदे पर थिरकते दृश्य। उन दृश्यों से जुड़ी दर्शकों की भाव-विभोर भीड़। बधाइयों की चिट्ठियों का लगता अंबार...

उसके रहते घर का वातावरण इतना रचनात्मक हो उठा था कि उसे लगने लगा कि वह अपने आपको मात्र कहानियों तक ही सीमित न रखे। नाटक विधा पर भी काम करे। उसमें सामर्थ्य है। उसके पास जबरदस्त दृश्यीकरण की क्षमता है, जो नाट्य

लेखक एवं फिल्म लेखक के लिए विशेष महत्त्व रखती है। हिंदी में तो अच्छे नाटकों का अभाव ही है। यूं तो नाटक प्रसाद ने भी लिखे, सेठ गोविंददास ने भी लिखे; पर वे मंच के लिए सर्वथा अनुपयुक्त हैं। इधर हिंदी के कुछ शीर्षस्थ कथाकारों ने इस दिशा में संयुक्त प्रयास आरंभ किया है—नाटककारों के साथ बैठकर मंच की तकनीकी जानकारी से भिज्ञ हो नाटक लिखने का। परिणाम उत्साववर्धक है...मन्नू भंडारी के 'महाभोज' के विषय में उसने सुना ही होगा। विवेक ने जैसे उसके सामने चुनौती रखकर कहा, "बताइए, आपके लिए कोई मुश्किल है?"

"है।" उसने अपनी लाचारी प्रकट की कि चूंकि वह मुंबई में रह रही है, जहां मराठी मंच जितना समृद्ध है हिंदी उतना ही अविकसित, उसे ऐसा सुअवसर प्राप्त होने से रहा।

"मैं आपकी मदद कर सकता हूं।"

उसकी आंखों में प्रश्न खिंच आए—"कैसे?"

"आप पहले नाटक का कोई समस्यामूलक विषय चुन लीजिए। फिर उस पर काम शुरू कर दीजिए। संभवत: महीने-डेढ़ महीने बाद मेरा पुन: आना होगा। तब हम लोग विषय पर आठ-दस बैठकें कर डालेंगे। ठीक?"

"ठीक!" उसने सोत्साह खिलकर कहा।

जादू का-सा असर हुआ उस पर कि उसने अपने नए उपन्यास पर बैठना कम करके एकाएक नाटक पर काम शुरू कर दिया। पंद्रह दिन में एक साधारण रूपरेखा तैयार हो गई। निगम को पढ़कर सुनाया तो प्रतिक्रिया में उन्होंने आड़े हाथों लिया—"मैं विषय से सहमत नहीं हूं। शोषण की बात उठाना आम फैशन हो गया है लेखकों में। मध्य वर्गीय संपन्नता में हाथ धोने की ख्वाहिश रखते हुए सर्वहारा वर्ग की खोखली चिंता? तुम मध्य वर्गीय पाखंडों को अपना विषय क्यों नहीं बनातीं? कम कहने के लिए है वहां? हां, मगर साहित्य में आजकल वह फैशन में नहीं है। यह और बात है। बहरहाल, मुझे नहीं जम रहा मामला।"

वह उनकी दो-टूक प्रतिक्रिया से आहत हो आई—"तुम पूर्वाग्रह से भरकर बात कर रहे हो।"

वे गुर्राए, "मैंने वही कहा जो मुझे लगा। सच्चाई सुनकर तिलमिलाहट होती है तो मुझसे पूछती क्यों हो?"

"पूछने का तात्पर्य यह नहीं है कि तुम मेरी नीयत पर आक्षेप लगाओ!"

"ठीक है, तो फिर यही समझ लो कि मुझमें नाटक की समझ नहीं। अच्छा होगा कि तुम अपने गुरु विवेक को प्रति भेजकर उसका मत जान लो।"

'जलो-भुनो!' वह मन-ही-मन तैश से ऐंठी। यह कोई जवाब है। मगर तर्क-वितर्क व्यर्थ है। निगम का खूंटा जहां गड़ जाता है, टस से मस नहीं होता। उसे परवाह भी नहीं; पर असहमति के बावजूद उसे उनका यह परामर्श जरूर पसंद आया कि वह

प्रतिलिपि, प्रतिक्रिया हेतु विवेक को भेज दे। इधर वह उसे खत लिखना भी चाह रही है। उसे वापस लौटे महीना भर से ऊपर हो रहा है; किंतु न अब तक उसका कोई खत आया, न दूरदर्शन से अनुबंध-पत्र, जिसके विषय में वह आश्वस्त करके गया था कि पहुंचते ही उसके पास अविलंब भिजवाएगा।

विवेक नहीं समझ सकता कि रोजाना की डाक उसके लिए इसलिए फिजूल हो उठती है कि उसमें कोई सरकारी खाकी लिफाफा नहीं होता। उसकी मनोदशा ठीक खिसियाई बिल्ली-सी हो गई है।

जवाब आने में ज्यादा समय नहीं लगा। पत्र क्या था, परेशानी, दु:ख, क्षोभ, संकोच और शर्मिंदगी का पुलिंदा, कि उसके सारे परिश्रम पर पानी फिर गया। दूरदर्शन के अधिकारियों ने फिल्म की स्क्रिप्ट अस्वीकार कर दी है। उनका तर्क है कि कहानी के केंद्रीय चरित्र मां का आचरण अत्यंत व्यावसायिक है, जो मां की हमारी पारंपरिक छवि को ठेस पहुंचाती है। हमने उन्हें संतुष्ट करने की बहुत कोशिश की, मगर वे अपनी लचर दलीलों से चिपके बैठे हैं। निर्देशिका अमलाजी भी बेहद दु:खी हैं। कम वक्त नहीं जाया किया उन्होंने हमारे साथ। घंटों संग बैठी एक-एक दृश्य सुनती रही हैं।

...बहुत अरसे से आपको लिखने की सोच रहा था, लेकिन आप मेरी पस्त मन:स्थिति का अंदाज लगा सकती हैं। क्षमायाचना के लिए भी तो आदमी को हिम्मत चाहिए।

पत्र के साथ नाटक पर विस्तृत प्रतिक्रिया भी नत्थी थी; किंतु उसे पढ़ने की इच्छा ही नहीं हुई। दूरदर्शन के अधिकारियों पर रोष उबल पड़ा। टुच्चे और कम-अक्ल लोग। वातानुकूलित कमरों में बैठे हुए उन्हें साहित्य की समझ है! मशीनीकरण के इस युग में निस्स्वार्थ रिश्तों के मध्य तेजी से व्यापते व्यवसायीकरण का एहसास है? औरत का मानसिक धरातल जिस संक्रमणता से क्षत-विक्षत हो अपने अस्तित्व की पहचान के लिए संघर्षरत है, इसकी जानकारी है?

वह उन्हें नहीं छोड़ेगी। मगर लिखे तो कहां और किसे? सहसा एक सूत्र हाथ आया। मुंबई दूरदर्शन से उसे दिल्ली दूरदर्शन का पता आसानी से प्राप्त हो सकता है।

आक्रोश से थर्राती उंगलियां टेलीफोन पर नंबर घुमाने लगीं। उधर से 'हलो' होते ही अपनी उत्तेजना को भरसक संयत कर उसने दिल्ली दूरदर्शन का पता मांगा। पता प्राप्त कर तुरंत अपनी मेज पर जा बैठी और अपनी कहानी 'यही जवाब है' का हवाला देते हुए अधिकारियों की दुर्नीति और अविवेकपूर्ण निर्णय को चुनौती देती लिखने लगी कि जिन वजहों से उन्होंने उसकी कहानी पर नैतिक आपत्ति प्रकट की है वह उनकी संकीर्ण मनोवृत्ति और अपरिपक्व दृष्टिकोण का परिचायक है। मनोविश्लेषणात्मक चरित्रों को समझ सकने की न तो उनमें मनोवैज्ञानिक दृष्टि है, न साहस। क्यों वे वक्त के परिवर्तनों को स्वीकार नहीं कर पा रहे हैं? औरत की कैसी छवि वे दूरदर्शन पर दिखाना चाह रहे हैं? वे मातृत्व संबंधों पर हावी हो रही अर्थलोलुपता को दिखाना

पारंपरिक मर्यादा के खिलाफ कदम मानते हैं; पर आए दिन जो वे स्त्री देह की नुमाइश से भरपूर छिछले विज्ञापनों को प्रदर्शित करते रहते हैं, क्या उससे नारी की पारंपरिक उदात्त छवि को सम्मान प्राप्त होता है? उसने उनसे स्पष्टीकरण मांगा कि जब अमला भटनागर की सहमति और स्वीकृति से उसकी कहानी पर काम शुरू हुआ था तो फिर क्योंकर स्क्रिप्ट अस्वीकृत की गई?

उसे कतई उम्मीद नहीं थी कि उसकी भर्त्सनापूर्ण चुनौती का कोई सरकारी उत्तर आएगा; लेकिन जवाब उसके हाथों में है और वह निगम को पढ़कर सुना रही है। अपने को अविश्वसनीय और भौंचक स्थिति से घिरता हुआ महसूस करने के बावजूद...

उसकी शिकायत जवाबदेही के लिए अमला भटनागर को भेज दी गई थी। क्योंकि प्रत्युत्तर अमलाजी का आया है। अमलाजी ने साश्चर्य उसके आरोपों का खंडन किया है और सारे प्रकरण से स्वयं को ही नहीं, अधिकारियों को भी अनभिज्ञ बताया है। यह अवश्य स्वीकारा है कि विवेक बत्तरा से वे परिचित हैं और अकसर उसे अपने नाटकों में शरीक करती रहती हैं; परंतु न तो विवेक ने उनसे कभी उसकी किसी कहानी का जिक्र किया, न उसे दूरदर्शन के लिए किसी फिल्म का अनुबंध सौंपा गया है। वे अनुमान नहीं लगा पा रहीं कि वह कैसे ऐसे अनर्गल भ्रम का शिकार हुईं कि...

पत्र खत्म कर उसने क्षुब्ध दृष्टि से निगम को देखा और जैसे उससे न कहकर अपने आपसे बुदबुदाई, "विवेक बत्तरा ने ऐसा क्यों किया?"

प्रत्युत्तर में निगम एकाएक ठहाका भरकर हंस पड़े। हंसी जो शुरू हुई तो फिर बढ़ती ही चली गई।

वह खिसियाहट से भरी-भरी रुआंसी हो आई–"उपहास उड़ा रहे हो?"

"उपहास! और मैं?" उन्होंने सप्रयास हंसी को नियंत्रित करने की चेष्टा की और बोले, "भई, मैं तो कुछ और ही सोच रहा था।"

उसने उत्सुक नजरों से उन्हें देखा।

"अब देखो न, तुम रहती हो इस शहर में, देश की माया नगरी में। और जब भी किसी को इस शहर में अपनी पटरी साधनी होगी या किसी डेरे की तलाश...बंदा तुरंत तुम्हारी कहानी पर नाटक लिखने लगेगा, या रूसी या फ्रेंच में उसके अनुवाद की अनुमति चाहेगा। तुम खुश–और अगर ऐसे में वह इस शहर में आना चाहेगा तो भला तुम उसे बाहर कैसे रहने दे सकती हो!"

•••

7

दुलहिन

पसीने से नहाए हुए वह जेठ के तपते सन्नाटे को दरवाजे पर छोड़ देहरी लांघने को ही हुआ कि एकाएक ठिठक गया। किसी के उबकाने के तीखे-तीखे स्वर करेरे-करेरे-से खिंच रहे सुनाई दिए। लगा कि भीतर मथती उमथाहट कलेजे समेत बाहर आ जाना चाहती है, लेकिन मुंह तक आते-आते पनियाती पलट पड़ती है। कौन हो सकता है? अनी? अनी ही होगी शायद। सुबह कॉलेज के लिए तैयार होते समय उसने भूमिका बांधी थी—"लो, भुगतो! आठ-दस दिन ऊपर हो रहे हैं।"

अविश्वास से भरकर उसने अनी की ओर देखा था—"तुम्हें गलतफहमी हो रही है!"

"यकीन करो।"

"कैसे? कहीं तारीख तो गड़बड़ नहीं कर रहीं?"

"गड़बड़ कैसी? साफ तो है। चौदह को होली जली थी, पंद्रह को रंग चला। उसी रात की तो बात है, याद करो। पंद्रह से पंद्रह महीना हो गया कि नहीं! आज अट्ठाइस है। फिर मुझे तो हर बार पांच दिन पहले ही..."

"हम तो पूरी सावधानी बरतते हैं!" वह परेशान हो आया।

"फालतू बात मत करो...सब्र था? कितना मना किया, पर माने? अपने-आपको बड़ा पहुंचा हुआ जानकार समझते हो...कुछ नहीं होगा। ये दिन बड़े सुरक्षित होते हैं...अब?"

"अरे नहीं, सब ठीक होगा।" उसे आश्वस्त करने के बहाने उसने स्वयं आश्वस्त होना चाहा, "कुछ रोज और रास्ता देख लो।"

"सोच लेना, कोई बात है ही तो देरी करना उचित नहीं होगा न।"

"कॉलेज से लौटकर बात करता हूं।" कहते हुए वह तत्परता से सीढ़ियां उतर गया था।

उसका अनुमान सही निकला। आवाज नहानघर से ही आ रही थी।

खमसारों से गुजरता हुआ वह नहानघर की ओर बढ़ा। कराहता हुआ स्वर स्पष्ट होने लगा। तबीयत बेहद बिगड़ी हुई है और पूरा घर है कि चिराया हुआ पड़ा है। ठंडा

कोना ढूंढ़-ढांढ़कर सब आराम से लंबी ताने सो रहे होंगे। आवाज कानों में पड़ी भी होगी तो उन्हें क्या मतलब! किसी को किसी की फिकर नहीं इस घर में। अम्मा को तो बहुओं से वैसे भी लगाव नहीं दिखता। बस रात-दिन आजी की सेवा-शुश्रूषा में जुटी रहती हैं। जब से आजी का हगना-मूतना खटिया पर चल रहा है, वे अन्य दायित्वों से निर्लिप्त हो गई हैं।

नहानघर के निकट पहुंचकर वह अनी को लगभग पुकारने ही वाला हुआ कि सहसा अम्मा को नहा पर बैठी देख सकते में आ गया। अम्मा की डिगहाई धोती का पल्ला नहा की उघड़ी हुई फर्श पर सिमटे, जमे पानी में बेतरह लिथड़ा रहा था। हमेशा घूंघट में छिपे रहने वाले उनके अंगुल-भर खिचड़ी बाल, रिबन बंधी चुटिया में, गरदन के नीचे झुकने और फिर ऊपर उठने की प्रक्रिया में उठ-बैठ रहे थे। बेहाल-सी वे 'थुह'...'थुह' करती मुंह की पनियाहट थूक रही थीं।

उसे जैसे बिजली का तार छू गया। वह एकदम से पलटा। दिमाग में द्वंद्व की हाथापाई होने लगी। कहीं...? दूसरा खयाल पुख्ता ही नहीं हुआ। हो सकता है, अम्मा गरमी खा गई हों या खाने-पीने में गड़बड़ हो गई हो! हैजा भी तो बुरी तरह फैला हुआ है आजकल इस इलाके में।

अम्मा का ढाई साल पुराना स्वरूप उसकी आंखों के आगे नाचने लगा। शन्नो का अस्तित्व समेटे उनका पेट डबलरोटी-सा फूल आया था। उसे अम्मा चलती हुई नहीं, लुढ़कती हुई महसूस होतीं। ठमके कदम ने उनकी बेडौलियत की रही-सही कसर भी पूरी कर दी थी। उन पर जब-जब निगाह पड़ती, वह शर्म और संकोच से सिकुड़ने लगता। सामने पड़ जातीं तो उसकी पूरी कोशिश होती कि वह कन्नी काटकर निकल जाए। वे रोक ही लेतीं और कुछ कहने को होतीं तो वह 'हूं-हां' करने में भी अजीब दिक्कत महसूस करता। दृष्टि कभी अलगनी पर फैले फड़फड़ाते कपड़ों पर झूलने लगती या खमसारों के प्लास्टर-झरे गोल खंभों से लिपट जाती।

उन दोनों के मध्य मौजूदा हालत कोलेकर तनाव की शुरुआत की खुल्लमखुल्ला अभिव्यक्ति का वह पहला दिन था, जब पहली मर्तबा उसने अपना विरोध अम्मा पर यूं जाहिर किया कि तनख्वाह मिलते ही घर के हिस्से की किस्त उसने अनी के हाथों उनके पास भिजवाई। क्रुद्ध अम्मा ने नोट उठाकर अनी के मुंह पर दे मारे। घबराई हुई अनी ने अपनी स्थिति स्पष्ट की थी–'उन्होंने दिए, मैंने आपको लाकर दे दिए। मैं बीच में कहां आती हूं। ऊपर बैठे हैं। चलकर बात कर लीजिए। न लेने हों तो उन्हें ही रुपये लौटा दीजिए।'

लेकिन अम्मा ने उसकी एक न सुनी। चीख-चीखकर पूरा घर सिर पर उठा लिया था–'अब कहने-सुनने को बाकी ही क्या रह गया है! जूते लगाने-भर की कसर रह गई है, सो वह भी छाती जुड़ा ले आकर...'

अम्मा के व्यवहार से आहत अनी आवेश से कांपती हुई कमरे में घुसी और पलंग पर ढेर हो, फूट-फूटकर रोने लगी थी। उसने सारा प्रकरण सुन लिया था। बेवजह ही

अनी प्रताड़ित हुई थी। मनाने के लिए आगे बढ़ा तो वह तमककर हाथ झटकते हुए बोली, "छूने की कोशिश की तो अटारी से नीचे कूद जाऊंगी। मां-बेटे के नाटक से मुझे क्या सरोकार! जो कुछ कहना-सुनना है, खुद हिम्मत क्यों नहीं करते? मेरी फजीहत क्यों करवाते हो? आगे से मुझे बीच में धकेला तो मुझसे बुरा कोई नहीं होगा।'

ऊपर अपने कमरे में पहुंचकर देखा, अनी कोहनी आंखों पर रखे चित सो रही थी, दाहिनी बांह से शन्नो को बगल में सिमटाए हुए। बंदरिया के बच्चे-सी चिपटी पड़ी अबोध शन्नो के शमीज का घेरा और घुंघराले बालों के बेतरतीब छल्ले टेबल फैन की तपती तेज हवा में फरफरा रहे थे। गहरे कत्थई रंग की झालरवाली कच्छी कमर से कुछ नीचे खिसकी हुई उसके गोल-मटोल वजूद को मासूमियत से सराबोर कर रही थी।

जमुनापारिन बड़ी भाभी जब-तब ठिठोली करती हैं-'कुछ भी कहो, लाला! यह पेट-पोंछन हू-ब-हू गई तो तुम पे ही है। पुतलियों का भूरा रंग तक नहीं छोड़ा।'

कई बार मन हो आया कि सोती हुई शन्नो की पलकें उठा पुतलियों का रंग देखे। क्या वाकई उसकी पुतलियां भूरी हैं? हू-ब-हू उसी-सी? एक किलकती ललक दुराग्रह को पीछे धकेल, उससे विद्रोह कर सिर उठा लेती कि उसकी रिबन-बंधी नन्हीं-नन्हीं चुटियों को पकड़कर वह झकझोर दे...गालों पर चुटकी भर ले...नहीं, हथेलियों पर-'चिर्रो-मिर्रो, बुलाकर कांख में गुदगुदा दे...रक्तिम कानों की लवों को जी भरकर चूम ले। लेकिन पता नहीं क्यों अचानक शन्नो शून्य में परिवर्तित हो जाती और उसकी लालसा को सहसा अम्मा का डबलरोटी-सा फूला पेट ढक लेता। शन्नो की ओर बढ़े हुए हाथ उसे छूने से पहले ही ठिठक जाते। एक अवश तिलमिलाहट उस पर तारी होने लगती और क्षुब्ध हो वह अपने ऊपर सैकड़ों राक्षसी अट्टहासों का उपहास अचानक मसक रही छत-सा मरमराया हुआ महसूस करता। उसे लगता कि कभी आवेशवश हाथ शन्नो की ओर बढ़ ही गए तो उंगलियों में नन्ही देह की दुधाई सुगंध नहीं, एक जहरीली लिसलिसाहट चिपक जाएगी, जो धीरे-धीरे उसकी पूरी देह को कुकुरखाज से भर देगी।

छह भाई-बहनों में वह सबसे छोटा था। अब नहीं रहा। शन्नो ने उसे इस एकाधिकार से वंचित कर दिया। उसे अच्छी तरह याद है। वह आठेक साल का रहा होगा जब काकी को पुष्पा हुई थी। बचपन की धुन्नू! सौर के मुहारे खड़े-खड़े वह उस गोल-मटोल गुड़िया को चार-पांच रोज अकसर गौर से लगातार देखता रहा था और उसे गोद में खिलाने को व्यग्र हो उठा था। सभी ने उसे डरा-धमका रखा था कि न तो वह सौर के भीतर ही घुसे और न ही बच्चे को छुए। किंतु एक दोपहर जब सभी अपने-अपने ठौर-ठिकाने पड़े सुस्ता रहे थे और धुन्नू को बगल में लिटाए काकी भी झपकियां भर रही थीं, वह पट् से सौर में घुस गया और बंदर की भांति धुन्नू को गोद में उठा दुछत्ती

में जा छिपा। धुन्नू न रोती तो वह बड़ी देर तक उसकी चुम्मियां लेता रहता और उसके छोटे-छोटे रुई के फाहों-से नरम गुलाबी पैरों को अपने गालों से रगड़ता रहता...

पकड़े जाने पर बड़ी बुआ ने धुन्नू को उसकी गोद से छीन, उसकी हिमाकत पर बेरहमी से तड़ातड़ गाल चटखा दिए थे। अम्मा ने आगे बढ़कर उसे छुड़ा लिया था। बड़ी देर तक वह उनसे लिपटा हिचकियां भरता रहा। उसकी समझ में नहीं आया कि यह कौन-सी रीत है कि एक बच्चा सामने लेटा हुआ है और उसे छुआ नहीं जा सकता, खेलाया नहीं जा सकता?

उसने अम्मा से सवाल किया था, "काकी, बचिया कहां से लाई?"

"बाजार से खरीदकर।"

"तो तुम भी मुझे एक धुन्नू खरीद दो। मैं काकी की धुन्नू को कभी हाथ नहीं लगाऊंगा!" उसने रोष से भरकर कहा।

"ठीक है, ला दूंगी, जरा पैसे जोड़ लूं। खूब लगते हैं।" अम्मा ने उसे बहलाया।

मगर कुछ ही दिनों बाद वह अपनी जिद भूलकर मस्त हो गया। फिर धुन्नू सौर से बाहर आ गई और उसे न छूने की सारी वर्जनाएं टूट गईं।

वर्षों बाद जब नितांत अपनी धुन्नू की कामना का बाल-सुलभ हठ वास्तविकता में अंकुरित होने लगा तो इस उम्र में छोटी बहन पाने की कल्पना मात्र से वह लज्जित हो उठा। सबसे बड़ी जिज्जी चार बच्चों की मां थी, जो अपनी बड़ी बेटी रंजना के हाथ चार साल पहले पीले कर चुकी थी। रंजना से छोटे उमेश की शादी उसी साल हुई, जिस साल उसका तिलक चढ़ा। तभी जिज्जी उसके ब्याह में नहीं आ पाई। बड़े और मंझले भैया के बच्चे कॉलेज जाने लगे। गीता और सुषमा क्रमश: एक और दो बच्चों की मांएं बन गईं। खुद उसकी शादी का चौथा साल चल रहा है। बच्चे नहीं हुए तो सिर्फ इसी वजह से कि उसने और अनी ने फिलहाल चाहे नहीं।

शादी की पहली रात को ही उन्होंने तय कर डाला कि जब तक वह अपनी थीसिस पूरी कर दाखिल नहीं कर देता और किसी डिग्री कॉलेज में प्राध्यापक नहीं बन जाता, वे संतान के विषय में कतई नहीं सोचेंगे। भूले-भटके कहीं कुछ गड़बड़ हो ही गई तो 'सफाई' करवा लेंगे।

"आगे नहीं हुए तो?" अनी ने संशय प्रकट किया।

"अनाथालय से गोद ले लेंगे।"

तब अनी केवल मैट्रिक पास थी और वह उसे आगे पढ़ाने का इच्छुक था। शादी के बाद उसने फर्स्ट इयर की परीक्षा में अनी को प्राइवेट कैंडीडेट के रूप में बिठवाया। पढ़ने में भी उसकी भरसक सहायता की; नतीजन सारी घरेलू अड़चनों और बंधनों के बावजूद वह पास हो गई। फिर तो वह उत्साह से भर गई और स्वयं परिश्रम करने पर उतर आई। कस्बई सपनों के दायरों में महासागर का विस्तार जड़ें जमाने लगा। इंटर भी हो गया। अब बी.ए. की तैयारी हो रही है।

एक अम्मा हैं, न कुछ सोचना चाहती हैं, न समझना। दकियानूस! बच्चा पैदा करने की मशीन! दूसरों की भावनाओं की कद्र करना उन्हें आता ही नहीं। ऊपर से फूहड़ ठिठोलियों में रस लेती और आनंदित होती उनके भीतर की बेलिहाज, बेशर्म स्त्री! सामने जवान बेटा खटिया पर बैठा हो तब भी संकोच न करना। कोई खयाल करतीं तो नाउन काकी को झिड़क देतीं। आजी को इशारा कर देतीं।

वे आंगन में दुबके सर्दियों के दिन थे। मांसपिंड के रूप में आकार लेती शन्नो के दिन। गुनगुना घाम था। खटिया पर आराम से वह 'थीसिस' से संबंधित संदर्भ पुस्तक पढ़ने में लीन घाम सेंक रहा था कि सहसा नाउन काकी की पारखी चुहल ने उसकी तन्मयता भंग की–

"अई, दुलहिन, तुम्हुक कुछ है का?" नाउन काकी ने बड़े फूहड़ तरीके से अनी के पेट पर हाथ फिराते हुए सप्रश्न उसे देखा।

प्रत्युत्तर में शर्म से दोहरी होती हुई अनी बगैर जवाब दिए ही भीतर भाग ली।

इस अशालीन चुहलबाजी के चलते उसके कान तप आए। नजरों को जबरदस्ती किताब में अटकाए रखना मुश्किल महसूस हुआ। परंतु एकाएक उठ भी नहीं पाया। घाम सेंकना बड़ा भला लग रहा था।

तभी नाउन काकी का दूसरा जुमला उसे चौंकाता पहाड़ से नीचे ढकेल गया, "बधाई हो जिया! सास-बहुरिया का 'जापा' एकै सौर में निपटि जाई।" फिर उसकी ओर कटाक्ष कर हंसीं, "'हम तो तुमसे नेग में लायलोन की दुइ साड़ी लेबे, छोटू! एक मेहरिया कै, एक महतारी कै। अंटी कसे रह्यो!"

"छिनार! वहिसे नेग-नेगार की बातें काहे करित हय? अरे, दे-ले वारी अबै तो हम जिंदा बैठी हन। यहि देहरी की पुरखिन!" आजी की पोपली हिनहिनाती आवाज से उत्साह छलछलाया–"पोता-परपोता साथ होई तो तोहिका बनारसी पहिरैबै। एक बात बता, भिकुआ की महतारी, छोटू की बहुरिया के सच्ची कुछौ हय?"

जवाब अम्मा ने दिया। पटरे पर बैठी वे कद्दूकश पर घिया कस रही थीं–"मोरी नाउन काकी कै बातें...कुछ नहीं है वहिके।" और आंखें मिचकाकर हंसने लगी थीं, "झूठी-फुरी लगावा करती है।"

"चलो, झूठी-फुरी ही सही। तुम अपनी कहो। तोहार कौन महीना है, दुलहिन?" नाउन काकी ने अम्मा से सच्चाई जाननी चाही।

"तीसरा।" जवाब आजी ने दिया, "छोटू कै पीठ भागमान है।"

फिर 'खू, खू, खू, खू' खांसने लगी। खांसी हलकी हुई तो उत्साह से भरी बोली, "उतरत बैसाख तक जाई। कै दुलहिन?"

बैठना दूभर हो उठा। अम्मा ने उसके लिए चूल्हे पर चाय चढ़ा रखी थी। सुबह आंगन में घाम सेंकना और लगातार चार-पांच कप चाय पीना ही छुट्टी की सुबह का उसका प्रिय कार्यक्रम होता।

उसे उठ के जाता देख अम्मा ने पीछे से आवाज लगाई।

जवाब उसने नाउन काकी को दिया, "चाय ऊपर भिजवा दो, काकी।" एकाएक लगा कि अम्मा किसी फूले पेटवाली सुअरिया की काया में प्रविष्ट हो गई हैं और सुअरिया अपनी थुलथुल देह हिलाती मैले की ढेरियों की ओर बढ़ रही है।

घिनाकर किताब उसने पलटकर परे रख दी। पढ़ नहीं पा रहा, पढ़ भी नहीं सकता। बस पैरों पर रजाई डाले, लेटे-लेटे छत की धन्नियां घूरता हुआ सोचता रहा कि आखिर इस अधेड़ उम्र में अम्मा को यह क्या सूझी? बूढ़ा-बुढ़ऊ शर्म-हया घोंटकर पी गए।

उसी रात उसने अनी से कहा, "एक काम करो, तुम अम्मा को समझातीं क्यों नहीं?"

"क्या समझाऊं?"

"यही कि..." वह कह नहीं पा रहा था। इस संदर्भ में किसी भी तरह की बातचीत उसे असमंजस में डाल रही थी।

"यानी?"

"तुम तो उठ के भाग आई। आजी बता रही थीं कि अम्मा को तीसरा महीना चल रहा है।" उसने अपने तात्पर्य की भूमिका बांधी, "सबके सामने बात जाएगी तो लोग-बाग क्या सोचेंगे कि उधर बच्चों के बच्चे हो रहे हैं, इधर अधेड़ मां बिया रही है। छिह! उचित यही होगा कि अम्मा फौरन सफाई करवा लें। बस एक दिन का तो काम है। खर्चा भी ज्यादा नहीं लगेगा। मैं दे दूंगा। तकलीफ कुछ होती नहीं। किसी को भनक भी नहीं लगेगी।" वह सारी बातें, सारी घुमड़न एक ही सांस में कह गया। स्वयं पर अचंभा भी हुआ कि यही सब कहने की खातिर वह पूरे दिन मानसिक तनाव झेलता, छटपटाता, अनी से कहने की हिम्मत संजोता रहा था।

"भला मैं किस मुंह से उनसे ऐसी बात करूं?" अनी ने संकोच से भरकर कहा, "अपनी महतारी को जानते नहीं?"

"तुम्हारी हिचक सही है, मगर उनसे कहना भी तो जरूरी है कि..."

अनी ने एक सुझाव दिया, "जो झिझक तुम्हारे आड़े आ रही है वही मुझे भी पस्त कर रही है। देखो, जिज्जी से उनकी पटरी बैठती है। तुम उनसे ही आग्रह क्यों नहीं करते कि वे अम्मा को इस बाबत समझाएं। वही इस घर में अम्मा से कुछ कहने की हिम्मत कर सकती हैं।"

उसे अनी का सुझाव दुरुस्त लगा।

सीढ़ियों पर ही था कि उत्तेजित अनी ने उससे फौरन कमरे में पहुंचने का इशारा किया और उसके भीतर आते ही किवाड़ भिड़ाकर उसनें एक सांस में सारी घटना ज्यों-की-त्यों कह सुनाई थी–"गनीमत समझो कि तुम सामने नहीं पड़े। वरना अम्मा ने रो-चीखकर घर सिर पर उठा लिया, 'अरे, वहि दहिजार कैर हिम्मत कैसे परी रे...बेटवा-बेटार तो सब भगवान का परसाद होत हैं। नहीं तो मनई तरसि जात है,

देवी-देवता मनावत है, कथा-भागवत सुनत है, टोना-टोटका करावत है। तौनेऊ पै औलाद नहीं नसीब होती और फिर, अबै तो जिया बैठी हैं छांह धरे...हमरे तीज-त्योहार करै वाली। नेग-न्योछावर धरे वाली। पैदा करि रहन हैं तौ का इन लठलुमड़न कै भरोसे! जिनका अपनी मेहरिन कै चूतड़ चाटै से फुरसत नहीं मिलती'!"

"बड़ी जिज्जी की जो दुर्गति की अम्मा ने...तौबा!" भयभीत अनी ने आंखें निकाल कानों को हाथ लगाया–"अभी तक अम्मा अपनी कोठरी की कुंडी चढ़ाए भूखी-प्यासी भीतर बंद हैं। हमारे लिए एक चेतावनी है कि उससे कह दो कि जो तो उसे इस घर में सीधे-सीधे रहना है तो रहे, नहीं तो अपनी माई (अनी) को लेकर कहीं अलग ठौर-ठिकाना कर ले।"

"भाड़ में जाएं!" क्षुब्ध हो वह भुन्नाया, "और दो-चार पिल्ले पैदा कर लें–मेरी बला से...बूढ़ी घोड़ी लाल लगाम!"

अम्मा की अलग हो जाने की धमकी पर उसे याद आया कि शुरुआत में अनी को इस घर में तमाम असुविधाएं महसूस हुई थीं। नहानघर पर किवाड़ नहीं थे। 'टट्टी' के लिए रोज तड़के उसे लोटा लेकर खेतों में जाना पड़ता था। लौटकर बिसूरती, लड़ती कि यूं खुले में सरेआम नहाना कब तक संभव है? नहीं हो सकता। निरुपाय दरवाजे की आड़ बनाने के लिए वह एक भारी-भरकम खटिया खड़ी कर खुले हिस्से को ढक देती और उस पर चादर या धोती पसार देती, ताकि निस्संकोच होकर नहा सके। उसकी इस हरकत पर सभी मखौल उड़ाते, टीका-टिप्पणी करते कि परदे पड़े हुए हैं। इलाहाबादवाली बेगम साहब नहा रही हैं!

एकाध बार उसकी परेशानियों में खुद को रखकर सोचा तो वे उसे वाजिब भी लगीं और यह भी लगा कि पति होने के नाते अनी की तकलीफें नजरअंदाज करना गैर-जिम्मेदाराना हरकत होगी। मगर सभी तो उन्हीं परिस्थितियों में रहकर गुजर कर रहे हैं! इस तर्क ने उसे सदैव संयत रखा। यूं तो वह भगवत नगर में अपने कॉलेज के आस-पास एक या दो कमरे का अच्छा मकान कभी भी ले सकता है और आने-जाने की लंबी भागा-दौड़ी से भी बच सकता है, मगर इन कारणों और सुविधाओं के चलते अम्मा से अलग होने की कल्पना भी उसे असह्य प्रतीत होती। यही सोचता कि जब तक कोई अन्य बाध्यता उत्पन्न नहीं होती, वह अम्मा के पास रह ले। यूनिवर्सिटी में पहुंचने की जद्दोजहद तो जारी ही है। वहां नियुक्ति होते ही बाहर रहना उसकी मजबूरी हो जाएगी। तब ये तकलीफें खुद ही खत्म हो जाएंगी।

बाद में कोई अशिष्ट कदम न उठाकर उसने इतना ही किया कि घर के माहौल से कन्नी काट स्वयं को अटारीवाले कमरे तक सीमित कर लिया। शन्नो पैदा हुई, उसे पता-भर चला। अम्मा अस्वस्थ हुईं। भरतीपुर के डॉ. सिंह उन्हें देखने आए। अम्मा ठीक हो चलीं। वह थीसिस के सिलसिले को लेकर अधिक व्यस्त बना रहा। अभी शन्नो को कभी-कभार कमरे में साधिकार ले आती, बावजूद उसकी अनिच्छा के।

मगर क्लेश से बचने के लिए वह उदासीनता ओढ़े रहता। वैसे भी जब वह पढ़ रहा होता या लिखने-लिखाने में व्यस्त होता, अनी शन्नो को कदापि ऊपर न लाती। दरअसल वह अनी को शन्नो से कुछ अधिक ही जुड़ता हुआ महसूस कर रहा था। लेकिन इस वात्सल्य-गठबंधन के निरंतर सुदृढ़ होते जाने के पीछे वह अपनी व्यस्तता को ही कारण मानता। ऐसा मानने से ही उसे तसल्ली मिलती। हालांकि कई दफे वह अपने-आपसे तर्क-वितर्क करता कि आखिर वह अपनी कुढ़न शन्नो पर क्यों निकालता है! उस मासूम का भला क्या दोष? मगर पाता कि वह अब तक उस अप्रिय स्थिति से उबर नहीं पाया है। शन्नो को देखते ही उसके दिमाग की नसें तमतमाने लगतीं। हथौड़े-से टनकने लगते। उसे लगता कि उसका पूरा घर अनपढ़, गंवारों, उजड्डों, कमीनों और अविवेकियों का अड्डा है, जिसमें उसके जैसे शिक्षित का कोई स्थान नहीं।

याद हो आई सहकर्मी शर्मा की शन्नो के जन्म पर दी गई बधाई। कोशिश करके भी वह अपने गुस्से पर नियंत्रण नहीं रख पाया। शर्मा का फूहड़ मजाक उसे भीतर तक छलनी कर गया–'यार, मान गए तेरे दद्दा को। हमें तो इस उम्र में जड़ी-बूटी लेनी पड़ेगी...पर सच्ची बताना, यार! मजा आ जाता होगा, नहीं! ऊपर तुम लोग लगे रहते होगे और नीचे बुढ़ा-बुढ़ऊ!'

'तुम छिछोरे...' उसने आवेश से कांपते हुए शर्मा का कॉलर दबोच लिया। दांत किटकिटाकर अभद्र हो बोला, 'पूछ देख, तेरे अम्मा-बप्पा जड़ी-बूटी लेते हैं कि नहीं!"

उसी क्षण उसे आभास हुआ कि वह मानसिक रूप से बदमिजाज, अशिष्ट और अधीर हो उठा है। वह अंदरूनी तौर पर बीमार है और ऊपरी तौर पर ठहरा-संयत। दोनों ही स्थितियां असहज–खतरनाक भी। यह सही है कि निजी तौर पर वह बड़ा अनुशासनबद्ध दीखता है, लेकिन भीतर-ही-भीतर अंतर्द्वंद्व में उलझा सोचता रहता है कि आखिर घर में और भी तो लोग हैं, उन्हें इस घटना ने किसी भी रूप में क्यों नहीं कचोटा? क्यों वे इस प्रकरण को लेकर अटपटा महसूस नहीं करते? अब तो वह घर में अपने-आपको इतना गैर और अनुपयुक्त अनुभव करने लगा है कि कभी-कभी उसे लगता है कि वह वहां बना हुआ क्यों है? शायद अब भी वह सारी खिन्नता और असहमति के बावजूद अम्मा से कट नहीं पाया। भले ही वह अरसे से अम्मा से नहीं बोलता-चालता, मगर...अनी से वह उनके विषय में जरूर पूछता-पाछता रहता है। सीधे-सीधे वह भी नहीं। घुमा-फिराकर वह पहले आजी की तबीयत के बारे में पूछता, फिर दद्दा की, फिर बड़े भैया की, फिर गुड्डी, किन्नी, हरीश, काकी, भाभी की। इन्हीं रिश्तों को फलांगते हुए वह आहिस्ता से अम्मा पर आ जाता।

अब भी, कॉलेज से लौटकर वह सीधा ऊपर जाने लगता तो यह खयाल उसे उदास कर देता कि पहले वह नीचे आंगन में ठहरता था। अम्मा से सिर्फ उन्हीं के हाथों की चाय पीता। वे कभी किसी काम में उलझी होतीं और किसी बहू या लड़की को आदेश दे देतीं कि चाय का पानी चूल्हे पर चढ़ा दे तो वह बिगड़ उठता। जोर-शोर

से ऐलान कर देता कि वह उस चाय को कतई हाथ नहीं लगाएगा। अनी अकसर उसके अम्मांशपने का उपहास उड़ाती, खिंचाई करती कि अब तक वह बछड़े-सा अपनी अम्मा के थन में मुंह मारने को ललकता रहता है!

बरसों हो गए झोलवाली उनकी खटिया में उनसे सटकर लेटे! उनके थुलथुल पेट में मुंह से बुड़बुड़ किए! चौके में खाना खाए! उनसे पैसे मांगे! कैसे झटक देतीं–'जा, अपनी मेहरिया से ले–कारूं का खजाना गड़ा है हमरे लगे!'

दिल का कितना मजबूत हो गया है। मजबूत या ढीठ ही शायद। आज नहानघर के भीतर अम्मा हाल-बेहाल जिस तरह उकला रही थीं, पिछले दिन होते तो वह चिंतित-सा पलट पड़ता। दौड़कर उनके कंधे पकड़ लेता। पानी से लोटा भर, कुल्ला करवाता, पोंछता और माथे से सरक गया पल्ला खींच देता। गोद में भरकर उठा लाता, खटिया पर लिटा देता...ऊपर से टेबिल फैन नीचे मंगवाकर ठीक उनके सामने रखवा देता...

प्यास महसूस हुई। उठा। सुराही के मुंह से गिलास में पानी उड़ेलने लगा। पानी की 'कुलकुल' से अनी की नींद उचटी तो वह उठ बैठी–"अरे, कब आए?" खुले हुए बालों को हाथों से मरोड़कर जूड़े में बांधते हुए उसने पूछा।

"घंटा भर हो गया।"

"जगाया क्यों नहीं?" पलंग से नीचे उतरकर साड़ी की प्लीट्स ठीक करती हुई वह बुदबुदाई, "पता नहीं आजकल क्या हो गया है! ऐसी बेहोशी की नींद आती है! क्या लोगे?"

"चाय पिलवाओ तो तुम्हें एक बढ़िया समाचार दूं।"

"पहले ही बता दो!" वह ठुनकी।

"बैठकर बात करते हैं, चाय ले आओ।"

अनी सिर पर पल्ला लेती हुई नीचे उतर गई।

दिमाग में अम्मावाला प्रसंग कौंधा। अनी से पूछ, शंका निवारण कर ले कि कहीं सचमुच शन्नोवाली स्थिति कि पुनरावृत्ति तो नहीं हो रही? फिर लगा, पूछकर क्या होगा? जो होना होगा उसे वह बदल नहीं सकता। पहले ही कौन बदल पाया? आज मूड कुछ हल्का है, प्रसन्न भी। हालांकि सुबह अनी ने जिस गड़बड़ का संकेत दिया था, उसे ले वह दोपहर तक चिंतित रहा। फिर इस निश्चय पर पहुंचा कि गड़बड़ अगर हो गई तो सफाई आदि के चक्कर में नहीं पड़ेगा। यह निर्णय सहजता से शायद इसी कारण ले पाया कि डॉ. मजूमदार का पत्र उसे दोपहर से पहले ही कॉलेज में मिल गया था। पत्र में उन्होंने सूचित किया है कि अगले सत्र में डीएवी कॉलेज में उसकी नियुक्ति निश्चित है। हालांकि यह उनका पिछले दो वर्षों से दिया जा रहा आश्वासन है। मगर अबकी उन्होंने निर्णयात्मक सूचना दी है। थीसिस भी उसने उन्हीं के निर्देश में पूरी की है। अगले हफ्ते उन्होंने उसे कानपुर बुलाया है–मामूली औपचारिकताओं की खानापूर्ति हेतु। इस महीने के अंत तक वह अपनी

थीसिस भी दाखिल कर देगा। टंकण का काम लगभग पूरा हो चला है। डॉक्टर साहब ने उसकी मेहनत के लिए उसे बधाई और शुभकामनाएं भी दी हैं, और सचमुच... यह पत्र पाकर वह बेहद खुश हुआ है।

मन-ही-मन सोचता रहा है। यहां से निकल जाए तो अच्छा है। अब मौका स्वत: ही हाथ लग गया। कानपुर सतीश से कह भी आएगा, अपने आस-पास दो-तीन कमरों का एक अच्छा-सा मकान निगाह में रखे। मित्र की पत्नी का साथ मिलेगा तो अनी को अकेला नहीं लगेगा। अनी सुनकर खुशी से चौंकेगी–इस सोच ने उसे रोमांचित किया।

एक तो वह सोया ही बड़ी देर में। मुंह-अंधेरे ही रोने-पीटने के शोर ने उसे चौंका दिया।

कुछ पलों के बाद घबड़ाई अनी ने उसे झकझोरा, "उठो, उठो न... आजी..."

वह समझ गया। अरसे से बीमार और खटिया पर ही टट्टी-पेशाब करने वाली देह की दुर्गति से छीजती आजी को आखिर मुक्ति मिल ही गई।

अनी रुंधे स्वर में अपनी बर्फ हुई हथेलियों को उसके दोनों गालों से छुआती हुई, बदहवास होती-सी बोली, "मैंने कभी किसी को मरे हुए नहीं देखा। डर लग रहा है मुझे।"

"डर कैसा! बस, देह से प्राण ही तो निकलते हैं!"

"फिर भी..."

"घबराओ नहीं। तुम चलो, मैं आ रहा हूं।"

"सीढ़ियों पर अभी अंधेरा है!"

"अरे, कमाल है! इतना डरने की क्या जरूरत है?" फिर उसकी अस्थिरता और मौके की नजाकत का खयाल कर वह उठ बैठा, "चलो, मैं सीढ़ियों पर खड़ा रहता हूं, तुम नीचे उतर जाओ।"

वह सीढ़ियों के ऊपर खड़ा हो गया, तभी अनी नीचे उतरने को तैयार हुई। आधी सीढ़ियां उतरते-उतरते अनी पलटी, "'ऊपर ही मत बैठे रहना। सारा घर जुट गया है। फौरन नीचे आ जाओ।"

जवाब दिए बैगर वह कमरे में लौट आया।

आजी को देखकर वह अकसर उनके कष्ट का अनुमान लगा, सोचता कि इस घिसट-घिसट के जीने से तो बेहतर है कि वह जितनी जल्दी हो, कूच कर जाएं। हालांकि डॉक्टरों ने सलाह दी कि उन्हें इलाज के लिए जिला अस्पताल में रखना ज्यादा उचित होगा।

अम्मा उन्हें अस्पताल में रखने के विरुद्ध थीं। उन्हें लगता कि एक तो वे लगातार अस्पताल में रह नहीं पाएगी और उनके बगैर उनकी उचित देखभाल संभव नहीं। आजी की बदतर हालत के बावजूद, बिना पस्त हुए और घिनाए अम्मा दिन-भर गू-मूत उठातीं। उनकी खैरियत के गंडे-तावीज बंधवाती रहतीं। और आजी? उनकी अभिलाषाओं का भी कहां कोई अंत था! छोटू का ब्याह देख लें तो मरें (उसकी शादी इसीलिए जल्दी हो गई)...नन्हें, मंझले भैया को बेटा हो जाए तो मरें। सावित्री (बड़ी बेटी) को बड़ी मानता के बाद इकलौता पोता हुआ है। उसका मुंडन अपने महादेवन के चौरे पर करवा लें तो मरें। धुन्नू का 'जापा' देख लें तो मरें। अनी की गोद अभी छूछी है। कुछ हो जाए तो मरें। और अब तो उन्हें शन्नो के ब्याह की दुश्चिंता भी घेरने लगी थी। उसका ब्याह अपने सामने कर लेतीं तो मरतीं! उनकी दुलारी बहू (अम्मा) पेट से है...पोते का मुंह देख लेतीं तो मरतीं! पीढ़ी-दर-पीढ़ी आशीषने के लिए वे हर बार मरना स्थगित करती रहतीं...कैसी सघन जिजीविषा!

उसे आजी का वह आक्रोश स्मरण हो आया, जब शन्नो के समय सफाई की बात उसने बड़ी जिज्जी से कहलावाई थी। वे क्रुद्ध शेरनी-सी बिफरी थीं–'कौनो चोरी-छिनारा के आय जो दुलहिन पेट गिरवा लें!'

रोने-पीटने के सम्मिलित स्वर कुछ अधिक ऊंचे हो उठे। अनी की हिदायत उसे याद हो आई। उसे नीचे होना चाहिए। वह फुरती से बदन पर कुरता डालकर नीचे उतर आया।

आंगन में जमघट किसी मजमेबाज के इर्द-गिर्द जुड़ी भीड़-सा घेरा डाले हुए था। अंदाजा हो गया–आजी को बीच में लिटा रखा होगा। उसे देख लोगों ने हटकर रास्ता दिया। सांत्वना के कतिपय बोल उसे लक्ष्य कर संबोधित हुए।

गठरी ढकी-सी आजी! उनके पांवों के करीब अम्मा बैठी दिखीं। उनका पछाड़ें खाता रुदन उसे विचलित कर गया। औरतों ने उन्हें संभाल रखा था। उस पर निगाह पड़ते ही अम्मा रस्सा तुड़ाए गाय-सी अरराकर बेतहाशा लिपट गईं।

पहली बार भीड़ में अम्मा का नंगा चेहरा दिखा। हमेशा ठुड्डी तक खिंचे रहने वाले पल्ले में जब वे बहुओं के बीच आ बैठती तो लोग भरमा जाते कि सास कौन-सी है और बहुएं कौन-सी!

उनके सीने से लिपटी अम्मा दहाड़ें मारकर रो रही थीं। उसे महसूस हुआ कि अचानक उसके भीतर एक दबा-ढका सोता आवेग-सा फूट पड़ा और गालों पर धारासार बहता अम्मा के खिचड़ी बालों को भिगोने लगा।

अम्मा हिचकियों में बोले जा रही थीं। टूटे-टूटे वाक्यों में–"जिया नहीं रहीं रे छोटू... छांड़ि गई हमका...अब हमका दुलहिन कहिके को पुकारी रे दइया! को हमार तीज-त्योहार करी रे! हमरे बरे नेग-न्योछावर धरी रे! आज हम बुढ़ा गइन रे छोटू, बुढ़ा

गइन...जब तक जिया बैठी रहीं, हमका यहै लागत रहे कि हम बहुरिया हन। भले हमरे जवान-जहील बहू-बेटवा, नाती-पनाती हैं, दइया!"

सच ही तो कह रही थीं अम्मा। वह सोचने लगा। जब तक किसी बड़े का साया सिर पर होता है, आदमी छोटा बना रहता है। जिस दिन वह साया नहीं रहता, उसकी उम्र प्रौढ़ हो उठती है। बयालीस साल की दुलहिन, आज अम्मा रह गई हैं—काकी, दादी, नानी, जेठानी सास मात्र! वह कभी उनके इस एहसास को लेशमात्र भी महसूस ही नहीं कर पाया...

घर में तेरहवीं के बाद अतिरिक्त सन्नाटा था।

उसने अम्मा को गहरी खोजती दृष्टि से ढूंढ़ा। अम्मा कहीं दिखाई नहीं दीं। नियुक्ति-पत्र की खुशी सबसे पहले वह उनसे बांटना चाह रहा था और शायद...वर्षोपरांत वह कॉलेज से लौटकर सीधा अपने कमरे में न जाकर आंगन में खड़ा हुआ।

ऊपर पहुंचा तो छूटते ही अम्मा के विषय में पूछे बिना न रह सका, "अम्मा नहीं हैं घर पर?"

शन्नो की बित्ते-भर की चुटिया पर रिबन का फंदा बनाती हुई अनी बोली, "अम्मा तो कानपुर चली गई हैं दोपहर वाली बस से।"

"कानपुर क्यों? एकाएक?" सूचना चौंकाने वाली थी—अम्मा कहीं निकलतीं जो नहीं!

अनी ने शन्नो को 'जा, नीचे खेल आ' की हिदायत देकर बाहर भेज दिया।

उसके जूते खोलते, न खोलते हुए अनी ने बताया। और जो बताया वह उसे स्तब्ध करने के लिए काफी था—अम्मा पुष्पा जिज्जी के घर गई हुई हैं। तीसरा महीना चल रहा है। कह रही थीं कि वहां किसी नर्सिंग होम में जाकर सफाई करवा लेंगी। यह भी कह रही थीं कि उस समय छोटू की सलाह उन्हें इसलिए नागवार गुजरी थी कि तब वे जिया के रहते कभी अपने को बुढ़ा गया महसूस ही नहीं करती थीं। और अब. ..अब जवान-जहील बच्चों के सामने डुमका फुलाए घूमना बड़ा भद्दा लगेगा!

(1978)

●●●

8

पांठ

निकट भविष्य में सरकार गिरने की संभावना ने प्रदेश के जनसेवक की वातानुकूलित नींद में खलल डाला।

उन्होंने निश्चय किया–स्वास्थ्य मंत्री होने के नाते देश के नौनिहालों की चिंता में दुबले होना उनका परम कर्तव्य है। देर आए, दुरुस्त आए। अब वे अपने निर्वाचन क्षेत्र के प्रत्येक सरकारी स्कूल का दौरा करेंगे। एक-एक विद्यार्थी से प्रत्यक्ष भेंट कर उनसे सीधा संवाद करेंगे। खूब धाक जमेगी। बच्चों से सीधे संवाद के मायने हैं सीधे माता-पिता से संवाद; उनके कौटुंबिक जनों से संवाद।

जनसेवक अपने लाव-लश्कर के साथ एक स्कूल पहुंचे।

निर्धारित कार्यक्रम के अनुसार प्रार्थना समाप्त होते ही बच्चों के कक्षा में जाने से पूर्व जनसेवक ने वात्सल्य से सराबोर स्वर में बच्चों को संबोधित किया :

"मेरे प्यारे बच्चो! अपने आस-पास के परिवेश को स्वच्छ रखना बहुत जरूरी है! मगर उससे भी ज्यादा जरूरी है–स्वयं को स्वच्छ रखना! 'स्वच्छ रहोगे तो स्वस्थ रहोगे' पाठ तुमने अपनी किताब में पढ़ा होगा।"

बच्चों ने कौतुक-भाव से एक-दूसरे का मुंह ताका। किताब का मुंह देखा होता, तब न पाठ पढ़ते!

जनसेवक ने उनके खुले मुंहों को नजरअंदाज किया। धुर देहाती लौंडों की बदतमीजी के क्या मुंह लगें। वे यहां उनके खुले मुंहों को बंद करवाने के लिए तो आए नहीं हैं। जिस उद्देश्य से आए हैं, उसी की ओर बढ़ें! वे बढ़ लिए।

उन्होंने गला खंखारकर साफ किया–

"स्वयं को स्वच्छ नहीं रखोगे तो परिवेश की स्वच्छता निरर्थक है। हां तो बच्चो, स्वयं की स्वच्छता के मायने हैं, अपने शरीर की स्वच्छता, साथ ही कपड़े-लत्तों की स्वच्छता। अस्वच्छता घातक बीमारियों की जननी है। बीमारियां जानलेवा भी हो सकती हैं। अधिकांश चर्मरोग शारीरिक अस्वच्छता के चलते ही होते हैं। समय रहते सावधानी बरतनी निहायत जरूरी है।"

"बोलो, क्या जरूरी है?"

"..."

"बोलो, बोलो, शर्माओ नहीं।"

"सावधानी बरतनी निहायत जरूरी है।"

मरियल स्वरों ने एक-दूजे का हाथ गहा। जनसेवक के चेहरे पर चमक दौड़ गई।

"तो कौन-सी सावधानी बरतनी चाहिए?" प्रश्न के साथ उन्होंने स्वयं जवाब दिया–"नियमित रूप से शुद्ध जल से स्नान करना चाहिए। शरीर के ढके रहने वाले अंगों की विशेष रूप से सफाई करनी चाहिए। गर्दन-कानों के पीछे आदि की सफाई कम महत्त्वपूर्ण नहीं...समझ में आया कुछ?"

प्रधान अध्यापक के निर्देशानुसार बच्चों ने जनसेवक के भाषण का जोरदार तालियों से स्वागत किया।

गद्‌गद होकर जनसेवक ने कार्यक्रम के अगले चरण की घोषणा की कि वे पाठशाला के प्रत्येक विद्यार्थी को अपने करकमलों से एक बट्‌टी नहाने का साबुन, एक बट्‌टी कपड़ा धोने का साबुन, संग खादी का बढ़िया-सा अंगोछा भी उपहारस्वरूप भेंट करेंगे!

महीने-भर बाद वे पुन: इलाके के सभी स्कूलों का दौरा करेंगे और प्रत्येक विद्यार्थी से भेंट कर उससे जानना चाहेंगे कि उसने शारीरिक स्वच्छता के उस पाठ पर कितना अमल किया है।

कौतूहल से भरे बच्चों ने अंगोछे पर रखी पन्नी में लिपटी साबुन की बट्‌टियों को ललककर अंजुरी में इस तरह भर लिया, मानो किसी ने इमरतियों से भरे दोने उनके हाथ में रख दिए हों।

एकाध उतावले बच्चे ने अपनी जगह पर पहुंचते-पहुंचते नाखून से पन्नी में सेंध लगा, बट्‌टियों को छूने-टोहने की कोशिश की, और फिर उस नाखून को गूजी-भरी नाक तक ले जाकर उसकी महक नाक में भरने की कोशिश की।

वायदे के अनुसार, महीने भर बाद जनसेवक मुआयने के लिए उसी स्कूल में पधारे–लगातार सुर्खियों में रहकर सुर्ख हुए-से।

जनसेवक को देख बच्चों की आंखों में चमक कौंधी। मगर उनके साथ गत्ते के खोखे नदारद पा वे कोयला-पुती पाटी-से कुम्हला गए।

जनसेवक ने क्रमवार बच्चों को अपने पास बुलाना शुरू किया। उनके चीकट-भरे सिर को प्यार से सहलाते हुए उनसे पूछा कि साबुन का उपयोग उन्हें कैसा लगा...मजा आया न!

...मगर उसके कपड़े इतने मैले क्यों हैं? दुर्गंध छूट रही है...

जवाब में दर्जनों बच्चे अटूट मौन साधे खड़े रहे। उनकी आंखें पांवों के अंगूठों से जा लगीं और अंगूठों के संग पाठशाला का गोबर-लिपा फर्श कुरेदने लगीं। बड़ी मुश्किल से कुछ ने साहस किया। उन्होंने बताया कि बट्टियां और अंगोछे उनकी माई ने उनसे झपट लिए। पता नहीं, माई ने उनका क्या किया?

जनसेवक परेशान हो गए। क्या पढ़ेंगे ये खाक! मामूली-सी बात सीखने को तो ये राजी नहीं। बहानों में सारे एक ही थैली के चट्टे-बट्टे हो रहे हैं!

तभी पास आए तीसरी कक्षा के विद्यार्थी, अपेक्षाकृत साफ-सुथरे दिख रहे सतीश ने उनकी हताशा को कंधा दिया।

गर्जन-तर्जन के लिए व्याकुल स्वर में बरबस मिठास घोल उन्होंने पूछा, "चलो, तुम बताओ सतीश! खूब नहाए न तुम साबुन से?"

सतीश की गरदन टूटी टहनी-सी झुक गई।

"शरमाओ नहीं, सतीश...बोलो!"

सतीश चुप।

"भाई, हम तुम्हारी माई और बाबू की तरह ही हैं। झिझको नहीं।"

सतीश की हिम्मत बंधी। उसका सहमा चेहरा ऊपर उठा।

"साबुन की बट्टी...बट्टी अऊर अंगोछा माई पंसारी की दुकनवा में ले जाके बेच आई!"

"बेच आई? भला क्यों?" जनसेवक की त्यौरियां चढ़ गईं।

"माई बोली...सरकार खूब मजाक करत हैं—नहा-धोके पेट थोड़ेइ भरने वाला है।"

"मतलब?"

"माई कहत रही...बट्टी अऊर अंगोछा के दाम से दू रोज का पिसान आएगा... तू नहाएगा कि रोटी खाएगा?"

(1967)

•••

9

बावजूद इसके

स्टाफ बस से उतरकर प्रीति अपने घर वाली गली में मुड़ ही रही थी कि अम्मा कंडी लटकाए सामने से आती दिखीं। सब्जी खरीदने जा रही होंगी। कई बार भाभी से झड़प हुई है, फ्रिज में हफ्ते-भर की सब्जी लाकर भर देने के पक्ष में–'ये छह हजार रुपये सिर्फ पानी की बोतलें सजाकर रखने के लिए तो नहीं खर्च किए हैं!' भाभी तर्क करतीं। मगर अम्मा हैं कि उन्हें ताजा सब्जी खरीदने की खब्त है। गठिया से टांगें बेकार हो रही हैं, फिर भी बाजार जाएंगी-ही-जाएंगी। उनकी समझ में कभी नहीं आता कि कौन लखनऊ है, जो सब्जी ताजा मिलेगी! सारा कुछ तो बाहर से आता है। फ्रिज के नाम से ही उन्हें कुछ चिढ़-सी है।

पास पहुंची तो उसके चेहरे पर दृष्टि पड़ते ही अम्मा चिंतित हो उठीं, "तबीयत तो ठीक है तेरी?" एक हाथ से उसका माथा छूकर देखा, "इतनी उतरी-उतरी क्यों है?"

"कुछ भी तो नहीं।"

"कोई बात जरूर है। दफ्तर में कोई कहा-सुनी हो गई क्या?"

"होगा क्या! जरा सिर में दर्द है। तुम्हें फालतू वहम होने लगता है।" उसने लापरवाही दर्शाई।

"अच्छा जा! जा के आराम कर। गोली-वोली मत खाना। मैं अभी घंटे-भर में आई। ठंडे पानी की पट्टी धर दूंगी।" कहकर अम्मा आगे बढ़ी ही थीं कि फिर मुड़ लीं, "मेज पर गोयल की चिट्ठी धरी है। पढ़ लीजो। अब दिल नहीं, दिमाग से काम लो...बहुत हो गया। हर वक्त अपनी नाक ऊंची किए रहती है।"

रास्ता भी नहीं देख रहीं। अपनी ही बिल्डिंग के एक-दो लोग पास से गुजरे। मगर अम्मा हैं कि बोलने लगती हैं तो सही या गलत जगह का ध्यान ही नहीं रहता!

गोयल को लेकर अम्मा कभी किसी ठोस निर्णय पर नहीं पहुंचीं और न उसे पहुंचने देती हैं। आजकल तो एकाएक उसे लगने लगा है कि अपने बारे में उसे जो भी निर्णय लेना है, अपने-आप ही लेना है। अम्मा उसे इस मामले में कभी ताकतवर नहीं बना

सकतीं। असहायता-बोध अवश्य भरती रहती हैं। हां, यदाकदा उन्हें उसका पढ़ा-लिखापन कचोटता है। केवल तब वे उसे गोयल की अमानुषिकताओं के खिलाफ खड़ा होने के लिए उकसाती हैं; पर यह भावना अधिक देर नहीं टिकती। यह भी संशय उठता है कि इतना साथ देना भी महज इस कारण होता है कि वह उसकी अकेली लड़की है। गोयल की ज्यादतियों को वह शायद इस वजह से भी बरदाश्त नहीं कर पातीं!

नहीं तो, उन्होंने खुद उसकी पीठ के नीलों पर हल्दी और चूना मला है। वह भी तब, जब मोना पेट में था। पहले जब-जब उसने गोयल के विषय में बताया, अम्मा ने कभी विश्वास नहीं किया। विश्वास होता भी कैसे! गोयल की ओढ़ी हुई शालीनता हमेशा उसके संपर्क में आने वालों को अभिभूत कर लेती। उसके मैनरिज्म इस तरह वशीकरण फेंकते कि कोई उसकी भीतरी तहों की कंटीली फेंसिंग से न तो टकरा पाता, न उसके अहंकारी स्वभाव से उसका साक्षात्कार हो पाता। वास्ता बहुत ऊपरी पड़ता, धारणा भी उसी पर खड़ी हो जाती।

जिंदगी जीने के उसके अपने तेवर थे। क्लब में रात एक-दो बजे तक 'ब्रिज' जमा रहता। साथ पीना-पिलाना भी। खाना भी ज्यादातर किसी बड़े होटल में खाया जाता या फिर किसी दोस्त के घर लौटकर। उसे एकाध बार साथ ले भी गए, मगर लगातार कई दिनों की कोशिश के बावजूद वह अन्य दोस्तों की बीवियों की तरह 'ब्रिज' सीख नहीं पाई, न ह्विस्की का 'दूसरा पेग' ले सकी। अंग्रेजी फिल्में उसने देखी ही कम थीं, फिर दृश्यों की चर्चा कैसे कर पाती। न उसे 'बोनीयम' के रिकॉर्ड्स पर नाचते हुए मि. खन्ना का हलके से अपने खुले कंधे पर होंठ रख देना ही गवारा हुआ था।

"टेक इट इजी।" गोयल ने उसकी झिझक तोड़ने की मंशा से पुचकारा था।

क्यों न कहता? आंख बचाकर वह भी तो मौका लेता था। कभी-कभी तो सुरूर इतना गहरा हो उठता कि आंख बचाने की जरूरत भी नहीं पड़ती थी। लगता था, सब अंधे हो गए हैं। अपनी ही उंगलियों से अपनी पुतलियों को फोड़ बैठे हैं...

इस 'एक्जिक्यूटिव' सभ्यता का विनिमय न उसे स्वीकार हुआ था, न सह्य। नतीजा! झगड़ा, जो फिर मार-पीट में तब्दील हो उठा। न वह खुद को बदल सकी, न गोयल अपने को। बदलने की कोशिश हुई थी, मगर उसने पाया कि वह स्त्रीगत द्वेष से छुटकारा नहीं पा पाई। गोयल यहीं सफल नहीं हो सका। वह छूट देना भी चाहता था, छूट लेना भी...और एक दिन वह पीठ पर नीलों के धब्बे चिपकाए देवर जतिन के साथ अपने शहर लौट आई थी। जतिन तीन दिन के लिए सरकारी दौरे पर मुंबई जा रहा था। हालांकि मांजी उसके इस तरह आने के एकदम खिलाफ थीं। इतना कुछ होना उन्हें मात्र 'मियां-बीवी में तुन्न-भुन्न होना' भर ही लगा। जतिन विरोध में बराबर तर्क करता रहा कि गरमा-गरमी तक तो ठीक है, पर भैया का हाथ उठाना निश्चित ही अमानुषिकता है। उसने मांजी के समक्ष ही उसे चुनौती दी थी-'एक दिन अपनी हत्या करवाओ, इससे बेहतर है कि अपने भरोसे खड़े होकर जीने की कोशिश करो।'

उन्हीं दिनों जतिन की शादी की बातचीत चल रही थी। और उसने पहले ही घोषणा कर दी थी कि ऐसी स्थिति में कतई एक साथ रहना संभव नहीं है। या तो भैया अलग घर ले लें, जो वे आसानी से ले सकते हैं, या फिर वह अपने लिए कोई अलग ठौर-ठिकाना खोज लेगा...'बहरहाल मैं अपनी पत्नी को आए दिन होने वाले इस नंगे नाच से दूर ही रखना चाहूंगा।'

रास्ते में हल्का-सा रक्तस्राव शुरू हो गया। वह बेचैन और आशंकित हो उठी थी। कहीं कोई गड़बड़ तो नहीं हो जाएगी। जतिन को उसने नहीं बताया। वह ख्वामख्वाह घबरा जाता। मगर घर पहुंचते ही उसने फौरन अम्मा से स्थिति स्पष्ट की।

अम्मा और भाभी उसे तुरंत डा. सिन्हा के मैटरनिटी होम ले गईं और डॉक्टर ने उसे घर लौटने ही नहीं दिया।

वे अम्मा को समझा रहे थे–'टोटल बेड रेस्ट की जरूरत है। यहीं रहना ठीक होगा। वैसे तो एक्सेप्शन होता है प्रेगनेंसी पीरियड में ब्लीडिंग होना, केस बिगड़ भी सकता था; पर मौके से ले आईं आप...सब ठीक हो जाएगा। डोंट वरी!'

उसे चार दिनों तक मैटरनिटी होम में ही रहना पड़ा। इंजेक्शनों के कोर्स के साथ-साथ ग्लूकोज भी चढ़ाया गया। पलंग का पायताना ऊंचा रखा गया। डॉ. सिन्हा ने भरसक उसकी वजह जाननी चाही थी। वे डायग्नोज करते रहे थे।

पेट में मोना और खुद ठीक-ठाक वह डॉ. सिन्हा की मैटरनिटी से लौट आई थी।

पीठ पर पड़े नील तब भी नहीं मिटे थे। रंग बदलकर लच्चर हो गया था। अम्मा ने लेप लगाते, सेंक देते गोयल को दसियों बार राक्षस बनाया, बीसियों बार जानवर कहा और भैया से आग्रह करती रहीं कि वे तुरंत गोयल को कड़ा विरोध-पत्र लिखें। रास्ते में पड़ी तो उठाकर नहीं ले गए...अनाथ समझ रखा है क्या?

जाने भैया ने पत्र में कुछ लिखा या नहीं; पर यह सब जान लेने के बावजूद उन्होंने कोई रोषपूर्ण टिप्पणी नहीं की। निर्लिप्त बने रहे। और अम्मा भी कैसे पलट गईं। जैसे ही उसने यह कहा कि वह अब उस घर में लौटकर जाना नहीं चाहती, गोयल के प्रति उफना घृणाभाव एकाएक शांत हो गया–'इतना बुरा तो नहीं है...ऐसे-ऐसे जाहिल मर्दों से पाला पड़ता है...अरे, अपने बाप की पूछ! आज जिंदा नहीं है तो कहते भी जुबान कटती है...ऐब न हो तो मर्द कैसा! और तेरी ऐंठ क्या कम है! कौन खाता-पीता नहीं आजकल? फिर पिए हुए आदमी के मुंह लगती ही क्यों है?'

महीना खत्म होते-न-होते गोयल आया था मांजी के साथ। मांजी नासिक जाकर पंचवटी के दर्शन करना चाहती थीं। अम्मा को भी साथ मिल गया। भैया ने गाड़ी की व्यवस्था कर दी। उसकी भी इच्छा हुई कि साथ चली जाए, पर गोयल का सामना बरदाश्त नहीं हो पा रहा था। हालांकि वह उसे एकदम सहज लगा। पिछला राई-रत्ती चेहरे पर या व्यवहार में नहीं था। पहले ही की तरह भाभी से भरवां टमाटरों की

फरमाइश हुई। हर दो घंटे पर कॉफी मांगता रहा। शाम सबको 'चायनीज' के लिए बाहर ले गया। वहां से जुहू जाना भी नहीं भूला। बीच पर उससे बार-बार नारियल पीने का आग्रह करता रहा। फिर उससे बोला, 'मैडम! चिल्ड बियर पिलवा दो तो बस इस हाईटाइड में मजा आ जाए!'

भैया और गोयल ने जुहू होटल में बियर पी। वह और भाभी कोक पीते रहे।

भाभी रास्ते-भर गोयल के चुटकुलों पर ठहाके भरती रहीं और 'गजब की जिंदादिली!' दोहराती रहीं।

रात सोने की व्यवस्था साथ-साथ ही थी।

गोयल ने अपने व्यवहार के लिए लगातार माफी मांगी और यह आश्वासन दिया कि उसे अपने ढंग से रहने की छूट भी दी जाएगी।

'मुझे अपने ढंग से रहने की छूट नहीं, घर चाहिए, जहां अपने-अपने ढंग से नहीं, दोनों साझीदार होकर जी सकें।' उसने खुद को स्पष्ट किया था–'जो कुछ बाहर चलता है वो घर पर बैठकर भी तो हो सकता है!'

'ओ.के., मैडम!' उसने हथियार डाल दिए थे।

अम्मा ने लौटकर बताया था कि मांजी भी भविष्य में उसके साथ अभद्रता न होने का आश्वासन दोहराती रही थीं।

जतिन की शादी में मोना ढाई महीने की थी। घर कितना भरा-भरा हो उठा था। मोना की किलकारियों और उषा के रंग-बिरंगे परिधानों तथा भरी-भरी कलाइयों की खनक हवा में महमहाती तैरती रहती। गोयल शाम को घर पर ही रहता; मगर यह वह बराबर महसूस कर रही थी कि एक अनमनाहट उसमें छटपटाती रहती है। ज्यादा दिन न वह खुद को रोक सकती है, न उसके आसपास का माहौल उसे रुकने देगा। पर मोना के आगमन से वह जरूर उसमें ही व्यस्त हो गई थी।

गोयल ने तय मुताबिक न्यू अलीपुर में नया फ्लैट खरीद लिया था। उनके नए घर जाने की घटना पर सबसे अधिक दु:खी मांजी हुईं। मोना घर में पहला बच्चा थी और पैदाइश के साथ ही उनके उबाऊ दिनों की व्यस्तता बन गई थी। नया घर पाने की खुशी उसे कतई नहीं हुई। यहां जो भी होता था, मांजी थीं, जतिन था जो अक्सर उसके पक्ष में गोयल के समक्ष ढाल-तलवार उठा लेता। वह अधिक सुरक्षित महसूस करती थी।

मगर साथ रहा नहीं जा सकता था। जतिन रहना भी नहीं चाहता था। पीने-पिलाने वाली आदत से उसे सख्त नफरत थी, चाहे वह घर पर ही बैठकर क्यों न हो। कितनी बार उससे कहा था जतिन ने, "यह बाल-बच्चेवाला झंझट भी गले डाल लिया; पर सच कहूं, भाभी, चलेगा नहीं यह ज्यादा दिन...अपने को खत्म करना तय ही कर लिया है तो अलग बात है...मैं तो चाहता था कि तुम नई जिंदगी शुरू कर लेतीं।'

गलत कहां कहा था जतिन ने!

अनमनापन नए फ्लैट में पहुंचकर निरंकुश हो उठा। कई बार वह संभावित घरों में फोन करती, क्लब का नंबर मिलाती। वह यही समझता कि उसके पीछे जासूसी की जा रही है...तब भी यही समझा, जब मोना डॉक्टरों के लिए भी असाध्य हो उठी। उसे 'वाडिया' में दाखिल करना पड़ा। किसी दोस्त के यहां बैठा मिल भी गया तो कितने संवेदनहीन शब्दों में वह अपनी मजबूरी जताकर चीखा था, 'जो कुछ करना है, डॉक्टर को ही करना है न! मेरे साथ रहने या पास बैठने से जादू तो नहीं हो जाएगा। फिर तुम्हें क्या काम रहता है...तुम घरेलू भाग-दौड़ भी नहीं कर सकतीं?' अपनी बच्ची भी 'औरों' की तरह हो गई थी। देखने आता था तो विजिटिंग आवर्स में...

मांजी को भी उसका उद्दंड आचरण चुभा था। उसके शब्दों की व्यथा वह महसूस कर सकी थीं–'दिमाग तो नहीं चल गया इसका? काम बच्ची से ज्यादा जरूरी है क्या?"

उषा और जतिन बारी-बारी से चक्कर लगाते रहे। उषा और मांजी उससे नाराज भी हुईं कि लगातार छह दिनों से वह अस्पताल में ही है, एक रात घर जाकर आराम कर ले। हममें से कोई रात मोना के पास ठहर जाएगा। ऐसे में तो वह भी बिस्तर से लग जाएगी। मगर वह न मानी। मन अजीब-अजीब खयालों से भरा धुकपुकाता रहा। कहीं ऐसा न हो कि...

उस रात उसके बढ़ते हुए रक्तचाप की दलील देकर डॉक्टर ने उसे कंपोज खिलाकर कुछ घंटों के लिए आराम करने को बाध्य कर दिया था और नर्स को मोना के पास बने रहने की ताकीद कर दी थी। पर जैसे ही नींद उचटी थी, उसने पाया कि मोना के करीब ऑक्सीजन का सिलेंडर रखा है।

ऑक्सीजन की नलियों ने कुछ घंटों की उम्र को जिलाए रखा था। फिर डॉ. रस्तोगी ने उसके कंधों पर दिलासा का स्पर्श टिका कुछ शब्द बुदबुदाए थे–'सारी, वेरी सॉरी!'

वह अबूझ-सी मोना की सफेद पड़ गई देह को बस घूरती खड़ी रही थी। स्टैंड हटाने, सिलेंडर खिसकाने, ग्लूकोज की बॉटल उतारने की खटपट कमरे को घेरे थी। एकाएक उसे महसूस हुआ था कि यह शोर मोना की अशक्त नन्ही देह बरदाश्त नहीं कर पाएगी वह सहसा चीख उठी थी, 'स्टॉप इट, प्लीज बाबा! प्लीज...प्लीज...!'

आगे का उसे कुछ भी याद नहीं!

लंबे समय तक उसे नींद का इंजेक्शन देकर सुलाए रखा गया। आंखें खुलीं तो गोयल को सिरहाने बैठा पाया। उसकी उंगलियां उसके बालों को सहला रही थीं। माथे पर कुछ बूंदों की तरलता का भी अहसास हुआ। रो रहा था शायद। उसकी नाटकीय संवेदना पर हैरत हुई। क्या उसे भी दुःख हुआ? हो भी सकता है? भीतर द्वंद्व का ज्वार

पछाड़ें खाने लगा। क्यों नहीं होगा? मोना को प्यार कम नहीं करता था...भले प्रदर्शन न करता रहा हो। रात को दो बजे लौटता तो भी सोती हुई मोना को जाकर छू-भर लेता। कभी-कभी गुदगुदाकर जगा भी देता। वह नाराज हो उठती–'दिन में कभी बेटी नहीं याद आती?'

वह ताना पचा नहीं पाता और तनाव निश्चित रूप से खिंच आता।

तभी उसे याद हो आए थे गोयल के वे वाक्य, जो उसने मोना की बीमारी के दौरान चीखकर कहे थे। माथे पर ठहरी हुई तरलता सहसा घड़ियाल के आंसू-सी संवेदनहीन हो उठी। प्रतिहिंसी हो उसने पूछा था, 'यह मोना के जाने का दु:ख है या छुटकारे का सुख?'

प्रश्न के साथ ही बालों को सहलाती हुई उंगलियां सिर से हट गईं। एक दीर्घ उच्छ्वास के साथ वह करीब से उठ खड़ा हुआ। शायद पितृत्व आहत हो उठा था। कटाक्ष सह नहीं पाया।

हालांकि मोना के मृत्यूपरांत गोयल में तमाम परिवर्तन हुए थे। जब तक वह उस घर में थी, वह दफ्तर से सीधा घर आता। उसकी बातों को अन्यथा न लेता। उसे लगता, वह जबरन अपने-आपको बदलने की चेष्टा में है। मगर उसके भीतर भी हुए कई परिवर्तनों ने कुछ निर्णय ले लिए थे। इसलिए भी कि अपने प्रति बरती गई अमानुषिकता को उसने उसका मानसिक ऐब मान लिया था; किंतु मोना के प्रति बरती गई गैरजिम्मेदारी उसे क्रूर उपेक्षा ही लगी, जिसे वह कतई क्षमा नहीं कर सकी। तब घर छोड़ते हुए यही लगा, जो कुछ खत्म हो जाता है, मर जाता है, वह फिर कभी जिंदगी का जीवंत हिस्सा नहीं बन पाता। गोयल का लौटना अब उसे लौटा नहीं सकता था। रोक भी नहीं सकता था...मोना को खोकर तो कतई नहीं...

चिट्ठी के लिए कोई उत्सुकता नहीं थी। इत्मीनान से नहा-धोकर उसने दो कप कॉफी बनाई। भाभी को कॉफी पहुंचाने उनके कमरे तक गई। वे बिस्तर पर अधलेटी 'चेज' पढ़ रही थीं। कप लेकर सीधी बैठ गईं–"बैठो, बिट्टो।" .

"अम्मा नीचे मिली थीं। बता रही थीं कि साहब बहादुर की चिट्ठी आई है, जाकर देख लूं जरा।"

भाभी ने सुनकर कोई प्रतिक्रिया व्यक्त नहीं की। उसके जिद्दी स्वभाव से अच्छी तरह परिचित हैं। एकाध बार उन्होंने उसे समझाना चाहा तो उसे बुरा लग गया। कड़वी बात कह दी थी उसने–'पास रखना भारी पड़ रहा है क्या?' तलाक के प्रश्न पर भी भाभी उसका विरोध ही करती रहीं। उन्होंने तो उसके आत्मनिर्भर होने के भ्रमजाल को यहां तक झटका था कि 'घर से बाहर निकलकर चार अन्य लोगों का शोषण और लताड़ बरदाश्त कर सकती हो, पर अकेले पति को सहन नहीं कर सकतीं! यह कैसा स्वाभिमान है?'

वह बौखला उठी थी।

'लात-घूसोंवाला शोषण तो नहीं होगा?'

'किस तरह का होगा, यह कौन कह सकता है?'

'किसी भी तरह का हो, स्वेच्छा तो होगी। आरोपित तो नहीं होगा? फिर आप मुझे इतना गिरा हुआ क्यों समझ रही हैं? उन लोगों से मेरी कोई अपेक्षा नहीं होगी! किसी हक की बात तो नहीं होगी। लात-घूंसों की चोट से भी अधिक पीड़ादायक जख्म होता है अधिकारच्युत होने का। सामने है, फिर भी नहीं मिलता या नहीं दिया जाता। आप नहीं समझ सकतीं!' वह उनके पास से उठ दी थी।

यही सोचकर भैया हर वक्त हथेलियों पर रखते हैं। कभी उनके भारी हाथों की उंगलियों ने भाभी के अस्तित्व को नहीं नकारा, न ही आहत किया, न ही क्षुद्र समझा। वे उसकी पीड़ा को कैसे महसूस कर सकती हैं? अगर वे उसकी टीसों को मात्र अहंकार का प्रलाप मानती हैं तो उनका दोष भी तो नहीं है। कभी दोहरी जिंदगी की दुविधा वे बनीं नहीं जो...

कॉफी खत्म हुई तो मेज पर कप सरकाकर उसने गोयल की चिट्ठी खोल डाली।

पिछली चिट्ठियों में उससे लौट आने का किया गया मनुहार अब धमकियों में बदल गया था। एक विद्रूप चेहरे पर खिंच आया। पुरुष के अहं का सब्र छोटा होता है। चूक ही जाएगा। डेढ़ साल से ऊपर हो रहा है उसे अलग हुए। आए हुए खतों का जवाब वह देती नहीं थी, मगर 'यहां तुम्हारे विषय में यह चर्चा है कि तुम्हारे इस तरह मुझसे अलग होने के पीछे वहां तुम्हारा कोई पुराना सिलसिला है' जैसे शब्दों ने उसे उत्तेजित कर दिया था कि वह कोई जवाब दे ही दे। वह जानती थी, गोयल इस नीचता तक एक दिन उतरेगा ही। इतने दिनों तक वह बदल जाने का ढोंग ओढ़े नहीं रह सकता था। चर्चा की बात तो फिजूल है। अपनी भड़ास को वह चर्चा का माध्यम बनाकर उसे जलील करना चाहता है...प्रयोजन वह अच्छी तरह समझती है। वह जानता है कि उसे आहत, अशांत करना है तो कहां प्रहार करना निशाने पर बैठेगा...पर अब उसे यह चुनौती इस स्तर पर भी स्वीकार है।

लिखने बैठी तो बिना किसी लाग-लपेट के बात कह गई।

'पत्नी मैं तुम्हारी बन नहीं सकती...किसी अन्य नाजायज रूप में मुझे तुमसे रहने-खाने के मुआवजों की दरकार नहीं। अब जिंदगी अपनी भी जीना चाहती हूं। चूक गए संबंधों की चर्चा अब तुम्हें सालती क्यों है? अगर स्वीकार ही कर लूं कि यह सब किन्हीं पूर्व संबंधों का ही परिणाम है तो तुम्हें क्या फर्क पड़ता है? और एक गुजारिश–जलील करना चाहते हो तो दिक्कत क्या है? टुच्चे बहानों के कंधे क्यों आजमाते हो?

'विच्छेद के कागजात मेरा वकील भेज रहा है। जो स्थिति है उसके सच को स्वीकार कर लेना ही दोनों के लिए बचा-खुचा विकल्प है। अलग होने के लिए मैं

तुम पर कोई कारण नहीं थोप रही। बस मैं अलग होना चाहती हूं। छुटकारा चाहिए। मां, भैया और भाभी इस पक्ष में नहीं; किंतु अब मैं किसी पक्ष-विपक्ष की दुविधा बनकर नहीं जी सकती। मोना जीवित होती तो शायद उसे बाप का नाम देना जरूरी होता। या शायद मेरा यह सोचना भी गलत हो। शायद तब भी यही करती, खैर...

"यहां गोल्डन कांटीनेंटल में रिसेप्शनिस्ट के पद पर हूं। अच्छी तनख्वाह है। इस नौकरी के लिए गैर-शादीशुदा ही आवेदन कर सकते हैं। मैंने यही जाहिर किया है। यानी, पत्नीत्व की भावना से मैं पहले ही मुक्ति पा चुकी हूं। अब औपचारिकताओं पर तुम्हें मात्र हस्ताक्षर करना है...'

पत्र लिफाफे में बंद किया–बड़ा भारी काम निबटा दिया आज! पूर्णविराम लगाकर अपनी बात कह दी। बात कहने की जरूरत भी न होती, अगर इतने अरसे की चुप्पी को ही गोयल जवाब समझ लेता। चलो, अब ही सही।

उसे लगा, वह एकदम हल्की हो उठी है। अंतस् पर अविचल जमी चट्टानें कहीं सरक गई हैं। मगर नहीं, हल्के हो जाने की बात उसने सोची-भर है। एक तय भाव! भीतर से बोझ कतई नहीं सरका, न हल्का हुआ, सोच-भर लेने से क्या होता है। सोचे हुए के मुताबिक मन कहां परिवर्तन ग्रहण करता है? कहां? अपने ही भीतर दो विपरीत प्रवाहों की टकराहट कब तक झेलती रहेगी? जब-जब उसने जीना तय किया है, उसका 'भीतर' उसे कभी सामान्य नहीं होने देता, उसके तय पर पंजा तान लेता है!

सतीश के साथ वह अकसर कॉफी पी लेती है। सतीश कभी उससे 'कॉफी पीने चलोगी' नहीं कहता–'चलो, कॉफी पी आएं' कहता है। जैसे वह जान गया है कि उसे सोचने का मौका देना खतरे से खाली नहीं है। कई बार उसके खोएपन को लेकर वह उखड़ जाता है।

'तुम्हें तो किसी मंदिर में होना चाहिए।'

'क्यों भई?'

'वहां कुछ करना नहीं पड़ेगा। पुजारी घंटा-घड़ियाल टुनटुनाते रहेंगे और तुम उन प्रस्तरों में से एक ओर जड़वत् मूर्ति-सी...'

'सलाह बुरी नहीं।' वह टिप्पणी पर हंसी से दोहरी होने लगती है। लॉबी की कई जोड़ी नजरें उन पर कौतूहल उछालती टिक जातीं।

'अरे यार! डोंट लॉफ दिस मच...द्विवेदी का बच्चा फौरन केबिन से बाहर निकल आएगा। तुम तो चुप्पी साध लोगी, मगर अपना तो भाजीपाला हो जाएगा। आधा घंटा वह कंधे उचका-उचकाकर, तौर-तरीकों पर भाषण पिलाते हुए मुहब्बत फरमाएगा। कौन झेलेगा!'

बग़लवाले काउंटर से इला ने आंखें तरेरीं।

वह चुप होने को होती है, पर हंसी है कि फिर भी नहीं सधती–'ठीक है, बाहर आने दो। मैं झेल लूंगी।'

'क्या गजब करती हो!' सतीश उसकी चूड़ियों भरी कलाई पर हथेली धर देता है–'इला को छोड़ दो। तुमने उस तरफ देखा भी तो...'

'कत्लेआम हो जाएगा। यही न...प्रीति, तुम इस बंडल के झांसे में मत आना। यह तुमसे पहले हमारे लिए भी कत्ल हो चुका है।'

पूरा रिसेप्शन मिनटों हंसी से भरा-भरा लहकता रहता...

मगर फिर वही...घंटे-आध घंटे परिहास में शरीक हो वह अपने में लौट-सिमट आती।

दरवाजे की घंटी बजी। तन्मयता भंग हुई। अम्मा बाजार से लौट भी आई हैं। चट लिफाफा उठाकर उसने अपने पर्स में सरका दिया। अम्मा की दृष्टि पड़ गई और गोयल का नाम उस पर पढ़ लिया तो उठते-बैठते जिरह शुरू–'क्या लिखा है तूने? नए-नोखे नौकरी हाथ लग गई है तो धरती-आसमान न उठा। जिंदगी नहीं कटती अकेले। बुलाने के लिए चिट्ठियां लिखता रहता है, यह उसकी भलमनसाहत ही समझ, वरना...'

'भलमनसाहत या हथेलियां खुजलाती होंगी मरम्मत के लिए?' वह हंसते हुए अम्मा को छेड़ती। मगर उनकी बड़बड़ाहट एल.पी.सी. चलती रहती।

ड्राइवर ने वैन सीधी बिल्डिंग के सामने ले जाकर खड़ी कर दी। रात के करीब ढाई बज रहे हैं। नाइट ड्यूटी होती हो तो सबको घर छोड़ते-छोड़ते इतना समय हो ही जाता है। वह भीतर बैठे अन्य साथियों को 'विश' करती हुई नीचे उतर आई। वैन ने गली खत्म कर मेन रोड पर मोड़ लिया। सड़क पर सुस्ताता, मरकरी से सफेद हुआ अंधेरा सहसा तीखी घरघराहट को पीता हुआ थर्राया। खड़ी देखती वह दहशत से घिरी सिहर-सी उठी। सन्नाटे में किसी भी तरह की आवाज कैसी चीख-सी लगती है.. भोथरी चीख।

ऊपर देखा। उसके और अम्मा के सम्मिलित कमरे से रोशनी छन रही है, कभी-कभी वे उसे बालकनी में खड़ी प्रतीक्षा करती हुई भी मिलतीं। वह ग्लानि से भर उठती कि अम्मा कितना कष्ट झेल रही हैं उसके लिए। वह समझाती–'सो जाया करो न!' मगर वे नहीं मानतीं। हालांकि यह भी सोचती है कि मान लो, उसके आग्रह के मुताबिक वे उसे जगती हुई न मिलें, तो? अच्छा नहीं लगेगा। जब सोचकर ही खिन्न हो उठती है तो प्रत्यक्ष कितना पीड़ित करेगा! कहने के लिए कह-भर देती है–बहुत-सी कही जाने वाली बातों की तरह।

एक अम्मा ही तो हैं जो घर पर उसके वजूद की अहमियत का आभास खुद उसे भी देती रहती हैं। वरना तो...उसके और गोयल के तनावों की प्रतिक्रिया-स्वरूप भैया कितने औपचारिक रह गए हैं। बोलते तो वे पहले ही कम थे, मगर इतना कम नहीं

कि कभी उसे अपनी उपेक्षा महसूस हुई हो। अम्मा उसे समझाती हैं। यह उसके दु:खी मन का भ्रम है। पहले की अपेक्षा वे कुछ अधिक गंभीर अवश्य हुए हैं, किंतु उसे लेकर कोई कलुष-भाव नहीं है। उसके भविष्य की चिंता उनके मन को बराबर कुरेदती है। शायद अम्मा से उनकी बात होती होगी। यह वह अच्छी तरह जानती है कि वे उसके होटल में नौकरी करने के बेहद खिलाफ हैं; फिर वह चाहे 'फाइव स्टार' ही क्यों न हो!

अगले वर्ष से भाभी रीतू और अभय को यहीं किसी कॉन्वेंट में भरती करने की सोच रही हैं। अभी दोनों पंचगनी में हैं। तब जगह की समस्या भी होगी। वैसे तो कोई विशेष फर्क नहीं पड़ता। बच्चों का कमरा है। पर प्रश्न एकाध साल गुजारने का तो नहीं है और अब उसकी नौकरी ऐसी है कि कहीं भी एकाध कमरे का मकान लेकर वह अकेले रह भी सकती है। ढाई-तीन सौ में वन रूम-किचन आसानी से मिल जाएगा। खाने-पीने का उसका विशेष खर्चा है ही नहीं। होटल में ही एक रुपये के कूपन पर उसे रियायती भोजन मिलता है। अपनी इस मंशा से उसने अम्मा को अवगत करा दिया है। यह प्रस्ताव रखा कि अगर वे उसके साथ रहने को राजी हो जाएं तो उसे मानसिक तौर पर बड़ा सहारा रहेगा। यहां भी तो पड़ी ही रहती हैं। वहां भी उन्हें क्या करना होगा।

पर अम्मा सुनकर किस कदर भन्नाई थीं—'देख बिट्टो, मेरे तो ये सत्संग में जीने-मरने के दिन हैं...बेटे की रूखी-सूखी भी भली, तेरे तो पांव पूजे हैं। साथ रह-खाकर अपनी मिट्टी खराब करूं क्या? फिर कौन ये लोग मुझे घर से धक्का दे रहे हैं...मैं तो मनाती रहती हूं रे कि तेरा भरा-पूरा घर है...दिन फिरे...और तू...'

'ठीक है। तुम मनाती रहो।' वह रुंध-सी जाती—एक ही रटन...घिसी-पिटी!

एक जतिन ही है जो हमेशा हिम्मत बंधाता रहता है—'नए सिरे से जिंदगी शुरू कर लो। भैया से मामला साफ हो जाए तो हम तुम्हारे लिए दूल्हा भी खोज देंगे। हम तो अब साथ देने से रहे। रही इधर की बात, तुम्हारे रहने, न रहने से भैया को कोई फर्क नहीं पड़ता। सामाजिक मर्यादा की बात मां के ताने-तुक्कों से एकाएक जागती है, बाकी जो कुछ है वह उनके अहं की, मर्दानगी की ऐंठन है कि तुम उनके बगैर समाज में कैसे खड़ी हो! तुम्हारे लौट आने का आग्रह भी इसी का चोंचला है। ध्यान ही मत दो...'

चाबी पर्स में होती है। कमरे में पहुंची तो पाया, अम्मा बिस्तर पर बैठी, आंखे ढांपे जाप में डूबी हैं। गोदी में पड़ी हुई रुद्राक्ष की माला का एक-एक मनका बड़े सधे हुए ढंग से अंगूठे के पोरों के मध्य, बुदबुदाते हुए होंठों की मौन प्रार्थना के साथ सरक रहा है।

बिना आहट किए दरवाजे के पीछे लगी खूंटी पर टंगा गाउन उतारकर कपड़े बदलने लगी। एक कप कॉफी की जरूरत महसूस हो रही थी। अम्मा अगर जाप में न होतीं तो उसके कहे बगैर ही बना लातीं। अब इच्छा होने के बावजूद उसे किचन तक जाने में आलस आ रहा है। छोड़ो भी। बिस्तर के एक तरफ आहिस्ता से सरककर उसने आंखें बंद कर लीं। काम ही क्या होता है। मेहमानों को चाबी दो, चाबी लो। उनकी कोई आवश्यकता है, शिकायत है तो संबंधित व्यक्ति तक पहुंचाना, और बस, जबरन मुसकराते रहना। फिर भी थकान इतनी हो जाती है जैसे दिन-भर कुदाल चलाई हो। दिमाग भारी हो उठता है और तिस पर...

आज चार-साढ़े चार के करीब द्विवेदी ने बुलाया था।

समझ में नहीं आया कि क्यों बुलाया है। हालांकि कभी-कभी तो वह बड़े सड़ियल-से कारणों को लेकर भी बुला लेता है, जैसे–'मिस! आज आपने बाल शैंपू नहीं किए? खुला रखने का शौक है तो...' या 'चेहरे पर इतनी मुर्दन क्यों है? जरा फेशियल करा लिया कीजिए न!' या 'मेहमान के सामने आप बैठी क्यों थीं?' यह सही है कि वह खुद बड़ा चुस्त-दुरुस्त रहता है और इस नौकरी की आवश्यकता भी चुस्त-दुरुस्त बने रहने की है; मगर जिस तरह बुलाकर वह मामूली-मामूली-सी बातों पर झिड़कता रहता है या पास ठहरकर टोक देता है, चिढ़ छूटती है। अपमान-सा महसूस होता है। यूं भी पुरुष के मुंह से ये हिदायतें बड़ी अटपटी लगती हैं।

वह केबिन में पहुंची थी और द्विवेदी ने उससे बैठने के लिए कहने की भी औपचारिकता नहीं बरती–'मिस! आपने हमारे यहां लिखित दिया हुआ है कि आप शादीशुदा नहीं हैं। पर्सनल डिपार्टमेंट में आपके पति मि. गोयल ने यह पत्र भेजा है कि आपने झूठ बोला है। आप दोनों अभी भी पति-पत्नी हैं। आप अपने मिजाज की वजह से उनसे कुछ दिनों से अलग हैं...इज टू?' प्रमाणस्वरूप द्विवेदी ने फाइल खोलकर उसकी तरफ खिसका दी, 'जस्ट सी, प्रीति...'

फाइल में नत्थी पत्र टंकित था, पर नीचे हस्ताक्षर गोयल के ही थे। उसे पैरों के तलवे सैंडिलों पर नहीं, बर्फ की सिल्लियों पर टिके महसूस हुए। क्यों किया गोयल ने ऐसा? क्यों...क्यों...? इसलिए कि विच्छेद के कागज उसने वकील से भिजवाए? आत्मनिर्भर होने का संदेश भेजा? उसकी दया-दृष्टि नकारी? रहने-खाने का मुआवजा अस्वीकार किया? जीने की इच्छा स्पष्ट की?

'प्लीज सिट डाउन प्रीति, इतना नर्वस होने की जरूरत नहीं। प्लीज डू सिट।' उसके चेहरे पर दृष्टि गड़ाए द्विवेदी के स्वर ने एकाएक पैंतरा बदला। स्वर की मुलायमियत से वह इस नाजुक स्थिति में भी चौंकी। खड़ी नहीं रह पा रही थी। मजबूरन कुर्सी खिसकाकर बैठ गई।

'यह आश्वासन मैं दे सकता हूं। आई कैन सेव यू फ्रॉम दिस प्रॉब्लम। बट, लेट मी नो अबाउट योर डिसीजन।' उसने अनबूझ दृष्टि उठाई थी, 'लेटर तब तक फॉरवर्ड नहीं होगा...'

'मैं समझी नहीं।' वह ठंडे पसीने से नम होती एक घुटती सांसत में जकड़ गई।

'आई मीन, तुम गेस्ट्स को एंटरटेन करना पसंद करोगी? थिंक ओवर दिस! आज की मॉड लड़कियां इसे बेजा नहीं समझतीं, यू नो बेटर...अरेबियन गेस्ट्स आर वेरी रिच...फॉर कंपनी सेक...वे मनचाहा पे करते हैं...बट, शर्त यह है कि किसी को भनक नहीं लगनी चाहिए, न मैं लगने देता हूं। कॉफी शॉप में सिल्विया थी–काफी पहले। उसने तो अपने अरेबियन दोस्त से शादी भी कर ली। आज ठाठ से बहरीन में है!' वाक्यों को चबा-चबाकर उगलते हुए द्विवेदी लगातार उसके चेहरे पर नजर गड़ाए था।

'छन्न!' तपते तवे पर छिटकी बूंद-सी वह छटपटा उठी थी। सीधे-सीधे यह नहीं कहा द्विवेदी ने कि नौकरी बनाए रखना है तो...

उठने के लिए कुर्सी को झटका देकर पीछे खींचा था। थप्पड़ वह मार नहीं सकती थी, न पेपरवेट उठाकर सिर ही फोड़ सकती थी। कुछ भी करने की रोक नहीं थी, मगर कुछ कर गुजरने की ताकत तो स्वयं में होनी ही चाहिए न! स्वर भी इच्छा के विरुद्ध संयत था–'शुड आई गो?'

'ओ! श्योर, श्योर प्रीति!' जैसे कह रहा हो–ऑल द बेस्ट! सूली तैयार है!

कहां आ खड़ी हुई है वह?

हजार रुपये की नौकरी आसानी से हाथ नहीं लगती। इसे पाने के लिए भी तो इतना बड़ा झूठ शर्त थी; हालांकि यह झूठ उसके लिए गलत नहीं था। लिखते हुए न झिझक हुई थी, न किसी प्रकार का भय। खुद के लिए यही महसूस होता रहा। मगर पर्सनल डिपार्टमेंट को उसके मानने से क्या वास्ता!

"सो गई, बिट्टो?" अम्मा ने पुकारा।

"नहीं तो!" आंखें खोल उनकी तरफ करवट भरी।

अम्मा रुद्राक्ष की माला सिरहाने दबाती हुई बोलीं, "कढ़ी बनी थी रे सांझ। तेरे लिए बाहर ही रख छोड़ी है। उठ तो...गरम करके ले आती हूं।"

"रहने दो।" उसने अनिच्छा जाहिर की। मन सचमुच नहीं हो रहा था।

"तू उठ तो। दोपहर में तो कह के गई थी कि आज कढ़ी बना सको तो...अब क्या हो गया?" वे रसोई में चली गईं।

क्या कहे उनसे कि क्या हो गया! बता दे गोयल की हरकत? बड़ा पक्ष लेती रहती हैं न...पर उनका भरोसा भी नहीं। क्या पता, यही कह दें कि ठीक तो किया उसने। तू ऐसे थोड़े आने वाली है रास्ते पर। हो सकता है, नाराज भी हों।

पर ख्वामख्वाह परेशान क्यों करें! उसका दिमाग तो खराब हो ही उठा है...वैसे भी उसकी खातिर दिन-रात हैरान रहती हैं।

तब?

'लेट मी नो अबाउट योर डिसीजन?'

डिसीजन?

क्या डिसीजन है उसका? क्या हो सकता है? जो स्थिति आज है वही कल होगी, वही परसों...और वही...वह चैन से नहीं बैठने देने वाला। उठकर अपनी मेज पर आ गई।

पैड और पेन ले त्यागपत्र लिखने बैठ गई। त्यागपत्र में उसने पर्सनल डिपार्टमेंट के समक्ष अपने झूठ की स्वीकारोक्ति की और क्षमा मांगी।

ऊपर पर्सनल ऑफिसर का नाम लिख, पत्र लिफाफे में बंद कर अपने बैग में रख लिया। कल खुद ही जाकर पहुंचा देगी।

दूसरा खत गोयल को लिख डाला। लिखे बगैर रह नहीं पा रही थी।

'तुम्हारा षड्यंत्र सफल रहा। विद अ बॉटल ऑफ शैंपेन सेलीब्रेट कर डालना। तुम्हारी जिंदगी में औरतों की कमी नहीं है। सेल्स एक्जीक्यूटिव हो न! हर स्टेशन तुम्हें कंपनी देता है...फिर भी, मैं कहीं-न-कहीं, किसी-न-किसी रूप में तुम्हें उद्विग्न कर रही हूं। यह जितना स्वीकार तुमने मुझे करवाया है, खुद भी कर रहे हो। जाहिर है, मैं तुम्हारे लिए चुनौती हो रही हूं।'

क्यों बेवकूफी पर उतर रही है? क्यों लिख रही है यह सब? अनजाने महत्त्व नहीं दे रही क्या गोयल को? गलतियां हो नहीं जातीं, जानबूझकर दोहराती है...खत पाकर खुश ही होगा—विजयी भाव से मुदित हो। यही तो तात्पर्य है उसका...मारो साली को। तिल-तिलकर मारो। कोंच-कोंचकर मारो...और फिर भी लिख रही है। यह उसकी जीत की बधाई होगी या अपने लूले-लंगड़े होने की सूचना?

छिह! छिह!

पूरा पन्ना पैड से जुदा हो मुट्ठी में गुड़मुड़ा गया।

ऐसी की तैसी!

उठकर टहलने लगी—विरक्त भाव को लपेट। एक पत्रिका के फड़फड़ाते पन्नों से ध्यान बंटा। पंखा फुल पर चल रहा था।

अंधेरे में हाथ बढ़ा रेगुलेटर एक पर कर दिया। पंखे का आधा हिस्सा बाईं दीवार से सटे टेबल लैंप के अर्द्धवृत्त उजाले में धीमे-धीमे गुजरने लगा। डैनों की परछाइयां कितनी लंबी हो दौड़ रही हैं!

अंधेरे में ही अम्मा के आंचल-ढके चेहरे पर दृष्टि ठहरी। ठहरी ही रही डबडबाहट भर जाने तक। फिर पलकें ढांप लीं। संयत हुई तो आहिस्ता से अपनी अलमारी खोली। ऊपरी खाने में तहाए हुए कपड़ों के नीचे उंगलियों ने डायरी टटोल ली।

मृत्यूपरांत खाली-खाली क्षणों में उसने मोना को तमाम खत लिखे थे। कभी दर्ज हुआ एक खत खुल गया।

'मोना! कल शाम को हमेशा की तरह लगा कि तुम्हें प्राम में बैठाकर सड़क पर निकल जाऊं और चौराहे से सटे उस तिकोने पार्क में सूरज डूबने तक घुमाती रहूं। याद है, अंधेरा होते ही बीचोंबीच बने उस वृत्ताकार फव्वारे से सतरंगी प्रकाश-किरणें फूट पड़ती थीं। भीगती-सिहरती। तुम प्राम छोड़ गोद में चढ़ आतीं और लटककर अपनी नन्ही-नन्ही हथेलियों से उसे छूने को मचलने लगतीं। तुम्हारी फ्राक नमी से भर उठती। मगर तुम्हारी जिद होती कि मैं तुम्हें वहीं लिए खड़ी रहूं। तुम्हारी आंखों की किलकारियां उन धुआं-धुआं फुहारों से किस कदर खेलती।'

'मोना! प्राम को मैंने फव्वारे की रेलिंग से सटाकर खड़ा कर दिया था। तुम्हें गोद में उठा लिया था! लेकिन...तुमने हमेशा की तरह मचलकर फुहारों के धुएं को मुट्ठियों में भरने के लिए हथेलियां क्यों नहीं बढ़ाईं...'

आगे नहीं पढ़ सकी। अकुलाहट पिघलने लगी थी। हिचकियां तेज हों, उससे पहले वह उठकर गुसल की तरफ बढ़ दी। अम्मा झपकियों में सोती हैं। जग गईं तो जाप करते रात बीतेगी...

सुबह उसे जल्दी तैयार होती देख अम्मा ने पूछ ही लिया, "शिफ्ट बदल गई है क्या रे?"

"नहीं तो। जरूरी काम है जरा। अभी घंटे-डेढ़ घंटे में लौटकर आती हूं।"

काम क्या है, यह पूछने की इच्छा हुई उनकी, पर टोका-टाकी उसे पसंद नहीं, यही सोचकर इच्छा दबाकर बोलीं, "जाने से पहले जरा अपने भैया से मिल लेना। कह रहे थे, कोई जरूरी बात करनी है। शाम को तो तू मिलेगी नहीं।"

"कोई खास बात है?"

"मुझे तो नहीं बताया।"

बालों को ब्रश से 'सर-सर' झटकते हुए खयाल आया, पिछले हफ्ते से तकरीबन एक दफा भी भैया से भेंट नहीं हुई। सुबह सोकर उठती है तो ग्यारह बज रहा होता है। वे दफ्तर के लिए निकल चुके होते हैं। रात लौटते ढाई बजते हैं। वे गहरी नींद में सो रहे होते हैं।

अनुमान नहीं लगा सकी कि वास्तव में बात क्या हो सकती है। शायद किसी नौकरी के सिलसिले में बात करना चाहते हों। यह नौकरी उन्हें पसंद नहीं है। भाभी ने भी कुछ रोज पहले बातचीत में संकेत किया था कि ये एकाध जगह बातचीत चला रहे हैं। अगर ऐसा होगा तो उसे तिनके का सहारा मिल जाएगा।

भैया ड्रेसिंग टेबल के सामने मुढ़े पर बैठे शेव कर रहे थे। शीशे के भीतर से ही वह दिख गई। उसे बैठने का आदेश देकर वह आफ्टर-शेव लोशन हथेलियों में मलकर दाढ़ी पर छपछपाने लगे।

भाभी कपड़े वगैरह निकालने भीतर आईं। चाय के लिए पूछ बैठीं। भैया चाय नहीं पीते, मगर अपने लिए भी कह बैठे।

पलंग की पाटी पर बैठी वह चौकन्नी फर्श को घूरती रही। भैया बातें कम करते हैं। जो कुछ कहना-सुनना होता है, नपा-तुला, संयत होता है। मसला चाहे विस्फोटक ही क्यों न हो।

मसलन–उसके और गोयल के तनाव को लेकर न वे कभी उत्तेजित हुए, न उन्होंने कोई निर्णय ही लादा। उनका एक निश्चित रवैया रहा कि कमजोरियां कमोबेश हर शख्स में होती हैं। उसमें भी हैं, तुममे भी हैं। अपनी-अपनी लेकर अड़ जाने से बात नहीं बनती। थोड़ा-थोड़ा झुकने से रास्ता निकल आता है। अपनी गलतियां उसने महसूस जरूर की हैं। तुझे वापस बुलाने की खतो-किताबत...सॉर्ट ऑफ रियलाइजेशन ही है, वरना दूसरा ब्याह कर लेना उस जैसे आदमी के लिए कोई कठिन नहीं...जबकि तुम्हारी तरफ से तो उसे छूट मिली ही हुई है।

भैया के इन मुरदा तर्कों ने उसे कभी ढाढ़स नहीं दिया, बल्कि अपने प्रति यह उसे एक ठंडा रवैया ही लगा। भूले-भटके अगर उन्होंने आज यही सब दोहराया तो यह तय है कि बड़प्पन का लिहाज छोड़ वह कुछ बरदाश्त नहीं करेगी। अब वह किसी भी फ़ैसले के लिए प्रस्तुत है।

चाय खामोशी में ही खत्म हो गई। उसकी बेचैनी चरम पर थी। द्वंद्व कुछ अधिक गहरा प्रतीत हुआ। रहा नहीं गया।

"बुलाया था, भैया?"

"हां, तूने जो सेपरेशन के कागजात भिजवाए थे वे..."

कनपटियां गरम होने लगीं। धड़कन 'धब्ब-धब्ब' उछलने लगी। क्षण-भर पहले का साहस निचुड़ गया तो...

"गोयल ने वे बिना दस्तखत के मेरे पास वापस भेज दिए हैं। साथ लंबा-चौड़ा खत है। किसी भी तरह की आपसी साझेदारी के लिए वह राजी नहीं है। तुम्हें लौट जाना चाहिए, यही दोहराया है। साथ जलील भी किया है हमें। तेरा होटल में काम करना उसे चकले की नौकरी लगती है। यह आरोप भी लगाया है कि उसकी सामाजिक प्रतिष्ठा पर कीचड़ उछलवाने तथा बहन की कमाई से गुलछर्रे उड़ाने का यह मेरा षड्यंत्र है...शह है। उनकी फैक्टरी के चीफ इंजीनियर किसी सेमिनार के सिलसिले में मुंबई आए थे। तुम्हारे होटल में ही ठहरे थे। तुम्हें देखकर पसोपेश में पड़ गए। गोयल को यह सब बड़ा अपमानजनक लगा।"

भैया का क्षुब्ध चेहरा नहीं देखा। स्वर में आक्रोश स्पष्ट था–गोयल के भर्त्सना-भरे वाक्यों ने गहरी चोट की थी।

"कमीना आदमी है! किसी भी हद तक उतर सकता है। तुम क्या, कोई भी उसके संग निबाह नहीं सकता। मुझे बस इतना ही कहना है। निश्चिंत होकर नौकरी करो। अच्छे-अच्छे घरों की लड़कियां काम करती हैं होटलों में। एंड इट्स अ वेल-पेड जॉब। स्पष्ट लिख रहा हूं उसे–तुम्हारे लौटने की बात निकाल दे दिमाग से।"

यंत्रचालित-सी उठ खड़ी हुई, "चलती हूं।" जवाब की प्रतीक्षा किए बगैर सहन पार कर वह दरवाजे की ओर बढ़ गई। एक झटके में किवाड़ खोल बाहर आ गई।

कल तक भैया की दृष्टि में गोयल कमोबेश सही व्यक्ति था। जो कुछ टूटा, उसका दोष विभाजित था। इसलिए भी उसकी तरफ ठंडा रुख अख्तियार किए रहे और जब गोयल ने उन्हें भी घसीट लिया तो तटस्थता का मुखौटा चढ़ाए नहीं रख सके। आज उनका अपमान-बोध, उसके ही कंधों को माध्यम बना, अपने प्रतिद्वंद्वी को पछाड़ने की व्यूह-रचना कर रहा है। वह क्या है? मात्र दोनों ही पक्षों की प्रतिष्ठा? या दांव? उसकी छटपटाहट उन्होंने कब महसूस की? महसूस करना भी चाहते थे क्या? जतिन की सलाह उन्हें कितनी अपरिपक्व और बचकाना लगी थी–'बेहतर होगा कि लेट हर स्टैंड ऑन हर ओन फीट!' और उन्होंने तिक्त स्वर में कहा था, 'यूं निर्णय होते हैं? लिए जाते हैं?' आगे जतिन ने बहस करना उचित नहीं समझा था। तटस्थ रहना अलग बात है, मगर उसे भैया का रवैया अविवेकपूर्ण लगा था।

अंतिम मोड़ की सीढ़ियां उतरते-उतरते ठिठक गई। कहां-कहां से भागेगी? गोयल के लिए नौकरी छोड़ दे? लौट जाए? भैया के लिए करती रहे? द्विवेदी! द्विवेदी तो हर दफ्तर के केबिन में मौजूद हो सकता है। लड़ाई खुद की है, फिर? कोई अंत है?. ..कोई अंत नहीं...उसके हिस्से में नहीं। तो जूझने की चुनौती क्यों न स्वीकारे? मोहरों-सी क्यों इस्तेमाल हो? त्यागपत्र निकालकर उसने चिंदी-चिंदी कर डाला।

मुड़ी। खट्-खट् बदहवास-सी जीना चढ़ने लगी।

(1980)

●●●

10

रक्षक-भक्षक

हम मंदिर के प्रांगण में प्रवेश कर चुके थे। चढ़ावे का सामान बेचने वालों की नजर हम पर पड़ चुकी थी। वे बाकड़ों से लगभग लटक-लटककर पूजा की सामग्री अपनी-अपनी दुकान से खरीदने को हमें आमंत्रित कर रहे थे। मैंने पाया कि उनकी हांकों और आमंत्रणों से बेखबर मम्मी की दृष्टि प्रांगण में कुछ और ही खोज रही है।

"अरे पुष्पा, भिखारी यहां कहीं नजर ही नहीं आ रहे...लगता है आज की सारी मेहनत बेकार जाएगी।"

मेरी नजर प्रांगण के कोने-कोने में दौड़ती, ऊपर टटोलती, मंदिर तक जाती सीढ़ियों की चढ़ान घूम आयी। वाकई भिखारी नजर नहीं आ रहे थे। बेचारी मम्मी।मुझे उन पर तरस हो आया। कितनी श्रद्धा और मन से वे पचासेक गरीबों को जिमाने का संकल्प पूरा करने मंदिर आयी हैं। यही सोचकर कि आज गुरुवार है। महालक्ष्मी मैया का दिन। दर्शन भी कर लेंगी और पचासेक गरीबों को जिमा भी लेंगी। मानता मानी थी उन्होंने कि स्कूटर दुर्घटना में आहत भैया जिस दिन स्वस्थ होकर अस्पताल से घर लौटेंगे, वे आते गुरुवार को मानता पूरी करेंगी। तड़के उठ मम्मी पड़ोसन मेहता के साथ पूरी, सब्जी और हलवा बनाने में जुट गयीं। बड़े जतन से उन्होंने पोलीथिन की थैलियों में खाने के पूड़े बनाए थे, लेकिन यहां तो...

"चलो, पूजा की सामग्री खरीद लें," खिन्न स्वर में मम्मी ने कहा तो हम एक बाकड़े के पास आकर खड़े हो गये। दुकान वाली प्रसन्न मन से पूजा की थाली सजाने लगी। बाकड़े के नीचे बैठी हुई छोकरी को हमने अपनी चप्पलें और खाने के पूड़ों से भरा झोला सौंप दिया।

"आज भिखारी क्यों नहीं दिख रहे? क्या बात है?" मम्मी पूछे बिना न रह सकीं।

"जाएंगे किदर...दुप्पर का टैम है न बाई! पूजा को कोई आता नईं...इदर गल्ली-बिल्ली में सोते पड़े होएंगे...आप पूजा दे के आव...मैं बुला के रखती...बाई! मेरी

छोकरी को पन एक पूड़ा होना।" दुकान वाली के चेहरे से लार टपकी। जो मम्मी को बुरी नहीं लगी।...

पूजा की थाली हाथ में लेती हुई मम्मी के चेहरे पर ढाढ़स की चमक दौड़ गयी। हम मंदिर की सीढ़ियां चढ़ने लगे। पीछे से दुकान वाली का स्वर सुनाई दिया। वह चप्पल-जूते संभालती छोकरी को हिदायत दे रही थी, "लवकर पड़ पोरगी सांग त्याना..." (दौड़ और बोल उनको कि...)

पूजा करके हम जैसे ही थाली लौटाने उस बाकड़े पर पहुंचे, दुकान वाली ने आंखें नचाकर सीढ़ियों की ओर संकेत किया। सीढ़ियों के नीचे भिखारियों का हुजूम नजर आया और हमारे थैला लेकर करीब पहुंचते-न-पहुंचते छेड़ी गई मधुमक्खियों-सा हम पर टूट पड़ा। एक-दूसरे को धकियाते-मुकियाते उनकी कोशिश यही थी कि वे खाने का पूड़ा सबसे पहले प्राप्त कर लें। कहीं ऐसा न हो कि उनका नम्बर ही न आए। तभी पूड़ा पकड़ाती मम्मी का हाथ अचानक ठिठक गया। एक फटेहाल चीकट छोकरे पर वे अनायास भड़क उठीं।

"हाथ-पांव टूटे हैं तुम्हारे? शर्म नहीं आती भीख मांगते...जाओ जाकर मेहनत मजदूरी करो...तुम जैसे को मैं भीख नहीं देती...लूले-लंगड़े लाचारों को दूंगी...हटो परे..."

जैसे भूखे के सामने से परसी हुई थाली हटा ली गई हो, वैसे ही वह छोकरा आगबबूला हो उठा। लपककर उसने मम्मी के हाथ से खाने का पूड़ा झपट लिया और चीखते हुए बोला, "तुम्हीच लोग गरीब लाचार का हाथ-पांव तुड़वाता हय...उसको अंधा-लूला-लंगड़ा बनवाता हय...दादा लोगों को मालूम हय, साबुत अंग वाले को कोई भीख नहीं देता...उनपे दया नईं करता...तुम्हारा दया पे थू...!" घृणा से थूककर व भीड़ को चीरता आंख से ओझल हो गया।

स्तब्ध मम्मी का एक हाथ अपने गाल पर जा टिका...।

•••

11

हथियार

अब भी उनकी निगाह मेन्यू से लिपटी हुई है।

उसकी आंखें उनकी ऊपर-नीचे टोहती, सरकती नजर को छूकर, अनमनी-सी इधर-उधर उचकती, ठहरती, अपनी गढ़ाती ऊब को नियंत्रित नहीं कर पा रही हैं। बूढ़े होने को आए, जाने इतना समय क्यों लगाते हैं चीजें चुनने में कि उनके स्वाद की ललक ही क्षीण हो जाए? मेन्यू में दर्ज खाद्य वस्तुओं की सूची इतनी लंबी-चौड़ी भी नहीं कि चुनने में भ्रम की स्थिति गह ले! जानते हैं, वह और खूब अच्छी तरह से जानते हैं, कितनी मुश्किल से वह उनका साथ पाने के लिए अपने गहरे गुंथे समय में से कुछ समय झटक पाती है। सुबह नींद टूटते ही वह सोचना शुरू कर देती है—आज उसे क्या कुछ निबटाना है और सांझ को उनसे कैसे मिलना है। बीच में कई-कई रोज समय न हथिया पाने के चलते उनसे मिलना संभव नहीं हो पाता। फोन पर बातें करके ही संतुष्ट हो लेना पड़ता है। फोन पर बतियाकर उन्हें संतुष्टि नहीं होती। उन्हें उसकी नौकरी पर खीझ होने लगती है। काम निबटाकर वह क्यों नहीं अपने बॉस से कह पाती कि उसे उनसे मिलने पहुंचना है? कौन-सा कानून उसे मिलने से रोक सकता है? जाने कैसा दफ्तर है उसका! उनके दफ्तर में तो लड़कियां रजिस्टर साइन करने के बाद दिखतीं ही नहीं।

बातें सुनते-सुनते वह उनका ध्यान दूसरी ओर मोड़ना चाहती है—उनके जुकाम का मुद्दा उठाकर। या उनके साइटिका पेन का हाल पूछकर। नई किताब कौन-सी पढ़ रहे हैं वे?

"क्या करूं जुकाम के लिए?" उसके आड़े हाथों लेते ही वे समर्पण की मुद्रा की ओट हो लेते हैं।

वह सयानों-सी समझाने लगती है। केमिस्ट की दुकान से फौरन विटामिन-सी की गोलियां मंगवाएं। सिर पर तौलिया डालकर सुबह-शाम भाप लें। उनकी आवाज से लग रहा है उन्हें हरारत है।

उनका जवाब उसे तनिक आश्वस्त कर देता है। उसे अधिक चिंतित होने की

जरूरत नहीं। बुखार लगता जरूर है कि है उन्हें, मगर थर्मामीटर उनके इस लगने को सिरे से झुठला देता है। कितने अकेले हैं! वह भी इस उम्र में।

जहां तक उसे याद है, छह महीने-भर शेष हैं उनके अवकाश प्राप्त करने में। एकाध वर्ष का एक्सटेंशन मिल सकता है उन्हें। एक्सटेंशन पाने के लिए वह विशेष जुगाड़ करने के पक्षधर नहीं हैं। अपने-आप मिल जाए तो उन्हें काम करने में कोई आपत्ति भी नहीं। उन्हें पूरी उम्मीद है कि उनके काम की संजीदगी में कोई आपत्ति भी नहीं। उन्हें पूरी उम्मीद है कि उनके काम की संजीदगी पहचानी जाएगी।

वैसे आज भी उनसे मिलना मुश्किल ही था।

उसकी मेज पर से निबटी फाइलें उठाकर ले जाने आए चपरासी मांदले ने सहसा ही उसे सुखद सूचना दी–'कपूर साहब लंच के बाद ही चले गए, मैडम! साढ़े चार की उनकी फ्लाइट थी। कोलकाता गए। परसों लौटेंगे। यानी शेष फाइलें वह कल निबटा सकती है। प्रसन्नता की उमड़न दबाते हुए उसने मांदले से जाननां चाहा था–अचानक कपूर साहब कोलकाता क्यों चले गए? मांदले रहस्यमयी हंसी हंसा था–उनकी बीवी ने उनके ऊपर तलाक का मुकदमा ठोक रखा है। और कल उसकी सुनवाई की तारीख है। बीवी कपूर साहब के साथ रहना नहीं चाहती। बोलती है कि कपूर साहब मर्द नहीं हैं।

उसकी प्रसन्नता काफूर हो गई। मांदले से पूछना चाहती थी–'कपूर साहब के बच्चे हैं?'

उनका फोन नंबर मुंहजबानी याद है उसे। सहसा उंगलियां नंबर डायल करने लगीं।

संयोग से फोन उन्होंने ही उठाया। उसने उन्हें बताया कि वह चार के करीब दफ्तर छोड़ सकती है। आजाद मैदान क्रॉस कर वह चार बीस तक चर्चगेट 'गेलार्ड' पहुंच जाएगी। उनका क्या कार्यक्रम है?

"सक्सेना के पितियाउत बड़े भाई को हृदयाघात हुआ है आज सुबह। सक्सेना छुट्टी लेकर उन्हें देखने बांबे हास्पिटल गया हुआ है। उसका काम भी जिम्मे आ पड़ा है।"

"ठीक है।" निचला ओंठ ऊपरी दंतपंक्ति के नीचे आ दबा।

"दु:खी मत होओ। अच्छा सुनो, तुम पहुंचो 'गेलार्ड'। अपना और श्रीवास्तव का काम पाठक के जिम्मे टिकाकर पहुंचता हूं चार बीस तक।"

उसे उनकी यही विशेषता भाती है। उसके आग्रह को वे टाल नहीं पाते। काम बहुत महत्त्वपूर्ण है उनके लिए, मगर उससे अधिक नहीं।

सबसे अच्छी बात जो उनकी उसे लगती है, वह है–मां के विषय में वह उससे कभी कुछ नहीं जानना चाहते हैं। जितना समय वह उसके संग व्यतीत करते हैं, उसके बचपन के दिनों में टहलते रहते हैं। दूसरी शादी क्यों नहीं की उन्होंने? शादी वह करे, जिसे अकेलापन काटे। उस घर में रहते हुए प्रतिपल वह उसके पास बनी रहती है।

घर के प्रत्येक कोने में उसकी तस्वीरें सजी हुई हैं। घर की कड़ी खोलते ही वह किसी भी तस्वीर से बाहर छलांग लगा, उनके स्वागत में दौड़कर उनकी टांगों से लिपट जाती है–'दिखाइए, मेरे लिए क्या लाएं हैं?' जेब से उसकी पसंद की चाकलेट निकालकर वह बैठक में रखे डिवाइडर पर रखी चाकलेट खाती उसकी तस्वीर के सामने रख देते हैं। चाकलेट इकट्ठी होती रहती है। मिलने पर इकट्ठी चाकलेट वे उसे थमा देते हैं। उनके सामने ही वह चाकलेट के रैपर हटाकर एक के बाद एक खाना शुरू कर देती है। और खाते-खाते हंसी से दोहरी होती हुई उस किस्से पर चमत्कृत हो उठती है, जिसे सुनाते हुए वह बताते हैं कि पिछली रात उन्होंने उसके साथ घर की बैठक में जमकर क्रिकेट खेली। बॉलिंग वह इतनी जोरदार करती है कि उसकी गेंद से रसोई की दो खिड़कियों के शीशे चटख गए। ट्रे में रखी कॉन्टेसा रम की भरी बोतल उलट गई।

जब तक वह रसोई से कांच की किरचें बुहारते, कूदकर वह अपने कद से बड़ा क्रिकेट का बल्ला संभाले उसी तस्वीर में जा छिपी, जो उनके बिस्तर की साइड टेबल पर सुनहरे फ्रेम में जड़ी रखी हुई है। दुष्ट डर गई थी। कहीं मां से उसे डांट न पड़ जाए कि तुम इतनी आक्रामक गेंदबाजी क्यों करती हो भला?

अब बताए, वह अकेले कहां हैं?

उनसे मिलकर घर देरी से पहुंचने पर उसका एक ही बहाना होता है–जाने क्यों, अंबरनाथ लोकल अचानक रद्द कर दी गई।

लोकल गाड़ियों का बहाना खासा कारगर बहाना है, और विलंब से पहुंचने वालों के लिए अचूक रक्षाकवच।

सौतेले पिता, डाबीवली के एक छोटे-से जूता कारखाने में मामूली अधिकारी हैं, जिनकी घर में उपस्थिति घर को चमड़े की असहनीय बू से भर देती है। शायद घर को उस बू से बचाने के लिए ही मां रसोई में टंगे छोटे-से मंदिर के अगरबत्ती स्टैंड की अगरबत्तियों को कभी बुझने नहीं देती। अक्सर घर देरी से लौटने पर सौतेले पिता भी वही बहाना गढ़ते हैं, जो बहाना वह गढ़ती है। उसे विस्मय इस बात पर होता है कि मां उसके बहाने पर कभी उग्र नहीं होतीं, जबकि सौतेले पिता का बहाना उन्हें बहाना लगता है।

मां के सिटकनी-चढ़े बंद कमरे से आती उनकी सिसकियां उसे उदास करती हैं।

दीवारों को भेदने वाले उनके आर्त बोल भी...कि कारखाने में किसी स्त्री के साथ चल रही प्रेमपींगों के चलते ही वे घर विलंब से लौटते हैं। लोकल ट्रेन उनकी सुविधानुसार रद्द होती रहती है। सब समझ रही हैं वे। पछता रही हैं। जाने क्यों, उन जैसे रंडुवे के प्रेम के झांसे में आकर वे पसीज उठीं और अपनी बसी-बसाई गृहस्थी उजाड़ ली। जबकि पहली पत्नी की ताई (दीदी) ने उन्हें फोन करके सतर्क किया था–सुनीता की मृत्यु दुर्घटना नहीं थी, आत्मदाह था।

"चीज पकौड़ों के साथ कसाटा आइसक्रीम खाओगी तुम?"

"इतनी देर में यही चुन पाए आप?" वह खीझ दबा नहीं पाई।

"कसाटा तो तुम्हें बचपन से पसंद है।"

"बचपन पीछे छूट चुका है।"

"तुम्हारा नहीं।" उनका स्वर संजीदा हो आया।

"पसंद बदल नहीं सकती?"

"बदल गई होती तो मैं फिर कुछ और चुनता–तुम्हारी नई पसंद।" उन्होंने संकेत से बेयरा को पास बुलाया।

"किस बात से ऐसा लगता है आपको?"

"बैठते ही तुम मेन्यू मेरी ओर सरका देती हो, हमेशा। तुम्हें यकीन है, खाने की जो भी चीजें मैं चुनूंगा, तुम्हारी पसंद की होंगी।"

उसे हंसी आ गई। मेज पर मोतिया बिछ गया।

उनकी तुनक कम नहीं हुई–"अगर यह सच नहीं है तो मेन्यू स्वयं देख लिया करो।"

हंसी रुक नहीं रही थी। उन्हें तुनकाने में उसे मजा आ रहा था–"अब ऑर्डर भी दीजिए। लिखवाइए बेयरे को।"

ऑर्डर लिखवाने के उपरांत वे मुड़े उसकी ओर–"हंसी क्यों तुम?"

"मजाक नहीं उड़ा रही मैं आपका।"

"फिर क्या उड़ा रही हो?"

"हंसी इसलिए आ गई कि मैं फिजूल आपसे उलझ रही हूं। सच यही है, मैं चाहती हूं मैं वही खाऊं, जो आप मेरे लिए चुनें। यह भी जानती हूं, आप इतना वक्त इसीलिए लगाते हैं, क्योंकि मेरी पसंद की दस-पंद्रह चीजें गडमड होने लगती हैं आपके सामने और आप सोचने लगते हैं पिछली बार जो कुछ खा चुकी हूं, इस बार उसे दोहराया न जाए। क्या मैं गलत हूं?"

उनके चेहरे पर गहरा उच्छ्वास संवला आया, "नहीं! लेकिन उसने कभी तुम्हारी तरह नहीं सोचा..."

"जरूरी नहीं था कि सभी एक तरह से सोचें?" यह अचानक मां बीच में कहां से आ गई, जो कभी नहीं आती।

वे लगभग उखड़ आए–पैरवी कर रही हो? ठीक है, मगर फिर अगले को भी किसी से यह अपेक्षा नहीं करनी चाहिए थी कि मैं उसी की भांति सोचूं...जो उसे पसंद है, वही पसंद करूं?"

उसे लगा, वह घुमड़न से उलझ नहीं सकती।

उसे अगले पल यह भी लगा, उसे उठना चाहिए और काउंटर पर जाकर अपनी शिकायत दर्ज करानी चाहिए कि ऐसे क्यों हो रहा है। हफ्ते-भर बाद वह यहां आई है और यहां लगातार 'कम सेप्टेंबर' की वही पुरानी धुन बज रही है, जिसे वह पिछले

हफ्ते सुन चुकी है। क्या उनके संकलन में कुछ और अच्छी धुनें नहीं हैं, जिन्हें बदल-बदलकर बजाया जा सके? ऑर्डर आने में देर है। धुन बदलवाना जरूरी है। वह उठकर काउंटर की ओर बढ़ चली। उसे मालूम है, उसके अचानक उठने और काउंटर की ओर बढ़ने पर वह कोई सवाल नहीं करेंगे। ऐसा नहीं है कि वे सवाल नहीं करते हैं। सवाल करते हैं—कभी-कभी। उसे उनके तीन महीने पूर्व किए गए एक सवाल का जवाब अभी देना बाकी है। सवाल आसान नहीं है। न उसका जवाब इतनी आसानी से दिया जा सकता है। सवाल उसके होने से जुड़ा है। वह है, तो उसे उस 'होने' को महत्त्व देना ही पड़ेगा। जिम्मेदार व्यक्ति न अपने प्रति गैर-जिम्मेदार हो सकता है, न दूसरों के प्रति। यही उसकी अड़चन है, जिसने उसे ठिठका रखा है।

वह जानते हैं, वह उन्हें बहुत प्यार करती है। उन्होंने बहुत चिरौरी की थी मां से—उन्हें सब कुछ छोड़कर जाना है, जाएं; जैसा चाहेंगी, लिखकर दे देंगे। कोर्ट-कचहरी की फजीहत उन्हें पसंद नहीं। हां, बच्ची के बगैर जीना उनके लिए कठिन है। दुनिया में उसके आंखें खोलने के साथ ही उन्हें गहरे एहसास हो गया था कि वह उस आंखें मिलमिलाती नन्ही जान के बिना नहीं रह सकते।

उन्होंने उसके जन्म के समय की अपनी भावनाओं को उससे आठ वर्ष की उम्र में बांटा था कि उसके जन्म के समय उसे पहली बार देखने पर उसकी दादी ने उससे कहा था—'मुन्ना, छोरी हूबहू तेरे जैसी लगे है। अंगड़ाई तोड़ तू ऐसे ही आंखें मिलमिला रहा था, जब पहली दफे सौर में मैंने तुझे दाई की गोद में देखा था।'

उसके आग्रह पर धुन बदल दी गई।

वातानुकूलित खुनक-भरे वातावरण में राजकपूर की 'श्री 420' के गीत 'प्यार हुआ इकरार हुआ है, प्यार से फिर क्यूं डरता है दिल...' की मद्धिम छूती-सहलाती-सिहराती धुन तैरने लगी।

बदली धुन ने उन्हें भी अपने साथ गुनगुनाने के लिए मजबूर कर दिया।

"तन्वी!"

"बोलो, पा!"

"पुराने गाने पुराने मूल्यों की तरह हैं, नहीं?"

"पुराने गानों में बड़ा दम है। कविता हैं।" 'मूल्य' शब्द से उसने स्वयं को बचाना चाहा।

उन्हें भी समझ में आ गया—वह माहौल को कड़ुवाहट में डुबाने से बच रही है।

बेयरा ऑर्डर ले आया।

चीज बाल्स, जिन्हें वह पकौड़े कहते हैं, बड़ी प्लेट में सजे भाप छोड़ रहे हैं। 'कसाटा' अलबत्ता दो अलग-अलग प्लेटों में है। उन्होंने एक प्लेट उसकी ओर खिसकाई और चीज पकौड़ा उठाकर दांतों से कुतरने लगे। उनके दांतों में उम्र मरोड़े लेने लगी है। पिछले महीने निचले जबड़े की दाहिनी एक दाढ़ को निकलवाया है उन्होंने।

"अजीब चलन हो गया है। किसी भी रेस्तरां में चले जाओ, अंग्रेजी की धुनें ही बजती हुई मिलेगी वहां।"

"रेस्तरां का चलन ही वहां से आया है।"

"क्यों, हमारे यहां ढाबे और मिठाइयों की दुकानें नहीं हुआ करती हैं?"

"हुआ करती हैं, मगर उन्हें कभी संगीत से नहीं जोड़ा गया।"

"हो सकता है, वहां भी अंग्रेजी धुनें बजने लगी हों।" वह हंस पड़े।

"अगली बार हम लोग किसी हलवाई की दुकान पर मिलेंगे। उड़पी-सड़पी में तो बर्तनों की खनक ही सुनाई पड़ती है।" उसने उनकी हंसी में साथ दिया।

चीज बाल्स खासे कुरकुरे और स्वादिष्ट बने हैं। 'कसाटा' में बर्फ की अकड़ है। उसने चम्मच से अकड़ को खूंदा। खूंदने से निश्चित ही उसकी अकड़ में कुछ नरमी आएगी। आइसक्रीम को पिघलाकर खाना उसे पसंद नहीं। फिर तो रबड़ी का दूध ही पीना चाहिए। उसकी देखा-देखी उन्होंने भी आइसक्रीम को खूंदकर नरम करना शुरू कर दिया। अपनी अकड़ को आदमी कभी खूंदता है?

आइसक्रीम खाते हुए वह उन्हें देख रही है। गले की चमड़ी तेजी-से ढीली हो रही है। वे अब कसरत-वसरत भी नहीं करते। पहले नियमित कसरत किया करते थे। भुजाओं की सख्त मछलियों पर उससे मुक्के मरवाया करते थे। फिर एकाध सांस छोड़ मछली को पिचकाकर, उसे बांह में भर चूमते हुए कहते थे--'तुम्हारी मार के डर से उठकर मछलियां भाग गईं।'

मां के संग वह सौतेले पिता के घर आ गई थी।

स्कूल जाने से पहले उन्होंने ही उसे घर का टेलीफोन नंबर और पता रटवाया था। बच्चों को घर का पता और फोन नंबर भली-भांति याद होना चाहिए। मुसीबत में काम आता है। तीसरी सांझ मां और सौतेले पिता के घर से बाहर जाते ही उसने फोन का नंबर डायल कर उनसे बात की थी। वह जैसे उसके फोन का इंतजार ही कर रहे थे। पिछले तीन दिनों से वे दफ्तर नहीं गए थे। बैठे पी रहे थे। उसकी आवाज सुनते ही वह प्रलाप करते हुए से बोले-"तुम्हें लेने कल मैं डोबीवली आ रहा हूं.. .तुम्हारे बिना मैं जी नहीं सकता, मेरी बच्ची!"

"आपने तो कहा था, पा! मैं आपकी बेटी नहीं हूं।"

"यह तुमसे किसने कह दिया?"

"आपको झगड़े के बीच कहते हुए सुना था।"

"वह तो मैंने...तुम्हारी मां को नीचा दिखाने की मंशा से कहा था। गुस्से में मैं अंधा हो जाता हूं।"

"तब फिर मुझे मां के साथ यहां क्यों आने दिया?"

"मां की जिद के आगे हार गया। यह भी सोचा, इतनी छोटी बच्ची मां को छोड़कर कैसे रह पाएगी...रह सकती हो? बोलो?"

"'नहीं रह सकती। मां को भी मेरे साथ वापस ले आइए।"

अब नहीं ला सकता। बाकायदा लिखा-पढ़ी हुई है। उस आदमी को अब वह नहीं छोड़ सकती। छोड़ना ही होता तो यहां से जाती ही क्यों?"

"पर पा, वह आदमी मुझे अच्छा नहीं लगता।"

"और उस आदमी को तुम?"

"मैं भी उसे अच्छी नहीं लगती।" वह सिसकने लगी थी।

"रोओ मत, मेरी बच्ची। बताओ, तुम्हारी मां इस बात से परेशान नहीं है?"

"है, पा।"

"तब..."

"मुझे अलग कमरे में सुलाने लगी है। मुझे अकेले डर लगता है, पा!"

तेज होती सुबकियों के बीच उसने उन्हें सूचित किया था—घर की घंटी बजी है। उसका अनुमान है, मां और सौतेले पिता घर लौट आए हैं। मौका मिलते ही वह उन्हें दोबारा फोन करेगी।

तेरह वर्ष कैसे कट गए! कट नहीं गए, काटे गए। मां को उसने कभी भनक नहीं लगने दी—पा और वह कब, कहां, कैसे मिलते हैं। मां उसे प्रतिक्षण चेतावनियों से लादती रही—उनका मरा मुंह देखे, अगर कभी वह अपने पा से बात भी करे। उसे अचरज होता मां के मुंह से ऐसी भाषा सुनकर। आखिर उनके भीतर घृणा के कितने कुएं हैं, जो अब तलक उलीचते-उलीचते भी खाली नहीं हुए? उन्हें कभी यह भी खयाल नहीं आया कि किसी बच्चे के लिए कितना मुश्किल होता है—जो उसका पिता नहीं है, उसे पिता कहकर पुकारना! उस घर में रहते हुए उसने सौतेले पिता से कभी कोई बात नहीं की। पढ़ाई में डूबी रहती दिन-रात। कक्षा में सदैव अव्वल आती। अव्वल आने ने ही रेलवे की नौकरी पाने में उसकी मदद की।

उन्हें छींकता हुआ पाकर वह अनायास चिंतित हो आई।

"क्या हुआ? ठंडा खाने का असर है?"

"ए.सी. कुछ बढ़ा हुआ नहीं लग रहा?"

"ठंडक जितनी थी, उतनी ही है। आइसक्रीम नुकसान कर गई। सर्दी आपको वैसे ही रहती है।"

चेहरे को लापरवाही से झटका उन्होंने, "छोड़ो, छींक के डर से मैं आइसक्रीम खाना नहीं बंद कर सकता।"

'सुड़प-सुड़प आवाज निकालते हुए वे आइसक्रीम खा जरूर रहे हैं, मगर उनकी निर्निमेष दृष्टि सामने पड़े परदों की सांधों से उलझी जाने कहां गुम हो गई है। ऐसी मुद्रा में वे जब भी होते हैं, उसे लगता है, उसके साथ होते हुए भी वे कहीं स्वयं से जा भिड़े हैं। अपनी भिड़ंत से बाहर आ अक्सर वे उसके लिए अपरिचित हो उठते हैं। तनिक हिंसक। जबकि वे हिंसक नहीं हैं। प्रकृति नहीं है उनकी हिंसक।

"तुम्हें मालूम है, तुम्हारी मां का शक गलत नहीं है उसके बारे में।"

उसने चम्मच चाटते हुए पूछा, "समझी नहीं...किसके बारे में?"

"उसके बारे में जो जूते के कारखाने से घर रोज देरी से लौटता है। है एक मराठी लड़की उसकी जिंदगी में।"

चकित हो उठी। पा को कैसे मालूम? उसने तो कभी कुछ कहा नहीं। उन्होंने कभी कुछ पूछा भी नहीं। फिर? यानी मां के बारे में सारी जानकारी है उन्हें! रास्ते अलग हो जाने के बावजूद जानकारी है तो उसे सच स्वीकार करना ही पड़ेगा। उन्हें मालूम है तो वह छिपा भी नहीं सकती। मां की सिसकियां घर की दीवारें फांद क्या उन तक दौड़ आती हैं?

"हां, इन दिनों मां खासी परेशान रहती है।" उसने स्वीकारा।

उनके स्वर में विद्रूप उतरा, "खामोशी से सह लेना चाहिए...जैसे मैं सह लिया करता था...जानते हुए कि वह चमड़ेवाले के साथ घूमती है...

"अब पता चल रहा होगा उसे, अकेला कर दिया जाना कितना खतरनाक होता है।" उन्होंने आगे टिप्पणी की। जैसे उनके सामने वह नहीं, मां बैठी हुई हो और उन्होंने अपने पंजों में बघनख पहन लिए हों।

वह भेद नहीं पा रही है उनके चेहरे को। मां की पीड़ा उनके नासूरों पर फाहा साबित हो रही है।

"उम्र में भी चमड़ेवाला उससे छह साल छोटा है।"

अब नहीं सहा जा रहा है। यह हिंसक व्यक्ति उसके 'पा' नहीं हैं। हों भी तो उसे स्वीकार नहीं। वहीं ठहरे हुए हैं, पुश्तैनी दुश्मन की तरह।

लपककर उसने बिल उठा लिया। उनकी छीना-झपटी के बावजूद पहली बार बिल उसने चुकाया। कमाने के बावजूद उनका बिल चुकाना उसे अभिभावक का संरक्षण लगता रहा है, जबकि घर में वह मां से अपने खर्च के लिए एक पैसा नहीं लेती, बल्कि हजार रुपया महीना उन्हें पकड़ा देती है। आठवीं कक्षा में आते ही उसने हिंदी पढ़ाने के दो ट्यूशन पकड़ लिए थे।

उसका बिल चुकाना उन्हें खिन्न कर गया।

स्वचालित दरवाजा खोलकर दोनों फुटपाथ पर आ गए।

"तुम घर रहने कब आ रही हो?" उनका सवाल उसकी चुप्पी को खरोंचने लगा। बाहर उमस बढ़ गई है। उमस ने उसे अनमना कर दिया था। उमस उससे झेली नहीं जाती। सबसे बुरे लगते हैं उसे उमस भरे दिन। लेकिन यह भी सच है कि पा के साथ वह जब भी होती है, उमस उसके पास फटकने से कतराती है। जाने आज क्यों उल्टा हो रहा है। लग रहा है, उमस उनके साथ के बावजूद बढ़ रही है, और निरंतर बढ़ती ही जा रही है—यहां तक कि सांसों में घुलती उसकी खारी आर्द्रता, सांसों को सीने तक पहुंचने नहीं दे रही है।

उसे मालूम है, साथ चलते हुए वह उसकी चुप्पी बरदाश्त नहीं कर पाते। किसी भी क्षण वे इस हिमाकत के लिए उसे टोक सकते हैं। उन्हें कुछ क्षण पहले किए गए अपने सवाल का जवाब भी चाहिए। सवाल नया नहीं है। तीन-चार महीने पुराना है। उन्होंने कहा था–जल्दी तय कर लो कि कब तुम चमड़ेवाले के घर से अपना झोला-डंडा उठाओगी। अपनी वसीयत भी उन्होंने तैयार करवा ली है। दो कमरों वाले उनके सुंदर फ्लैट की एकमात्र मालकिन वह है...उनकी बच्ची–तन्वी गुप्ता। उनकी अंतिम इच्छा है, वह अपने घर लौट आए। बालिग हो चुकी है अब वह।

वह सोचती है–वह क्या है आखिर! अपने लिए, उनके लिए, मां के लिए?

मां ने कहा था–'किसी भी हालत में मैं तन्वी को तुम्हारे पास नहीं छोड़ने वाली। जानती हूं–तुम तन्वी के लिए तरसोगे, तड़पोगे, रोओगे, दीवारों से माथा-सिर कूटोगे. ..कूटते रहो...जीवन-पर्यंत कूटते रहो...'

एक सांझ उन्होंने उससे कहा था–'जिस दिन तुम अपने घर लौट आओगी, उसके पास उसके आंसू पोंछने वाला कोई नहीं बचेगा।'

"बोलो तन्वी, कब घर आ रही हो तुम?" उनका स्वर अधीर हो आया।

"किसके?" उसकी कनपटियों पर उमस पिघल रही है।

वे शायद मुस्कराएं उसके सवाल पर–"अपने और किसके।"

"वह तो आपका घर है, पा।" '

वह चिढ़-से गए, "जहां रह रही हो, वह किसका घर है?"

"मां का।" कोई हिचक नहीं थी उसके स्वर में।

"पगली, वही तो मैं कह रहा हूं, तुम अपने घर लौट आओ।"

निर्णय ले लिया है, अपने घर ही लौटना चाहती हूं, पा।"

"तब दिक्कत क्या है?"

"दिक्कत है...घर ढूंढ़ना है।"

"क्या मतलब?" उनका स्वर गुर्राया।

"मतलब, अब मैं बालिग हो चुकी हूं, पा! और अपने घर में रहना चाहती हूं। आपके पास ही वनरूम-किचन किराये पर लेकर।

उन्हें माटुंगा उतरना है और उसे डोबीवली। शार्टकट आजाद मैदान ही है बोरीबंदर यानी शिवाजी टर्मिनल पहुंचने के लिए। उसने उनकी बाईं कोहनी धर ली और उन्हें सड़क क्रास करवाने लगी। उसे अचरज हुआ–उसकी पकड़ से उन्होंने अपनी कोहनी नहीं छुड़ाई। हठी बच्चे की भांति घिसटते हुए ही सही, उसका अनुसरण करते हुए रोड क्रास करने लगे...

(2007)

●●●

12

जंगल

रीडर अणिमा जोशी के मोबाइल पर फोन था मांडवी दीदी की बहू तविषा का। आवाज उसकी घबराई हुई-सी थी। कह रही थी, "आंटी, बहुत जरूरी काम है। अम्मा से बात करवा दें।" अणिमा दीदी ने असमर्थता जताई–मांडवी दीदी कक्षा ले रही हैं। काम बता दें। उनके कक्षा से बाहर आते ही वह संदेश उन्हें दे देंगी। बल्कि अपने सामने ही मांडवी दीदी से उसकी बात करवा देंगी। वैसे हुआ क्या है? तविंषा, इतनी घबराई हुई-सी क्यों है? घर में सब कुशल-मंगल तो है?

परेशानी का कारण बताने की बजाय तविषा ने उनसे पुन: आग्रह किया, "आंटी अम्मा से बात हो जाए तो..."

अणिमा जोशी को स्वयं उसे टालनां बुरा लगा।

"उचित नहीं लगेगा, तविषा। अनुशासन भंग होगा। कक्षा का समय विद्यार्थियों के पढ़ने का समय है। मुझे बताओ, तविषा! मुझे बताने में झिझक कैसी!"

"नहीं आंटी, ऐसी बात नहीं है।" तविषा का स्वर भर्रा-सा आया।

तविषा ने बताया, "घर में जो जुड़वां खरगोश के बच्चे पाल रखे हैं उन्होंने, सोनू-मोनू, उनमें से सोनू नहीं रहा।"

साढ़े दस के करीब कामवाली कमला घर में झाड़ू-पोंछा करने आई तो बैठक बुहारते हुए उसकी नजर काठियावाड़ी सोफे के नीचे सो रहे सोनू पर पड़ी। जगाने के लिए उसने सोनू को हिलाया, ताकि सोफे के नीचे वह ठीक से सफाई कर सके। उसके जगाने की सोनू पर कोई प्रतिक्रिया नहीं हुई। वह बुदबुदाई–कैसे घोड़े बेचकर सो रहा है शैतान! अबकी उसने उसे लगभग झकझोरा, बल्कि उसकी टांग पकड़कर उसे सोफे के नीचे से बाहर घसीट लिया। सोनू-मोनू की चौकड़ियां, छुप्पा-छुप्पौवल साफ-सफाई के काम में कम नहीं खिझातीं उसे। घर में कौन पियूष कम बिखराहट करता था, जो इनकी कमी थी! मगर सोनू की देह में कोई हरकत नहीं हुई। उसे लगा था, बाहर खींचते ही वह उसकी पकड़ से छूट एकदम से दौड़ लेगा। कमला ने चीखकर तविषा को पुकारा, "छोटी बीजीऽऽऽ!"

तविषा अचेत सोनू को देख घबड़ा गई। उसने सोनू की पीठ-पेट को सहलाया-पुचकारा। उसे कान खींचकर छेड़ा। कान खींचना सोनू को बड़ा नागवार गुजरता था। अपनी रिस जाहिर करते हुए वह बड़ी देर तक उनसे दूर-दूर बना रहता था। पुचकारने पर भी गोदी में न आता था। मगर इस बार न सोनू ने अपनी रिस प्रकट की, न उससे दूर भागा। गोदी में उठाया तो उसकी रेशमी-सी देह हाथों में टूटी कोंपल-सी झूल गई।

उसकी समझ में नहीं आ रहा था, वह क्या करे? आस-पास जानवरों का कोई डॉक्टर है नहीं। बी. ब्लॉक की श्रेया ने अपने यहां कुत्ता पाल रखा है। इंटरकॉम से उसने श्रेया से बात करनी चाही। संयोग से श्रेया घर पर नहीं है। नौकर को जानवरों के डॉक्टर के विषय में कोई जानकारी नहीं। वह नया ही उनके घर पर लगा है। अपनी समझ से उसने बच्चों के डॉक्टर को घर बुलाकर सोनू को दिखाया। डॉक्टर ने देखते ही कह दिया, "प्राण नहीं अब सोनू में। हो सकता है, इसे किसी जहरीले कीड़े ने काट लिया हो। बिल्ली तो नहीं आती घर में? नीचे गार्डन में घुमाने तो नहीं ले गए?"

"आंटी, आप अम्मा को जल्दी से जल्दी घर भेज दें। घंटे-भर में प्ले स्कूल से पियूष घर आ जाएगा। बहुत प्यार करता है वह सोनू-मोनू को। उसे समझाना-संभालना मुश्किल हो जाएगा। मोनू भी भौंचक-सा सोनू की निस्पंद पड़ी देह के इर्द-गिर्द मंडरा रहा है।"

मांडवी दी घर पहुंची तो बैठक में काली बदली ठिठकी-सी तनी हुई थी।

सोफों के बीच के खाली पड़े फर्श पर सोनू निचेष्ट पड़ा हुआ था। झुकीं तो पाया, आंख ठहरी हुई थी उसकी, मानो नींद में आंखें खुली रह गई हों। पियूष उसी के निकट गुमसुम बैठा हुआ था। मोनू सोनू की परिक्रमा-सा करता कभी दाएं ठिठक उसे गौर से ताकने लगता, कभी बाएं से। कभी मुंह उठाकर पियूष की ओर देखता। उससे पूछने की मुद्रा में–भैया से सोनू उठकर हमारे साथ खेलता क्यों नहीं? पियूष की स्तब्धता तोड़ना उन्हें जरूरी लगा। नन्हीं-सी जिंदगी में वह मौत से पहली बार मिल रहा है। मौत उसकी समझ में नहीं आ रही है। ऐसा कभी हुआ नहीं कि उन्होंने घर की घंटी बजाई हो और तीनों लपककर दरवाजा खोलने न दौड़े हों। खोल तो पियूष ही पाता था, मगर मुंह दरवाजे की ओर उठाए वे दोनों भी पियूष के नन्हे हाथों में अपने अगले पंजे लगा देते हों जैसे।

पियूष का सिर उन्होंने अपनी छाती से लगा लिया। पियूष रोने लगा है–"दादी, दादी! ये सोनू को क्या हो गया? दादी, सोनू बीमार है तो डॉक्टर को बुलाकर दिखाओ न...दादी! अम्मी गंदी हैं न! बोलती हैं–सोनू मर गया..."

वह अपनी उमड़ी चली आ रही आंखों को भीतर-ही-भीतर घुटकते हुए, रुंधे स्वर को साधती हुई उसे समझाने लगती हैं, "रोते नहीं, पियूष। सोनू को दुःख होगा। सोनू तुम्हें हमेशा हंसते देखना चाहता था न! इसीलिए तो तुम्हारे साथ खूब

धमाचौकड़ी मचाता था। उसके पीछे तुम नीचे जाकर अपने हमजोलियों के संग खेलना भी भूल जाते थे।"

मोनू उनकी गोदी में मुंह सटाए उनके चेहरे को देख रहा है, बिटर-बिटर दृष्टि, आंसुओं से भरी हुई। जानवर भी रोते हैं! पहली बार उन्होंने किसी जानवर को रोते हुए देखा है। बचपन में गांव की काली चित्तेवाली गाय याद है। गाय की आंखों की कीच-भर याद है। अम्मा बताती थीं–"बछड़ा जब नहीं रहा था चितकबरी का, अजीब तरीके से रंभा-रंभाकर रोती थी। कलेजा मुंह को आ जाता था।"

मोनू को हथेली में हल्के हाथों से दबोचकर उन्होंने उसे सीने से सटा लिया। हिचकियां भर रहा था मोनू? नहीं, ये उनकी अपनी हैं। उनमें शायद पियूष की भी शामिल हैं। मोनू के आंसू उन तक अपने उमड़ने की खबर नहीं पहुंचाना चाहते! आदमी की जात यहीं अलग है।

काली बदली उनके चेहरों पर उतर आई है।

अणिमा जोशी के मोबाइल से उन्होंने बेटे शैलेश को दफ्तर खबर कर देना उचित समझा था। न जाने परेशान तविषा ने शैलेश को फोन किया हो, न किया हो।

शैलेश ने कहा था, "ऐसा करें, अम्मा, घर पहुंच ही रही हैं आप। नीचे सोसाइटी में चौकीदार को कह दें। ढाई-तीन से पहले जमादारों का काम निपटता नहीं। एक को ऊपर भेज दे और सोनू को उठवाकर समाचार अपार्टमेंट्स से लगे नाले में फिंकवा दें। कुत्ते-बिल्ली सफाचट कर जाएंगे। गरमी में ज्यादा देर घर में रखने से बदबू आने लगेगी। पियूष वैसे भी बड़ी जल्दी बीमार पड़ जाता है। सावधानी बरतना जरूरी है, अम्मा।

"और अम्मा, बेहतर है, यह काम पियूष के प्ले स्कूल से लौटने से पहले ही हो जाए। उसके कोमल मस्तिष्क पर बुरा असर पड़ेगा। बहुत सवाल करता है पियूष। जवाब देते नहीं बन पड़ेगा।"

उन्होंने शैलेश से स्पष्ट कह दिया था–छुट्टी लेकर वह फौरन घर पहुंचे। उनके घर पहुंचने तक पियूष घर पहुंच चुका होगा। अपनी घड़ी पर निगाह डाल ले वह। नाले में वह सोनू को हरगिज नहीं फिंकवा सकतीं। पियूष सोनू को बहुत प्यार करता है। स्थिति से भागने की बजाय उसका सामना करना ही बेहतर है। सोनू को घर में न पाकर उसके अबोध मन के जिन सवालों से पूरे घर को टकराना होगा–उसे संभालना कठिन होगा। जमादार को घर पहुंचते ही वे खबर कर देंगी। उनकी इच्छा है, घर के बच्चे की तरह सोनू का अंतिम संस्कार किया जाए। आस-पास ही कहीं जमादार से मिट्टी खुदवाकर उसे जमीन में गाड़ दिया जाए।

बेटे शैलेश को उनकी बात सुसंगत लगी हो या न लगी हो, पर उसे मालूम है कि अम्मा से बहस एक सीमा तक ही खिंच सकती है। तब तो और नहीं, जब वे किसी बात को लेकर निर्णय ले चुकी होती हैं।

"पहुंचता हूं।" शैलेश ने कहा था।

उन्होंने पियूष को समझा दिया था—"तुम्हारे सोनू को जमीन में गाड़ने ले जा रहे हैं, तुम्हारे पापा। नन्हे बच्चों की मौत होती है तो उन्हें जमीन में गाड़ दिया जाता है, ताकि बच्चा कहीं और जन्म ले सके...न, न, जमीन से बच्चा पेड़ की भांति नहीं उगता पगले! वहां से वह किसी मां के पेट में पहुंच जाता है। नौ महीने उस मां के पेट में रहता है और फिर दूसरे बच्चे के रूप में जन्म ले लेता है। तुम मोनू के पास ही रहो। तुम्हें मोनू को संभालना है। पापा के साथ जाने की जिद न करो।"

"मेरा जन्म भी ऐसे ही हुआ?"

"शायद!"

"दादी, पर सोनू मर क्यों गया?"

सवाल के जवाब देने ही होंगे—"उसके दिल में गहरा दुःख था, पियूष!"

"दादी, उसके दिल में दुःख क्यों था?"

"उसे अपने मां-बाप से अलग जो कर दिया गया।"

"किसने किया, दादी?"

"उस दुकानदार ने, जिससे हम उसे खरीदकर लाए थे। दुकानदार पशु-पक्षियों को बेचता है न! उसने कुछ लोगों से कह रखा है, वे जंगल में घात लगाकर घूमें। मौका मिलते ही नन्हे पशु-पक्षियों को अपने जाल में फंसा लें। उन्हें शहर लाकर उसे बेच दें। तुम्हीं बताओ, मां-बाप से दूर होकर बच्चे दुःखी होते हैं कि नहीं?"

"होते हैं, दादी। मम्मी, चार दिन के लिए मुझे छोड़कर नानू के पास मुंबई गई थीं तो मुझे भी बहुत दुःख हुआ था।"

"दादी, दादी! दुःख से मर जाते हैं?"

तर्क बगलें झांक रहे हैं—

"कभी-कभी पियूष!"

"सोनू भी मर सकता है?"

"मर सकता है।"

...कैसे हठ पकड़ लिया था पियूष ने। घर में वह भी खरगोश पालेगा, तोते का पिंजरा लाएगा।

तविषा और शैलेश के संग महरौली शैलेश के मित्र के बच्चे के जन्मदिन पर गया था पियूष! उन लोगों ने बंगले के पिछले हिस्से में पशु-पक्षियों का छोटा-सा सुंदर बगीचा बना रखा था। मंझोले नीम के पेड़ की डाल पर तोते का पिंजरा लटका रखा था। जालीदार बड़े से बांकड़े में उन्होंने खरगोश पाल रखे थे। एक अन्य जालीदार बांकड़े में किस्म-किस्म की रंग-बिरंगी फुदकती चिड़ियां और नन्हें से पोखर में कछुए। पियूष को खरगोश और तोता इतने भाए कि घर आकर उसने जिद पकड़ ली—उसे भी घर में खरगोश और तोता चाहिए। तविषा और शैलेश ने बहुत समझाया—फ्लैट में पशु-पक्षी पालना कठिन है। कहां रखेंगे उन्हें?"

"बालकनी में।" पियूष ने जगह ढूंढ़ ली।

तविषा ने उसकी बात काट उसे बहलाना चाहा–"पूरे दिन खरगोश बांकड़े में नहीं बंद रह सकते। उन्हें कुछ समय के लिए खुला छोड़ना होगा। छोटे-से घर में वे भागा-दौड़ी करेंगे। सुसु-छिछि करेंगे। उनकी टट्टी-पेशाब कौन साफ करेगा?"

"दादी करेंगी।"

"दादी पढ़ाने कॉलेज जाएंगी तो उनके पीछे कौन करेगा?"

"स्कूल से आकर मैं कर लूंगा।"

सारा घर हंस पड़ा।

सब लोग तब और चकित रह गए, जब पियूष ने दादी को पटाने की कोशिश की कि दादी उसके जन्मदिन पर कोई-न-कोई उपहार देतीं ही हैं। क्यों न इस बार वे उसे खरगोश और तोता लाकर दे दें। दादी हंसीं। जन्मदिन तो पियू का आकर चला गया। अब जब आएगा, तब देखा जाएगा। लेकिन पियूष पर किसी के तर्क का कोई असर नहीं हुआ। उसका हठ न टला तो न टला। निरुत्तर दादी उसे लेकर लाजपत नगर चिड़ियों की दुकान पर गईं। तोता और खरगोश में से उन्होंने पियू को कोई एक चीज चुनने के लिए कहा। पियू ने खरगोश का जोड़ा पसंद किया। तत्काल उनका नामकरण भी कर दिया–सोनू-मोनू! सोनू-मोनू के साथ उनका घर भी खरीदा गया–जालीदार बड़ा-सा बांकड़ा। उस सांझ सोसाइटी के उसके सारे हमजोली बड़ी देर तक बालकनी में डटे खरगोशों को देखते-सराहते रहे और पियू के भाग्य से ईर्ष्या करते रहे।

दूसरे रोज भी मोनू सामान्य नहीं हो पाया। पियू को भी दादी ने प्ले स्कूल भेजना मुनासिब न समझा। पियू घर में रहेगा तो दोनों एक-दूसरे को देख ढाढ़स महसूस करेंगे। उन्होंने स्वयं भी कॉलेज जाना स्थगित कर दिया। सुबह मोनू ने दूध के कटोरे को छुआ तक नहीं। बगल में रखे सोनू के खाली दूध के कटोरे को रह-रहकर सूंघता रहा। बांकड़े का दरवाजा खोलते ही वह बैठक में ठीक उसी स्थान पर आकर फर्श सूंघता हुआ मंडराने लगा, जिस स्थान पर उसने सोनू को निस्पंद पड़ा हुआ देखा था। उन्हें मोनू की चिंता होने लगी। पियू ने तो फिर भी दादी के मनाने पर कुछ खा-पी लिया।

तविषा अपराध-बोध से भरी हुई थी। मांडवी दी से उसने अपना संशय बांटा। चावल की टंकी में घुन हो रहे थे। उस सुबह उसने घुन मारने के लिए डाबर की पारे की गोलियों की शीशी खोली थी चावलों में डालने के लिए। शीशी का ढक्कन मरोड़कर जैसे ही उसने ढक्कन खोलना चाहा, कुछ गोलियां छिटककर दूर जा गिरीं। गोलियां बटोर उसने टंकी में डाल दी थीं। फिर भी उसे शक है कि एकाध गोली ओने-कोने में छूट गई होगी और...

"दादी..."

"हां, पियू।"

"दादी...मोनू मेरे साथ खेलता क्यों नहीं?"

"बेटा, सोनू जो उससे बिछुड़ गया है। वह दु:खी है। दोनों को एक-दूसरे के साथ रहने की आदत पड़ गई थी न!"

"मुझे भी तो सोनू के जाने का दु:ख है...दादी, क्या हम दोनों भी मर जाएंगे?"

मांडवी दी ने तड़पकर पियू के मुंह पर हाथ रख दिया। डांटा–"ऐसे अपशकुनी बोल क्यों बोल रहा है?"

पियू ने प्रतिवाद किया, "आपने ही तो कहा था, दादी, सोनू दु:ख से मर गया।"

"कहा था। उसे अपने मां-बाप से बिछुड़ने का दु:ख था। जंगल उसका घर है। जंगल में उसके मां-बाप हैं। तुम तो अपने मां-बाप के पास हो।"

"दादी, हम मोनू को उसके मां-बाप से अलग रखेंगे तो वह भी मर जाएगा दु:ख से?"

मांडवी दी निरुत्तर हो आईं।

"दादी, हम मोनू को जंगल में ले जाकर छोड़ दें तो वह अपने मम्मी-पापा के पास पहुंच जाएगा। फिर तो वह मरेगा नहीं न?"

"नहीं मरेगा...पर तू मोनू के बिना रह लेगा न?" मांडवी दी का कंठ भर आया।

"रह लूंगा।"

"ठीक है। शैलेश से कहूंगी कि वह रात को गाड़ी निकाले और हमें जंगल ले चले। रात में ही खरगोश दिखाई पड़ते हैं। शायद मोनू के मां-बाप भी हमें दिखाई पड़ जाएंगे।"

"दादी..."

"बोल, पियू!"

"दादी, मैंने आपसे कहा था न, मुझे तोता भी चाहिए?"

"कहा था।"

"अब मुझे तोता नहीं चाहिए, दादी।"

मांडवी दी ने पियू को सीने से भींच लिया और दनादन उसका मुंह चूमने लगीं।

(2003)

•••

13

तकिया

घर में मारग्रेट का एकाध छूट गया सामान या अनावश्यक मानकर छोड़ दिया गया सामान—उसे यानी शिप्रा मिश्रा को चर्च को लौटाना जरूरी लगा। चौबीस दिन की शेष तनख्वाह पहुंचाना भी।

अक्टूबर की चटख धूप में चिलचिलाहट है। बस से उतरकर सड़क पर आते ही उसने महसूस किया। घर की ओर बढ़ते हुए उमस से चिपचिपा रही टांगों के बीच साड़ी की फसफसाती प्लीट्स उलझाव पैदा कर रही हैं। चाल भी उसकी कुछ अधिक तेज हो रही थी—उसकी स्वाभाविक गति का उल्लंघन करती-सी। कई बार लगा कि इतनी जल्दी न करे। अटपटा के कहीं गिर-गिरा न जाए। गनीमत समझो कि अब तक गिरी नहीं। दरअसल घर पहुंचने की जल्दी है उसे। विनोद से तय हुआ है, जब तक वह चर्च से न लौट आए, वह मोनू के पास बना रहे। दफ्तर में देरी से पहुंचने की सूचना विनोद ने अपने सहकर्मी चितरंजन को मोबाइल पर दे दी है। बॉस का मोबाइल नंबर भी उसके पास है, लेकिन मोनू की अस्वस्थता से उचाट उसका मन बॉस से किसी प्रकार की जिरहबाजी के लिए तैयार नहीं था। हफ्ते-भर की छुट्टी विनोद ने बॉस से मांगी थी, साग-सब्जी लाने के बहाने घर से अचानक लापता होने वाली बच्ची की आया मारग्रेट के विषय में बताकर। पति-पत्नी दोनों ही नौकरी करते हैं। नई आया का तत्काल जुगाड़ करना उनके लिए बेहद जरूरी है। बॉस कटाक्ष से मुस्कराए थे। नई आया का जुगाड़ उसकी पत्नी नहीं कर सकती? या अपनी पसंद की आया रखना उसके लिए जरूरी है।

मुश्किल तो स्वयं उसे भी हुई अपने दफ्तरवालों को समझाने में। समझ में उनके फिर भी नहीं आया। उसने स्पष्ट कह दिया छुट्टी उसकी बकाया हों, न हों, छुट्टी वह लेगी ही। नौ महीने के अपने दुधमुंहे बच्चे को वह घर की दीवारों के भरोसे तो छोड़कर आ नहीं सकती। तनख्वाह उन्हें काटना हो, बेशक काट लें। मामूली गाज नहीं गिरी है उन पर। जमी-जमाई व्यवस्था अचानक चरमरा गई है। कभी सपने में भी नहीं सोचा था उसने—अपनी सोसाइटी के जगताप हरी की मारुति वैन चलाने वाले नेपाली

ड्राइवर के साथ मारग्रेट भाग जाएगी। रात उसने घबराकर चर्च को मात्र इत्तिला-भर दी थी कि पांच घंटे हो गए हैं, मारग्रेट घर नहीं लौटी है। विनोद उसे आस-पास ढूंढ़ने गए हैं। कहीं वह चर्च तो नहीं पहुंची? उनके मना करने पर उसने पुलिस में रिपोर्ट लिखाने के बारे में उनसे सलाह मांगी। मदर अन्ना ने उसे पुलिस कार्रवाई से रोक दिया। घुमा-फिराकर वे बार-बार उससे यही पूछती रहीं कि उन लोगों ने मारग्रेट के साथ कोई बुरा सलूक तो नहीं किया।

धूप का चश्मा पर्स में है, निकालकर पहन क्यों नहीं लेती!

जचगी के समय गांव से विनोद की अम्मा आ गई थीं मदद को। चालीस दिन संभाल-सहेज दिया उन्होंने। सुबह-सांझ मोनू की तेल मालिश से लेकर लंगोटी धोने-फैलाने तक। मोनू की मालिश करते हुए सहसा अम्मा का ध्यान गया—मोनू की नुन्नू ठीक से नहीं खुलती। पोलियो सिरप पिलाने वह मोनू को होली फैमिली अस्पताल ले गई तो उसने डॉक्टर से अपनी चिंता बांटी। जांच कर डॉक्टर ने सलाह दी—नुन्नू का ऑपरेशन करना होगा, तत्काल। बच्चा अभी छोटा है। आगे अधिक हिलेगा-डुलेगा तो परेशानी होगी। घर लौट अम्मा को बताया तो वह एकदम से भड़क गईं। तुम लोगों को बता क्या दिया कि तुमने तिल को ताड़ बना दिया। मालिश के समय नुन्नू में तेल टपका मैं रोज फूंक दे रही हूं। पंद्रह-बीस रोज में फर्क नजर आने लगेगा। डॉक्टरों का क्या है। जेबकतरों से भी गए-बीते हो रहे हैं आजकल। फोन कर कह दो उन्हें, ऑपरेशन के लिए मेरी सास मना कर रही है। बीस रोज बाद डॉक्टर ने नुन्नू में आए फर्क को देखा तो एकबारगी चकित हो उठे।

दोनों का बहुत मन था, अम्मा उनके पास रुक जाएं। अम्मा न मानीं। खटिया लगी उनकी सास को सेवा की जरूरत है। 'दुलहिन नौकरी छोड़ क्यों नहीं देती? अपनी पढ़ाई-लिखाई का उपयोग बाद में भी तो कर सकती हो।'—अम्मा ने ठेना मारा था। उन्हें जवाब नहीं दे पाई। सात हजार घर का किराया देना होता है। घर केवल उनके बेटे की कमाई से नहीं चल सकता। शहर में रहना है तो इन्हीं स्थितियों में बच्चा पैदा करना होगा और उसे पालना-पोसना भी—नौकरों या क्रेच के भरोसे। दादी के पुचकारते ही फिक्क से हंस पड़ने वाला पोता भी अपनी दादी को शहर से नहीं बांध पाया। साल-डेढ़ साल ही दादी साथ रह जाएं तो बहुत कुछ संभल सकता है। यह भी नहीं कि घर पर रहकर आय का कोई अन्य विकल्प उसने सोचा नहीं। पेट से होते ही पूछताछ भी की। कानूनन हाथ बंधे पाए। किराये के मकान में रहकर न आप घर में क्रेच खोल सकते हैं, न ट्यूशन की कक्षाएं चला सकते हैं। सोसाइटी आपत्ति उठा सकती है। अपना घर फिलहाल सपना है। डरावना सपना! कर्ज लेकर मकान बनवाने की योजना के तहत मोनू का जनमना तीन वर्षों से स्थगित होता रहा था। एक रोज अड़ गई वह। ऐसे नहीं जी सकती। मकान का डौल नहीं बैठ रहा तो वह मां बनने से क्यों वंचित रहे?

सलाह हुई। अम्मा के गांव लौटने से पहले आया का प्रबंध हो जाना चाहिए। अपने रहते अम्मा उसे सब बता-समझा देंगी। उनकी सीख से वह मंज-संवर जाएगी।

गेट के चौकीदारों से लेकर अड़ोस-पड़ोस ने उनके आग्रह पर खासी मुस्तैदी दिखाई। बूढ़ी-जवान समेत छह-सात बाइयों को अम्मा ने देखा-परखा। न उन्हें कोई जंची, न उसे और विनोद को जमी। दफ्तर में उससे वरिष्ठ शालिनी मजूमदार ने फोन पर सुझाया, तनख्वाह दोगुनी अवश्य होगी, मगर फलां चर्च के अनाथाश्रम से उसे इतने छोटे बच्चे को संभालने के लिए अच्छी और विश्वसनीय आया मिल सकती है। चर्च के साथ अनुबंध होगा। शर्तों का सख्ती से पालन करना होगा। चार छुट्टियां देनी होंगी। ज्यों-ज्यों अम्मा के गांव जाने की तारीख में से एक-एक दिन घटता, उसकी सांस डूबने लगती। उसकी जचकी की छुट्टियां भी खत्म होने को थीं। जाने की तारीख अम्मा किसी हाल में आगे बढ़ाने को राजी नहीं थीं।

उसकी ऊभ-चूभ होती मन:स्थिति को संबल दिया चर्च ने। अम्मा को गाड़ी में बैठाने से तीन रोज पहले जीसस ने उसकी प्रार्थना सुन ली और मारग्रेट चर्च से घर आ गई। आते ही उसने अम्मा द्वारा गांव से मांग-जांचकर लाए बच्चों के पुराने कपड़ों में सजे, सिर पर झालरों वाला उन्हीं के हाथ का सिला कनटोप पहने, गुलाबी रुई के लोंदे से मऊ-मऊ मोनू को रीझकर गोद में उठा लिया और लगी तड़ातड़ चूमने–'ओऽ माय गोलू-मोलू बाबा...सो स्वीट...'

अम्मा गद्गद हो आश्वस्त हुईं। गदराई मारग्रेट के सांवले गाल पर छप गई काजल की दीठ को उन्होंने आंचल बढ़ाकर पोंछा–'मोनुआ के माथे पर बिना नागा काजल की दीठ लगाना न भूलना, छोरी! अरेरेरेऽ बच्चे को ऐसे पकड़ते हैं, सिर के नीचे बांहें दे।' अम्मा का प्रशिक्षण शुरू। उसकी धुकपुकी ने राहत पाई।

मारग्रेट के उछाह से यही लगा–ससुराल से बेटी जैसे अपने नैहर लौटी हो। सालोंसाल बाद। अचरज तब कम नहीं हुआ, जब निर्धारित छुट्टी पर भी उसने चर्च जाना आवश्यक नहीं समझा।

दूध उसे होता नहीं था। मोनू को ऊपर का पिलाना पड़ता था। हरीरा पिला और सोंठेइला के लड्डू खिला अम्मा उसकी छातियों में दूध उतरने की राह देखती रहीं, पर दूध न उतरा। अम्मा का चेहरा उतर गया। जब तक अम्मा रहीं, अपने पोते को अपने पास सुलाती रहीं। अम्मा के सामने मारग्रेट भी मोनू को एक रात अपने पास सुलाने को ललकी। उसे लगा, अम्मा मारग्रेट का अनुनय कभी स्वीकार नहीं करेंगी। मगर अम्मा ने उसे और विनोद को विस्मय में ढकेलते हुए मारग्रेट को अनुमति दे दी। अम्मा के जाने के अगले रोज मारग्रेट ने उसकी गोद में सो गए मोनू को ले जाकर अपने तख्त पर सुला दिया। विनोद उससे घंटे भर तक-वितर्क करते रहे। अम्मा अपने पास मोनू को सुलाती थीं या नहीं? किसलिए? ताकि उनके रहते वह कुछ दिनों और आराम कर ले। चालीस दिन का आराम कोई आराम नहीं हुआ। सुस्ताना-भर हुआ। मालिश वाली उसने ऊपर से छुड़ा दी है। कमरदर्द का रोना वह रोती ही रहती है।

रात-भर उठ-उठकर मोनू को देखना होगा तो वह अपने दफ्तर में लगे, प्रतीक्षा कर रहे फाइलों के अंबार से कैसे निपटेगी? तुम्हारे काम की जिम्मेदारी उठा रहे मि. अखिलेश वर्मा ने तुम्हारे हिस्से का कोई काम निपटाया होगा—तुम्हें विश्वास है?

"जो भी हो, अम्मा की बात और थी। दादी के पास सोता था मोनू अपनी।"

विनोद ने झुंझलाहट दबाई—"रात मारग्रेट मोनू का ठीक से खयाल न रखती तो क्या हम चैन की नींद सो पाते? क्या हमें सोने देते हमारे नन्हे बरखुरदार।"

दोनों हाथों की उंगलियां एक-दूसरे में उलझाए वह द्वंद्व से उबरने-छिटकने की कोई चौखट तलाश रही थी।

"जानता हूं, रात कई बार तुम उठकर मोनू को देखने गई थीं।"

"दो हजार रुपये तनख्वाह, ऊपर से रहना-खाना, दवादारू, मामूली रकम नहीं दे रहीं तुम मारग्रेट को। अरे, उसका कुछ तो फायदा उठाओ? नहीं उठाना चाहती तो दिन-भर के लिए कोई नई आया ढूंढ़ लें। शाम को घर में दाखिल होते ही उसकी छुट्टी हो जाएगी। सात-आठ सौ में काम निपट जाएगा। पैसे पेड़ पर नहीं उगते, मैडम!"

उसके भीगे उच्छ्वास ने विनोद को सतर्क किया—"गांव में सम्मिलित परिवारों में कौन से बच्चे मां की गोद में पलते हैं? सौर से निकलते ही अम्मा चूल्हे-चौके में लग गई थीं। जानती हो, मुझे किसने पाला? तायाजी ने। बड़े दिनों तक मैं अम्मा को बघेलीवाली दुलहिन कहकर ही पुकारता रहा।"

सब कुछ सुव्यवस्थित चलने लगा।

कान उसके फिर भी नहीं सोते थे। मोनू की हल्की-सी चीं-चां सुनाई पड़ते ही वह चादर फेंक, झपटती हुई मारग्रेट के कमरे में जा पहुंचती। जीरो पॉवर की रोशनी में वह देखती। मोनू के मुंह में दूध की बोतल दिए मारग्रेट उसकी ओर करवट भरे उसकी पीठ थपका रही है।

नियम बना लिया था उसने—सुबह दफ्तर के लिए निकलने से पहले मोनू की मालिश कर, उसे नहला-धुलाकर काजल टीका करके ही निकलती। रात मालिश करके ही सुलाती। नुन्नू में तेल टपकाना न भूलती, न सुलाते हुए लोरी गाना—'नन्ही परी सोने चली, हवा धीरे आना...'

विनोद चुटकी लेते, "दूसरी लोरी खोजो या परी पैदा करो, शिप्रा।"

मारग्रेट के जाने की रात से ही अचानक मोनू की तबीयत बिगड़ गई। रात आंखों में ही कटी, मोनू को गोद में उठाए। सुबह डॉक्टर के पास दौड़ी। बताया उन्हें, गोदी में चिपका रहता है लेकिन बिस्तर पर लिटाते ही चीखें मारकर रोने लगता है। जैसे दर्द घुमड़-घुमड़कर नन्ही जान को चैन न लेने दे रहा हो। मोनू की तकलीफ उससे बर्दाश्त नहीं हो पा रही थी। हाथ-पांव थर्राते, जैसे ही मोनू चीखें मारना शुरू करता, उसकी

दहलन धारोधार आंखों में पिघलने लगती है। मासूम बोल सकता नहीं। आंखों की भाषा से दर्शा सकता नहीं। कष्ट समझ में आए तो कैसे? अम्मा के बताए घरेलू नुस्खे वह रात-भर आजमाती रही-भुनी हींग घोल, छुट्टी पिलाई। अजवाइन की पोटली गरमाकर पीठ-छाती की सिंकाई की। पहेली अबूझ बनी रही। 'कुछ करें, डॉक्टर साहब!' वह लगभग गिड़गिड़ाई थी।

उस डॉक्टर के पास भागना व्यर्थ गया। बच्चे का पेट उन्हें चढ़ा हुआ नहीं लगा। फिर भी उन्होंने कॉलिक एड्ड्रॉप्स लिख दी, उसके संशय पर कि कहीं मोनू के कान में दर्द तो नहीं? डॉक्टर ने नाक में 'नैजीवियोन ड्रॉप' टपकाने के लिए कहा। नाक में डाली गई दवा कान में असर करेगी।

घबराकर उसने मोनू को होली फैमिली अस्पताल ले जाने का निश्चय किया। मोनू वहीं पैदा हुआ था। वहां नए आए प्रसिद्ध बाल रोग विशेषज्ञ डॉक्टर सी.पी. मेहता अमेरिका से डिग्रियां लेकर आए थे। उनका समय बड़ी मुश्किल से मिला।

स्वस्थ दिखते मोनू का हाल सुनकर डॉक्टर मेहता चिंतित हो आए। अनेक परीक्षण लिख दिए उन्होंने। दो घंटे के भीतर सारी रिपोर्ट्स भी अपने पास मंगवा लीं। नतीजा शून्य। एक ही बात समझ में आई उन्हें—बच्चा अपनी आया मारग्रेट को मिस कर रहा है। बुरी तरह। मारग्रेट के पास दिन-रात रहते-रहते उसकी उसे आदत हो गई है। मारग्रेट को गए ज्यादा दिन नहीं हुए। आदत छूटते-छूटते छूटेगी। बिस्तर पर लिटाते ही मोनू की नींद उचट जाना, सहसा चिंहुककर चीखें भरने लगना स्वयं उन्हें विस्मित किए हुए था।

"गोदी में सोए बच्चे को आप झटके से तो बिस्तर पर नहीं सुलातीं, मिसेज मिश्रा?"

"न, नहीं तो..." वह मां होकर इतनी क्रूर कैसे हो सकती है।

उसके मना करने के उपरांत विचारमग्न डॉक्टर मेहता ने उसे यह कहकर चौंका दिया कि वे उसके घर आना चाहते हैं। उस बिस्तर को गौर से देखना चाहते हैं, जहां वह मोनू को अपने साथ सुलाती है।

"मारग्रेट के पास बच्चा जिस बिस्तर पर सोता था, उस जगह उसे दोबारा सुलाकर देखा आपने?"

उठती हुई वह कुर्सी पर पुनः टिक गई।

"देखा।" डॉक्टरा साहब का आशय भांप उसने जवाब दिया।

"वहां?"

"वहां लिटाते ही ठीक उसी तरह से रोने लगा।"

"मच्छर..."

"बिल्कुल नहीं हैं। वैसे भी सुलाते ही मैं इसकी छतरीवाली मच्छरदानी से इसे ढंक देती हूं। हर हफ्ते फ्लिट करती रहती हूं घर में। कीड़े-मकोड़े नहीं हैं मेरे घर में।"

"ओ.के.।" डॉक्टर ने अपने होंठ सिकोड़ उसकी आंखों में देखा–"कल दोपहर हॉस्पिटल से निकलते हुए मैं आपके घर आना चाहूंगा। तीन-साढ़े तीन के बीच। पता लिखवाएं।"

आगे डॉक्टर मेहता से कुछ और पूछने की हिम्मत नहीं हुई उसकी।

सोसाइटी के गेट में दाखिल होते ही उसने उड़ती नजर कलाई घड़ी पर डाली। सीढ़ियां चढ़ते हुए मोनू के रुदन को टोहा। चीखें ढूंढ़े नहीं मिलीं। निश्चय ही विनोद मोनू को गोद में लिए टहल रहे होंगे। राहत कम नहीं कि वह अनुमानित समय के भीतर चर्च का काम निपटाकर लौट आई है। घर में घुसते ही वह मोनू को अपने जिम्मे ले विनोद को तुरंत दफ्तर रवाना कर देगी। डॉक्टर मेहता तीन-साढ़े तीन के बीच घर आएंगे। खत्म हुई कॉफी खरीद लाई है, संग भुने हुए काजू का पैकेट। शायद डॉक्टर मेहता को कॉफी पसंद हो।

काली कॉफी के दो-चार घूंट भरकर डॉक्टर मेहता ने मारग्रेट का कमरा देखा। तख्त पर बिछा हुआ गद्दा पुराना है। हाथ फिराते ही जगह-जगह बटुरी हुई रुई को अनुभव किया जा सकता है।

"मारग्रेट के पास सोए हुए कभी इसे इस कदर रोते देखा?" गोदी में सोए मोनू की ओर डॉ. मेहता ने इशारा किया।

"कभी नहीं।"

"चलिए, आपका कमरा देखें।"

डॉक्टर मेहता उसके पीछे हो लिए। घर अच्छा है–साफ-सुथरा, हवादार, उजास भरा। सज्जा साधारण होकर भी सुरुचिपूर्ण है।

अपने कमरे में ले जाकर उसने डॉक्टर मेहता को अपना पलंग दिखाया। बाईं तरफ पति विनोद सोते हैं, उनकी बगल में वह। उसकी बगल में मोनू। पलंग दाहिनी ओर दीवार से सटा हुआ है। उधर से बच्चे के गिरने का डर नहीं, इसीलिए उस ओर सुलाती है मोनू को।

"मारग्रेट को किन चीजों का शौक था?" डॉक्टर मेहता ने मोनू की सोने की जगह यानी बिस्तर के ऊपर उसके छोटे-से बिस्तर को सरकाकर हथेली फिरा, नीचे के गद्दे को उसी प्रकार टोहा जैसे मारग्रेट के गद्दे को टोहा था। गद्दा मुलायम है।

"मारग्रेट को मांस-मछली खाने का बहुत शौक था। रेडियो सुनने का भी। उसका दिल लगाए रखने के लिए मैंने उसे अपना छोटा-सा ट्रांजिस्टर दे दिया था। जगने से लेकर सोने तक वह एफ.एम. लगाकर गाने सुनती रहती थी। विनोद स्वयं मांस-मछली खाते हैं। अपने और मारग्रेट के लिए बाहर से बंधवा लाते थे।"

"ट्रांजिस्टर है?"

"जी, छोड़ गई है।"

"ले आएं और...इधर बच्चे के सोने की जगह पर लगा दें।"

"यह बताएं किस स्वर में गाने सुनना पसंद करती थी मारग्रेट?"

"हमारे कमरे में गाने के बोल स्पष्ट सुनाई नहीं पड़ते थे।"

"ट्रांजिस्टर ऑन कर दें। स्वर उतना ही रखिए, जितना मारग्रेट रखती थी।"

मोनू को गोदी में लिए हुए झुककर उसने ट्रांजिस्टर ऑन कर दिया। गाना बजने लगा। लताजी 'परख' फिल्म का गाना गा रही थीं–'ओऽऽऽ सजना...'

"बिस्तर पर बच्चे को लिटा दें।"

वह हिचकिचाई।

"गोदी से उतारकर बिस्तर पर लिटाते ही, डॉक्टर साहब, वह चीखें भरकर रोने लगेगा।"

"यही मैं देखना चाहता हूं।"

मन ही मन मारग्रेट को कोसते हुए उसने मोनू को आहिस्ता से उसकी जगह पर लिटा दिया। वही हुआ, जिसकी आशंका थी। नींद से उचट मोनू हाथ-पैर कंपाते हुए चीख-चीखकर रोने लगा। लताजी के सुरीले स्वर का उस पर कोई असर नहीं हुआ। विचलित हो वह मोनू को उठाने के लिए लपकी। डॉक्टर मेहता ने उसे बरज दिया। वे स्वयं बिस्तर से टिक गए।

झुककर उन्होंने रोते हुए बच्चे को करवट देकर थपकाया। थपकाते हुए दूसरा हाथ लंबा कर सिरहाने लगे पति-पत्नी के तकियों को करीब खींच लिया। एक तकिया उन्होंने बच्चे की छाती से चिपका दिया, उसकी नन्ही बांह को तकिये के ऊपर टिका दिया। दूसरा तकिया उन्होंने उसकी पीठ से सटा दिया।

तकरीबन पांचेक मिनट वह बच्चे के रोने की परवाह किए बिना उसे थपकाते रहे। अचरज, एकाएक बच्चा गहरी नींद में सो गया।

वह अवाक्!

डॉक्टर मेहता बच्चे के ऊपर से हाथ हटा उसकी ओर मुड़े–"बच्चे को कुछ नहीं हुआ, मिसेज मिश्रा। उसे केवल मां की छाती की गरमाहट चाहिए। काम में उलझी आया मारग्रेट ने उसे तकिये की गरमाहट सौंपी। बिना तकिये के बच्चा भला कैसे सो सकता है?"

उसकी डबडबाई आंखों में डॉक्टर मेहता का चेहरा धुंधलाने लगा। उसे लगा, अगर उसने पलंग की पाटी का सहारा नहीं लिया तो वह अगले ही पल चकराकर जमीन पर गिर जाएगी।

(2003)

●●●

14

केंचुल

दोनों हथेलियां कमर पर टिकाए उसने कुपित दृष्टि से सिद्धू को देखा। सिद्धू उसकी कोपदृष्टि से अनभिज्ञ दो-तीन छोकरों से घिरा कंचे का निशाना साध रहा था। खेल में उसकी इस एकाग्रता ने उसे और भन्ना दिया। दांत किटकिटाते हुए बड़बड़ाई, "अक्खा दिन मस्ती!...घर की फिकिर है हलकट को!" बानी की दुकान के ओटले पर चढ़ गई। वहीं से हांक लगाई, "ये मेलया! बंद कर तेरा गोटी-बोटी. ..नल आया रे, पड़ लवकर...लाईन लगाके रक्खी मैं।"

आशा के विपरीत पहली ही पुकार में सिद्धू ने कमला की तरफ गरदन घुमाई। अंदेशा ही था। नल आने का समय हो रहा है। उसकी पुकार मचने ही वाली है; पर एकाएक दांव छोड़कर कैसे भागे? मुश्किल से तो उसका 'चानस' आया है। गोटियों से खीसा खाली हो गया है और उंगलियों के बीच निशाना साधती गोटी तनी हुई है। तय किया, 'चानस' नहीं छोड़ेगा। बगैर गरदन घुमाए हुए ही प्रत्युत्तर में उसने आलाप-सा भरा, "तू चल, बस, अब्बी जाता मैं।"

कमला इस ढिठाई से और चिढ़ गई। लगभग चीखी, "ये...आता-बीता कुच्च नई. ..लगेच उट्ठ, नईं तो देऊं आके एक थोबड़े पर! सिद्धा नल पे जा, कोई लंबर इद्दर-उद्दर किया तो काऊन टंटा करेगा हलकट!"

तंबाकू होंठों में दबी हुई थी। 'पिच' से पीक थूकी और 'थू', 'थू' करके लुगदी उगली। पीछे मुड़कर क्षणांश को बानी पर नजर डाली। 'गिराकों' में व्यस्त बानी उसे देख मुस्कराया–"जाएगा, जाएगा।"

फिर एक कमॉठी की दस पैसे वाली 'ब्रुक बॉण्ड' की चाय की पत्ती का पैकेट थमाते हुए बोला, "दुप्पर से इदरीच खेलता। फिकिर नईं होती तेरे को!" चेतावनी-सी दी कमला को, "संभाल हां, नईं तो ये पन तेरे को रत्लू का माफक एक रोज धक्का देगा।"

"मरने दे। किसको-किसको संभालूं, बोल?" चेहरा घुमाकर सिद्धू को ताका। वह गोटी छोड़-छाड़कर नल की ओर सरपट भागा। इतमीनान से बानी की तरफ मुड़ी, "अपनाच पेट भरने के वास्ते क्या मैं अक्खा दिन रखड़ती? हरामी नईं समझते तो।"

ओटला उतरकर अपनी गली में मुड़ने लगी तो एकाएक खयाल हो आया, माल के बारे में पूछ ले। पलटी और नीचे से ही आवाज लगाई, "गुड़ आया, बानी?"

"सब्बू नक्कीच आएगा। नौ बजे तलक सरना को भेजना, पारी भेजूं?"

"ड्रम गड़ता क्या मेरे इदर? फकत दस किल्लो भेज। अऊर सुन," स्वर को थोड़ा तरेरा, "वजन बरोबर करना हां, बोत डांडी मारने कू लगा तू।"

चलते-चलते यह भी बता दिया कि "सरना को वकत नईं, विष्नू को भेजेगी नईं तो मैं खुदिच आएगी।"

"सरना को भेज? हुं-हुं!" नाली के पसरे बोदे को टांग पसारकर लांघती हुई बड़बड़ाई–"शेंडी लगाता हरामखोर! सब समझती मैं। चानस खोजता है।"

सरना तब फेरी के लिए नहीं जाती थी। उसके काम में मदद करती थी। चाहे सौदा-सुलफ लाना हो, चाहे 'गिराकों' को बाटली भरकर देना हो, चाहे बानी के यहां से 'माल' लाना हो। एक रोज अड़ गई, 'मेरे को नईं जाने का बानी की दुकान पर। मैं नईं जाएगी गुड़ वजन करने। बापू को भेज, नईं तो सिद्धू को भेज।"

कमला को लगा, लड़की कामचोरी दिखा रही है, दस-पंद्रह किलो वजन उठाने के डर से। अभी तक तो लाती थी। यह एकाएक क्या चढ़ गया मगज में? सिद्धू अभी बहुत छोटा है। विष्नू को भेजते डरती है। लाएगा आठ किल्लो और बोलेगा दस। कितने चक्कर लगाएगी बानी के? यह पूछने-भर के लिए कि कितना माल ले गया। उसे सुबह-सुबह ही भट्ठी सुलगानी पड़ती है। बाहर निकले तो माल बनाने का वादा। टालमटोल से पारा चढ़ गया। भौंहें माथे से जा लगीं। नथुने फूल गए। सीधा गाली निकली, "कामचोर रांड़! काय को नई जाएगी? बइठ के घानी खाने कू मांगता!"

"मैं एकलीच खाती?"

"खाते तो सब, पन काम के वास्ते ना बोलने से चलता?" कमला थोड़ी विनम्र हुई।

"बाकी सब करेगी, फकत बानी की दुकान पर नईं जाएगी।"

"पन काय को नईं जाएगी?"

"बोला ना बस, नईं जाएगी।"

लपककर उसने फर्श पर उकडूं बैठी सरना के चेहरे को ठुड्डी से उचकाया और एक जोरदार झापड़ रसीद कर दिया, "दस किल्लो उठाने की पिच्चू ये नखरा! हां! मैं एकलीच मरूं अक्खा दिन! ऊपर से दादागिरी...नईं जाने का...हां! बोल, जाती कि नईं?" उसने पंजा ताने हुए आखिरी चेतावनी दी।

"मंगता वो कर, पर मैं नईं जाने की माल लाने। गंदा-गंदा बात करता वो मेरे से।" रोते-रोते सरना चीखी।

"हलक मेली!" कमला बाई उसके ढीठपने से एकाएक बौरा उठी, "तेरा बाप सरखा है। क्या गंदा-गंदा बात किया तेरे से? बोल? बोल न,...नईं तो मुंडी तोड़कर रख देगी।" सरना के सिर के बाल उसकी मुट्ठी में भिंचे हुए थे। चेहरा छत की ओर तना हुआ था। कसा।

"बोलूं?"

"बोल न!" उसने मुट्ठी समेत बालों को झटका।

सरना झटके के साथ ही 'अइया' करके चीखी। क़मला ने खींच थोड़ी ढीली की तो सरना बोली, "बोलता..."

उसके अटकते ही कमला फिर खौखियाई, "नाटक करती?"

"बोलता...बोलता, मेरे पिशाब कू हाथ में पकड़...अठन्नी देगा तेरे को।" झिझकते हुए सरना ने वाक्य पूरा किया।

वह सनाका खा गई। बाल हाथ से छूट गए।

"गिराक पन नईं होते सुबू..." सरना ने गिरफ्त से छूटे हुए अपने सुबकते चेहरे को घुटनों में छिपा लिया।

आंखों में खून उतर आया, जैसे पूरी बाटली एकबारगी हलक में उतार ली हो। घुटनों में मुंह दिए बैठी सरना पर बगैर नजर डाले खोली से बाहर हो गई। रास्ते में भुनभुनाती रही, "देखती भड़ुवे को। बेटी सरखी छोकरी के संग ऐसी गलीज हरकत! थूह!" पिच से उसने अपने दाहिने तरफ पड़ रही बिना प्लास्टर वाली रामरती की चाल पर थूका। पांडे की बाकड़ेनुमा पान की दुकान को लक्ष्य कर थूका। गोबर पुते वागले मोची के झोंपड़े पर थूका। मन ही मन तय कर लिया कि ठीक ऐसे ही वह बानी की गल्ले ठुंसी दुकान पर थूकेगी और बानी के सामने पहुंचकर उसके पपीते जैसे लंबोतरे चेहरे पर थूकेगी।

तनतनाती हुई दुकान का ओटला चढ़ रही थी कि बानी की दृष्टि उस पर पड़ गई।

"आओ-आओ कमला सेठानी! माल बरोबर था न कल का? मेरठ का गुड़ है।" लहकदार स्वर में स्वागत किया उसने।

स्वागत-भरे स्वर को झटककर वह शुरुआत में ही चुनी हुई बिस्किट, चॉकलेट की भरनियों पर थूकने की तैयारी में झुकी।

"चॉकलेट मंगता क्या सिद्धू के वास्ते?" बानी के पूछते ही यकबयक चेहरा सीधा हो उठा। गले से रिरियाती-सी आवाज फूटी, "दस पैसे की पढ़रपुरी दे।" थूक गले में ही घुटक गया।

"बास्स!" बानी तंबाकू की पुड़िया गठियाते हुए कनपटियों तक फैलकर मुस्कराया, "अऊर कुंछ?"

"नईं।" अपने स्वर का उतरापन खुद पर कटाक्ष करता लगा। क्या हो गया तेरे को? सहसा भीतर जकड़ दी गई असहाय कमला ने सिर उठाया। फिस्सू पड़ गई, सामने होते ही। बास्स!...अरे, अभी भी मौका है। गिराकों की गरदी भी दुकान पर है। कर दे नंगा इस भड़ुवे को। थूक दे थोबड़े पर। मां-बहन को पकड़ाए न साआलाऽऽ...

पर कुछ नहीं हो पाया। भीतर जकड़ दी गई कमला को अनसुना ही रहने दिया उसने। चेतना ही जैसे जड़ हो गई। मात्र हाथों ने हरकत की। तंबाकू की पुड़िया आगे बढ़कर ले ली बानी से। ओटला उतरने की भी ताकत चुक गई थी। शरीर को लगभग घसीटते हुए घर की तरफ मोड़ा।

किसके बूते पर लड़े? अपने? एकली अपने? ताकत है लड़ने की? मजाल थी कि बानी की छीछालेदर किए बैगर ही लौट पड़ती? पर लौटती कैसे न! बानी के एहसान जो छाती पर लदे बैठे हैं। कैसे कुलबुलाने लगे थे वे जैसे ही थूकने को तत्पर हुई!

जरूरत पड़ने पर दौड़ती तो उसी के पास है। खूब जानता है उसका कच्चा चिट्ठा। कहलाने को सेठानी है। टेंट हमेशा ही बिसूरती रहती है। कच्चे माल के लिए कभी रोकड़ा कम है, तो कभी हफ्ता पूरा नहीं हो पाता कि उगाही करने खीसें निपोरते हुए हवलदार आ टपकता है। पिछली बरसात की घटना ताजा हो गई। खोली के कवले बदलवाने थे। तीन-चार सौ की मोटी रकम ढीली किए बैगर छत की टपकन को रोकना संभव नहीं था। फल्लियां भी लटक आई थीं। हर वक्त अंदेशा बना रहता कि कहीं एकाध फल्ली टूटी तो केवल दो-चार 'गिराकों' को सोनापुर पहुंचा देंगे। बानी ने सुना तो फौरन तसल्ली दी कि काम शुरू कर ले। दो-एक दिन में कुछ और वसूली साध लेगा तो काम पूरा करा देगा...

खोली में घुसी तो पाया कि सरना आंखें मूंदे लादी पर चित पड़ी है। आंखें जरूर मुंदी हुई थीं, पर सोई कतई नहीं थी। पुतलियों की हरकत से आभास हुआ। कमला को लगा, बंद पलकों को चीरकर एकाएक सरना की पुतलियां उछलेंगी और 'पिच' से उसके मुंह पर थूक देंगी। वहां से हट ली। गिराकों' वाली खोली में आकर बैठ गई।

उस रोज से तय कर लिया कि न सरना को बानी की दुकान पर भेजेगी, न धंधे पर ही मदद लेगी। वैसे भी दारू का धंधा उसे पसंद नहीं था। कुछ दिनों से कह भी रही थी कि पड़ोस की रुकमनी ताई की तरह वह भी पालक, मेथी, सोवा की फेरी करना चाहती है। अगर वह उसे मंजूरी दे दे तो वह लोकल का पास निकाल लेगी और रुकमनी ताई के साथ रोज सुबह पांच बजे वाली लोकल पकड़कर भायखला मार्केट खरीदी के लिए निकल जाया करेगी। यह भी कहा सरना ने कि रुकमनी ताई ने बिक्री के प्रति उसे बेफिक्र रहने को कहा है। अपने से बगल वाली कॉलोनी उसे पकड़वा देगी। बंधेले 'गिराक' मिल जाएंगे। बिल्डिंग वाले हरी साग-सब्जी खरीदते भी खूब हैं। ताजा सब्जी के नाम पर बस पालक, मेथी की जुड़ियों से ही मन को

संतुष्टि देते हैं। उसे आश्वस्त भी किया कि चार घंटे की मेहनत के पिच्छू तीन-चार रुपयों का मुनाफा कम थोड़े ही है। शाम को मैं टेशन रोड पर पाटी लगाएगी। कुछ न कुछ तो उदरपन मिलेगा।

दूसरे रोज ही उसने सरना का लोकल पास निकलवा दिया था। और माल खरीदने के लिए पंद्रह रुपये टिका दिए। सरना गले से झूल गई। अच्छा लगा था उसे। चलो, छोकरी तो अच्छे काम से लगी।

सरना की मेहनत ने उसे दंग कर दिया। दिन-भर खटती। सुबह फेरी, शाम को टेशन रोड पर पाटी। न उससे एक पैसा अपने खर्च के लिए लेती है, न कमला कभी उसे फिजूल खर्च करता हुआ ही पाती। उलटा उससे पूछ और लेती कि अगर उसे ज़रूरत पड़े तो उसकी गुल्लक से पैसा निकाल ले। वह नहीं लेती, यह अलग बात है। जरूरत तो हमेशा ही मुंह बाए खड़ी रहती है।

कुछ हफ्तों पहले की घटना स्मरण हो आई। तब यह नहीं पता था कि कल्पू से उसका इतना चल रहा है। अब सारी बातों का तालमेल बैठाती है। जरूर उसके साथ ही दादर गई होगी। अकेले दुकान पर जाकर कुछ खरीदना उसके बस का रोग नहीं था। जब भी कुछ लेना होता, उसके जी को पड़ जाती। अंदर पहनने वाली बाजार की लेनी थी तो उसे टेशन रोड साथ ले गई थी। दुकान वाले ने पूछा था कि कितने 'लंबर' की चाहिए तो सिर नहीं उठाया गया था उससे। कमला ने अंदाजा बताया था।

फेरी से लौटी थी तो पाटी उतारते न उतारते किलकी थी। एक बड़ा-सा डिब्बा उसे पकड़ा दिया था-"खोल के देख।"

उसने विस्मय से देखा था, "पन है क्या?"

"बोला न, खोल के देख।" उसके हैरान होने पर सरना हंसी से दोहरी होने लगी, "बिच्छू नईं डिब्बे में।"

पैकेट खोलते ही अवाक् रह गई थी। डिब्बे में उसके मनपसंद रंग की नौ वारी (नौ गज) साड़ी थी सुनहले पाड़ की। साथ में था कत्थई रंग का खन् का कपड़ा, चोली के लिए। स्तब्ध दृष्टि सहसा धुंधला आई थी। शरद-पूनो का ज्वार उमड़ आया और तहाई हुई साड़ी पर कई जगह धब्बों में अंकित हो गया।

सरना की हंसी जड़ हो गई। उसे महसूस हुआ कि उसके उपहार ने सहसा आई को किन्हीं पूर्व स्मृतियों से जोड़ दिया है, किसी नासूर को कुरेद दिया है। तभी तो वह खुश होने की बजाय एकाएक अकुलाकर विचलित हो उठी है...

"चाय बनाती मैं।" कहकर वह निकट से उठ दी थी।

कमला मिनटों तक वैसे ही बैठी रही। सरना को क्या अंदाजा कि कहां ले जाकर पटक दिया था उसने!

...नंदू ने ऐसे ही तो एक शाम उसे डिब्बा थमाकर खोली की सिटकनी चढ़ा दी थी। 'खोल के देख कमला!' ठीक इसी तरह आग्रह करता रहा था। इसी तरह वह अचरज से भरी-भरी उससे पूछती रही थी कि आखिर डिब्बे में क्या है?

डिब्बे में बैंजनी फूलों वाली वायल की छह गज की साड़ी थी। पहनती वह नौ वारी थी। पर नंदू उस शाम कहां माना था? साड़ी अपने सामने ही पहनवाई थी। और ठीक उसी तरीके से पहनवाई थी जैसे उसके मुल्क वाली औरतें पहनती थीं, सीधे पल्ले की।

सरना तब से बानी की दुकान पर नहीं फटकती। वह जरूर मौक-बेमौके उसकी पूछताछ कर लेता है।

खोली पर पहुंची तो पाया, दो गिराक खड़े उसका रास्ता देख रहे हैं। पीना नहीं था, साथ ले जाना था। एक को पाव सेर दिया। दूसरे को अक्खी बाटली चाहिए थी। गिराक गए तो ओटले पर खड़े होकर नल की तरफ देखा। धुंधलका झम-झम करता बढ़ रहा था।

गिराकों की भीड़ आजकल रात में खास नहीं होती। बीच का महीना है। सात और दस तारीख के आसपास तो संभलना मुश्किल हो जाता है। 'लेबरस' के ये पगार उठाने के दिन होते हैं। बीच के दिनों में धंधा मंदा रहता। फिर गरमी चढ़ती है बीस तारीख के बाद। मजदूर खर्ची उठाते। उधार उसके यहां चलता नहीं। इसलिए उधारियों का रुख उसकी खोली की तरफ होता नहीं। पहले उधार बहुत चलता था; पर वसूली के लिए बड़ी मगजपच्ची करनी पड़ती थी। पगार के दिन या खर्ची के रोज उन्हें घेरना पड़ता। मजबूरन उसने उधार देना ही बंद कर दिया। हालांकि इस निश्चय को अमल करने के साथ ही बिक्री कम हो गई। पर अकेले वह क्या-क्या संभाले। विष्नू के भरोसे तो कुछ भी नहीं छोड़ सकती।

तेरह साल हो गए विष्नू को घर पर बैठे। 'लिंक चेन' फैक्टरी में काम करता था। गृहस्थी जिंदा रह सके, इतनी रकम वह दस को पगार उठाकर और बीस को खर्ची निकाल थमा देता था। दारू तो पहले भी पीता था, पर गृहस्थी का खयाल ताक पर रखकर नहीं। बाद में लत घर फूंक तमाशा वाली हो गई। खाड़े पर खाड़ा होने लगा। 'चार्ज शीट' मिल गई। एक दिन घर में बैठ गया। कमला से बोला कि अब नौकरी नहीं, धंधा करेगा। बहुत कोशिश की कमला ने कि वह कहीं काम से लग जाए, मगर बात बनी नहीं। बाद में पता लगा कि नौकरी तो पहले भी नहीं करता था। शादी के लिए नौकरी लगवाई थी। संबंधियों में उसे कोई छोकरी देने के लिए तैयार नहीं था। बदनाम बहुत था। मटका खेलना, चोरी-चपाड़ी करना, यही धंधे थे विष्नू के।

चार बच्चों की जिम्मेदारी वह चार घर के भांडी-कटके से नहीं पूरी कर पा रही थी। देह से ताकत ही निचुड़ गई थी। जब से नंदू नहीं रहा, चैन भटक गया था। सेठानियों से तकरीबन रोज ही तकरार होती कि बरतनों में जूठन लगा रह गया है, कि कपड़ों के कॉलर नहीं छूटते, कि अलमारियों के नीचे ढेरों कचरा छूट जाता है, कि मोरी में काई की परत गहरा रही है। तीस रुपए महीना फोकट के देते हैं!

तिमैया की अम्मा ने ऐसे में घर में ही भट्ठी लगा देने की बात सुझाई थी। बड़े अंतर्द्वंद्व में फंसी रही। दारू से ही घर की ईंटों में भसकन पैदा हुई थी। यही बतौर धंधा अपना ले? तिमैया की अम्मा ने उसकी हिचक सुनी तो खिल्ली उड़ाई। सब उसकी तरह ऊंच-नीच सोचने लगें तो दुनिया में कोई धंधा जिंदा ही नहीं बचेगा। खटिया चलाने के लिए तो कह नहीं रही। सोच ले। इज्जत से करो तो सभी काम ऊंचे हैं।

सोच लिया और खोली में ही भट्ठी लगा ली।

ओटले से हटते ही बत्ती जलाने का ध्यान हो आया। पिछली बातों के उमड़ते सिलसिले को दिमाग से झटका। पहले 'गिराकों' वाली खोली की बत्ती जलाई, फिर भीतर वाली खोली में उजाला किया। देखा, चटाई से खिसककर विष्नू लादी के ऊपर मुरदे की तरह औंधा पड़ा है। इस स्थिति में उसे पड़ा पा पारा चढ़ गया। हिकारत से थूक देने को मन किया। आदमी है मुरदार? पीना, पीना, सिर्फ पीना। घर को फूंक डाला। उसकी जिंदगी तबाह कर दी। उसकी की तो की, पर बच्चों का भी सत्यानास किया हरामखोर ने। वह पेट के लिए जुगाड़ करने को हाथ-पांव मारती रही और यह रत्नू को लेकर सत्तार की चाल में सुबह-शाम जुआ खेलता रहा। उसे पता तब लगा जब ताश खेल रहे मवालियों में किसी बात पर झगड़ा हो गया और उसी झगड़े में किसी ने भीग रही मसों वाले रत्नू के पेट में छुरा घोंप दिया।

...गोविंदा! गोविंदा को किसी बात पर धुनकी में इतना पीटा, इतना पीटा कि शाम को जो वह घर से भागा, आज तक लौटकर नहीं आया। कितना खोजा उसे। सबने कहा कि अखबार में फोटो निकलवा दो। पर फोटो कहां था उसके पास! बाद में उसने सरना और सिद्धू के तीन-चार फोटो निकलवाकर रखवा लिए थे..

सिद्धू और सरना को तो हाथ भी नहीं लगाने देती। मार-पीट पर आमादा हो उठती है। आज तक नहीं समझ पाई कि कैसा बाप है। न मरे को याद करता है, न भागे को झींकता है। औलाद के लिए इतना पत्थर कलेजा! 'पिच' से थूक ही दिया औंधी देह पर। घृणा के उबाल पर संयम टूट गया। लात दी हुमककर कूल्हे पर। स्वर ऊंचा नहीं था, चीख भरा था, "'उट्ठ भडुवे।! उठ...गिराक आने का बकत है अऊर..."

विष्नू पर लात का कोई असर नहीं हुआ। चियाया पड़ा रहा।

मुट्ठी में सिर के बाल दबोच लिए, कसकर झकझोरा तब कहीं जाकर वह कुनमुनाया। सूजी, सुर्ख आंखें खोलीं। गुर्राया—"मगज तो नईं फिर गया तेरा? साआ. ..ली, बोलने कू देता तो खोपड़ी पर चढ़ती!"

"गिराक को कौन निबटाएगा, तेरा बाप! हेय? अजुन तलब गिलास-बिलास पन बिगर घोएला पड़ा है। पांऊ का पत्ता नईं। सिद्धू को नल पर भेजा...मैं इच करूं सब?"

"ये...जास्ती बड़बड़ नईं...गप्प बस।" विष्नू ने घुड़का और उठकर खड़ा हो गया। जमुहाई भरते हुए शरीर को ऐंठन देकर तोड़ा, फिर मोरी पर जाकर, टंकी की टोंटी खोलकर चेहरा छपछपाने लगा।

सिद्धू सिर पर दोनों हंडे उठाए बीच के दरवाजे पर पड़े छींट के चीकट परदे को एक ओर सरकाते हुए तनिक झुककर भीतर दाखिल हुआ। खुश हो गई। थाली में चावल चुनने के लिए निकाल लिया था। एक ओर सरकाकर लपकी। 'हलु-हलु।' टंकी का ढक्कन आधा सरकाकर ऊपर वाला हंडा उलीचा। फिर दूसरा भी खाली किया। टोंटी टपकने लगी। ठीक से कसा उसको। पानी कितनी दिक्कत से मिलता है।

सिद्धू खाली हंडे उठाकर उछालता हुआ वापस नल की ओर भागा। विष्नू ने अंगोछे से मुंह रगड़ा और जांघें खुजलाता हुआ परली खोली में चला गया।

वह पाटा खींचकर स्टोव के करीब बैठ गई।

फटाफट चावल धोकर चढ़ाया। सोचा, सालन भी लगे हाथों बनाकर रख दे। गिराक आने पर भले विष्नू उनसे निबटता रहे, पर उसका उनके बीच मौजूद होना बहुत जरूरी होता है। कई दफे विष्नू खुद भी उनके बीच गिलास लेकर बैठ जाता है। कई दफा अपने कुछ दोस्त बन गए। गिराकों को उधार भी पिला देता है। वह सामने रहती है तो थोड़ा दबा रहता है। नकचढ़ा तो इस हद तक है कि कब बात-बेबात पर गरमा-गरमी कर बैठे, डरती रहती है। इतना जरूर है, अपना रोब-दाब उसने कुछ इस तरह कायम कर रखा है कि लाख 'गिराक' टुन्न हो रहा हो, उसका कहा नहीं टालते।

झींगा बहुत पसंद है सरना को; गोविंदा को भी बहुत पसंद था। जब कभी झींगा लाती थी, वह उसके साथ बैठकर साफ करवाने लगता था।

पांच बजे के करीब 'मच्छी मारकेट' गई थी। कोलबी (सूखी मछली) तो पड़ी है घर पर; पर किसी को मन से नहीं भाती। सोचकर तो गई थी कि बहुत दिन हो गए हैं, सिपियां लाएगी; पर झींगा काफी बड़ी-बड़ी व ताजा दिख गईं। सरना का खयाल हो आया। हालांकि आजकल सरना दस-साढ़े दस बजे से पहले नहीं लौटती। ग्यारह भी बज जाता है। कभी-कभी न खाने के लिए पेट दर्द का बहाना भी बनने लगा है। कहां तो नौ-साढ़े नौ के दरमियान खोली पर पाटी उतारते न उतारते बोमा-बोम करने लगती कि भूख लगी है...

रुकमनी ताई ने ही उसे सबसे पहले खबर दी थी कि तेरी सरना का एक भइए के साथ गुपचुप चल रहा है। 'टेशन' रोड पर ठीक उसकी बगल में वह भी बटाटे-कांदे की ढेरी लगता है।

सुनकर आग लग गई। पर चुपचाप मामला गुटके रही। मौके की ताक में थी। या तो सरना को रंगे हाथों पकड़े या सरना खुद ही उससे आकर बताए। देर से आने के तो वह कई बहाने बना सकती है। बनाने लगी भी थी।

अब चोटी नहीं, जुड़ा बनने लगा था। सेवंती की वेणी या मोगरे का गजरा हर रोज टंकने लगा। सुबह फेरी से लौटती तो गजरे की दो लड़ें पत्ते में बंधी होतीं। बड़े सलीके से उन्हें भीगे कपड़े के टुकड़े में लपेटकर टंकी के ढक्कन पर रख देती, ताकि शाम तक कलियां ताजा बनी रहें...

एक दिन खुद ही बोली थी, 'मैं देर से आती तो तू घबड़ाती तो नईं न?'

कमला चौकन्नी हुई–'दस-ग्यारह बजे घर लौटने का टेम हैय?' स्वर को भरसक संयमित रखा। सयानी लड़की से गरमा-गरमी करना ठीक नहीं। उसे तो जाने क्या हो गया है? तुरंत माथा फिर जाता है। फिर आजू-बाजू की छोकरियों के लच्छन देखते हुए सरना उसे कभी बेरास्ता नहीं लगी। यह भी अच्छी तरह जानती है कि लड़की उसकी है, खूब जिद्दी और मानिनी। बात निकलेगी तो झूठ नहीं बोलेगी।

"ढेरी तो नौ बजेच उठने को लगती। पन...'

'कल्पू पेला टिंबी पाड़ा को जाता। उदर उसका खोली हैय्र। मैं पन साथ जाती। थोड़ा उसका खाना-पीना करती...पिच्छे वो मेरे को सोढ़ने को आता।'

'देवा, देवा!...' उसकी त्योरियां चढ़ गईं।

'विष्नू को पता लगेगा तो मेरे को साबुत सोड़ेगा?'

बात काटी–'मंगता वो करने दे।'

ढिठाई की भी हद होती है। इतनी हिम्मत?...नंदू से जब वह मिलती थी, न किसी को कानोंकान खबर होती, न पूछताछ होने पर सच्चाई ही उगलती। कनपटियों में आग चढ़ गई। दादागिरी तो देखो, लाज-बीज कुछ नईं! तभी तो हरामखोर रात को खाना भी ढंग से नहीं खाती। दिखाने के लिए मुश्किल से एक चपाती निगलती है। उसकी भी गुंजाइश न हो तो खोली में घुसते ही पेट में दर्द उठने लगता है।

'हलकट!' दांत किटकिटाते हुए बालों का जुड़ा दबोच लिया और दूसरा हाथ 'तड़', 'तड़' चलने लगा।

"खोली पर जाती...क्या-क्या नईं करती होएगी तू! हां...मूं काला किया न मेरा. ..बोत तन के चलती न मैं...मिट्टी किया न आबरू...खलास करके सोड़ेगी उस साआले भइए के बच्चे को...'

विष्नू आ गया था बीच में। उसको बाहर कर दिया, 'तू जा, तेरा मतलब नईं।' अपने बाप की याद आ गई थी एकाएक।

उसमें थी यह दृढ़ता? नंदू कितना पीछे पड़ा था। कहा करता–बस, तू हां बोल दे कमला, बाकी मामला मैं संभाल लूंगा। तेरे बाप की दादागिरी धरी रह जाएगी। बहुत फौजदारी की है अपने गांव-जवार में, पर उसकी हिम्मत नहीं पड़ी। न उसने कभी नंदू को बाप से मिलने ही दिया।

पता नहीं कैसे बाप को भनक लग गई थी कि वह नंदू के तबेले पर जाती है, उसकी खोली पर मिलती है। एक रात शिब्बू दादा को उसने बाप के साथ बाटली खोलते देखा तो सनकी। शिब्बू दादा से एकाएक जोड़-गांठ! उसकी आशंका सही थी। कई बार उनकी बातचीत में नंदू का नाम आया। मामी भी आई थी। उसके साथ ही बैठकर पी रही थी। उसके मुंह से भी नंदू का नाम साफ सुना। अनिष्ट की आशंका से कलेजा कांप गया।

बाप के लिए ही फूफी के मुंह से सुना था। आई को घासलेट डालकर जलाने की कोशिश की थी। उस दिन तो वह बच गई, मगर गुड़ी पाड़वा के दिन अपनी प्राणरक्षा न कर पाई। दरिया में डूब नहीं गई थी, डुबो दी गई थी...'तेरे बाप ने डुबोया था।'

सुबह मामी के सामने ही बाप के कहे अनुसार कसम उठा ली कि आइंदा वह नंदू से नहीं मिलेगी। मिली भी नहीं। नंदू इधर-उधर उसके बारे में पूछताछ करता रहा। हफ्ते-भर के अंदर ही बाप ने मामी के भाई विष्नू से ब्याह दिया। विष्नू उम्र में उससे बारह साल बड़ा था। फूफी ने ही यह भी बताया कि यह रिश्ता मामी को खुश रखने और वश में करने के लिए तय किया गया था। बाप मामी के पीछे बरसों से है।

उसे तसल्ली हुई तो इस बात की कि नंदू उसके बाप की गिद्ध-दृष्टि से सुरक्षित हो गया था। शादी के बाद वह फिर उससे मिलने लगी थी...किसी को पता नहीं कि सरना तो उसी की है...

एक दिन मुलुक से नंदू को बुलाने का तार आया। तुरंत लौटने का ढाढ़स देकर वह गांव चला गया। महीना-भर भी नहीं बीता था कि रामसेवक, जो नंदू का चचेरा भाई था रिश्ते में, ने खबर दी कि नंदू का सिर फट गया है। जमीन को लेकर पटियइतों से फौजदारी हो गई थी। जिला अस्पताल में दाखिल है। मन बौरा उठा। विष्नू ने वैसे ही तंग कर रखा था। नौकरी छोड़ दी थी। नंदू से मन को बड़ा सहारा मिलता था। झेलने की ताकत पैदा हो जाती। वह भी...

रामसेवक ने यह भी बताया कि चिट्ठी आई है। बचने की उम्मीद कम है। कोई तबेले की जिम्मेदारी उठाने वाला मिल गया तो आजकल में वह भी गांव रवाना हो जाएगा।

वह कभी मंदिर नहीं जाती थी, मारुति के मंदिर पर जाकर तेल चढ़ाने लगी। एक मंगलवार की सुबह प्रभा देवी-सिद्धि-विनायक के मंदिर भी हो आई। विष्नू ने ताना भी दिया कि एकाएक वह पुजारिन कैसे बन गई! इतना पूजा-पाठ सूझने लगा! हफ्ता-भर भी पूरा नहीं हुआ, तार आ गया...नंदू नहीं रहा...

रामसेवक गांव जाने लगा तो उसका मन हुआ कि वह भी साथ हो ले सब छोड़-छाड़कर।

तबेला अधिक दिनों तक किसी के भरोसे नहीं छोड़ा जा सकता था। धंधा चौपट हो जाने का भय था। कहे अनुसार रामसेवक ठीक बीसवें दिन ही लौट आया। खोली पर मिलने गई, नंदू के आखिरी समय का हाल सुनने की कातरता समेटे, तो पाया, नाक तक घूंघट खींचे तीन बच्चों समेत एक औरत भी खोली में मौजूद है। 'मेहरारू है नंदू भैया की। ये तीनों उनके लड़िका हैं। हवा-पानी बदल जाई, यहि खयाल से भौजी का मुंबई लइ आया। लोग तो आने नहीं दे रहे थे... हुआं तो हाल-बेहाल हुई जा रही थीं...कुआं म कूदि पड़ि रही थीं।'

औरत ने न उसकी तरफ देखा, न उससे बोली। बच्चे सहमे-से खटिया पर दुबके रहे। जैसे ही रामसेवक ने नंदू के आखिरी समय का बयान करना शुरू किया, औरत आलाप भर-भरकर रोने लगी...

दिल दहल उठा। लगा कि अधिक देर तक अगर उस खोली में बैठी रही तो दम घुट जाएगा। उसी खोली में...जहां उसे राहत की सांसें नसीब हुई थीं। 'आऊंगी।' कहकर उठ दी थी।

...कितना फरेबी था नंदू। उसकी कसम खा-खाकर कहता, तू मिली है तो घर-गृहस्थी करने का जी करता है। तू 'हां' भर कर दे। फिर देखना कमला, तेरे को मुलुक भी ले जाऊंगा...गंगा मैया में गांठ जोड़कर स्नान करेंगे हम...घर देखेगी तो डर जाएगी, 'वो लाइंस क्लब' वाला बगीचा है न...अरे, उतना बड़ा तो आंगन है घर का...और सुन, इदर का माफक मुंह खोल के नईं चलेगा। घूंघट निकालकर रहना पड़ेगा...चोली भी नहीं चलेगी, जंफर पहनना पड़ेगा...चोली जैसी तो हमारे यहां मेहरारू बॉडी पहनती हैं...

"पानी बस क्या?" सिद्धू पूछ रहा था।

चौंक गई। वह हंडे भर-भरकर कब आया, खाली करके कब गया, कैसे गया, सोच में उलझे हुए उसे पता ही नहीं चला।

"मटका भरा कि नईं?"

"हऊ।"

"ठीक।"

"क्या हुआ तेरे को?" सिद्धू उसके भीगे चेहरे और रुंधे गले पर विस्मित हुआ।

"कुछ नईं...आंख आता दिखता।"

गले पर आंसुओं के धब्बे चिपचिपा रहे थे। चोली का ऊपरी हिस्सा तर हो गया था। पाटा नीचे खिसकाकर उठी, मोरी पर जाकर रगड़-रगड़कर मुंह-हाथ धोया। बड़ी राहत मिली। पल्ले से चेहरा पोंछते हुए अचानक खयाल आया, पानी भरते समय सिद्धू ने उससे खाना मांगा था और उसने उसे डपटा था, 'सबुर कर।' तब शायद सालन उतारकर गिराकों के लिए भीगे हुए चने उबाल रही थी। विष्नू जल्दी मचा रहा था।

सिद्धू के लिए एकाएक मन पछतावे से भर आया। बिला वजह वह उसे डांटती-डपटती रहती है। सारे बच्चों में सबसे अधिक उपेक्षित रहा है सिद्धू। सबके बड़े लाड़ लड़ियाए थे उसने। सिद्धू तक आते-आते हर तरफ से टूट-टाटकर चूर हो गई थी।

थाली उठाकर आंचल से थाली को पोंछते हुए पूछा, "खाना देऊं?"

सहमे-से बैठे सिद्धू के चेहरे पर आब आ गई–"दे न! बोत भूख लगा। भात मेच सालन डाल के दे दे। झींगा किया ना?"

उसने परोसा तो वह और बेसब्र हो आया, "जरा ठंडा करके दे न।"

भाप छोड़ रहे भात पर वह ढक्कन से हवा करने लगी। सिद्धू की हवस कहीं तुष्ट कर गई। ऐसी ही हड़बड़ी गोविंदा भी तो मचाया करता था...

कल्पू मिलने आया! समझ गई, कल्पू की इस पहल के पीछे दुस्साहस किसका है। कल्पू की हिम्मत का अंदाजा उसे नहीं है, किंतु सरना के दबंगपन से बखूबी परिचित है। यह भी अनुमान लगाया कि हो न हो, यह मिलने-मिलाने की योजना के पीछे उस दिन की मारपीट खास कारण हो। जो भी हो, कल्पू सरना को घर तक पहुंचाने आया तो वह उसे दरवाजे तक ले आई–"कल्पू तेरे से बात करने कू बोलता।"

उसने कोई जवाब नहीं दिया। न दरवाजे पर खड़े कल्पू को भीतर आने के लिए ही कहा। सरना ने ही लादी पर शतरंजी बिछा दी और कल्पू से बैठने का आग्रह किया। कनखियों से उसने कल्पू को देखा-भर। लड़का सरना के मुकाबले कम नहीं लगा। किसी तरह की गरमा-गरमी भी उस वक्त नहीं चाहती थी। विष्नू 'गिराकों' के बीच गिलास भरे बैठा था।

कल्पू ने बिना किसी भूमिका के अपनी बात रखी, "सेठानी! हम सरना के संग बियाव करना चाहते हैं।"

"बियाव करना है!" उसने कल्पू के शब्दों को कटाक्षपूर्ण ढंग से उमेठा। फिर तड़पकर मुंह चिढ़ाती हुई बोली, "जात नईं, बिरादरी नईं। हम घाटी, तुम भैया... रिवाज-रीत अलहदा, कैइसा शादी बनाने को देगी?...सरना अब्बी बोत सोटी है। अऊर. .." कहते-कहते एकाएक उसका गला भर्राया–"भैया लोगों पर अपना तो ईस्वास नहीं. ..एक जोरू मुलुक में रखते, एक औरत इदर फंसाते। तू सरना का चक्कर सोड़ दे. ..होने का नईं।"

कल्पू ने प्रतिवाद करने की कोशिश की। पर उसने उसे बोलने का मौका नहीं दिया, "तेरा ईरादा पूरा नईं पड़ने का। होशियारी पन नईं दिखाना, नई तो हड्डी-विड्डी साबुत नईं मिलेगी। समझा! बाप इसका बात पिच्छे करता, छुरा पेले निकालता।"

"आखिन किरिया, सेठानी!" धमकी के बावजूद कल्पू ने अपनी बात को वजन देने का प्रयास किया, "झूठ नहीं बोलेंगे। सरना हमारी पहली जोरू होवेगी। बोलो तो पट्टा लिख दें...फिन तकलीफ जो उसे हम दें तो जो चाहो सो कर लेना।..."

बाद में कोई क्या कर लेता है? उसने एक न सुनी। अड़ी रही। यह संबंध किसी तरह नहीं हो सकता।

कल्पू के जाते ही सरना की चुप्पी ढही।

"मैं भौंडी-कटका नईं करेगी...तेरे सरखा भट्ठी नईं सुलगाएगी...तेरे सरखा नौरा (दूल्हा) नई मंगता। मेरे को..."

आग लग गई। इस आखिरी जुमले ने छलनी कर दिया। झपटकर उसे लादी पर गिरा दिया। हाथ में जो भी आया, दनादन पटकने लगी उस पर। अपने पर जैसे काबू ही नहीं रहा। बुरी तरह थरथरा रही थी। मुंह से फेचकुर बजबजाने लगा–

"हरामखोर, कुत्ती!...मेरे कोच बोल मारती कि तेरे सरखा नौरा नई मंगता! आई कोच? आंख का पानी मर गया न हलकट? उस भैए के पिच्छे...!"

"हां-हां, बोलेगी...उस भैए के पिच्छू ही बोलेगी...जितना मंगता उतना मार, पन मेरे को घर में बैइठने का...औरत सरखा घर में रैने का...भैया लोगों में औरत को घर पे रखते, धंधा-पानी नईं करवाते...उसका कमाई नईं खाते...।"

हाथ निर्जीव हो झूल गए। कितना मारे? मार-पीटकर सरना के भीतर दुबकी बैठी घर की कल्पना को ध्वस्त कर सकती है? सरना उसकी बेटी जरूर है, मगर 'वह' नहीं है।

चीख-चिल्लाहट सुनकर कई गिराकों समेत विष्नू भीतर आ गया। उसका रौद्र रूप देखा तो ताव खा गया–"छोकरी को अब तूने हाथ लगाया तो देख...अभी इदरीच खलास करेगा।" हलकट पीकर टुन्न होता है तो एकाएक बाप बन जाता है। वरना मरते-सड़ते पड़े रहें, उसकी बला से।

फफक रही औंधी पड़ी सरना के सिर पर विष्नू ने हाथ रखा तो वह तड़पकर दहाड़ी "हाथ नईं लगाना मेरे को! काम कर जाके अपना।"

पिछली सुबह उसके और सरना के बीच कोई बातचीत नहीं हुई। बहुत मारा था उसने रात में। सरना तो रोते-रोते थककर सो गई, पर उसे आधी रात तक नींद नहीं आई। कलपती रही कि इतनी कुटाई के बाद लड़की उठ पाएगी? इस कदर खूंखार उसे नहीं हो जाना चाहिए। इस तरह के बरताव से तो बात बिगड़ेगी ही। मान लो, लड़की अपने और कल्पू के बारे में कुछ भी न कबूलती तो? मान लो, बिना बताए ही भाग जाती तो? क्या कर लेती वह?

रोज की तरह उसने चाय बनाई और साड़ी लपेट रही सरना के करीब पाटा सरकाकर कप बसी में रख दी। सरना ने चाय की तरफ देखा जरूर, पर हाथ नहीं लगाया। आहिस्ता से पाटी सिर पर रख खोली से बाहर हो गई। झगड़ा-झांटी के कुछ ही घंटों के बाद वह सब भूल-भालकर सहज हो जाती है, सरना यह अच्छी तरह जानती है; किंतु सरना को सामान्य होने में दिन लग जाते हैं। कई दिनों तक मुंह फुलाए रहती है।

दोपहर में भी वही हुआ। फेरी पर से लौटी तो खाना लगा दिया। भट्ठी के पास बैठे हुए तिरछी दृष्टि से देखा तो पाया, थाली ज्यों की त्यों लगी पड़ी है। लादी पर बिना शतरंजी बिछाए लेटी सरना सोने का बहाना कर रही है। बोले बिना रहा न गया–"अन्न पे गुस्सा काय को निकालने का?"

मगर सरना निश्चल पड़ी रही। न आंखें खोलीं, न उसकी ओर देखा, न जवाब ही दिया। इतनी जिद? अपमान से मन रुआंसा हो आया। इन्हीं के लिए तो खटती-मरती है। पैदा होते ही तो नहीं कमाने लगी थी।

रात ग्यारह के करीब लौटी थी। कल्पू जरूर छोड़ने आया होगा। मन में आया कि सारे झगड़े की जड़ तो यह कल्पू ही है। क्यों न उसे दरवाजे से बाहर धर दबोचे। इतनी कुटम्मस करे, इतनी कि सरना तिलमिलाकर बोमा-बोम कर दे। उसकी चुप्पी तो टूटे। सह नहीं पा रही थी उसकी ऐंठन। लेकिन...बस इतना किया, न खाने को पूछा, न खाना ही लगाया। अंदाजा था, नाटक कर रही है। कल्पू की खोली पर जरूर खाया-पिया होगा। उसे दिखाने को ऐंठ दिखा रही है...

लेकिन आज दोपहर से ही जी उसे धिक्कार रहा है। जिद्दी तो है। मान लो, कल्पू की खोली पर भी न खाया हो तो? आज तीसरा दिन है झगड़ा हुए। चेहरा कैसा निचुड़ा-निचुड़ा हो रहा है। चाय ढकोसती होगी कप पर कप।

विष्नू ने आकर प्याज और नमक मांगा। उसके उड़े हुए चेहरे को देखकर टोका, "तबीयत बरोबर नई तेरी?"

बसी में प्याज के टुकड़े और नमक रखते हुए संजीदा स्वर में इतना-भर कहा, "सिर दर्द भौत है।'

"गोली मंगा के दूं?"

"बाम है।"

विष्नू चला गया। वह उद्विग्न मन से सरना के लौटने की प्रतीक्षा करने लगी। एकाध चक्कर गिराकों की खोली का भी मार आई; पर बैठ नहीं पाई। कई लोगों ने उसकी अनमनाहट ताड़ी। कारण जानना चाहा तो उसने सिर के दर्द का ही सहारा लिया। कुछ नहीं सूझा तो बाम की शीशी लिए माथा मलने बैठ गई। अपनी उंगलियों की सहलाहट से काफी राहत महसूस कर रही थी कि तभी कुंडी खड़की। दरवाजा खोला। देखा, सरना के आठ-दस हाथ पीछे कल्पू खड़ा हुआ है। शायद इसी प्रतीक्षा में कि दरवाजा खुले, सरना भीतर हो तो वह मुड़ ले।

सहसा दरवाजे को दोनों हाथों से घेरकर उसने सरना को आदेश दिया, "अंदर बुला उसको।"

सरना ने ढिठाई से सीधा उसकी आंखों में ताका। पूछा, "काय के वास्ते?" स्वर की ऐंठन से लगा कि जैसे यह न पूछ रही हो कि किसलिए बुलाऊं, चेतावनी दे रही हो कि अगर कल्पू के साथ कोई बदतमीजी की तो देख लूंगी।

"जरूरी बात करने का।"

सरना ने निर्भीकता से कल्पू को अंदर आ जाने के लिए पुकारा। कमला दरवाजे से हट गई। उसने पाटी उतारकर सिर पर गुंडरी बनाकर रखा हुआ अंगोछा फटककर

कपड़े से लदी रस्सी पर उछाल दिया। देख लिया था कि कल्पू के अंदर दाखिल होते ही आई ने फुरती से दरवाजे की सिटकनी चढ़ा दी है। बीच वाला दरवाजा भी भेड़ दिया। माथा ठनका। दाल में कुछ काला है। बीच वाला दरवाज़ा भेड़ते हुए सिद्धू से कहते हुए भी सुना, "कुछ मंगता होएगा तो विष्नू को बोलना जरा ठेरना..."

सरना सतर्क हो गई। कल्पू के चेहरे पर ढेर-सा असमंजस पसर गया। सारा माहौल अनबूझ-सा हो रहा था।

"भोत फिरता ना तू इसके साथ?"

जवाब सरना ने दिया, "मैं फिरती इसके साथ। इसको कुछ मत बोल।"

"तेरे से पूछा?"

"नईं।"

"तो उसको जबान नईं?"

सरना कल्पू की ओर देखने लगी।

"तेरे को शादी बनाने का सरना के साथ?"

"मैं तो आपसे कब का कहा था।" कहते हुए कनखियों से कल्पू ने सरना को देखा।

अचानक कल्पू की कमीज को उसने सीने से दबोच लिया। पूरी ताकत से उसे झकझोरती हुई चीखी, "कब से क्या मतलब? बनाना है तो जल्दी बना। ठेरा काय को? हां, पेइसा नईं होएगा तो मेरे से ले; पर जल्दी कर शादी...देर नईं मंगता...भरोसा नईं तेरा...कभी मुलुक को चला गया तो? वापस नईं आएगा तू...भैया लोगों का एतबार नईं मेरे को।..."

पंजा ढीला पड़ा। कमीज छूट गई। जमीन पर पसरकर घुटनों में मुंह छिपा लिया और फफक-फफककर हिचकियां तोड़ने लगी। कल्पू हतप्रभ रह गया। सरना की आंखों में अभी भी अविश्वास के डोरे तने हुए थे। पिएली तो नहीं है, फिर?

•••

15

पत्नी

द्वार पर थपथपाहट।

"कौन?" यमराज की नींद उचटी।

"हम हैं स्वामी, आपके दूत।"

"अर्धरात्रि में? क्या बात है?"

"बात कुछ विशेष नहीं प्रभु। मृत्युलोक से एक उद्दंड प्राणी जबरन घुस आया है।"

"तुम क्यों लाये उसे?"

"लाये नहीं, वह स्वेच्छा से चला आया।"

"क्या? उसका यह दुस्साहस? बगैर हमारी आज्ञा के चला आया?"

"आप इसी से पूछ लीजिए। इसने हमारी नाक में दम कर रखा है। हम दस सेवक इसे संभालने का प्रयास कर रहे हैं, लेकिन यह संभाल में नहीं आ रहा।"

"ले आओ।"

"मनुष्य, तुम हमारी आज्ञा के विना परलोक में कैसे घुस आये? जानते हो, इससे हमारा अनुशासन और विधान भंग हुआ है... इस अपराध के लिए हम तुम्हें भयंकर से भयंकर नरक दे सकते हैं।"

"महाप्रभु...वह नरक निश्चित ही उस नरक से भयंकर नहीं होगा जो मैंने भोगा है।"

"क्या मतलब? मृत्युलोक में नरक की स्थापना? यह हमारे संविधान का महानतम अपमान है... क्या मृत्युलोक के प्राणी शाश्वत व्यवस्था के प्रति विद्रोही हो गये...? तत्काल चित्रगुप्त को हमारी सेवा में उपस्थित करो..."

"जो आज्ञा प्रभु!" एक दूत सिर झुकाकर चला गया।

"यह बात नहीं, महान्यायपालक! मेरा नरक-भोग आपकी व्यवस्था से सर्वथा भिन्न है।"

"वह कैसे?"

"स्वामिन् मैंने अपनी पत्नी के दुर्व्यवहार से तंग आकर आत्महत्या कर ली और सीधा आपके न्यायालय में चला आया।"

"हम समझे नहीं वत्स...आत्महत्या हमारी व्यवस्था के प्रति विद्रोह है...फिर एक विद्रोही न्याय की कामना कैसे कर सकता है?"

"हे महादंडाधिकारी, मेरी पत्नी सोते-जागते, खाते-पीते हमेशा मुझे कोंचती रहती है। उसके व्यवहार से तंग आकर मैं एक वेश्या के पास जाने लगा। जहां मुझे सच्चा सुख और सच्ची शांति मिली...मेरी सुख-शांति का समाचार पाकर मेरी पत्नी प्रतिशोधी हो उठी...मुझे चौदह वर्ष के अशांत वैवाहिक जीवन के बाद आत्महत्या को विवश होना पड़ा।"

तभी चित्रगुप्त आ गये।

"आपने मुझे याद किया, प्रभु?" चित्रगुप्त ने आंखें मलते हुए पूछा।

"हां चित्रगुप्त, मृत्युलोक का यह प्राणी बगैर हमारी आज्ञा के यहां चला आया है... इसका खाता देखकर बताओ कि आखिर यह अव्यवस्था क्यों पैदा हुई?"

"जो आज्ञा, महामहिम।"

चित्रगुप्त ने खाता पलटना शुरू कर दिया। फिर एक स्थान पर निशान लगाते हुए बोले, "स्वामिन्, इस मानव की आयु अपने विधान के अनुसार अभी छब्बीस वर्ष शेष है। यह सत्य है महाराज कि इसकी पत्नी ने इसे असमय आपकी सेवा में आने के लिए बाध्य कर दिया। यह प्राणी आजकल मृत्युलोक की एक वेश्या को प्राण-पण से प्रेम करता है।"

"चित्रगुप्त, तुम जानते हो कि हम अपने विधान का कितना सम्मान करते हैं... इस प्राणी को अभी, इसी समय, वापस मृत्युलोक भेज दो और उस वेश्या को इसकी पत्नी बना दो।"

"जो आज्ञा न्यायपालक..."

यमराज ने मनुष्य से पूछा, "अब तो तुम अपनी आयु के शेष वर्ष पूरे करना चाहोगे?"

कृतज्ञ प्राणी उनके चरणों में लोट गया।

"आयु दुगुनी देंगे तो, प्रभो, मुझ अकिंचन पर विशेष कृपा होगी।"

"विधान परिवर्तित नहीं हो सकता, वत्स।"

...द्वार पर थपथपाहट।

"कौन?" यमराज की खीज-भरी आवाज उभरी।

"हम हैं, स्वामी, आपके दूत।"

"इस समय! बात क्या है?"

"अपराध क्षमा हो प्रभु, वह प्राणी, जिसे आपने एक माह पूर्व मृत्युलोक वापस भेजा था, पुनः स्वेच्छा से आ गया है।"

"उसकी आयु तो अभी पच्चीस साल ग्यारह महीने शेष है, फिर क्यों आया?"

"पता नहीं महाप्रभु..."

"ठीक है, ले आओ कक्ष में।"

वह प्राणी प्रवेश करते ही बिलखकर यमराज के चरणों में गिर पड़ा।

"अब तुम्हें कौन-सी व्यथा है, मानव? हमने तुम्हारी इच्छित पत्नी तुम्हें सौंप दी थी।"

"भगवन, जब से वह वेश्या मेरी पत्नी बनी है, उसका व्यवहार एकदम बदल गया है...वह मेरी पूर्व पत्नी से भी अधिक उग्र और उद्दंड हो उठी है। प्रतिपल मेरी पूर्व पत्नी का नाम ले-लेकर मुझे कोंचती रहती है...जीना दूभर हो उठा तो मैंने तंग आकर पुन: आत्महत्या कर ली।"

"कुछ भी हो, हमारी व्यवस्था और विधान नहीं बदल सकता। तुम्हें अब उन दोनों पत्नियों के साथ पच्चीस साल ग्यारह महीने गुजारने होंगे!"

वह प्राणी बिजली की भांति तड़का और यमराज के चरणों में उसकी सूक्ष्म देह ने भी प्राण त्याग दिए।

•••

16

बंद

चाय की तलब उनके गलों को खुश्क कर रही थी।

सुबह के ग्यारह बज रहे थे और वे तलब को बड़ी शिद्दत से महसूसते हुए अपनी असमर्थता को खीझ रहे थे। यह भी कैसा दिन था, जो शुरू हो चुका था, मगर चाय के बगैर; जैसे बिना सूरज उगे ही दिन परवान चढ़ने लगा हो।

मगर आज मुंबई पूर्णतः बंद थी। जो लोकल ट्रेनों की रफ्तार और बसों की घरघराहटों से निरंतर व्यस्त रहती है, खामोश थी। इक्का-दुक्का बसों की घरघराहट, जो सुबह सुनाई दी थी, सन्नाटे में दुबक गई थी। हालांकि उन्होंने देखा था कि बसों की खिड़कियों पर सुरक्षा की दृष्टि से लोहे की जालियां चढ़ा दी गई हैं; किंतु जब बसें ही जलाई जाने लगीं तो वे सड़कों पर आवागमन का दुस्साहस कब तक दिखातीं? 'मूवी टाइम्स' वाले खन्ना साहब पांचेक मिनट के लिए अपने दफ्तर आए थे। अपने शब्दों में, खासा खतरा उठाकर। कुछ जरूरी कागजात उन्हें तत्काल बाहर भिजवाने थे।

उन्होंने ही सबसे पहले शहर को दबोचे 'बंद' के आतंक की भनक दी, "भायखला मार्केट के सामने 'भारतसेना' वालों ने डबल 'डेकर' बस को घेरकर पहले तो पथराव किया, फिर पेट्रोल डालकर जला डाला। लोगों का कहना है कि ड्राइवर बाहर तो कूदा, लेकिन तब तक तो आग उसकी वरदी को पकड़ चुकी थी। बेस्ट के चालकों ने शहर में बसें चलाने से इनकार कर दिया है..."

"पुलिस बंदोबस्त?"

"पुलिस बंदोबस्त तो जबरदस्त है, पर...उसकी तो पुरानी आदती है। वारदात हो जाने के बाद ही वह मुस्तैद होती है। और..."

"और मैं अपनी 'रिवॉल्वर' साथ ले के निकला हूं।" खन्ना साहब ने फुसफुसाकर उन्हें अपनी मुस्तैदी की खबर दी। वे उनसे बतियाते हुए इतने चौकन्ने थे जैसे उन्हें अंदेशा हो कि वे उनके करीब भी तनिक जोर से बोलेंगे तो 'बंद' वाले सुन लेंगे।

उनके जाते ही वे शहर के तनाव से कट-कटकर अपनी तलब से जुड़ गए, "यानी बाहर निकलने का भी डौल नहीं।"

नवल के स्वर में खीझ और हताशा उभर आई, "सऽऽले सेठी ने आज कैंटीन भी इसी डर से नहीं खोली।"

"ओखली में सिर देता क्या!" रमेश ने सेठी के न आने की तरफदारी की। बात सही भी थी। मद्रासियों के प्रति 'बंद' का आह्वान करनेवालों का खास रोष था। उनका तर्क था कि इन लोगों ने अति मचा रखी है। जहां जिस दफ्तर में काम करते हैं, अपनी जात-बिरादरीवालों को भर लेते हैं। बेचारे महाराष्ट्रियों को नौकरियां नहीं मिलतीं। जबकि मुंबई उनकी है और उनकी अपनी ही 'मुंबई' में उनका यह अनादर! उनकी मांग थी कि अस्सी प्रतिशत नौकरियां स्थानीय लोगों को प्राप्त होनी चाहिए। उनका नारा था—'बाहरवालों को भगाओ, अपनो को जगह दिलाओ।'

"यह किसके हक की लड़ाई लड़ी जा रही है?...वे जो रोज-ब-रोज मजदूरी करके खाते हैं? काम बंद, दुकानें बंद, होटल बंद। आज तो उन्हें उनका उसल-पाव भी नसीब नहीं होगा। हम भी तो उन्हीं लोगों में हैं। हमें 'बंद' से क्या फायदा? ये जो पथराव की ताकत रखते हैं, बसें जला डालने की हिम्मत दिखा रहे हैं, कितने भूखे हैं? हुंह!" नवल ने गरदन झटककर नथनों से रोष भरा फुफकारा छोड़ा, "साले क्या उखाड़ लेंगे इस तोड़-फोड़ से?"

नवल की झुंझलाहट में वे दोनों भी शामिल हो गए। उनकी खीझ बड़ी स्वाभाविक थी। सुबह से वे एक कप चाय की तलब होंठों-ही-होंठों में सुखा रहे हैं। 'कैंटीन' खुली होती तो चाय की समस्या ही नहीं, खाने-पीने का डौल भी पट जाता। हालांकि हर चीज कूपन पर मिलती है और 'कूपन' के लिए जेब में नकदी होना जरूरी है। मगर उनकी तो लॉटरी अतैया है। अतैया ऐसे मौकों पर उनसे सिर्फ अपनी 'टिप' लेता है। उतने पैसे भी न हुए तो 'कल दे देना सा'ब! चलेगा, फिकिर नईं।' पर आज! न जेब में दमड़ी है, न अतैया का सहारा।

"ये रमेश भी समझे है। जानता था कि मेरे और हरीश के पास पैसे नहीं हैं; पर दन्न से पांच का नोट निकाल के थमा दिया उस चोपड़ा को।" नवल को एकाएक कल शाम की घटना स्मरण हो आई और पूरे चेहरे पर कड़वाहट पसर गई।

"छोड़ो भी चोपड़ा पुराण।" हरीश ने बात को टालना चाहा, "पैसे पास होते भी तो क्या होता? पनवाड़ी की दुकान तक तो बंद है।"

"पैसे होते तो सब खुल जाता, यह तो और बात है। मगर आज मैं इससे सीधे-सीधे बात कर लेना चाहता हूं कि आखिर यह उसे इतनी 'लिफ्ट' क्यों देता है? यह हमारे हिस्से में खाता रहे और उसे खैरात देता रहे, यह कहां की भलमनसाहत है? यह अच्छी तरह जानता है कि वह इससे भूख और कड़की का रंडी-रोना रोकर नोट झाड़ ले जाता है और रात 'सरवर' के 'अड्डे' पर चार बजे तक पड़ा रहता है। हम साआल्ले यहां आधा बंडल बीड़ी को भी तरसते हैं...कोई आदमी हैं!"

"अब छोड़ भी, यार।" रमेश ने एकाएक आत्मसमर्पण वाला रुख अख्तियार कर कहा, "गलती हो गई, मेरे बाप, अब आइंदा..."

"छोड़ गलती-वलतीं का लटका। और सुनेगा उसके किस्से?"

"च, अब बस भी करो, नवल।" हरीश ने तनातनी टालने के खयाल से टोका।

"तू चुप कर यार!" नवल ने हरीश को घुड़का।

हरीश का चेहरा एकाएक उतर गया। उसने आधे हो रहे बीड़ी के बंडल से एक बीड़ी खींची; पर नवल ने यहां भी उसे डपट दिया, "रात तक चलानी है।"

रमेश का टुर्री-टुर्री-सी बात पर भड़कने वाला दिमाग आज नहीं भड़का। जानता है, जब भूखे रहना पड़ता था तब रह जाया जाता था। अब नवल से भूख और तलब बरदाश्त नहीं होती। सहसा उसे मल्होत्रा साहब पर कोफ्त हो आई। 'बंद' है तो क्या हुआ? गाड़ी है उनकी अपनी। 'मूवी टाइम्स' वाले खन्ना साहब कैसे आए? पर उन्हें क्या! बैठे-बैठे आराम से फोन घुमा दिया कि जी, बड़ा दंगा हो रहा है, आ नहीं पाऊंगा मैं। भला वे कैसे गुजर करें? अपना मूत पी के? साआला...हम यहां भूखों मरें और हरामजादे को अपनी नई 'फियट' के घायल हो जाने की फिक्र घेरे है।

वे तीनों 'वातानुकूलित बाजार' की बहुमंजिली इमारत के सातवें माले पर स्थित अपने छह बाई छह के दड़बेनुमा दफ्तर कम रैन-बसेरे में उकड़ूं बैठे सोच में डूबे हुए थे।

यह जो दफ्तर था, 'साइक्लोस्टाइल' में निकलनेवाला फिल्मी अखबार 'मेनका' का दफ्तर था। मालिक थे अधेड़ उम्र मल्होत्रा साहब। मल्होत्रा साहब किसी जमाने में फिल्मों में नायक बनने आए थे। एकाध फिल्मों में खलनायकी का काम मिला भी; पर संपादन में वह भी कट गया। नतीजतन कभी निर्माता बने तो कभी निर्देशक। मगर इनमें से दुर्भाग्यवश कोई भी फिल्म पूरी नहीं हो पाई। अंत में उन्होंने 'मेनका' निकालने का निश्चय किया और पिछले आठ-दस सालों से वे 'मेनका' निकाल रहे हैं। उन लोगों को वे बड़े शान से बताते हैं कि 'पेपर इंडस्ट्री' पर जब-जब कागज की दिक्कत का पहाड़ टूटा, उनकी 'मेनका' बदस्तूर छह पृष्ठों की निकलती रही। जबकि 'टाइम्स ऑफ इंडिया' तक चार पृष्ठों का होकर रह गया था।

नवल ने जब 'मेनका' की नौकरी एक सहायक निर्देशक की सिफारिश पर प्राप्त की थी तब मल्होत्रा साहब ने उसे काम समझाने के पश्चात् सूचित किया था कि उसे तनख्वाह महीने भर के बाद नहीं बल्कि रोज-दर-रोज मेहनताने की शक्ल में मिला करेगी, वह भी किस्तों में। क्या उसे उनके यहां नौकरी करना मंजूर है? वह स्वीकृति में जिबह हो रहे बकरे-सा मिमिया दिया था। मल्होत्रा साहब खुश हो उठे थे। उन्होंने फौरन उसे सूचित किया कि इसके अलावा उसे सुबह और दोपहर की चाय भी उनके खाते से मिला करेगी। रहने की व्यवस्था क्या है उसकी?

खामोशी पर वे खिलखिला पड़े थे, 'ठीक है, ठीक है, प्रबंध हो जाएगा। बाकी का 'स्टाफ' जहां रहता है, आप भी वहीं रह सकते हैं।' उन्होंने सगर्व बताया था कि

हरीश और रमेश रात में इसी दफ्तर में सोते हैं। सुनकर वह कौतूहल से भर उठा था। पर तुरंत एक राहत खिंच आई थी। जिस 'गेस्ट हाउस' में वह रह रहा था, किराया न दे पाने की वजह से लगभग सामान फेंकने को ही था।

मल्होत्रा साहब समय के पाबंद थे। ठीक दस बजे वे दफ्तर में होते। उनके दफ्तर में पहुंचते ही छोटे से कमरे में फिरकी लेते पंखे की हवा में कामकाजी चुस्ती टंग जाती। उन्हें अभिवादन करके वे मुस्तैद हो टेबल पर नजरें गड़ा लेते। मल्होत्रा साहब प्रसन्न होकर प्रत्युत्तर उछालते अपनी कुरसी की ओर बढ़ लेते, 'ओ जी, लगे रहो, लगे रहो। काम पहली चीज है।' फिर किसी भी एक से कहते कि वह उनके लिए एक स्पेशल कॉफी और उन तीनों के लिए तीन कप चालू चाय का आदेश कैंटीन में दे आए। नवल को यह बात अखर जाती।

एक रोज उसने आहिस्ता से प्रतिवाद किया, 'सर, एक चपरासी की नियुक्ति बेहद जरूरी है। छोटी-मोटी भागा-दौड़ी में हमारा बहुत समय जाया होता है।' किंतु मल्होत्रा साहब ने यह कहकर बात उड़ा दी थी कि चपरासी यहां करेगा भी क्या? और अन्य दफ्तरों में भी क्या करते हैं, सिवा स्टूल पर बैठकर ऊंघने के। और उनसे न काहिली बरदाश्त होती है, न काहिल किस्म के लोग।

अपनी कॉफी खत्म करके वे तीनों को पास बुलाते, उन्हें मेहनताने की पहली किस्त थमाते। तीन-तीन रुपए–'ओ जी, बीड़ी-सिगरेट की तलब महसूस कर रहे होंगे आप। वैसे तो आप लोग नौजवान हो, इन इल्लतों से बचना चाहिए; पर खैर,...सेहत का खयाल रखिए, बस।'

नवल की त्योरियां चढ़ जातीं। नथने सख्त होकर बड़ी देर तक फूले रहते। हरामजादा! खुद तो 'फाइव-फाइव' पीता है और हमें सीख देता है कि सेहत का खयाल रखो! मन में आता कि लपककर बुड्ढे की गरदन दबोच लें। कहें कि बुड्ढे, जितने पैसे तू हमें देता है न, उसमें सिर्फ बीड़ी ही पी जा सकती है, दूध नहीं। पर मन मसोसकर सारा आंक्रोश गुटक लेना पड़ता; क्योंकि दफ्तर में रोज-दर-रोज जितने लोग बुड्ढे से मिलने आते उनमें से एक-चौथाई के बारे में वह यही दावा करता कि वे उसके पास नौकरी की सिफारिश लेकर आए हैं। स्नातक तो आजकल पांच रुपए रोज पर भी काम करने को तैयार हैं। वे तो फिर भी छह रुपए प्रतिदिन देते हैं। तिसपर रहना मुफ्त है। कम है क्या? ठिकाना कहां मिलता है मुंबई में!

यह सही था कि रहने की सुविधा ही उनके नौकरी पर बने रहने का सबसे बड़ा प्रलोभन था। पर जब-तब उनकी टोका-टाकी नवल को अखर जाती। भूले-भटके उनकी नजर में अगर कोई चीज पड़ जाती तो वे पूरा कमरा सिर पर उठा लेते, 'ओ जी, नवलजी, यह कच्छा कैसा रैक पर पड़ा है? अजी, इन्हें समझाइए कि यह दफ्तर है या मुसाफिरखाना? मालूम तो है आप लोगों को, यह फिल्मी अखबार का दफ्तर है। इधर निर्माता आते हैं, निर्देशक आते हैं, अभिनेता आते हैं; पर आप लोग हैं कि मेरी उदारता का गलत फायदा उठाते हैं। उस दिन अचानक धर्म साहब आ गए थे

और आप लोगों ने दफ्तर को गुसलखाना बना रखा था। क्या इज्जत रह गई हमारी! जी, आपने हमारी इज्जत से क्या कोई लेना-देना नईं?'

हरीश ने बड़े प्रयत्न से अपनी हंसी रोककर तत्काल उन्हें टोक दिया था, 'जी, हमारे सामने तो धर्म साहब (धर्मेंद्र) कभी दफ्तर तशरीफ लाए नहीं।'

वे ताव झटककर झेंप गए थे, 'ओ जी, मैं तो भूल ही गया, तब आप लोग नहीं थे। कमल और हसन थे। नहीं, शायद कपाड़िया था। खैर छोड़िए, काम देखिए अपना।' वे बरबस खिसियाहट छिपा नहीं पाते और बेवजह पेपरवेट को उंगलियों से नचाने लगते।

काम! काम के नाम पर वे अपनी-अपनी मुसुक्की दबाए उनकी नजरें बचाकर एक-दूसरे को इशारेबाजी करके खूब हंसते। नवल का परिचय वे अपने साप्ताहिक 'मेनका' के चीफ रिपोर्टर के रूप में करवाते। पर कभी नवल स्टूडियो 'राउंड अप' पर नहीं गया। नवल की टेबल पर ताजा 'स्क्रीन' होता, 'फिल्म इंडस्ट्री जनरल' होता, 'फिल्म फेयर' होता, 'स्टारडस्ट' होता और रिपोर्टिंग पूरी हो जाती।

'इसमें मेरा क्या काम है, सर?' नवल एकाध दफे चिढ़कर बोल उठता उनसे, 'आप मुझे लोकल का पास निकलवा दीजिए। मैं चप्पल फटकारता स्टूडियो की रिपोर्टिंग कर लूंगा। ओरीजनल वर्क होगा तो 'मेनका' में पाठकों की दिलचस्पी बढ़ेगी। वितरण बढ़ेगा।'

'ओ जी, इतनी जहमत क्यूं उठानी जी? जो और लिख रहे हैं वही तो आप भी देखेंगे और लिखेंगे।' फिर स्वर को भरसक विनम्र बनाकर नवल को शाबाशी देते कि वह यूं भी इतना दिलचस्प और चुटकीदार लिखता है कि अली पीटरजान या रेखा देशपांडे भी पटकनी खा जाते हैं। 'जी, आप बस काम करते चलिए, अखबार चलाना मेरा काम है।'

वह पूरी पोलपट्टी जानता है कि वे अखबार कैसे चलाते हैं। नए कलाकारों के पी.आर.ओ. हर हफ्ते उनके चित्रों के साथ एक बंद लिफाफा भी आहिस्ता से उनकी टेबल पर खिसका जाते हैं।

"कोई 'कर्फ्यू' थोड़े ही लगा है! यहां से पैदल मेहता के घर जाया जा सकता है।"

"दिमाग ठिकाने है?" नवल को हरीश के बेहूदे सुझाव पर गुस्सा आ गया। कोई और उपाय सोचने के अतिरिक्त वह मेहता के घर का समाधान सोच रहा है। यह जानते हुए भी कि एक तो उसका घर 'लाल बाग' में है, जो हड़तालियों का मुख्य प्रभाव-क्षेत्र है और दूसरा, यहां से कोसों दूर। हिम्मत जुटाई भी जाए तो वे शाम की चाय जरूर उसके साथ पी सकते हैं। इस दयनीय स्थिति के लिए एक बार फिर उसे रमेश के पांच के नोट का खयाल हो आया। उस चोपड़ा के बच्चे पर अगर उसने

दया न दिखाई होती तो उनकी हालत इतनी बदतर न होती। वह तो साला 'बंद' मना रहा होगा और हम यहां बीड़ी के टोंटे भी सहेज रहे हैं। शाम उसने मल्होत्रा साहब को भी टोका था कि सर, 'बंद' में आप दफ्तर आ पाएंगे? वे उसका अभिप्राय समझ गए थे और उन्होंने तसल्ली दी थी कि क्या वह समझता है कि कल का 'मुंबई बंद' सफल हो पाएगा? बंदोबस्त बहुत जबरदस्त है। ऐसे झटके मुंबई में बहुत देखे हैं हमने। हिंदुस्तान का यही एक तो अकेला शहर है जी, जो राजनीतिक खिलवाड़ों और उनके खिलाड़ियों को अपने जिस्म पर हाथ नहीं रखने देता।

"ऐसा न करें।"

"क्या?" रेमश और हरीश के चेहरे उसकी ओर मुड़े।

"रैक्स में अखबारों के ठुंसे हुए बंडल देख रहे हो?"

"तो?"

"तो क्या! एक रोज बुड्ढा कह नहीं रहा था कि जी, आप लोग कभी फुरसत में हों तो जरा दफ्तर की झाड़-पोंछ कर लें! बड़ा बेतरतीब हो रहा है मामला। क्यों न हम इन बंडलों में से आधी-पौनी रद्दी बेच लें?"

"मल्होत्रा जिंदा छोड़ेगा?" हरीश ने आपत्ति उठाई।

"क्या उखाड़ लेगा?" नवल ने तमतमाकर निहायत अभद्र तरीके से उसकी खिल्ली उड़ाई।

"अरे बोल भी यार, करना क्या है?" रमेश ने बीड़ी का एक लंबा दम भर के लापरवाही के भाव से कहा।

"करना यह है कि हम लोग हर अंक की चार-चार प्रतियां 'रिकॉर्ड' के लिए सुरक्षित रखकर बाकी रद्दी छांट लें। रद्दीवाला तो सामनेवाली बिल्डिंग में ही रहता है। दुकान भले ही उसकी बंद है, पर घर थोड़े ही बंद होगा! घर तो उसका दुकान से लगा हुआ ही है।"

बात जम गई। रैक्स पर से बंडल धड़ाधड़ नीचे गिराए जाने लगे।

नवल बेफ्रिक्र था। कल की कल देखी जाएगी, पहले पेट पूजा का जुगाड़ हो जाए। इतना डरने से भी काम कैसे चलेगा! ये तो वे हैं—पढ़े-लिखे बेकार, मुसीबत के मारे। वरना छह रुपए रोज तो ईंट-गारा ढोनेवाले मजदूर भी कमा लेते हैं।

ढाई-तीन घंटे की कमरतोड़ मेहनत के बाद कहीं जाकर रद्दी छंटी। तीनों पसीने से नहा रहे थे। पंखा चालू करने का डौल अखबार छांटते वक्त तो था नहीं, बंडल बंधे तो फुल स्पीड पर पंखा चलाकर उन्होंने कमरे की फर्श पर जो अपने-अपने बदल ढीले छोड़े तो लगा कि वे आठ-दस सालों से किसी बंद तहखाने की फर्श पर लिटा दिए गए हैं। जहां धूल की तह है और सीलन की दमघोंट बदबू।

नवल की हथेलियों में ठंडा पसीना था और देह भूख से थर्रा रही थी। उसे लगा कि अब अगर एकाध मिनट भी वह इस कमरे के फर्श पर पड़ा रहा तो निश्चित ही अखबारों के कब्रगाह की सड़ांध उसे मूर्च्छित कर देगी।

"चलें।" वह एकाएक उठ बैठा।

"चलो।"

गट्ठर कमरे से बाहर घसीटे गए, 'लिफ्ट' तक लाए गए, 'लिफ्ट' में रखे गए। 'लिफ्ट' नीचे सरकने लगी। नवल 'लिफ्ट' में लगे पंखे के नीचे आंखें मूंदकर खड़ा हो गया, सीने में गुबक रही मतली को दोनों हाथों से सहलाते हुए।

तय यह हुआ कि गट्ठर प्रवेश के पास रखे रहेंगे। नवल जाकर रद्दीवाले से पता लगा करके आएगा। एक गट्ठर वह अपने साथ ले जाएगा, ताकि रद्दीवाले को किसी प्रकार का संदेह न हो। वैसे तो रद्दीवाले ने उन्हें आते-जाते देखा भी है। भले आपस में किसी तरह की बोलचाल नहीं रही है। फिर भी सावधानी बरतना ठीक रहेगा। ऐसे मौकों पर पुरानी देखा-दाखी अकसर अपरिचित हो जाती है।

दुकान का 'शटर' गिरा हुआ था। वह निश्चय नहीं कर पाया कि पहले शटर पर दस्तक देकर देख ले या सीधा घर पर पहुंचकर घंटी बजाए। सीधा घर पर पहुंचने की बात पर संकोच ने दबोच लिया। उसने गट्ठर बरामदे में टिकाकर शटर भड़भड़ाया। उसे आश्चर्य हुआ। पहली ही भड़भड़ाहट में भीतर से एक घबराया हुआ पुरुष-स्वर बाहर आया—

"दुकान बंद हय।"

"रद्दी देनी है, भाई।" नवल ने स्वर को यथासंभव संशयरहित बनाया।

"कल लेगा।"

"अरे, आज ही ले लो, हम सामनेवाली बिल्डिंग से आए हैं, भाई।"

दुकान का शटर दो फीट ऊंचा उठा। भीमजी भाई ने गरदन बाहर निकालकर झांका, "आप!"

तुरंत उसकी निगाह रद्दी की ओर घूम गई। उसकी आंखों में कौंधी चमक ने नवल को आश्वस्त किया। उसे महसूस हुआ कि भूख से थर्राते उसके शरीर के भीतर स्फूर्ति का विस्फोट फैल गया।

"पिच्छू से आओ।" शटर बंद कर भीमजी भाई ने मुस्कराकर इशारा किया।

शटर बंद होते ही उसने इमारत के प्रवेश पर खड़े रमेश और हरीश को गट्ठर उठा लाने का संकेत किया।

जितनी देर रद्दीवाला नाप-जोख करता रहा, वे टकटकी बांधे तराजू का कांटा घूरते रहे। एक तो रद्दीवाले ने निश्चित ही रद्दी का भाव कम बताया था, विश्वास था नवल को, तिसपर यह भी सुन रखा था कि डांडी मारने में ये कम उस्ताद नहीं होते। वह तौलते-तौलते बंद के आह्वान पर तीव्र प्रतिक्रिया प्रकट कर रहा था—

"मुंबई आमची। मुंबई क्या ये घाटी लोगों ने बनाया? अब्बी बोलता है कि दूसरा जातवालों को बार हकालो? पन वाजिब है क्या ये? हां, सा'ब?...हिंदू-मुसलमान का

फसाद होता तो लोग बोलते कि ये दो मजब (मजहब) का टक्कर है। अब्बी ये कैसा झगड़ा है कि हिंदू कोच हिंदू हकालने को मांगता?"

हरीश बोला, "ये तो सरकार की खिलाफत में हड़ताल की गई है।"

"पन सा'ब।! सरकार कौन हय? अपना सरखा मानुसच तो सरकार हैं? वो फकत अपना जात-बिरादरी काच फायदा-लुकसान सोचेगा तो दूसरा भाई-'बेन' का क्या होवेगा? फिर अपना देश में अपनाच आदमी देश का किसी भी जागा में जा के कमाने-खाने को नईं सकता?"

उन्होंने कोई प्रतिक्रिया नहीं दी।

"सा'ब, इक्कीस रुपया साठ पैसा हुआ।" रद्दीवाले ने पैसे गिनकर उसकी ओर बढ़ाए।

"आस-पास कोई उड़पी या रेस्तरां खुला है क्या?"

"उड़पी का तो आज खुलने का सवालीच नईं, बाजूवाला 'ईरानी' पिच्छू से खुला हय।"

राहत सनसनाती दौड़ गई। दिन एकाएक सामान्य हो उठा।

ईरानी रेस्तरां रद्दीवाले के मुताबिक रसोईघर के रास्ते खुला हुआ था। हलकी दस्तक के साथ ही दरवाजा खुल गया। नौकर ने उन्हें क्षणांश ठिठककर परखा और हड़तालियों की जमात से अलग कर भीतर आने का संकेत किया। नवल को उसकी इस संशयी हरकत पर हंसी आई। इस एरिया में तो उसे हड़ताल की कोई उत्तेजक स्थिति नजर नहीं आ रही, सिवा इसके कि लोगों के दिलों में एक आतंक घर किए हुए है।

हॉल में बस इक्के-दुक्के लोग बैठे हुए थे। उन्हें अंदाजा हो गया। ये भी उनकी बिरादरी के ही लोग हैं। वरना आज के दिन कौन मूंड़ मुंड़ाने घर से बाहर कदम रखेगा।

"यार, पहले एक-एक प्याली चाय हो जाए।" हरीश ने कहा।

"क्या बात है।" रमेश जोश से उमगा, "मेरे मुंह की बात छीन ली। साथ ही सिगरेट का पैकेट भी हो जाए।"

"होगा?"

"रखते तो हैं।"

"तो मंगवाए लेते हैं।"

"पर खाना?"

"खाना बाद में। बगैर चाय के सिर भारी हो रहा है।"

नवल ने आदेश लेनेवाले छोकरे को इशारे से बुलाया।

"पहले तीन गरम चाय। साथ एक तीन प्लेट खारी और विल्स का पैकेट और माचिस मिलेगी?"

"मिलेगा न, सा'ब।"

"तो ले आओ। पर जरा किसी से यह टेबल तो पोंछवा दो। इतनी चीकट हो रही है कि कुहनियां नहीं टिकाई जा रहीं।"

"भेजता न, सा'ब।" कहकर उसने वहीं से खड़े-खड़े दूसरे छोकरे को पुकार लगाई, "जरा इदर फटका मारना।"

छोकरे के टेबल पोंछने के लिए तत्पर होते ही तीनों ने अपनी-अपनी कुहनियां हटा लीं। नवल को एकाएक अतैया का खयाल हो आया।

"तुम काम पर कैसे पहुंच पाए?"

छोकरा उसका मतलब समझ गया।

"मैं अउर रमेश रात को इदरीच सोते!"

उमेश जरूर 'आदेश' लेनेवाला लड़का होगा, नवल ने अनुमान लगाया। सेठी अतैया को अगर 'कैंटीन' में ही सुलाता होता तो आज मजा आ जाता। निश्चित हीं वे रद्दी छांटने की जहमत से बच जाते। वह उनकी अव्यवस्थित जिंदगी का एक ऐसा सार्थक सूत्र है जो उनको पेट की जलन से निश्चिंत रखता है। कई दफे तो अतैया कहता भी है, 'सा'ब, ये सेठी सा'ब हैं न, बोत चालू हैं। मेरी मां को मुलुक में फकत बीस रुपया मेना भेजता हय। मन कू आता है कि दूसरा 'होटल' पकड़ लूं। जास्ती पगार मिलेगा। पिच्छू आप लोगों का खयाल आता है तो सोड़ने का दिल नईं करता। आप लोग नौकरी सोड़ के दुसरा जागा जाएगा तो मैं पन इदर का नौक़री सोड़ देगा।'

"क्या लीडर है, मानना च पड़ेगा।" उनके बगल में बहस चल पड़ी थी। बोला, "मुंबई बंद तो अक्खा मुंबई बंद। किसी को पन ऐसी आशा नईं थी। किदर लोग समझते होते कि मुंबई सबसे सांत अऊर सुरक्षित सहर है। अब देखो, दंगा-फसाद इधर भी सुरू।"

"दादर में 'विसावा' होटल जला डाला, भायखला में एक डबल डेकर कू घासलेट डालकर फूंक दिया। लाल बाग और परेल में तो अपुन सुना कि मिलिटरी लगाया गोरमेंट ने।"

"क्या होयगा, किसको पत्ता उसको मुंबई छोड़ना पड़ेगा। अभी ये तो बोत गड़बड़ मांग है कि इदर का लोगों का वास्ते गोरमेंट को अस्सी प्रतिशत जागा सुरक्षित करना मांगता। ऐसा दूसरा राज्य पन करेगा तो कोई किदर रहने को नईं सकेगा।"

सब तरफ बस यही चर्चा। नवल ने छोकरे को इशारे से पास बुलाया और 'बिल' लेने के लिए पांच का नोट थमा दिया।

लड़का फुरती से वापस पलटा। वे उठने लगे तो खयाल हो आया कि लगे हाथों खाने के बारे में भी पूछते चलें।

"दोपहरच में खाने को कुछ मिलेगा?"

"दोपहर तो है, सा'ब!" लड़के ने साश्चर्य कहा।

"मेरा मतलब है घंटे-डेढ़ घंटे के बाद।" नवल ने खिसियाकर सफ़ाई दी।

"मिलेगा। मटन बिरियानी है।"

"ठीक, आते हैं।" कहकर वे पुन: किचिन के रास्ते बाहर हो लिये। तीनों ने तय किया कि कमरा व्यवस्थित करके वे तीसरे माले पर स्थित रिकार्डिंग हॉल से लगे बाथरूम में जाकर जमकर नहाएंगे। रोज ही वे वहीं नहाते-धोते हैं। साबुन उन्हें वहां मुफ्त मिल जाता है। साथ रोज-ब-रोज बदली जानेवाली धुली तौलिया भी। वॉश-बेसिन पर लगी तरल साबुन की बोतल उनके कपड़े धोने के काम आती है। मजबूरी है। करें भी क्या? उनके फ्लोर पर लैट्रिंस तो हैं, पर बाथरूम नहीं है। उनके छोटे कमरे में तो कपड़े टांगने तक की सुविधा नहीं है। पूरा कमरा मेज-कुरसियों और रैक्स से अटा पड़ा है। बस एक नन्ही-सी बालकनी है, जो उनकी जरूरी चीजों को पनाह दिए हुए है। पहले सिर्फ हरीश और रमेश थे तो दोनों कमरे के अंदर ही सोते थे; पर एक नग बढ़ जाने से व्यवस्था बदलनी पड़ी। अब हरीश अकेला कमरे में सोता है। नवल और रमेश अपनी-अपनी चादरें लंबी तानकर कॉरीडोर में सो रहते हैं। कोई दिक्कत महसूस नहीं होती। रात को सारे दफ्तर बंद हो जाते हैं। आज दिन में भी यह सुविधा उन्हें उपलब्ध थी।

मल्होत्रा साहब ने दफ्तर में घुसते ही उनसे पछतावे भरे सुर में बोलना शुरू कर दिया, "ओ जी, मुझे तो अंदेशा ही नहीं था कि इतना जबरदस्त मुंबई बंद होगा। बड़ी तोड़-फोड़ हुई। बंटवारे की याद आ गई। क्या हो रहा है हिंदुस्तान को!" फिर एकाएक अफसोस प्रकट करते हुए बोले, "जी बड़ा बेचैन रहा। आप लोग तो कल सिगरेट-पानी को भी तरस गए होंगे, हां?"

उन्हें तसल्ली हुई कि भले बूढ़ा आ नहीं पाया, यह जुदा बात है, मगर उसे उनकी चिंता थी। वे फिजूल ही खौफ खा रहे थे। अब खतरा नहीं है। कल की विकट परिस्थिति का अंदाजा है उसे। पैसे न देकर जाने की ग्लानि भी। हालांकि नवल को कुरकुरी हो रही थी कि अभी तक बूढ़े की गिद्ध दृष्टि खाली हो आए रैक्स पर कैसे नहीं पड़ी और उसने उनसे जवाब तलब क्यों नहीं किया? पर तभी यह खयाल भी आया कि हो सकता है, वह उनसे कुछ भी न कहना चाह रहा हो। साफ-सफाई ने उसे उदार बना दिया हो।

हमेशा की तरह उसने अपने लिए स्पेशल कॉफी और उनके लिए चाय का ऑर्डर दिया।

कॉफी आई, चाय आई। वह कॉफी सिप करने लगा और वे चाय। नवल ने नया 'स्टारडस्ट' उलटना-पलटना शुरू कर दिया कि कोई सनसनी मिले और वह तुरत-फुरत चटपटी खबर बना डाले। पर तभी मल्होत्रा साहब की आवाज ने उन्हें चौंका दिया।

"ओ जी, रैक्स में अखबार बड़े कम नजर आ रहे हैं?"

क्षणांश के लिए कमरे में सन्नाटा व्याप गया। हरीश की टाइपराइटर पर दौड़ती उंगलियां ठिठक गईं। रमेश ने चौंककर जो खाली रैक्स की ओर दृष्टि घुमाई तो फिर नजर वहीं टिकी रही। जवाब नवल को ही देना था। उन दोनों की बोलती तो वैसे भी बुड्ढे के सामने हलक में फंस जाती है।

"जी, दरअसल कल हम लोग फुरसत में थे न। सोचा, 'रैक्स' की सफाई ही कर डालें। खाने ठुंसे पड़े हुए थे। 'रिकॉर्ड्स' की चार-चार प्रतियां रखकर हमने सालाना फाइल बना डाली है। आप कह भी तो रहे थे न कि..."

"ओ जी, बहुत-बहुत बढ़िया काम किया आपने। पहले जो लड़के थे न, बड़े काहिल थे। दफ्तर की तरतीबी की कभी परवाह ही नहीं की उन्होंने।" बोलकर वे तनिक ठहरे। टेबल पर पड़े सतरंगी पेपरवेट को उंगलियों से नचाने लगे।

नवल ने राहत महसूस की। गनीमत है कि बुड्ढे ने बात को सहज भाव से लिया, क्योंकि जिसे मामूली-मामूली-सी बातों पर भड़क उठने की आदत है और जो यही समझता है कि अगर इन्हें बात-बात में अरिया नहीं लगाई जाएगी तो ये चुस्त-दुरुस्त नहीं रहेंगे, उससे इतना सहज व्यवहार अप्रत्याशित ही है।

"जी, रद्दी तो बहुत निकली होगी?"

"जी, काफी निकली। यही कोई सोलह-सत्रह किलो।"

"काफी पैसे मिल जाएंगे।"

उसका आशय समझकर नवल सनका, "'जी, वो तो हमने कल ही बेच दी। आपको तो पता ही है कि कल का काम चलाने के लिए हमारे पास पैसे कहां थे।"

"जी, बहुत वाजिब काम किया आप लोगों ने। और करते भी क्या! गलती तो मेरी ही थी। जी रद्दी बिकी कितने में?"

"एक तो कल गरज अपनी थी, सर। भाव वाजिब नहीं दिया साले ने।" नवल ने बरबस रोककर जबान काटी, "यही कोई इक्कीस रुपए साठ पैसे।"

"चलिए, जो भी मिला सो मिला। कल दुकान खोलकर कौन मुसीबत मोल लेता! मुझे तो खुशी है कि रैक्स भी तरतीब हो गए और कल का आपका मेहनताना भी निकल आया। तो..." वे तनिक विचारमग्न हुए, "आप लोगों के कल के छह-छह रुपए काटकर बचे जी, तीन रुपए साठ पैसे; यानी इसमें से परहैड एक बीस। आज की किस्त में से घटाया जाए तो?...लीजिए, आप लोग आज की पहली किस्त ले जाइए। दो रुपए सत्तर पैसे ईच, ठीक है न जी हिसाब!"

रमेश और हरीश गरदन झुकाए हुए काम में एकाग्रता का भाव अपनाए रहे, जैसे उन्होंने कुछ सुना ही न हो; पर नवल की कनपटियों में जलते चैले चटखने लगे।

मर-खप के तो बंडल खोले, घंटों सड़ी धूल फांकी, फाइलें बनाईं, कमरा साफ किया। झाड़ूवाली तक को तो यह खूसट एक चवन्नी ढीली नहीं करता। उन्हें यहां रखा है तो कितनी बचत करता है इसी बहाने? चपरासीगिरी से लेकर चौकीदारी तक, कौन-सा ऐसा काम है जो वह उनसे नहीं करवाता? अखबारों के बंडल तक तो ढोकर वे उसकी गाड़ी में रखते नहीं झिझकते। और...

सहसा एक भीड़ नारे लगाती, हवा में मुट्ठियां उछालती उसके सीने पर गुजरने लगी...

विसावा होटल जला डाला!...

एलिस डिपार्टमेंटल स्टोर जला डाला...

...डबल डेकर बस...अपनाच देश में अपना आदमी किदर भी जा के कमाने खाने को नईं सकता?...

कमाने-खाने कू सकता...पर कैसे?...वह सोच रहा है। यह 'बंद' न मराठियों का मद्रासियों के खिलाफ है, न एक जाति का दूसरी जाति के प्रति। यह उस जाति के खिलाफ है, जो अपने स्वार्थों और संकीर्णताओं के चलते दूसरों का शोषण करती हैं और किसी भी जाति का मुखौटा ओढ़कर अपना चेहरा बदल लेती हैं। और यह मल्होत्रा भी...।

नवल ने बीड़ी सुलगा ली और एक नजर उसने रमेश और हरीश को देखा। उनके चेहरे अपनी-अपनी टेबलों पर झुके हुए थे। वह आहिस्ता से उठ खड़ा हुआ। एक-दो गहरे कश उसने खड़े-खड़े ही मारे। फिर घूमकर निकलते हुए उसने सुलगती हुई बीड़ी 'मेनका' के बंडलों में खोंस दी और टेबल की ओर 'किश्त लेने' बढ़ लिया।

●●●

17

राक्षस

उसने भरी-भरी आंखों और आतंकित हृदय से बाबू जी की ओर देखा। बाबू जी के हाथ में उनकी कोल्हापुरी चप्पल थी, जो बड़े भैया के ऊपर निर्ममता से तड़ातड़ बरस रही थी–"हरामखोर...दिन भर आवारागर्दी करने के अलावा कोई और काम-धंधा है तुझे? खून पिलाकर पाला। बी.कॉम. करवाया कि तू किसी काबिल बनेगा तो हमारे दिन बहुरेंगे...मगर तू...तू ऐसा कुल-बोरन निकला कि शराब पी-पीकर साली पुश्तें लील रहा है।...क्या सीखेंगे तेरे लच्छनों से ये छोटे-छोटे भाई-बहन?... निकल घर से...इसी दम, राक्षस कहीं का।"

मां बीच-बचाव करने दौड़ीं, "क्या करते हो जी...! जवान-जहीन लड़के से कोई ऐसे पेश आता है...?"

बाबू जी ने उन्हें जोर का धक्का दिया। वे 'हाय' करती फर्श पर ढेर हो गईं।

भैया जैसे जिस हालत में थे, दरवाजे से बाहर हो गए। मां उन्हें रोकने दौड़ीं किंतु बाबू जी ने डपट दिया, "मरने दे सत्यानासी को...ऐसी औलाद से बेऔलाद भले...!"

वह और मुन्ना सुबकियां भरते-भरते सो गए। उस रात किसी ने भी खाना नहीं खाया। दूसरे दिन भी स्थिति सामान्य नहीं हो पाई। तीसरे दिन मां को थोड़ा ढाढ़स हुआ। भैया घर आए और अपनी पुस्तकें समेटकर किसी दोस्त के घर चले गए। रात बाबू जी को मां ने बताया तो वे पूर्ववत् गुस्से से बिफरकर बोले, "बिसूर रही थी न कि कहीं मर-मरा न जाए? अरे ऐसा बहादुर नहीं तेरा बेटा...। अच्छा हुआ कि दफा हो गया।"

बाबू जी का प्रत्युत्तर सुनकर उसका बाल मन-मस्तिष्क तमाम प्रश्नों से बिंध उठा। दिन गुजरने लगे।

एक शनिवार की शाम उसने पाया कि बाबू जी के संग कोई सूट-बूटधारी सज्जन घर आए हैं। शायद उन्हीं के स्वागत-सत्कार के लिए मां दोपहर से ही रसोई में जुटी हुई थीं। बाबू जी ने उन दोनों को पास बुलाकर अंन्य दिनों की अपेक्षा स्वर में दुलार घोलते हुए आज्ञा दी, "प्रणाम करो बच्चो...ये हमारे बॉस हैं। गुप्ता जी!"

गुप्ता जी ने 'हैलो' कहकर उनका प्रणाम स्वीकार किया और बाबू जी के साथ बैठक में चले गए। कुछ देर उपरांत बाबू जी बैठक से बाहर आए और मां से बोले, "साहब शाम को कॉफी-चाय नहीं पीते। ऐसा करो कि पड़ोस के तिवारी जी के यहां मुन्नी को भेजकर फ्रिज से बर्फ मंगवा लो और एकाध अच्छा गिलास धो-धवाकर रख लो।" फिर एकाएक उसकी ओर मुखातिब होकर बोले, "इधर तो आओ, बबलू।"

वह उनके पीछे-पीछे अलमारी तक गया। बाबू जी ने अलमारी खोली और उसके हाथ में पचास का पत्ता थमाते हुए खुसफुसाए, "मुस्तैदी से 'आराम वाइन शॉप' चला जा। चक्की की बगल वाली दुकान है और कहना कि एक 'ओल्ड मॉक रम' की बोतल दे दे...जा लपक के, मां से झोला ले और सुन! यह जा वह लौट... समझा! दुकान समझ में आ गई न!"

सुनकर वह अटपटा उठा। यह बाबू जी क्या कह रहे हैं? उससे बोले बिना रहा न गया, "वो तो शराब की दुकान है, बाबूजी?"

"शराब नहीं तो क्या मैं तुझे गंगाजल लाने भेज रहा?" उसे आगे ठेलते हुए बाबू जी उसकी धृष्टता पर गुर्राए, "नाम नहीं भूलना...'ओल्ड मॉक रम'।

"मगर किसके लिए...? वह अपनी जिज्ञासा दबा नहीं पाया।

"साहब के लिए...।"

"साहब के लिए? क्या साहब राक्षस हैं?

"तड़ाक!!' बाबू जी का करारा चांटा उसके गाल पर पड़ा। "अब्बे, उल्लू के पट्ठे... राक्षस कहता है उन्हें? अरे, वे हमारे बॉस है, बॉस! हमारे... अन्नदाता..." बाबू जी ने दांत किटकिटाए।

•••

18

सौदा

किवाड़ों की सिटकनी उतारी नहीं कि पीछे पड़ते दबाव के चलते 'भड़ाक्' से पट मुंह को लगते-लगते बचे। चन्दू की जगह एक नाटी-सी-स्त्री-आकृति लपकती-सी भीतर घुस आयी। वह भौंचक!

भौंचक्काहट झटके और कुछ सोचे-समझे कि आकृति ने फुर्ती से पलटकर किवाड़ भेड़ सिटकनी चढ़ायी और भयभीत हिरनी-सी पटों से पीठ टेक कुछ बोलने की असफल चेष्टा करने लगी। धोती की कसावट से मुक्त हुआ चेहरा एक किशोरी का था! फूटते कल्लों का-सा उभार लिए उसकी लगभग सपाट छाती, कोसों दौड़ाई के बाद सहिताने को किसी वृक्ष के तने से टिकी-सी दम साधने के प्रयास में साधे नहीं सध रही थी। स्मृति में न अड़ोस-पड़ोस का परिचय कौंधा, न गली-मोहल्ले, न दूर-दराज, किसी सगे-संबंधी का...फिर...?

उसकी दृष्टि में बटुर आये भय और संदेह ने किशोरी की बदहवासी को चिकोटी भरी, "'हमार रच्छा...गुंडे हमरे पीछे हैं...बचाय...बचाय लो...!" सूखी सहमी आंखों के कोरों के तट पर एक नन्ही-सी कांपती लहरी उमड़ी और उसे भिगोने को-सी अरराती बढ़ आयी। विनती में जुड़ी कलाइयों की खरोंचों पर पपड़िया रहे रक्त कण उसके संग हुई जबरई की चुगली खा रहे थे...

कनपटियों से सांय-सांय बहता तनाव भौंहों के बल रेंगता नाक के इर्द-गिर्द टपकने लगा। मवाली पीछे लगे हैं तो उसकी खोली तक खोजते हुए पहुंच सकते हैं। बच्चों के संग वह घर पर अकेली है। रात के डेढ़-दो से ऊपर हो रहे होंगे। चन्दू भी अब तक घर नहीं लौटा। ऐसे में अनजान छोकरी को घर में घुसाकर वह अपने लिए आफत नहीं न्यौत रही? महीने में बीस-पच्चीस दिन बच्चों के संग अकेले काटना होता है। कोई संकट खड़ा हो जाये तो किसका मुंह जोहेगी? बस्ती-बस्ती का फर्क ऊपर से। झोंपड़-पट्टी में थी तो मामूली-सी 'चीं-चां' पर भी लोग फूट पड़ते थे। चाल में अपनी-अपनी खोली, खोली में बंद अपने-अपने दु:ख-सुख! उसकी मौन दुविधा ने किशोरी को आतंकित कर दिया। कहीं गृहस्वामिनी उसे घर से निकाल कर

बाहर मंडराते चील-कौवों को न परोस दे! फूटती हिचकियों को बरबस सुआये ओंठों में भींचने की असफल कोशिश करती हुई वह विगलित-सी उसके पैरों में दोहरी हो आयी। "बड़ी मुश्किल से पिरान बचाय के भागे हैं...इज्जत बचाय लो हमारी...हमारी माई समान हो...तोहार उपकार जिनगी भर न बिसरब..."

दारुण रुदन द्रवित कर गया। पांव पर झुकी छोकरी की जूड़ी चढ़ी-सी कांपती पीठ उसके इर्द-गिर्द बेड़ियां बुनने लगी। किंकर्तव्यविमूढ़ हो उठी। कठिन-से-कठिन परिस्थिति में भी उसकी विवेक-बुद्धि कुंद नहीं हुई। इस क्षण कुछ सूझ नहीं रहा। कदम आगे बढ़ाये या पीछे! हो सकता है, छोकरी भली हो, सच्ची हो, परिस्थितिवश मुसीबत में फंस गयी हो। कुछ भी हो, है असहाय। जवानी के तने पर पंजे कसती देह!...चन्दू किसी भी क्षण गोदाम से घर लौट सकता है। उसे समझा लेगी। रात भर के आसरे की बात है, सुबह सही-सलामत उसके ठिकाने पर चन्दू ही पहुंचा देगा। चन्दू की नींद सुबह न भी टूटी तो बच्चों को स्कूल रवाना कर खुद ही उसे लेकर चल देगी। मुसीबत किसी को बताकर तो नहीं टूटती! यही ठीक होगा। चन्दू के आने तक उसे बच्चों के संग लिहाफ में दुबकी रहने को कहेगी। संदेह में मवालियों ने दरवाजा ठोंका-पीटा भी तो यही दर्शाएगी कि वह गहरी नींद में सो रही है। अधिक उत्पात मचाएंगे तो चीख-चीखकर मोहल्ला जगा लेगी...

"उठ!" उसने झुककर छोकरी को पैरों से अलग किया, "नाम क्या है तेरा?" कान गली से उठने वाली किसी भी आहट के प्रति चौकन्ने हो उठे।

"गेंदा", नाक-आंख का पानी हथेलियों से पोंछते हुए, सकुचाते हुए ओंठों पर उंगली रखते हुए उसने गेंदा को चेतावनी-सी दी, "सीऽऽऽ रोने का नईं...आवाज बाहर जाती...बोल, रेती किदर तू?"

उसके सवाल ने गेंदा को सांसत में डाल दिया।

"पता-ठिकाना होयेगा न किदर का!" गेंदा की दुविधा भांपते हुए उसने उसके संकोच को तोड़ना चाहा। "झगड़ा-बिगड़ा करके भागी होयेगी घर से तो पन घबराना नईं..."

"दीनागंज...जिला गोरखपुर..."

"क्या?..तू इदर की नईं...?" गेंदा ने अस्वीकार में धीरे से सिर हिला दिया।

"तो तू इधार कैसा आयी?" उसे घेर किसी पहेली का फंदा कस गया। सांस ऊपर-की-ऊपर नीचे-की-नीचे। गेंदा की गरदन धड़ पर झुक गयी निर्जीव-सी!

उसका धैर्य बिलबिला उठा, "बोलेगी नईं तो कैसे चलेगा?"

गरदन नहीं उठी, लेकिन साहस जुटाते शब्द स्वर पाने को तत्पर हो आये। "सूखा के चलते न गोड़ाई, न बुवाई...काम मांगने सोहनवा के होटल गये...उहां एक डिरेवर से भेंट भई। बोला, हमरे संग सहर चल...अपने सेठ के घर नौकर रखवाय देंगे। पांच सौ रुपिया तनखाह मिली। रहना खाना घर ही पर...अपने लिए बचा-बुचू के माई को मनीऑर्डर

करवाती रहना...हमहु सोचे! पैसा पाय के माई की रिस जाती रहेगी...पचास रुपिया दिया...बोला, अपने संग हम ठेला में लिवाय चलेंगे...सो हम..."

सब्र बंधा। सेठ के घर में काम छोड़कर भागी होगी। बड़े घरों में वह भी खटी है। पगार अपनी जगह है मगर नौकर को वे आदमी नहीं जानवर समझते हैं, जानवर! बूंद-बूंद खून निचोड़ते नहीं झिझकते। सहन नहीं हुआ होगा इससे, "काम की कमी नई...पन दूसरा घर पकड़ के सेठ का घर छोड़ना था न! अऊर ऐसा रात में भागना..."

उसकी सहानुभूति पा गेंदा के भीतर पसरा अंधेरा चरमराया। उठती दृष्टि के साथ लसाये दांतों से चिपके ओंठ 'पच्च' से तनिक खुलकर बुदबुद हुए। लगा...जैसे खुलती हिम्मत के बावजूद झिझक की कोई पैनी कील ठीक जुबान के बीचों-बीच आ धंसी हो और...महसूस हो रहा हो कि किसी के आग्रह पर बीती सच्चाई से फिर गुजरना ठीक किसी की धौंस की दहशतवश अपने ही हाथों अपने कपड़ों के बटन खोलने जैसा त्रासदायी है...क्षोभ से मन फिर उमड़ आया। अबकी जुबान की हरकत में आड़े आ रही कील उसने कोशिश कर उखाड़ फेंकी...

"सेठ की नौकरी फरेब थी...डिरेवर हमको धोखा दिया..." कील फिर गड़ने को हुई।

उसकी आंखों में अनायास लालटेन की बत्ती उकसा-सी आयी..."बोल-बोल!"

"इहां लाके लालू दयाल के हाथ बिका दिया...चार हजार का सौदा पटा...लालू हमसे धंधा करवाने को मार-कुटाई करने लगा... हम हाथ जोड़ते रहे...हमका छांड़ि दे...हमसे नहीं होगा...आज सुबह बहुत जबरई किया...हम खिड़किया से कुदि के भागे. .." गेंदा के धैर्य का बांध टिका नहीं रह पाया...

वह अवाक् हो उठी।

धैर्य बंधाने के सारे रास्ते अवरुद्ध हो उठे। सत्य कहने के लिए जितना साहस जुटाना होता है सुनने वाले के लिए भी सुनकर उसे झेल पाना उतना ही दुष्कर! बड़ी मुश्किल हुई अपने को समेटकर गेंदा को ढाढ़स बंधाने में, "छि: छि: बहुत बुरा हुआ तेरे साथ..." अपना भी गला भर्राता हुआ हो आया, "'जी छोटा मत कर...कोई-न-कोई रास्ता निकलेगा...रो मत इतनी जोर से...आवाज बाहर जाएगी।"

"चल, चलके बच्चों के पास सो जा...कोई भी आने दो दरवाजा नई खोलेगी मैं. ..मरद आएगा जो साऽऽब संभल जायेगा।"

निश्चय से भरी वह गेंदा की बांह पकड़ खोली के बायीं ओर दीवार से सटे बड़े पलंग के पास ले आयी। गठरियों से लुढ़के पड़े उसके तीनों बच्चे पलंग पर सो रहे थे। अचानक ठिठकती गेंदा की चीख सुनकर वह हतप्रभ हो उठी। पलटती तो पाया, पलंग के सामने वाली दीवार पर जड़ी फल्ली के ऊपर रखे चन्दू के बड़े से चित्र के समक्ष ठिठकी हुई गेंदा पत्ते-सी कांप रही थी। अधीर हो उसने गेंदा को झकझोरा, "ऐसा काय कू घूरती फोटू को!"

गेंदा ने अजीब दृष्टि से देखा उसे। घिग्घी बंध आयी क्षण भर को। "डिरेवर ये. ..ये...यही है डिरेवर..." संकेत में उठी उसकी उंगली अचानक मरोड़ दी गयी टहनी की भांति पोर से झूल गयी।

"क्या बकती है तू?"

"ठीक कहत हैं...यही नीच है...इसी दहिजार ने हमका फुसला-बहलाकर..?"

"देख-देख...ध्यान से देख।" आवेश में भरकर उसने फल्ली पर से चित्र उतारकर गेंदा की आंखों के सम्मुख तान दिया।

"खूब पहचानते हैं इस पापी को... ठेला चलाता है...चन्दू नाम से साथ का मनई बुलाता है उसको...हमको कहां मालूम था ये मनई के भेष में भेड़हा है...ढेर लड़िकिन को बहिका-फुसला के उनका जीवन बरबाद किया है!..."

...अविश्वास और उत्तेजना से भरा उसका हृदय कांप उठा। गेंदा के स्वर की दृढ़ता चोट खायी नागिन की तरह फन काढ़े उसकी समूची चेतना पर फुफकार रही है...सिर घूम रहा है...सिर नहीं, शायद खोली ही रहट के चक्कर की भांति तेजी से घूम रही है...

चन्दू का चित्र देख गेंदा किसी भ्रम का शिकार भी हो सकती है!...लेकिन न नाम गलत बता रही है न पेशा। गोरखपुर, बलिया, देवरिया वह माल ढुलाई-भरायी के लिए अकसर जाता रहता है...भ्रम की गुंजाइश है ही कहां? घुटनों में मुंह दिये रह-रहकर सिसकी खींचती गेंदा की ओर दृष्टि घूमी...अभागिन नहीं जानती रही होगी प्राणों की रक्षा हेंतु वह जिस घर के दरवाजे आसरे के लिए खटखटा रही है संयोग से उसी अहेरी का होगा, जिसने अपने जाल में फंसाकर उसकी बरबादी की नींव खोदी!

गेंदा को घर से हटाना होगा। हो सकता है पीछा करते हुए मवालियों के संग चन्दू भी गेंदा की खोज में आकाश-पाताल एक कर रहा हो? न भी ढूंढ़ रहा हो, तब भी उसके लौटने का समय हो ही रहा है। किसी भी क्षण वह टपक सकता है...ऐसे में गेंदा सुरक्षित नहीं रह सकती। बच्चों के पास भी अब उसे सुलाकर नहीं छिपा सकती। नशे में धुत्त चन्दू घर में घुसते ही बच्चों के माथे पर हाथ फिराने से नहीं चूकता। चौकी न पहुंचा दे? ठीक मोहल्ले के नाके पर ही है। लेकिन गेंदा को साथ लेकर निकलना ऐसे नाजुक समय ओखली में सिर देना होगा। शिकारी कुत्तों-से सूंघते गुंडे गली-गली उसे ढूंढ़ते फिर रहे होंगे। कुछ भी हो, अकेले चौकी पर जाने की हिम्मत वह किसी तरह नहीं संजो पाएगी। पुलिसवालों के सलूक के विषय में इतना उलूल-जलूल सुन रखा है कि सोचकर ही झुरझुरी होती है। सुना है चौकी पर अब औरत हवलदार और दरोगा भी होती हैं...इस समय कोई ड्यूटी पर होगी कि नहीं, कौन जाने?

भंवर से उचक लेने को अचानक एक हथेली उसकी ओर कौंधी।

"घर में बइठ...मैं ताबड़तोड़ आयी।" गेंदा के ठुड्डी से चूते उठे संदिग्ध चेहरे को उसने हाथ बढ़ाकर आश्वासित किया और लपककर फली पर रखा हुआ ताला-चाबी उठा, खोली से बाहर हो गयी।

बस, पटवर्धन ताई घर पर हो। वैसे आज मंगल है। उन्हें घर पर ही होना चाहिए। जद्दन आपा बता रही थीं कि औरतों के जमावड़े में शरीक होने ताई नागपुर गयी हुई है। सोमवार की सुबह लौटने वाली है। 'दलित स्त्री उद्धार समिति' उनकी समाज सेवी संस्था है। संस्था की गतिविधियों के सिलसिले में ताई अकसर बाहर आती-जाती रहती हैं। जद्दन आपा के संग ही वह पहली बार ताई के घर गयी थी। जद्दन आपा के मर्द ने दूसरी औरत रख ली थी। खाने-खर्च को वह कानी कौड़ी नहीं ढीली करता था। हाथ-पैर ऊपर से तोड़ता रहता। वह हफ्तों काम पर नहीं पहुंच पाती। पटवर्धन ताई ने जद्दन आपा की भरपूर मदद की। बच्चों को स्कूल में भर्ती करवाया। मर्द पर मामला दायर करवाकर गुजारा-भत्ता दिलवाया। सीधे तनख्वाह से कटकर पैसे मिलने लगे आपा को।

मुख्य सड़क पार कर वह जे.वी. नगर के ठीक सामने आ गयी। जर्द सन्नाटे का भय रह-रहकर रीढ़ में चिलकें मारने लगा। कॉलोनी की चौकसी करने वाला गुरखा तक नजर नहीं आ रहा। न किसी गली से उठती उसके डंडे की लयात्मक ध्वनि। अचानक चौड़ी मांग-सी कढ़ी बीचों-बीच वाली सड़क के आखिरी छोर पर उसे तीन परछाइयां डोलती आगे बढ़ती दिखाई दीं। भय से गला सूख आया। फुर्ती से किनारे लगी मेहंदी की बेतरतीब बाड़ के पीछे दुबक ली। सांस दबाये। करीब से गुजरे तो उनकी बतकही ने उसे तनिक सहज किया। आशंका निर्मूल सिद्ध हुई। रात पाली से छूटे हुए कामगार थे वे। हाथों में खाने का डिब्बा झुलाते हुए।

हड़बड़ी और उलझन के चलते छोटी शिब्बू को जगाना ही भूल गयी। उसे सारी बातें समझा देती कि चन्दू लौटेगा और आधी रात को अपने दरवाजे पर ताला पड़ा पायेगा तो भरोसा नहीं, गुस्से में आकर ताला तोड़ने लगे। सिखा देती कि बाप जैसे ही दरवाजा भड़भड़ाये, शिब्बू उसे भीतर से ही आश्वस्त कर दे कि विमला मौसी के घर से उनके छोटे बच्चे के अचानक बीमार होने की खबर आयी थी। आयी (मां) उसका रास्ता देखते हुए अंत में उन्हें बाहर से बंद कर मौसी के घर को चली गयी। वह अपने दोस्त काली भाऊ के यहां जाकर सो जाये या लौटकर गोदाम में रात गुजार ले। गोदाम या चकला!..."छोटी बात नई मंगला!...जब तलक मैं शहर में सेठ अक्खा गोदाम की जिम्मेवारी मेरे को सौंपा...लोडिंग-अनलोडिंग...सब्ब मेरा ताबे में।"

"ले, संभाल के रख गड्डी...पूरे दस हजार हैं! दस बजे पांडुरंग सेठ पांडुरंगवाड़ी में बुलाया मेरे को...पगड़ी अऊर बिल बदलने का पैसा दे के कल ही मैं खोली का चाबी लेकर आएगा..."

"बावली सरखी क्या देखरई...जा होशियारी से रख जाके गड्डी।...मुफ्त मदद नईं किया सेठ...खून-पसीना एक करता मैं उसके वास्ते...उसको पन्न मालूम, आदमी बोत मिलते ईमानदारी नहीं मिलती..."

तर्क में दम था। मुंह में ताला पड़ गया, मगर अन्तर्मन में पालथी मारा संदेह झांसे में नहीं आया। आटे के डिब्बे में गड्डी छिपाकर वह रात भर बिछौने पर करवटें भरती

रही। रातोंरात ऐसा क्या चमत्कार घट गया कि सेठ उस पर इतना कृपालु हो उठा कि पूरे गोदाम की जिम्मेवारी उसने अपने एक मामूली से ड्राइवर को सौंप दी? ड्राइवर वह बहुत अच्छा है। अड़तालीस घंटे बिना पलक झपकाये सीट पर सीधा बैठा रह सकता है। बिना बोतल के वह भी नहीं। लेकिन...संदेह के बावजूद उसे सपने में भी अंदेशा नहीं था कि मेहनत और ईमानदारी की आड़ में आ रही जिस रकम से वह बच्चों को अच्छे स्कूल में पढ़ा रही है, झोंपड़ी छोड़ खोली में आ बसी है, अच्छा खा-पहन रही है, सुख-सुविधाएं जुगाड़ रही है, वह स्त्री के देह-व्यापार से कमाई गयी रकम है! छि: छि: चन्दू का यह स्वरूप भी हो सकता है? हो सकता है क्या, है। असलियत पूरी क्रूरता और कुरूपता के साथ उघड़ चुकी है...उसके विश्वास को निर्ममता से रौंदती हुई।

पटवर्धन ताई से कहेगी गेंदा को तुरंत उसकी खोली से हटाकर अन्यत्र छिपा दे। छिपाने की क्या जरूरत है, ताई उसे सीधे पुलिस के हवाले कर सकती है? पुलिस गेंदा को अपने संरक्षण में ले लेगी। पूछताछ करके तत्काल उस अड्डे पर छापा मारेगी, जहां दलाल निश्छल छोकरियों की मजबूरियों का फायदा उठाकर उन्हें धंधा करने के लिए विवश करते हैं।

कमाठीपुरा!...जगह का कोई ऐसा ही नाम बता रही थी गेंदा। 'चन्दू भी उन सबके साथ पकड़ा जाएगा...' तिरस्कार से कोई उसके कानों में फुसफुसाया। वह एकबारगी कांपकर खड़ी हो गयी। लगा, पुलिस चन्दू को बेड़ियों में जकड़े हुए ठीक उसकी ओर बढ़ती चली आ रही है। उसे कुत्ते की तरह घसीटती हुई! घुटनों पर निर्ममता से प्रहार करती हुई...प्रहार के साथ एक भीषण आर्तनाद उठता है। हवाएं सहमकर दुबक जाती हैं! मगर चीखें हैं कि लगातार वातावरण को रौंद रही हैं!...उसकी ठिठकी देह पसीने से तर हो उठी।

चन्दू को सजा हो सकती है...एक साल, दो साल, कई साल...नौकरी छूट जाएगी उसकी। उनकी गृहस्थी का जुआ भूमि पर आ गिरेगा। बरसों बाद अभावों की मार से वह अपनी पीठ बचा पायी है! एक झटके में सारा खेल खत्म हो जाएगा! फिर वही दलदल! घर-घर बर्तन घिसना! स्वामिनियों के व्यंग्य बाण झेलना! लौट सकेगी उसी जिंदगी में?

नहीं, नहीं लौट सकेगी! मामूली, मामूली-सी चीजों के लिए बच्चों का तरसना नहीं झेल सकेगी। क्यों इतना सोच-विचार कर रही है! गेंदा क्या निर्दोष है? किसने कहा था कि वह एक अनजान व्यक्ति पर विश्वास करने की मूर्खता करे? उसके साथ चल दे? धीरज धरती। गांव में रहकर मजदूरी खोजती। पेट में पानी डालकर भी तो आदमी इज्जत की जिंदगी बसर कर लेता है! पसीने की बूंद पिला-पिलाकर, उसने नहीं अपनी गृहस्थी पोसी? चन्दू की ड्राइवरी तो बहुत बाद में लगी। उसे ड्राइवरी सिखाने के लिए भी तो उसने साढ़े चार सौ रुपये अपनी एक सेठानी से उधार लेकर भरे थे। महीने-के-महीने पचास रुपये पगार में से कटवाती रही थी। सहानुभूति के बहाने कितनों

ने प्रलोभन फेंका, "प्रभु सेठ से मिल ले...तीन हजार लेकर दुबई में नौकरी दिलवाता है...खूब कमाई होती है, वहां...दलिद्दर कट जाएगा साल खांड़ में, हुंह! क्या होता है वहां, कौन जाने? अपनी मिट्टी की रूखी-सूखी मंजूर रही, बनिस्बत पराये मुल्क की हलवा-पूड़ी के।"

चन्दू का क्या दोष? धंधा फिर धंधा है...चमड़े का हो या चमड़ी का! देखा नहीं, सुना खूब है...। बड़े-बड़े होटलों में औरतों का नंगा नाच करवाते हैं सेठिये! कितनी इज्जत है समाज में उनकी? ठाठ से लंबी गाड़ी में घूमते हैं। कोई उठाता है उंगली उन पर?

यही घर है। बालकनी से लटका हुआ 'दलित स्त्री उद्धार समिति' का बड़ा-सा बोर्ड ठीक सिर के ऊपर है। जीने के निकट पहुंचकर देह अड़ियल बैल-सी ऐंठ गयी। बस, एक माला सीढ़ियां चढ़ेगी और उसके जीवन का फैसला हो जाएगा। कुछ ही घंटों में चन्दू जेल की सलाखों के पीछे होगा। जेल के सूखे टीकड़ों को पानी के साथ जबरन निगलता हुआ। आखिर पैसा कमाने की जिस राह पर वह आंखों में पट्टी बांधकर चल पड़ा है...किसके लिए? पेट में दारू और कुछेक स्त्रियों का सहवास सुख भोग भी लेता हो तो क्या, उनकी सुख-सुविधाओं का खयाल नहीं रखता?

मूर्ख है वह। मूर्ख ही नहीं, अंधी भी। स्वयं गृहस्थी की सुख-शांति को तीली दिखाने जा रही है। लौट चले। खोली में बंद चिनगारी को खोली में ही तोप दे। चन्दू के आते ही उसे चन्दू को सौंप दे। वह हिसाब-किताब कर लेगा। उसे क्या लेना-देना गेंदा से? कौन लगती है वह उसकी? एक अनजान लड़की की खातिर वह इतना बड़ा जोखिम उठाने चली है। उसके दु:ख से द्रवित हो...परिणाम सोचे बिना। सारी दुनिया के उद्धार का ठेका उसी ने ले रखा है? गेंदा की ही तरह अभावों की मार से विचलित हो उसकी शिब्बू किसी दिन किसी के बहकावे में आ ऊंच-नीच सोचे बिना गलत कदम उठा लेगी तो? कौन जिम्मेदार होगा उसकी बरबादी के लिए। आंतों की आग शैतान होती है शैतान! विवेक-बुद्धि निगल लेती है। पति को जेल पहुंचाने की जुगत भिड़ा वह अपने बच्चों को उसी चौराहे की ओर नहीं ढकेल रही जहां पहुंचकर गेंदा घर से भागने को विवश हुई?

दलालों को भनक हो गयी कि अड्डे पर छापा पड़ने के पीछे उसका हाथ है तो वे उसे जिंदा छोड़ेंगे? चन्दू अवश्य अपनी करनी का फल सींखचों के भीतर भुगत रहा होगा पर वे उसके घर को फूंकने से चूकेंगे? एक गेंदा के पीछे पांच जिंदगियां नष्ट हो जाएंगी...पांच! वह, चन्दू, शिब्बू, दीनू, गुड्डू...सब...

घर लौट चले। फौरन। भावुकतावश जीने पर उसके पांव उठ गये तो अनर्थ हो जायेगा। कुछ नहीं सोचेगी। सोचना ही नहीं चाहती। घूमी, घूमकर जीना छोड़ तेज कदमों से इमारत के बाहर आ गयी। अचानक महसूस हुआ, तन पर लिपटी कीमती नौवारी...माहेश्वरी साही से लपटें फूट पड़ी हैं...उन लपटों की लपलपाती तेज आंच

में उसकी पूरी देह 'चिड़-चिड़' करती सुलग रही है और...अपने ही मांस की चिरांध उसके नथुनों में भरती जा रही है! उसका दम घुट रहा है। आंखें कोटरों से छटकी पड़ रही हैं...

घर! कैसा घर! गेंदा की बलि के बिना पर जीवनदान प्राप्त करता घर! चन्दू के कुकृत्यों की चिनाई से मजबूत होती उस घर की दीवारें!...छि:छि:...उस घर में वह सांस ले सकेगी? स्त्री होकर स्त्री के दुर्भाग्य में साझीदार हो सकेगी? चन्दू पति है तो क्या अपराधी नहीं है? घर तब भी तो चलता था, जब चन्दू बेरोजगार था। वह बेरोजगारी बरसों उसकी गृहस्थी की रीड़ में पैने दांत गड़ाये उसके धैर्य को चुनौती देती रही थी। तब साहस नहीं तजा, अब क्यों कमजोर हो रही है...

आगे बढ़ते हुए पांवों पर सहसा किसी की मुट्ठियां आ कसीं और कसती ही चली गयीं। इतनी कि वह डग भरना चाहकर भी पांव उठा नहीं पा रही। शायद गेंदा की कलाइयां लग रही हैं...पांवों की ओर झुककर उसने अपने को उस जकड़न से मुक्त करना चाहा? मगर यह देख स्तम्भित रह गयी। उसके बढ़े हुए हाथ में जो कलाई आ समायी है, वह नन्हे हाथों में प्लास्टिक की चूड़ियां पहने हुए गेंदा की नहीं, शिब्बू की है...

शिब्बू!...वह अस्फुट स्वर में बुदबुदायी और वह बुदबुदाहट तीखी सिहरन की भांति उसकी संपूर्ण चेतना को झनझना गयी। न जाने उसे क्या हुआ कि फिरकी की तरह पलटकर वह पटवर्धन ताई के घर की ओर सरपट भागी। सैकड़ों अश्वों की एड़ उसकी टांगों में आ समायी। वह उनके जीने की सीढ़ियां चढ़ते हुए नहीं, तकरीबन उड़ती हुई-सी फलांगने लगी। दरवाजे के सम्मुख होते ही वह पूरी ताकत से उनका दरवाजा भड़भड़ाने लगी, "पटवर्धन ताई, ओ पटवर्धन ताई...ताई...जल्दी दरवाजा खोलो।" उसकी पुकार का असर हुआ। भीतर बत्ती जली। एक पदचाप उसकी ओर बढ़ती हुई सुनाई दी।

•••

19

अनुबंध

सुबह ग्यारह के करीब वह दुग्गल के पास पहुंचा था। जल्दी-से-जल्दी पहुंच पाने की सारी कोशिशों के बावजूद उसे यहां तक पहुंचने में डेढ़ घंटा लग ही गया। हड़बड़ाहट इसलिए थी कि कहीं वह कमरे से ही न निकल जाए। दस-साढ़े दस उसके निकलने का समय होता है। बाद में याद आया था कि आज तो 26 जनवरी है। स्टूडियो बंद है। उसे डरने की जरूरत नहीं है। किसी कारणवश वह नहीं भी मिला तो उसका रूम पार्टनर हर हालत में मिलेगा ही। संयोगवश वह फिल्मी जीव नहीं है। यहां अपने शोध के सिलसिले में आया हुआ है। छुट्टी के दिन तो वह कहीं भी नहीं निकला। मन-ही-मन उसने यह भी तय कर लिया था कि अगर दुग्गल नहीं मिला तो अपनी वापसी के लिए वह रेजगारी उस भलेमानस से मांग लेगा, हालांकि यह विचार उसे कष्टकर लगा। एक निर्देशक के रूप में उसकी खासी साख है। लोग उसके लकदक कुरते-पायजामे की आब में उसे काफी दुरुस्त हालत में समझते हैं। उन्हें क्या पता कि आजकल नौबत यहां तक आ पहुंची कि एक 'रिन' की टिकिया जानकी विशेष रूप से उसके कुरते-पायजामे लिए ही लाती है, जिसे वह अपने पीले पड़ आए इकलौते पेटीकोट पर भूलकर भी नहीं रगड़ती।

दुग्गल से उसका रिश्ता भी अजीब है, जिसे न दोस्ती कहा जा सकता है, न व्यावसायिक साझेदारी। उम्र में भी वह दुग्गल से आठ-दस साल बड़ा है। मिले भी वे बड़े अजीब ढंग से थे। उसके एक बुद्धिजीवी मित्र ने उससे दुग्गल को अपनी फिल्म में बतौर सहायक रख लेने की सिफारिश की थी। वह मित्र कलात्मक फिल्म बनाने का बीड़ा उठाए था। उसने एक कलात्मक फिल्म 'फिल्म वित्त निगम' से ऋण लेकर बनाई थी। फिल्म सचमुच अच्छी बनी थी; पर व्यावसायिक हथकंड़ों से उसका वह बुद्धिजीवी मित्र एकदम अनभिज्ञ था, बस फिल्म बन-भर पाई।

हुआ उसके साथ भी यही। कई नामी-गिरामी निर्देशकों की सहायकी छोड़कर उसने खुद को एक सुअवसर हाथ लगते ही स्वतंत्र कर लिया और एक प्रादेशिक फिल्म

का निर्देशन कर डाला। दूसरी फिल्म उसने स्वयं ऋण लेकर बड़े मनोयोग से बनाई। मन-ही-मन वह आश्वस्त था कि जो भी प्रयत्न उसने इस दूसरी फिल्म के लिए मात्र अपनी 'खा-पी लेने' की ऐयाशी की गुंजाइश रखकर किए थे, वे जरूर सफल होंगे और रातोंरात एक ऑफ-बीट फिल्म बनाने का सेहरा उसके सिर पर होगा। मगर हुआ यह कि पर्याप्त चर्चा के बावजूद फिल्म डिब्बे में रही और वह फुटपाथ पर।

दुग्गल इन दिनों अशोक दा के साथ है; किंतु उसमें ऐसा कुछ जरूर है जो व्यावसायिक साझेदारी से परे उसे वह सारी आत्मीयता देता है जो एक शुभेच्छु ऐसी दुविधाग्रस्त मन:स्थिति में उड़ेलता है और एक मित्र मरहम के फाहे बन जाता है।

कल घर से उसे नन्हे की लंबी चिट्ठी मिली। और कल से ही वह उद्विग्न मन:स्थिति में अपने दारुण उचाटपन को ढो रहा है। एक कल्पना रह-रहकर मंडरा रही है कि कहीं नन्हे भावावेश में कोई ऐसा कदम...

घर से चलते समय उसने नन्हे की चिट्ठी जानकी की आंख बचाकर धीरे-से जेब में सरका ली थी। दुग्गल को वह चिट्ठी पढ़वाना चाह रहा है। उसका दिमाग तो काम नहीं कर रहा, न उसकी समझ में कुछ बैठ रहा है कि उसे ऐसे में क्या करना चाहिए। अशोक दा का प्रस्ताव...वह किसी निर्णय पर नहीं पहुंच पा रहा।

गेस्ट हाउस की हिकाती घुमावदार काठ की सीढ़ियां चढ़ते हुए उसके नथनों में अजीब-सी तिलाइंध भर गई। गंध उड़-उड़कर दुग्गल के कमरे तक दौड़ती रहती है। नीचे का दाहिना हिस्सा मैडम ने, जो गेस्ट हाउस की मालकिन है, एक उडपीवाले को उठा रखा है। कभी सांभर महकता है तो कभी मेदू-बड़ा।

दुग्गल के दो बेड वाले कोठरीनुमा कमरे का दरवाजा फुट-भर चौड़ी दरार छोड़कर भिड़ा हुआ था। गरदन उचकाकर उसने बाहर तक पहुंच रहे शोर का पलांश जायजा लिया। भीतर का दृश्य उसे बुझा गया। सोचकर आया था कि अकेले में दुग्गल से बातें कर किसी हल तक पहुंचने की कोशिश करेगा। दुग्गल नहीं मिला तो लौट पड़ेगा। यहां तो पूरी फौज ठसी-ठुसी तीन-पत्ती में व्यस्त है। शामिल होने में उसे भी खुशी होती, पर...

लोहे के एक पलंग को खिड़की से लगी दीवार के संकरे टुकड़े के सहारे खड़ाकर, कमरे को खुला कर लिया गया था। उसी पलंग के गद्दे, कंबल और चादरों को बिछाकर बीचों-बीच बैठने की जगह बनाई गई थी। लगातार पी जा रही सिगरेट से कमरा धुएं से भर गया था। मुंह बिचकाकर उसने चेहरा पीछे खींच लिया और भड़ाक से दरवाजा खोलकर कटाक्षपूर्ण स्वर में बोला, "तो 26 जनवरी सेलीब्रेट हो रही है!"

"हो, हो, हो!" सम्मिलित स्वरों में स्वागत उछला–"आइए, आइए, निर्माता-निर्देशक साहब, और फटाफट शामिल हो जाइए सेलीब्रेशन में।"

"चियर्स!" उसकी तरफ अंगूठे उठे।

दुग्गल एकदम कोने में था। वहीं से चिल्लाया, "इधर निकल आओ।"

अपनी-अपनी पीठ नवाकर, आड़े-तिरछे हो उन्होंने उसे बढ़ने को जगह दी।

सभी पत्ते फेंक चुके थे। बाजी सिर्फ दो लोगों में चल रही थी–सहायक कैमरामैन रमेश में और बिहार से आए युवा गीतकार कंवल में। दोनों ब्लाइंड थे। बीच में नोटों और चिल्लरों का ढेर लगा था।

"बड़ा मनहूस दिन शुरू हुआ है। सुबह से पिट रहा हूं।" दुग्गल उससे मुखातिब होकर लगभग फुसफुसाया।

"तो सुबह से यही चल रहा है?"

"सुबह से ही। पहले तो प्रोग्राम बनाने लगे कि सोल्जर्स पेमेंट करके बियर चले दिन-भर, पाव-भजिए का लंच हो; पर मैंने साफ मना कर दिया, ड्रिंक नहीं चलेगा मेरे कमरे में...याद है न?"

"बताया था तुमने। मैं था नहीं।"

"तौबा! जो हरामजदगी की थी उस दिन सालों ने! साफ कह दिया कि ताश जमानी है तो यहां फिट हो लो और अगर पीना-पिलाना ही है तो त्रिपाठीजी के कमरे में जमाओ। तुम खेलोगे?"

उनकी बात दब गई। कई कंवल से आग्रह कर रहे थे कि बेहतर है, वह शो करवा ले। कंवल की जेब भी खाली हो चुकी थी। वह मान गया।

"ई..." शोर फिर उठा। दोनों के पास कलर थे। रमेश के पत्ते बड़े थे। कंवल का मुंह लटक गया। रमेश ने ढेर अपनी ओर समेट लिया। वह एक सौ दस रुपये जीता था। रेजगारी उसने गिनी ही नहीं।

"तेरी तो मन गई बे!" सक्सेना ने अर्थपूर्ण लहजे में रमेश की फिरकी ली, "सिंघड़ के साथ आज रात तो तू चाहे मानसरोवर में ही सही, कमरा बुक करवाए बगैर क्या मानेगा!"

इर्द-गिर्द ठहाके झूलने लगे। एकाएक पत्ते फेंटना छोड़कर रमेश अपनी जगह से उठा और लपककर सक्सेना का गिरेबान दबोच लिया, "'अपने को तो तेरी बहन भी चलेगी। बोल तो सीजर्स पैलेस में कमरा बुक करवाऊं?" दांत किटकिटाते हुए उसने सक्सेना को लगभग झिंझोड़ा।

इस अप्रत्याशित कटुता के लिए कोई भी प्रस्तुत नहीं था। सभी को लगा था कि मजाक में बात कही गई है और मजाक में ही ली भी जाएगी। रमेश के इस रुख से सभी स्तब्ध रह गए। दुग्गल उत्तेजित हो उठा। एक-दो लोग मिलकर उन्हें अलग करने लगे। मगर रमेश था कि सक्सेना की गरदन छोड़ने के लिए तैयार ही नहीं था।

दुग्गल तकरीबन चीखा, "यह क्या बदतमीजी है? मैंने पहले ही कह दिया था कि गरमा-गरमी का हिसाब-किताब मेरे कमरे में नहीं चुकता होगा। और रमेश, तुम यह मां-बहन पर क्यूं आ गए?"

"यह नीता को लेकर फूहड़ मजाक क्यों करता रहता है?"

"फिर भी तुम्हें बहन पर नहीं आना चाहिए!" दुग्गल के नथने तन गए थे। होंठ गुस्से से थर्रा रहे थे।

"नीता मेरी होने वाली बीवी है। मैं इतने छिछोरे मजाक उसके लिए बरदाश्त नहीं कर सकता।"

चल छोड़, सॉरी बोल यार! कितने घटियापन पर उतर आते हो तुम लोग!" उससे बोले बिना नहीं रहा गया।

सक्सेना ने आग्नेय नेत्रों से रमेश को घूरते हुए उसका कहना रख लिया, "सॉरी!" पर तुरंत ही पलटकर बोला, "सूफिया के लिए भी तो यह यही कहता था।"

क्षण भर पहले संयत हुआ रमेश उंगलियों में दबी सिगरेट को ऐश ट्रे में रगड़कर एकाएक फिर झपटा।

"यार सक्सेना, बंद भी करो।" उसका मूड ऑफ हो गया। एक तो वह घर से ही परेशान-सा चला था। इस लफड़े से जी एकदम उखड़ गया। लोगों ने फिर से दोनों को डांट-डपटकर शांत किया और निर्णय सुनाया कि आइंदा व्यक्तिगत आक्षेप एक-दूसरे पर कतई नहीं होंगे।

पत्ते बंटने को हुए तो सबने उसकी तरफ देखा—"बैठ रहे हैं न, दादा?" उनमें से जो लड़के उससे जूनियर थे, उसे 'दादा' कहकर ही संबोधित करते थे।

"हां, हां, बांटो। बैठेंगे।" सक्सेना ने सोत्साह कहा।

जेब तो खाली थी। उसने साभिप्राय दुग्गल की ओर देखा। दुग्गल ने फौरन बीस का पत्ता उसकी ओर खिसका दिया।

नन्हे की चिट्ठी के बोझ से वह कुछ अवधि के लिए अपने को मुक्त करना चाह रहा था। पत्ते हाथ में आते ही सचमुच चिट्ठी उसके जेहन से उतर गई।

वह सुबह जानकी से बगैर पैसे मांगे ही घर से निकला था। अब पैसों को लेकर वह पहले की तरह पूछती भी नहीं। 'पैसे हैं?'—यह निकलने से पहले का उसका बंधा हुआ वाक्य होता था। जैसे वह अन्य ताकीदें और पूछताछ उससे किया करती थी—'रूमाल रख लिया या नहीं? कब तक लौटोगे? कहां होगे?' आदि। बाकी सब तो उसी तरह अब भी पूछा और कहा जाता है। बस पैसेवाले वाक्य-भर की कटौती हो गई है। हालांकि जानकी की मजबूरी भी समझता है, पर पता नहीं उसे क्यों लगता है कि झूठ-मूठ ही पूछ लेने में क्या दिक्कत है। सच्चाई तो वह भी जानता है। वैसे आजकल जानकी की उदासीनता उसके प्रति कुछ ज्यादा ही बढ़ गई है। उदासीनता

अजाने ही उसे अपने प्रति बरती गई उपेक्षा-भाव लगती है। यह लगता है कि आज वह नोट थमाने के काबिल नहीं है तो उसकी कदर का अवमूल्यन हो गया है। ऐसी स्थिति में उसे हमेशा अपने से सहानुभूति होती है कि इसे तो घर में बैठना पड़ता है, चेहरे पर चेहरा चढ़ाकर तो उसे लोगों में घूमना पड़ता है।

असल्फा से नारायण नगर तक उसे बगलवाले सरदारजी ने अपनी टैक्सी में लिफ्ट दी थी। पूरा असल्फा विलेज ही टैक्सीवालों की बस्ती है। रात का नजारा देखने वाला होता है। चालों के सामने टैक्सियों की कतारें लगी होती हैं। सुबह अगर मेन सड़क पर पहुंचना हो तो उसे कतई दिक्कत नहीं होती। मेन सड़क असल्फा से तकरीबन मील-भर है और यह दूरी यहां के रहवासियों को पैदल ही तय करनी पड़ती है। सुबह आठ से दस के दरमियान लगभग सभी टैक्सीवाले धंधे पर निकलते हैं। इस बीच निकलो तो मेन रोड तक आराम से लिफ्ट मिल जाती है।

चाल के सभी घरों को उसके अतीत की बखूबी जानकारी है। उन्हें आर्ट फिल्म और बॉक्स ऑफिस फिल्म के अंतर की भी जानकारी है। तभी न आज सरदारजी उससे बोले थे, "सॉब, आपकी फिलिम नईं देक्खी पर...कुछ 'अमर अकबर एंथोनी' जैसी फिल्म बनाओ। दिन फिरेंगे। कहां हम लोगों के बीच में सड़ रहे हो जी!"

सरदारजी की 'हम लोगों के बीच' वाली बात उसे बड़ी माफिक आई। गनीमत है, इस शहरी गांव में भी उसकी विशिष्टता से परिचित हैं लोग। उसे सरदारजी बड़े अच्छे लगे। पहचान का आइना दिखाने वाला व्यक्ति स्वयं भी कितना महत्त्वपूर्ण हो जाता है, यह सरदारजी के लिए तत्काल महसूस हुआ था, 'कभी घर पर आकर चाय पीजिए।' कहकर ही वह टैक्सी से उतरा था। अनायास यह भावना भी उमगी। वह चाल में रह रहा है तो क्या, अच्छे और समझदार लोगों के बीच रह रहा है।

जानकी चाल में रहते हुए हमेशा अपने लखनऊवाले घर को बिसूरती रहती है। चाल में रहना उसे झोंपड़पट्टी में रहना लगता है। बस, उसे यही सहन नहीं होता। वह कई दफे उससे बहस करता है कि उसे इस बात को जिंदगी में महत्त्व देना चाहिए कि वह उसके जैसे महत्त्वपूर्ण व्यक्ति की पत्नी है। आए दिन अखबार में उसकी 'असफल' कलात्मक फिल्म की चर्चा होती है। उसके साक्षात्कार छपते हैं। रहने-खाने की टुच्ची बातों को वह इतना महत्त्व क्यों देती है? कितनी फोटुएं तो उसकी जानकी के साथ छपी हैं। जानकी के भाग्य से उसकी सगी और चचेरी-ममेरी बहनें सचमुच ईर्ष्या करती हैं–'तुम सचमुच लकी हो। तुम्हें ऐसे जमाई बाबू मिले हैं।' मगर जानकी है कि टके-टके की रोजमर्रा की असुविधाओं को मुकुट बनाकर मनहूसियत-सी ओढ़े रहती है।

फिल्म बन रही थी तो वह कितने बड़े फ्लैट में था! अक्सर चर्चा करता है इस बाबत जानकी से। रहता भी था खार जैसी पॉश लोकेलिटी में। शूटिंग के सिलसिले में लगातार हवाई जहाजों से सफर किया है उसने। उसकी फिल्म 'दिल्ली फेस्टिवल' में दिखाई गई थी; 'मास्को फेस्टिवल' में भी भेजी गई थी। आशा तो यही बंधी थी कि

फिल्म प्रदर्शित होते ही उसके समक्ष अनुबंधों का तांता लग जाएगा। और नहीं भी लगेगा तो एकाध फिल्म फ्लोर पर तो होगी ही। किंतु सोचा हुआ सब धरा रह गया।

फिल्म पूरी होते ही उसने शादी कर ली थी--घर की ललक जो मन में उठने लगी थी! उम्र भी खासी हो रही थी उसकी। लड़की ढूंढ़ने का काम दूर के रिश्ते की एक भाभी ने किया। जानकी उसे पहली ही झलक में मुग्ध कर बैठी थी। नमकीन, सांवले-सलोने चेहरे पर मीन-सी खींची आंखें! होने वाली छोटी साली ने उसके कान में आहिस्ता से फूंक दिया था-'दीदी गाती बहुत अच्छा है। गाना सुने बगैर मत जाइएगा।' और वह आग्रह कर बैठा था। लंबी-लंबी बरौनियोंवाली पलकों को बेहद जल्दी-जल्दी झपकाने वाली जानकी ने संकुचित हृदय से कंधे का पल्ला सरियाते हुए, दृष्टि नीचे गड़ाए जो सुरीला सुर लिया तो वह टकटकी लगाए उसे देखता ही रह गया था।

जानकी को उतारा उसने जरूर खार वाले फ्लैट में था, किंतु यह उससे छिपाया भी नहीं था कि बस महीने-भर बाद ही उसे यह घर खाली करना है। जानकी खूब खुश थी। तय यह हुआ कि जब तक वह दूसरे घर का इंतजाम नहीं कर लेता, जानकी मायके में ही रहेगी। और छह महीने हो गए थे उसे जानकी को लंबे-लंबे खत लिखते कि अच्छा घर मिलते ही वह उसे फौरन अपने पास बुला लेगा।

टैक्सी से उतरकर जिस कमरे की ओर उसने 'तुम्हारा घर' कहकर जानकी को इंगित किया था, उसके प्रति जानकी के चेहरे पर जो उलझन उभरी थी, वह उसे हतोत्साहित करने के लिए काफी थी। स्टेशन पर एकाएक सीने से आ लगी आकुल जानकी उसे स्टेशन पर ही छूट गई लगी। उसने चुपचाप आगे बढ़कर दरवाजे का ताला खोला और पलटकर, दुग्गल के पास पहुंचकर सामान उतरवाने में मदद करने लगा। चाल के कुछ बच्चे और औरतें ताका-झांकी करने लगे थे।

हालांकि यह काम दुग्गल ड्राइवर की सहायता से करवा ही रहा था, पर पता नहीं क्यों, जानकी के साथ कमरे में घुसने की हिम्मत नहीं हुई थी।

दोनों के बीच अनायास खिंच आए अनमनेपन को दुग्गल ने सूंघ लिया। सहज करने की मंशा से भीतर पहुंचकर उसने जानकी को छेड़ा, 'पसंद आया अपना शीशमहल?'

'खूब!' विद्रूप-सा खिंच आया था स्वर में-'इतनी मेहनत से खोजा गया है! सवाल ही नहीं उठता कि...'

'इसके साथ तो यही जलसे रहेंगे, भाभी!'

'अपनी-अपनी किस्मत।'

वह कटकर रह गया। जवाब दुग्गल के लिए भी अप्रत्याशित है, यह उसके चेहरे पर दृष्टि पड़ते ही पढ़ लिया उसने। पर पाया कि दुग्गल ने फौरन सहज होने की चेष्टा की।

'चलिए, सबसे पहली चाय आपको हम बनाकर पिलाते हैं, आपके घर में।'

उसी रात...जानकी ने उसकी बौनी समर्थता का भरपूर एहसास करवा दिया–'इससे बड़ा तो लखनऊवाले घर का भंडार है।'

वे जो कभी न खत्म होने वाली लंबी-लंबी बातें खतों में किया करते थे, एकाएक सर्द हो होंठों पर जम गईं। रात-भर किसी मलबे के नीचे दबी पड़ी, क्षत-विक्षत जीवित लाश की मर्मांतक पीड़ा वह अपनी देह पर झेलता रहा। और जल्दी ही सो गई जानकी के लिए अपनी बेचैन करवटों को यह तसल्ली थमाता रहा–'सफर होता ही थकान-भरा है...'

"शो करा ले।" दुग्गल ने टोका।

चौंककर वह अपने में लौटा।

"करा लूं?" फिर दो का नोट सामने रखा–"शो।"

लोगों की चीखें निकल गईं। उसकी पीठ पर धौलें बरस पड़ीं, "वाह! क्या बाजी भिड़ी!"

वह जीत गया। उसे लगा कि अब उसे उठ जाना चाहिए। दुग्गल से उधार लिया गया बीस का नोट उसने आहिस्ता से उसकी मुट्ठी में भींचा और बात बनाई, "तुम लोग कहोगे कि जीते और खिसके। मगर एक जगह टाइम दिया है...पहुंचना बहुत जरूरी है।"

"ये तो कोई बात नहीं हुई दादा।"

"ऊपर से फोन कर दो, फोन से काम चल जाए तो..."

सौ रुपये जानकी को देकर भी पैंतीस रुपये उसके जेबखर्च के लिए बच रहे हैं। बैठ गया तो क्या भरोसा कि जैसा सोचकर ही आया था कि वापसी के लिए भाड़े का पैसा दुग्गल से मांग लेगा, मांगने पड़ जाएं। उसे उठना ही ठीक लगा। हालांकि आज किस्मत साथ दे रही थी, पर...

"मेरे पत्ते भी न बांटना। मैं इसे छोड़कर अभी आया।" गरदन में कुर्ता डालते हुए दुग्गल ने अपने लिए भी ताकीद की।

•

बात उसकी शुरू हो गई।

"एक बार सहायकी शुरू कर दी न तो फिर आ चुके लोग निर्देशन के लिए अनुबंधित करने।"

"लेकिन आगे की सोचकर, आज की जो परिस्थिति है उससे तो आंखें नहीं मूंदी जा सकतीं! इस कमरतोड़ बेकारी को तुम झेल सकने की स्थिति में हो?" चाय का एक गरम घूंट भरते हुए दुग्गल सहसा चुप हो गया। उसे महसूस हुआ कि नरेश थोड़ा उत्तेजित हो उठा है, जो कि उसे नहीं होना चाहिए। आजकल उसकी मनःस्थिति बड़ी

विचित्र हो गई है। साधारण-सी बात भी उसे आहत कर देती है। तुरंत गलत अर्थ निकाल लेता है। हो सकता है, ऐसी परिस्थिति में वह खुद पहुंच जाता तो शायद उसका विवेक भी भटकने लगता।

और वह सोच रहा था—वह वाकई बेकारी झेल सकने की स्थिति में कहां है? यह कौन-सी लड़ाई है जो वह लड़ रहा है? क्यों? किसलिए? कितनी कुशलता से बात कहलवाई थी अशोक दा ने कि 'प्रोजेक्ट में मेरी सहायता करो।'

दरअसल उनके द्वारा यह प्रस्ताव भिजवाना ही उसे छलनी कर गया था। लगा था कि उसके बुरे दिनों का मखौल उड़ाया जा रहा है। स्पष्ट रूप से उसने अपने को अपमानित महसूस किया था इस शुभचिंतना से।

जब से यह प्रस्ताव आया है, वह अपने में बौराया-बौराया-सा घुमड़ रहा है।

"असल में वे तुम्हारी खस्ता हालत से बखूबी परिचित हैं। उनकी मंशा तुम्हें थोड़ा राहत देने-भर की है, तुम्हारे स्वाभिमान को ठेस पहुंचाने की नहीं।" दुग्गल ने कुछ खीजे स्वर में अशोक दा का पक्ष स्पष्ट किया।

"तो मेरे अगले प्रोजेक्ट के लिए कोई फाइनेंसर दिलवा दें।"

"वाहियात बात मत करो। तुम उनकी मंशा पर संदेह कर रहे हो!"

"क्यों? क्यों न करूं? मंशा की ही बात की है न तुमने! तो वे इस सहायता में भी समर्थ हैं?"

"कभी थे। अब तीन फ्लॉप देने के बाद व्यापार में उनकी स्थिति भी कमजोर चल रही है। खैर...तुम जैसा ठीक समझो, जवाब भिजवा दो।"

जवाब? जवाब ही तो नहीं पा रहा वह। क्या करे? सहायकी स्वीकार कर ले? दो-दो स्वतंत्र फिल्मों का निर्देशन करने के पश्चात्! इंडस्ट्री में तो ठप्पा चलता है। लोग ठप्पे से बचने की कोशिश करते हैं। उससे अलग होने की कोशिश करते हैं। उसने भी की थी और अपने नाम के आगे से 'सहायक' शब्द निकाल फेंकने में सफल हो गया था।

पिछले चार-पांच दिनों से वह शराब में धुत्त घर लौटता है। जवाब खोजने की कोशिश में ही खूब पीता है। जानकी उसकी इस हालत से बेजार है और कहने लगी है कि वह अत्यंत गैर-जिम्मेदार व्यक्ति है।

और उसे लगने लगा है—जानकी उसके मानसिक स्तर की औरत नहीं है, सुविधापरस्त मामूली पत्नी है, जिसे उसकी रचनात्मकता से कतई सरोकार नहीं है। कितनी उखड़ी थी वह, जब उसने अशोक दा वाले 'प्रोजेक्ट' के प्रति अपनी अरुचि जाहिर की थी।

"नहीं करोगे तो क्या करोगे? फिर इतनी भी तो अक्लमंदी तुमने नहीं बरती कि शुरुआत में ही कुछ पैसा अलग उठाकर फिक्स डिपॉजिट में डाल दिया होता। नए-नौखे को कलात्मक फिल्म एक तुमने ही तो नहीं बनाई! रोमू भट्टाचार्य को देखा

है न? और अखिलेश कौल को? फिल्म वित्त निगम की पहली किस्त मिलते ही उसने सबसे पहले वरसोवा पर बढ़िया फ्लैट बुक कर लिया। एक तुम..."

"मैं तो आया इसीलिए था कि तुमसे बातचीत करके किसी नतीजे पर पहुंचने की कोशिश करूंगा...पर...मैं मानता हूं कि तुम मुझे व्यावहारिक सलाह दे रहे हो।"

"पर-वर छोड़ो। हां, देखो।" दुग्गल ने कप को गोल-मोल घुमाते हुए सीधे उसकी आंखों में देखा, "मैं तुम्हें बताना ही भूल गया कि मैंने अशोक दा से कल ही इस बाबत बात की है और उन्हें इस सुझाव पर राजी कर लिया है कि वे 'टाइटिल' में तुम्हारे नाम के आगे सहायक निर्देशक न देकर एसोसिएट डायरेक्टर दें। और मैं समझता हूं कि तुम्हें इस स्थिति में यह प्रोजेक्ट स्वीकार कर लेना चाहिए।"

"थोड़ी चाय और मंगवाओ।"

दुग्गल ताड़ गया कि वह अब इस मसले पर अधिक बातचीत करने के मूड में नहीं है।

"मंगवाता हूं।" कहकर दुग्गल ने दूसरी ओर खड़े बेयरे को संकेत से बुलाया।

"भूख नहीं लगी?"

"लगी तो है।"

"तो चाय के साथ कुछ खाने के लिए भी मंगवा लेते हैं। क्या लोगे?"

वह कुछ देर सोचने की-सी मुद्रा में डूब-सा गया। फिर बोला, "जो जी में आए, वैसे जानकी को कह आया था कि दो-ढाई तक घर पहुंच जाऊंगा; पर अब तो वैसे ही लेट हो गया हूं।"

बेयरे ने समझा कि उसे बिल के लिए बुलाया जा रहा है। वह रसीद बुक पर पैसे नोट करके ही उन तक आया।

दुग्गल झुंझला उठा, "अरे भई, अभी इसे पास ही रखो। कुछ और भी दे जाओ।" कहकर वह उसे ऑर्डर देने लगा।

कुरते की जेब में एकाएक ही उसका हाथ चला गया। नन्हे की चिट्ठी छू गई।

'मां को तीन महीने से तनख्वाह नहीं मिली है। यह सारी परेशानी तबादले की वजह से हुई है। किसी तरह मांग-चांगकर वह अपना तथा मुन्ने का खर्च चला रही है। मैं पिछले इतवार को मां के पास गया था, दुकान ही इतवार को बंद रहती है। मां झुंझला रही थी कि लोग-बाग अध्यापिका के घर साग-सब्जी क्यों भिजवाते हैं, सीधा-पिसान क्यों नहीं भिजवाते?

'कितना लिखूं। मुन्ना की जांच मां ने सदर अस्पताल में जाकर करवाई थी। डॉक्टरों ने मुन्ना की छाती में पैच बताया है। रोज इंजेक्शन लेना होगा। सुबह-शाम अंडा और दूध देने के लिए कहा है। मां बहुत हैरान है—यह खर्च कहां से जुटाएं? आपको याद कर रही थीं। कह रही थीं कि वह जरूर तकलीफ में होगा, नहीं तो ऐसा न

होता कि मेरी तीन-तीन चिट्ठियों के जवाब न देता। भैया, आप मुझे अपने पास बुला लीजिए। पढ़ाई तो मैं अब कर नहीं पाऊंगा। आपके पास रहकर कोई काम करूंगा। मेरी मजबूरी का अंदाजा आप लगा सकते हैं। मां ने पता नहीं मुझे किस विश्वास से यहां भेजा है।

'भैया, यह सब मैं मां से तो नहीं बता सकता। गया तो इसी मंशा से था कि उन्हें बता दूंगा कि मामा की शक्ल में जो आदमी मेरे करीब है, वह कंस से भी क्रूर है। कंस तो अपने भानजे की जान का प्यासा था, पर यह मामा...

'मैं सुबह उठकर चाय बनाता हूं, मामा को चाय देता हूं। नाश्ता पकाता हूं, उन्हें नाश्ता खिलाता हूं। वे अखबार खोलकर बैठ जाते हैं और मैं दुकान खोलने चला जाता हूं। वे जी चाहता है तो आते हैं, नहीं तो नहीं आते। दोपहर में दुकान बंद करके वापस घर आकर खाना पकाता हूं, खिलाता हूं। बरतन आदि धोते-धोते मुझे दो-ढाई बज जाते हैं। तीन बजे फिर दुकान खोलनी होती है। पढ़ने का समय कतई नहीं मिलता। सोचा तो यही था कि इंटर का फॉर्म प्राइवेट यहीं से भर दूंगा। मां को भी यही आस है, पर भैया! रात घर लौटकर, खाना-पानी निबटाकर जब मैं सोने की तैयारी करता हूं, यह नीच मुझे अलग नहीं सोने देता...मुझसे जबरदस्ती करता है...और मैं असहाय...रोज सुबह सोचता हूं कि उजाला होने से पहले ही मामा की साइकिल चुराकर भाग लूं...लेकिन मां का यह शुभचिंतक भेड़िया हर महीने उन्हें सौ का पत्ता थमा आता है मेरी कमाई के रूप में। किससे कहूं इस नरक की पीड़ा? आज बाबूजी होते तो शायद हम इस हालत में न होते! आप मुझे नहीं बचाएंगे? मैं शायद...किसी दिन गंगा में कूदकर अपने से छुटकारा पा लूं।'

बाबूजी होते तो, तो क्या कर लेते? उसके ऊपर तो बाबूजी की छांव थी। पर किसी ठूंठ की तरह...

"खा क्यों नहीं रहे ठीक से?" दुग्गल ने उसे अनमना पाकर फिर टोका, "एक वक्त में एक ही काम किया करो।"

"कोशिश तो करता हूं।" शब्दों के साथ ही उच्छ्वास-सा भरा उसने। फिर आहिस्ता से मेदू-बड़े का एक छोटा टुकड़ा सांभर में डुबोकर मुंह में डाल लिया।

दुग्गल को उसका इतना धीरे-धीरे खाना हमेशा उबाऊ लगता रहा है। इसी आदत पर टोकने को हुआ ही था कि सोच में डूबे उसके चेहरे ने बरबस खामोश रहने पर विवश कर दिया।

वह भी तो ननिहाल से गंगा में डूबने के लिए भागा था...

मां की मृत्यु के तुरंत बाद ही बाबूजी उसे नाना-नानी की छत्र-छाया में छोड़कर कलकत्ता लौट गए थे। हर महीने वे नानी के पास उसके खर्च के लिए मनीऑर्डर भेजा करते, हाल-चाल के लिए चिट्ठी लिखा करते। जिसकी सूचना नानी अक्सर

एक ही जैसे वाक्यों में दोहराया करतीं–'देख, तेरे बाबूजी ने लिखा है कि जरा शऊर से रहा कर। मन लगाके पढ़ा कर।' क्या पढ़ता? उसे अच्छी तरह याद है। परीक्षा की कॉपियों के लिए भी पैसे उसे मार खाए बगैर नहीं मिलते थे। कॉपी खत्म होने पर वह जब भी नई कॉपी की मांग करता, तीन महीने पहले कॉपी के लिए दिए गए पैसे नानी को अभी पिछले हफ्ते ही दिए गए लगते। स्कूल का बस्ता पीठ पर से उतरता नहीं था कि उसे फौरन कभी बिसाती की दुकान पर दौड़ाया जाता तो कभी किसी पटियैत के घर कुछ मांगने-कहलाने। सारे काम उसके आने की बाट जोहते अटके रहते। उसके खाना परोसे जाने तक सब्जियां अकसर कम पड़ जातीं या किसी मेहमान की आवती की प्रतीक्षा में उसे परोसी ही नहीं जातीं।

नाना का घर से कोई वास्ता ही नहीं था। कचहरी से लौटते ही चवन्नी और अद्धे की बोतल थमा देते–'लपककर ठेके पर तो चला जा...'

तब समझ नहीं थी कि ठेकेवाला हरिभजन उसे इतना ममत्व क्यों देता है? क्यों उसकी मुट्ठी में उबले चने की पुड़िया टिकाकर पुचकारता है–'रास्ते में खा लेना, बचुआ! और सुन, बोतल सरिया के ले जाना जरा...'

फिर कभी झुंझला भी पड़ता–'इतनी रात गए तू क्यों आता है यहां? घर पर और कोई नहीं है ठेके पर आने के लिए? तुझसे कहते नहीं बनता कि मैं नहीं जाऊंगा?'

उसकी इतनी मजाल कि वह यहां आने से मना कर देता? हरिभजन की बात से अलबत्ता उसका जी भर आता...

दीवाली के आसपास बाबूजी आते और हफ्ता-भर उसके पास रहते। तब कचहरी से लौटकर नाना नन्हकू के हाथों चवन्नी और बोतल थमाते। रात सोने से पहले बाबूजी के लिए दूध का गिलास आता तो उसके लिए भी एक गिलास साथ होता। जबरदस्ती थाली में रोटियां डाली जातीं, 'ठीक से खा।' नानी उसे लड़ियाकर आग्रह करती।

बाबूजी टोकते–'जितनी भूख है उतना ही खाने दो। ज्यादा खाने से बच्चों का पेट खराब हो जाता है।' बाबूजी की बात से निवाला जैसे हलक में अटक जाता। आंखें पनियाने लगतीं। बड़ी कोशिश से अपने को संयत रखता। उस रात बड़ी देर तक बाबूजी के बारंबार आग्रह करने पर भी कि 'जा, सो जा जाकर' वह उनके पलंग की पाटी पर बैठा यह कहने के लिए साहस जुटा रहा था कि 'भूखे रहने से पेट नहीं खराब होता, बाबूजी?' किंतु कुछ कह नहीं पाया। यही भय लगा कि कहीं बाबूजी ने भी उसकी बात को न समझा, तो? जब कोई उसे नहीं समझता तो हो सकता है, वे भी उसकी बात न समझें। पीट ही दें।

बाबूजी के जाते ही वह ठेके पर पहुंचा था।

हरिभजन ने छूटते ही पूछा था–'मेहमान चले गए?' बाबूजी से मतलब था उसका।

उसने इधर-उधर देखते हुए उत्तर दिया था–'हां।'

'पता ही था। मेहमान के सामने दिखावा तो करेंगे ही। लानत है। अपनी बिटिया का होता तो ऐसे भेजतीं वकीलाइन? पर सौ बात की एक बात, मेहमान क्यों दीदों में तेल डालकर बैठे हैं? साथ ही रखें न तुझे।'

वह भी सोचने लगा–बाबूजी क्यों उसे साथ नहीं रखते? क्यों नहीं जानना चाहते उससे कि आखिर ये लोग तेरे साथ कैसा बरताव करते हैं? तकलीफ तो नहीं है तुझे? क्यों नहीं पूछते? कोई पूछता था तो वे थीं रसूलपुरवाली–उसकी दूर के रिश्ते की चाची। वह जब भी गंगा नहाने लढ़िया में चढ़कर आतीं, उसके लिए लइया और गट्टे खासतौर पर लातीं। एकाध बार नहाने के लिए भी साथ ले गईं नानी की ना-नुकुर के बावजूद।

उस सुबह नानी ने जो स्कूल जाने से पहले बेबात उसे बेदर्दी से पीटा था, नाना का मुंह सिए रहना उसे खल गया था। उसका किशोर मन विद्रोह से भर उठा था। वह स्कूल न जाकर लक्ष्मण घाट की तरफ पैदल चल पड़ा था–डूब मरने का निश्चय कर। पर घाट पर पहुंचकर सहसा उसे चाची याद आ गई थीं, जो बांहें पसारे उसे अपनी गोद में समेट लेने के लिए हमेशा आतुर दिखाई पड़ीं। वह लौटकर अंदाजे-अंदाजे ही रसूलपुर की तरफ चल दिया था।

उससे छिपाकर चाची ने बाबूजी को तार करवाया था शायद। तभी तो बाबूजी को पहली बार उसने आंखों पर रूमाल रखते देखा था। पहली बार उसके बाल मन को वितृष्णा की एक दरार विभाजित कर गई थी। रात बाबूजी जहां सोए थे, चाची आग्रह करती रहीं कि 'जा मिल ले...भागे-भागे आए हैं।' पर वह टस से मस नहीं हुआ। बस, चाची के आसपास आशंकित-सा मंडराता रहा–'मुझे बाबूजी के साथ मत भेजना...मत भेजना, वे मुझे फिर नानी के पास ले जाकर छोड़ देंगे।' ले जाने की बात बाबूजी ने उठाई तो चाची ने स्पष्ट कह दिया कि अब वे उसे नहीं भेजेंगी। डूब-डाब जाता तो उन्हें वापस मिलता? समझ ले, गंगा मैया ने उनके पास धरोहर धरी है। यह भी सलाह दी थी–'ब्याह कर लो, लाला। यों न किसी के भरोसे औलाद पलती है, न जिंदगी चलती है...घर बसा लो तो ले जाना। फिर बड़ा हो जाएगा तो कौन मेरे पास बना रहेगा कि तुम्हारे पास!'

अबकी बार वह बाबूजी के दूर जाते हुए तांगे के पीछे रोता-रोता नहीं दौड़ा, देहरी से सटा, बस देखता रहा। दूसरे रोज चाची ने गांव के मदरसे में ही नाम लिखा दिया था उसका।

नई मां ने उसे अंक में भर लिया था, 'बचुआ, तुम रह जाओ, फिर चले जाना।' मगर वह शामवाली बस से लौट रही चाची के साथ ही लौटने को तत्पर हो आया। नई मां उसे बहुत प्यारी लगी थीं। पर वह उनके मनुहार-भरे अनुनय को स्वीकार नहीं कर पाया।

चलते समय बाबूजी ने चाची से एकांत में कुछ बातचीत की थी, जो चाची ने उसे रास्ते में ही बता दी कि तुम्हारे बाबूजी की इच्छा है कि अब तुम उनके साथ ही रहो। एकाध महीने में ढंग का घर देख-दाखकर उन्हें भी लिवा ले जाएंगे और तुम्हें भी।

प्रतिक्रिया में वह मौन ही रहा।

'इतना कह रही थी बहू, रुक क्यों नहीं गए? कभी-कभी एकदम जिद्दिया जाते हो।' चाची ने उसे झिड़का था।

'तुम्हें छोड़कर मैं कहीं नहीं रह सकता।' उसका उत्तर था।

'हुह! तो सरगे भी मेरे साथ जाओगे?'

'नहीं। पहले मैं जाऊंगा, फिर तुम।'

"ढीठ! बातें बहुत झाड़ने लगा है।' झूठ-मूठ की रिस चेहरे पर लपेट वे हंस दी थीं।

नीलू ने उसका समर्थन किया था, 'ठीक ही तो है! दादा वहां नहीं रहना चाहता तो नहीं रहना चाहता। जबरदस्ती क्यों?'

'भला रहने दो। तुम बिला वजह न टर्राओ।' चाची ने डपटा था नीलू को।

चाची को मन में खदबदा रही पीड़ा वह दिखा देना चाहता था कि नई मां ने उससे यह क्यों कहा था कि 'तुम रह जाओ...फिर चले जाना।' यह क्यों नहीं कहा कि 'मैं तुम्हें अब कहीं नहीं जाने दूंगी?' पर कुछ भी नहीं कह पाया था।

मां से मिलने को मन लालायित जरूर होता, पर साथ रहने का निर्णय वह बिलकुल नहीं ले पाया। कुछ दिनों बाद उन्होंने जैसे उसका निर्णय मन-ही-मन स्वीकार कर लिया था और साथ रहने का आग्रह दोहराना बंद कर दिया था। छुट्टियां होतीं तो मां की चिट्ठी पर चिट्ठी आने लगती–'टिकट का पैसा पहुंच रहा है। फौरन चले आओ।'

जितने दिन वह वहां रहता, मां उसके आगे-पीछे डोलती रहतीं। पूछती रहतीं–आज क्या बनाएं? क्या खाएगा वह? दही और चूड़ा खाना उसे बहुत पसंद था। नाश्ते में अक्सर उसे दही और चूड़ा मिलता...बथुए की कचौरी, शलजम का अचार, कालीवाली गाजर की कांजी।

वह और नन्हे साथ खाने बैठते। नन्हे बहुत हिल गया था उससे। वे मंत्रमुग्ध-सी ताकती पास बैठी होतीं। चलते समय उसके तमाम नए कपड़े बन जाते–'कुछ और जरूरत हो तो बताओ, लाला?' वे पूछती ही रहतीं। गाड़ी सरकने से आधा घंटा पहले से ही वे अनगिनत हिदायतें उस पर लाद देतीं–'ऐसे, ऐसे, ऐसे...' वह भरे-भरे मन से सुनता रहता। गाड़ी चलने को होती तो उसके पांवों पर झुक जाता। वे कंधे से चिपका लेतीं। फफक-फफककर रो पड़तीं।

नन्हे हतप्रभ-सा देखता रहता, पर जैसे ही गाड़ी रेंगने लगती, अचानक उसे आभास होता कि भैया उससे दूर जा रहा है और वह दहाड़ें मारकर रोने लगता, दोनों बांहें उसकी ओर पसारे। बाबूजी नन्हे को गोद में उठा लेते। मुन्ना तब हुआ नहीं था।

यह सब उसको अपनी ओर खींचता। पर मां के सबल पंजों की साधिकार जकड़ की प्रतीक्षा अब तक उसे अपने चौड़े होते कंधों पर थी, जो सहसा टिकेंगे और आदेशात्मक स्वर में कहेंगे–'मैं तुम्हें अब कहीं नहीं जाने दूंगी।' वह हर बार इन शब्दों को सुने बगैर चाची के पास लौट आता। पता नहीं क्या था उन दोनों के बीच। वे एक-दूसरे से बेइंतहा जुड़े थे; मगर एक दरार थी जो उन्हें विभाजित किए हुए थी...अनवरत, जिसे न वे लांघ पाईं और न वह ही। हो सकता है कि मां को भी एक प्रतीक्षा रही हो। उसकी तरह ही वह खुद उनसे कहे–'मैं अब लौटकर नहीं जाऊंगा, तुम्हारे पास ही रहूंगा।' वह कई दफे सोचता। किंतु हर बार एक ही तर्क उसके मन-मस्तिष्क को दबोच लेता। पहले कहना उनका बनता है और उन्हें ही इस दरार पर आगे बढ़कर अपनी ममत्व-भरी हथेलियां रख देनी चाहिए।

बाबूजी नहीं रहे थे।

चाची ने चलते समय सीख दी थी–जिद्दियाना नहीं। रुकने के लिए कहें तो रुक जाना। इंटर तो तू प्राइवेट भी कर सकता है। फिर सारे नाते-रिश्ते जुड़े हैं...नहीं रुकोगे तो फिजूल थुक्का-फजीहत होगी। मैं तेरही पर पहुंच जाऊंगी।'

वह उनके कहे पर अमल नहीं कर पाया था।

मां ने दो-ढाई महीने बाद ही लिखा था कि उन्हें गांव के स्कूल में ही अध्यापकी मिल गई है। वह उनकी चिंता कतई न करे। बस अपनी पढ़ाई में मन लगाए। छुट्टी में आकर मिल-मिला जाया करे। इतना ही उन्हें ढाढ़स बंधाए रहेगा।

"उठें?" दुग्गल प्लेट में टिप के पैसे छोड़ते हुए बोला।

वह अपने से अलग हुआ। चौंकाते हुए बोला, "हां, और क्या!"

उडपी के प्रवेश पर ही पान की दुकान थी। वे वहां आ खड़े हुए। दुग्गल ने उसके और अपने पान का ऑर्डर दिया। फिर हौले से उसकी ओर मुड़ा–"भाभी के लिए भी दो सादा बंधवा दूं?"

"बंधवा दो।"

जानता है, जानकी को इस दुकान का पान बहुत पसंद है। दुग्गल जब भी जानकी से मिलने पहुंचता है, इस दुकान से पान जरूर लगवाकर ले जाता है। दोनों में अच्छी पटती है। उनके आपसी मनमुटावों पर वह हमेशा जानकी का पक्ष लेता है–'जिस तरह भाभी तुम्हारे साथ गुजारा कर रही हैं हेड्स ऑफ टू दैट वूमन! दूसरी औरत होती तो निश्चित ही जिंदगी नरक हो गई होती।'

पान लेकर वे दाहिनी तरफ मुड़े और खुदे पड़े फुटपाथ के मलबे पर संभलते हुए बढ़ने लगे।

"बस से जाओगे?"

"हां।"

"कला नगर उतरकर जरा हरीश से मिल लो। घर पर ही होगा। वह न भी मिला तो भाभी तो होंगी-ही-होंगी। बता रहा था कि पड़ोस में एक 'टू रूम-किचेन खाली हो रहा है। पसंद आ जाए तो जाकर बात कर लो मकान मालिक से। माटुंगा में रहता है शायद। भाड़ा--जैसा कि हरीश बता रहा था--वह ग्यारह महीनें का एडवांस मांग रहा है। देने में हर्ज ही क्या है! हर महीने देने की झंझट से बचे रहोगे।"

"पर हां," उसकी चुप्पी को झेलते हुए दुग्गल ने कहा, "घर की बात आगे तभी बढ़ सकती है जब तुम अशोक दा के प्रस्ताव पर एक ठोस निर्णय ले लो। डेढ़-दो तक तो वे दे ही देंगे हर महीने, और मेरा खयाल है कि फिल्म साल-भर से पहले पूरी होने से रही, तब तक तो..."

अशोक दा के प्रस्ताव को दुग्गल निरंतर उसके इर्द-गिर्द सुरक्षा कवच-सा बुन रहा है। क्यों न बुने? वह तो चाहता ही होगा। उसकी बिरादरी का बंदा बन जाए वह। एसोसिएट डायरेक्टर का पासा भी जोरदार फेंका है। किसी तरह भी तो फंसे।

'छिह!' एकाएक मन खुद के लिए वितृष्णा से भर उठा। दुग्गल तिकड़मी जरूर है, स्वार्थी भी है, पर छोटा आदमी कतई नहीं है। एक तो वह उसकी हर तकलीफ का साझा कर रहा है, उसके लिए भाग-दौड़ कर रहा है, कितने फाइनेंसरों को पकड़-पकड़कर लाया है, कई निर्माताओं से उसकी सिफारिश की। पर बात नहीं बनी, या नहीं बन पा रही तो इसमें उसका क्या दोष? अशोक दा का चीफ सहायक है वह। 'एसोसिएट' के सम्मान का हकदार भी वही है। दूसरा कोई मुख्य सहायक होता तो मौका देना-दिलवाना तो दूर, अपने लिए खतरा महसूस कर प्रोजेक्ट में घुसने भी न देता और वह है कि...

"नन्हे का खत आया है।" उसे अपनी आवाज कांपती हुई महसूस हुई।

वे बस स्टॉप पहुंचकर क्यूं में खड़े हो गए थे।

दुग्गल ने सशंकित दृष्टि से देखा–"खैरियत तो है?"

"समस्या दूसरी है।"

"वह क्या है?" दुग्गल अधीर हो आया। नन्हे वैसे तो उसे खत लिखता नहीं। लिखा है तो कोई खास वजह ही होगी–अच्छी तरह जानता है वह।

"तो, पढ़ लो।" उसने कुरते की जेब से खत निकालकर दुग्गल की तरफ बढ़ा दिया, "कमरे पर ही देना चाहता था, पर वहां भड़भड़ में डौल ही नहीं बैठा।"

उसके खत पढ़ते-पढ़ते ही वह अपनी परेशानी बड़बड़ाता रहा, "चाल का एक कमरा है...अपनी ही गुजर मुश्किल से होती है...काम पास है नहीं, पर समझ नहीं पा रहा, हल है क्या..."

खत पूरा करते ही दुग्गल की भौंहें जुड़ गईं—"ओफ! तुम्हें उसे फौरन बुला लेना चाहिए।"

"तुम हालत जानते हो।" खत को जेब के हवाले करते हुए उसका स्वर शुष्क हो आया।

"नीलू अगर इस स्थिति में होता तो क्या तुम इसी दुविधा से जुड़ते?"

नीलू यानी चाची का बेटा।

"शायद!"

"झूठ! दरअसल तुम अपनी कुंठाओं से पीड़ित रहे हो। नन्हे के प्रति तुम्हारा रवैया हमेशा ही प्रतिशोधपूर्ण रहा है। जो कुछ तुम्हें नहीं मिला उसे तुम औरों को भी नहीं देना चाहते। समस्याएं किसके साथ नहीं हैं? और कब कम होंगी? क्या उस छोटी-सी खोली में उसके लिए कोई कोना नहीं निकल सकता? निकल सकता है, मगर पहले एक कोना अपने मन में पैदा करो...सच तो यह है कि तुम्हारे उन रीते-रीते दिनों को एक चाची मिल गई थी संयोग से, सभी को नहीं मिलती न! इसीलिए बचे रहे...बचे रहे तो औरों की तरफ हाथ बढ़ाना भी तो सीखो!...सॉरी, मुझे इतना नहीं बोलना चाहिए।"

दुग्गल की उत्तेजना सहसा बुझ गई—"यह समझाने की बात थोड़े ही है।"

वे चौंके। लोग पीछे से आवाजें लगा रहे थे उन्हें आगे बढ़ने के लिए। बस आकर स्टॉप पर लग गई थी। लोगों ने चढ़ना शुरू कर दिया था।

दोनों के बीच चुप्पी खिंच आई। सरकते-सरकते वे बस के दरवाजे पर पहुंच गए। उसने बस के पायदान पर पांव रखा कि थोड़ा तिरछा हो दुग्गल की तरफ पलटा—"अशोक दा से कहना, मैं उनकी फिल्म कर रहा हूं!"

तभी बस घरघराई और दरवाजे पर झूल आई भीड़ को लादे आगे बढ़ गई।

(1979)

•••

20

व्यावहारिकता

हड़बड़ाई-सी दरवाजा खोला तो पाया कि केले वाले ने घंटी बजाई थी। 'बच्चों के गले खराब हैं...दो-तीन दिन बाद आना', मना कर दरवाजा बंद करने जा रही थी कि पड़ोसन श्रीमती पांडेय ने पुकार लिया, "जरा देखिए तो मिसिस मल्होत्रा, इस भांड़ीवाले की अति!...चार अमेरिकन जार्जेट की साड़ियां, दो टैरीकाट की पैंट...तीन कॉटन के पायजामे..ऊपर से ये छोटे-छोटे कपड़े। इन कपड़ों पर दिखा रहा यह बगैर ढक्कन का डोंगा। सरासर लूट मची है। कोई पहली बार कपड़ों पर बरतन ले रही हूं?" उन्होंने हाथ का डोंगा क्षुब्ध भाव से मेरी ओर बढ़ाया।

"मैं देता न रोटी का डिब्बा..पन कुछ जरी-बिरी का साड़ी डालो, नईं तो एक-दो अऊर टैरीकाटन का पैंट-वींट। किदर ना बोलता देने को...अपन को तो देने का ई. ..पन पड़वड़ना मंगता न। पिच्छे लुगड़ा कितना फटैला है..." भांड़ीवाले ने मेरी ओर गरदन घुमाकर रूखे स्वर में तर्क किया।

मैंने कपड़ों के ढेर की ओर तौलती नजर से देखा, ढेर सारे कपड़ों पर हल्का-सा डोंगा वाकई खला। मुश्किल से होगा यही कोई तेरह-चौदह रुपल्ली का। लोग गट्ठर उतरन देकर मामूली-से बरतनों पर क्यूं लार टपकाते हैं, कभी समझ में नहीं आया। बहरहाल मेरी व्यावहारिकता ने--अपने लिए अनुपयोगी हो आए कपड़ों की बची-खुची उपयोगिता को मद्देनजर रखकर उतरन या तो अपनी महरी को उठाकर दे दी या मेहतरानी को। यही सोचकर कि गरीब-गुरबा पैबंद गांठकर उन कपड़ों में भी महीनों खींच लेगा। उनका गाढ़ा वक्त कटेगा, दुआ मिलेगी सो अलग। भांड़ीवालों को देकर क्या हासिल होगा। धर्म-कर्म अब वैसे ही तंगी के चलते जीवन से किनारे हो गया। फिर भी जो कुछ बने, जैसे भी बने, वो तो हो! पड़ोसन की चिरकुट मानसिकता पर तरस हो आया।... अभी सुबह ही तो मैंने उतरनों का एक गट्ठर अपनी महरी को थमाया था। बेचारी कब से चिरौरी कर रही थी, "सेठानी, मरद को पहनने के वास्ते साब का कोई पुराना पैंट-वींट दो न। बच्चों के वास्ते पन..." पर लोग हैं कि उनका बस चले तो

वे घर के कूड़े-करकट का मोल-भाव करने से न चूकें। वितृष्णा से भर पड़ोसन को टोक ही दिया, "किन फेरे में पड़ी हुई हैं श्रीमती पांडेय। देते क्या हैं ये लोग? उतरन बाइयों-वाइयों को दे दिया कीजिए न। गरीब पहनेंगे तो ज्यादा सार्थक होंगे..."

"छोड़िए भी ये दान-दक्षिणा के चोंचले...इन गरीब-गुरबों की असलियत आप नहीं जानतीं...खूब शेंडी लगाती हैं ये...फिर अपनी भी घर-गृहस्थी में चार चीजें लगती हैं कि नहीं?" कहती हुई वे भीतर की ओर मुड़ीं, "देखूं कोई पैंट-वैंट...निकालने लायक तो कोई है नहीं। फिर भी..."

मैं उनका मन रोटी के डिब्बे पर अटका देख भांड़ीवाले से जिरह करने पर उतर आई, "भरी दोपहरी चिकचिक से फायदा! दे क्यों नहीं देते, भाई। रद्दी के भाव भी कपड़े बेचोगे तब भी डिब्बे से ड्योढ़ी कीमत निकल आएगी..."

"नईं निकलती न बेन जी..." उसने चिढ़कर हाथ जोड़ दिए। फिर तत्परता से मैली चादर में गठियाए कपड़ों का गट्ठर खोलते हुए तमककर बोला, "कपड़ा बरोबर मिलता तो मेरे को सामान अच्छा देने में काय का वांदा...पन खोट खाके...देखो, देखो, ये कपड़ा बेन जी...अब्बी-अब्बी में इतना कपड़ा पर आपका पिच्छू झोंपड़पट्टी में एक बाई को रोटला (रोटी) का डिब्बा दे के आया?"

कपड़े देख मैं सन्न रह गई। मेरे सामने अपने ही कपड़ों का गट्ठर खुला पड़ा हुआ था...

•••

21

नीले चौखानेवाला कंबल

चार-पांच मेहरियों की कुल जमा ताकत पछाड़ें खा रही टिकैतिन कक्की को टिकैत कक्का की टिकटी से अलग नहीं कर पा रही थी। उनके मर्मभेदी आर्तनाद को सुनकर जीवन में कठोर-से-कठोर आघात झेल जाने वाले वज्र हृदय मर्दों के भी दिल दहल गए–"हमको किसके भरोसे छोड़े जा रहे हो मोर मालिक! हम न जिंदा रहेंगे...तुम्हारे संग जाएंगेऽऽ..."

व्यथा से टूक-टूक होते लोगों के लिए उनके आंचल, अंगोछे कम पड़ने लगे। टिकटी के बांस की चोट से क्षत-विक्षत कक्की का लहुलुहान माथा लोढ़े की हुमक खाए अखरोट-सा भरकुस हो आया।

"अबेर हो रही बड़े टिकैत, चलो उठाओ मिट्टी!" कुटुंब के बड़े-बुजुर्ग ने कक्की के जेठ को संबोधित कर चेताया कुटुंबियों को।

भीगे चेहरों पर अंगोछा फेरते हुए चार कंधे नीचे झुके टिकटी उठाने।

अचानक देवी-चढ़ी-सी लाल भभका हो उठ बैठीं टिकैतिन कक्की। भरे आंगन में अपना फैसला सुनाया उन्होंने--रांड तन-मन लेकर वह जी नहीं सकतीं, सो उनका सोचा-समझा निश्चय हुआ है कि वह टिकैत कक्का के संग चिता चढ़ेंगी। सती होंगी।

सुनने वाले अवाक् हो उठे।

उठ रही टिकटी उठने न दी टिकैतिन कक्की ने।

अनावश्यक व्यवधान से जेठजी खीझे, "होश-हवास में हो तुम, छोटे की दुलहिन?"

"चेत न होता, बड़े भैया! तो यह फैसला करते हम?" बेधड़क मुंह खोला टिकैतिन कक्की ने।

जुटी मेहरियों के संताप में खौलते पानी की धार पड़ गई। दम साधे लोगों ने एक-दूसरे की गूलर हो गई आंखों में सप्रश्न टोहा। अनायास एक अव्यक्त किस्म का धन्य-भाव उनकी कड़ुवाई आंखों में लुका-छिपी खेलने लगा। कलयुग में सतीत्व का ऐसा सत्कार!

"गांव का गांव हथकड़ी पहने थाने, पुलिस में बैठा नजर आएगा, छोटे की दुलहिन! हठ छोड़ो। मिट्टी न खराब करो छोटे की।" जेठजी ने कक्की को विवेक देने की चेष्टा की।

अपनी सलाह को उन पर बेअसर होता देख वे टिकटी छोड़, बौखलाए हुए-से मेहरियों की जमात में आए। मंजकुरिया टोले की पुरखिन अज्जी से घड़ी-भर को कनफुस्सी की उन्होंने।

आगे बढ़ पुरखिन अज्जी ने टिक्की पर औंधी पड़ी हुई टिकैतिन कक्की की थर्राती देह को उठाने की असफल कोशिश की। बूढ़ी काठी के छीजे बल को लपककर दो-तीन बहुरियों ने हाथ दिए। फावड़े से उचके पत्थर की नाईं लुढ़ककर टिकैतिन कक्की पुरखिन अज्जी की गोद में ढह पड़ीं।

मया से कक्की की पीठ सहलाते हुए भर्राए गले से बर्राई पुरखिन अज्जी–"चित्त बनगैली गैया-सा भटक रहा तुम्हारा, दुलहिन! हतभागी सेज-सिंगार का सुख ही कितना देखा-भोगा? अरेऽऽ! दूधिया भुट्टे-सी अधपकी जवानी मिट्टी हो गई रेऽऽ...! विधाता का फेर! होगा किसी का लेखा-जोखा बकाया सो हिसाब-किताब हुए बिना गत नहीं। अब जो हुआ, सो हुआ। कोख में पल रहे की आस करो, दुलहिन। भर्तार का अंश पल रहा है कोख में, चिरैया! चिता चढ़ोगी तो गरभ में पल रही निशानी को भून न दोगी? हत्या करोगी टिकैत बेटवा के कुलधरैया की? हत्यारिन सती हो सकती कहीं? बैकुंठ जा सकती हो टिकैत बेटवा के पास? कौन मुंह लेकर जाओगी? तिरस्कार से मुंह न फेर लेंगे, दुलहिन? पूछो, तो विचार बहुत महान किया तुमने। कलजुग में ऐसा पवित्र परताप किसके वश का! तुम्हारी जय-जयकार, दुलहिन! बस, यह अधर्म न करो, हठ छोड़ दो, दुलहिन..."

कक्की पर आशातीत प्रभाव होता देख पुरखिन अज्जी ने उन्हें और ढाढ़स बंधाया–"दो-चार महीने बाद वंश-बीज जनमेगा। बीज से कल्ले फूटेंगे। नन्हा बिरवा कल जवान बनेगा। आंगन, देहरी लहलहाएगी। पोते-पोतियों की किलकारियां गूंजेंगी। तोर तप, साधना सुफल हो जाएगी। बैकुंठवासी टिकैत बेटवा की आत्मा जुड़ाएगी। आशीषेगी अपने नाम लिवइयों और श्राद्ध करवइयों को। सो जी काठ कर अपने को समेटो, दुलहिन। मिट्टी उठने दो..."

तड़पकर पुरखिन अज्जी की गोद से उठ बैठीं टिकैतिन कक्की। बेजान हाथों से अपने फूले हुए पेट पर से धोती नीचे खिसकाकर भेदती नजर से पेट घूरने लगीं। संसार में आने के लिए उत्सुक छटपटाता जीव पेट के भीतर ऊभ-चूभ हो रहा था, जैसे जानने को बेचैन हो रहा हो–'क्या हुआ अम्मा, मेरे बप्पा को? बोलो न! बोलो न, तुम क्यों रो रही हो?'

टिकटी उठने लगी आंगन से..

सब्र बांधती टिकैतिन कक्की के प्राण-पखेरू सिर-कटे धड़-से फड़फड़ाए। उनकी दारुण चीत्कार से कुल्हाड़ी खाए चैले की भांति उपस्थितों के हृदय खपच्ची-खपच्ची हो उठे। हे करुणावतार! तुम तो दया-मायारहित निपट, निर्मम, निर्मोही निकले!

चूड़ियां तोड़ते समय खूंटा तुड़ा भागने को व्याकुल गाय-सी बेकाबू हो आई टिकैतिन दुलहिन प्रलाप करने लगीं, "हमरे मालिक का अंश पल रहा है हमारे गर्भ में। मालिक अभी जिंदा हैं। चूड़ियां न तोड़ो हमारी। हम रांड नहीं, सुहागन हैं। हट जाओ। जबरई न करो हमसे..."

तड़ाक् से उनकी कनपटी पर झापड़ रसीद किया जेठानी ने—"बौराय के अलाय-बलाय बक रही हो, दुलहिन। कोख में तुम्हारी जो देवर का नामधरैया सांसें न खींच रहा होता डायन, तो झूठ न कह रहे, तुम न चढ़तीं चिता तो हम टंगड़ी चीर के फूंक देते तुम्हें।"

पति के संग चैलों की चिता पर स्वाहा न हुई हतभागी टिकैतिन कक्की, चूल्हा-चकिया, कंडा-बटिया, ढोर-ढमार की चिता चढ़ लीं।

दुआर से दाहिने लगी बिना फूलों की फुलवारी में कंडे पाथने को गोबर में भूसी सानती तो पानी की जरूरत आंखों की धारो-धार चुअन पूरी कर देती।

बगल में बैठा नन्हा बचुआ उनकी देखा-देखी गोबर के लड्डू बनाता, उन्हें दिखाता, फिर किलकारी भरता हुआ भूमि पर ठीक उन्हीं की तरह 'थप्प' से थाप देता।

"दूरि न सिरकाटे!" बचुआ के बालसुलभ क्रिया-कलाप पर वे डबडबाई आंख से झूठ-मूठ रिसाती, विहंस पड़तीं।

समय की बठिया चढ़ान चढ़ती गई। बचुआ का कद उसके कंडों की बठिया से भी ऊंचा निकल आया।

बचुआ को देख जेठानी जी कहतीं, सामने पड़त ही बचुआ उन्हें भरमा देता है—"हू-ब-हू देवरजी का रूप धर लिया है करमजले ने।"

"दस हजार नक़द फलदान में चढ़ाएंगे द्विवेदीजी। संग दो गिन्नी, मारकीन की थान, चांदी का थाल, घड़ी, अंगूठी, जंजीर, साइकिल—सब कबूल रहे हैं देने को।"

जेठजी ने सिफारिशी स्वर में अपनी बगल में विराजमान पंडित मातादीन द्विवेदी की ओर इशारा किया।

"मान-सम्मान में राई-रत्ती कसर न होगी, समधिनजी! बस करबद्ध यही विनती है कि आप हमारी चौथी कक्षा की विद्यार्थिनी मंझली बिटिया की बरिच्छा स्वीकार कर लें, ताकि हम जल्दी-से-जल्दी पितृ-ऋण से मुक्त हो सकें..." टिकैतिन कक्की के सामने विनम्रता से हाथ जोड़ दिए पंडित मातादीन द्विवेदी ने।

"संबंध लेकर आए हैं या स्वयं तय करके आए हैं, बड़े भैया!" द्विवेदीजी के विनम्र निवेदन की उपेक्षा कर कक्की ने फुन्न हो मुंह फुलाया।

"हम तुम्हारी इच्छा को ही अंजाम दे रहे, छोटे की दुलहिन!"

कक्की ने विस्मय से जेठजी की ओर देखा।

"तुम्हारी जीजी कुछ रोज पहले जिक्र कर रही थी कि तुम्हारी मंशा है कि बचुआ की शादी कर ली जाए, पढ़ाई वह जितनी चाहे आगे करता रहे..."

"इरादा कुछ ऐसा ही बन रहा हमारा.." कक्की ने अपनी मंशा स्वीकार की। 'इसके पहले बचुआ के लिए आए कई देखुओं को लौटा दिया है हमने। साफ कहकर कि बचुआ अभी पढ़ रहा है, जल्दी क्या है।"

"ये बरिच्छा के पत्रं-पुष्पं ग्रहण कीजिए, समधिनजी। कोई अन्य मांग हो आपकी तो वह भी नि:संकोच बताएं..." पंडित मातादीन द्विवेदी ने चांदी की छोटी-सी तश्तरी में रखकर पांच सौ एक रुपये कक्की की ओर सादर बढ़ाए। सोचते हुए कि देहरी का मर्द रहा नहीं। समधिन कहीं यह न सोचें कि बेवा की मजबूरी का फायदा उठाने आ गए देखुआ।

बरिच्छा का सगुन देख आंखें हड़बड़ा आई टिकैतिन कक्की की–"यह दिन देखने को तुम नहीं हो, बचुआ के बप्पा!"

अपने को संयत कर अगले ही पल चेत में आई टिकैतिन कक्की। अपनी ओर बढ़ाई हुई चांदी की तश्तरी उन्होंने पीछे ठेली और लाचारी प्रकट करते हुए बोली, "बिना दोनों की जन्म-पत्रियां विचरवाए बरिच्छा हम नहीं लेने के, आप कुछ और न सोचिएगा।"

पंडित मातादीन द्विवेदी का चेहरा उतर गया–"'लड़कियों की जन्म-पत्री हमारे यहां बनती नहीं, समधिनजी!"

"जन्म-तिथि और पैदाइश की घड़ी भी लिखकर रखने का रिवाज नहीं आपके यहां?" टिकैतिन कक्की ने कटाक्ष किया–"'पाठशाला में दाखिला कैसे करवाया?"

पंडित मातादीन द्विवेदी झेंपे–"न, न, सो तो लिखी रखी होगी जरूर कहीं।"

"आप खुद न भी पधारें तो एकाध रोज में किसी हरकारे के हाथों भिजवा दें बिटिया की जन्म-घड़ी और जन्मतिथि। यहीं विचरवा लेंगे दोनों के गुण-दोष!" दूध का जला मठा फूंक-फूंककर नहीं पिएगा? सोचा टिकैतिन कक्की ने।

बस हल्के मूल का जन्म है बिटिया का, अन्य कोई दोष नहीं है उसमें। बरिच्छा स्वीकार करने में हर्ज नहीं है समधिनजी।" टिकैतिन कक्की के मन में संशय को दूर करने की चेष्टा की द्विवेदीजी ने–"आज एकादशी है, सगुन हो जाए तो अति उत्तम।"

"न, न, आप जोर न दें।" सख्ती से बात काटी द्विवेदीजी की उन्होंने, "दूसरे में हौंस पूरी कर लेंगे–ऐसे भागमान हम नहीं, द्विवेदीजी! इकलौता बचुआ ही है हमारा

नागमणि! हमारी साधना, तपस्या। फैसले से गांव-जवार में विवाद न मचे कि मतिमंद महतारी ने बिना बाप की औलाद को खुद ही भंवर में झोंक दिया।"

ताव घुटकते जेठजी ने पहलू बदला। टिकैतिन कक्की के बोल उन्हें दोहरी मार मार गए। विवशता है। जिस घर का मुखिया नहीं रहता, हरामिन मेहरिया बिना मोर-मुकुट सरदार बन बैठती हैं।

खिन्नहृदय, हाथ जोड़ चलने के लिए उद्यत हुए पंडित मातादीन द्विवेदी। फिर किसी उधेड़बुन में डूबे हुए-से बोले, "लगान आदि के आवश्यक कार्य से हफ्ते-भर बाद इस ओर आना होगा ही हमारा, सो बिटिया की जन्म-तिथि, घड़ी आदि हम स्वयं आपकी सेवा में पहुंचा जाएंगे।"

"लड़की का मामला ठहरा, बात बने न बने, उचित ही सोच रही छोटे की बहू। दो-एक दिन इधर-उधर होने से फर्क नहीं पड़ने का।" उनके साथ ही उठ खड़े हुए जेठजी खिन्न मन से उनसे सहमत हुए।

"आज्ञा दीजिए, समधिनजी।" पंडित मातादीन द्विवेदी की व्यवहार-कुशलता से मन-ही-मन रीझी–'संबंध हो न हो, मनई बड़े सरल हैं द्विवेदीजी।'

बचुआ के लिए आए देखुवा ने अनायास टिकैतिन कक्की को नई जिम्मेदारी के एहसास से भर दिया। उनके रंडापे और इकलौती औलाद को लेकर सदैव चिंतित रहने वाली गांव की मेहरिया उनसे अनुरोध किया करती थीं कि कक्की! दिनामान हाड़-तोड़ खटती रही हो तुम, बचुआ की भांवरें क्यों नहीं डलवा देतीं? चूल्हा-चकिया के खटराग से तो मुक्ति मिलेगी। भल खेती-बाड़ी की खटन भर रह जाएगी तुम्हारे जिम्मे, सो वह भी बचुआ की पढ़ाई-लिखाई पूरी होने तक...

कक्की को मेहरियन की मिठबोली भली लगती। एक ही बात मंदबुद्धिनों की गहरे अखर जाती–पढ़-लिखकर उनका बचुआ कहीं बाबूगिरी क्यों नहीं करेगा? ढाई-तीन बिघहा की फूंक-भर जोत में काहे स्वाहा होगा! हलवाही ही करवानी होती बचुआ से तो उसे इतनी पोथी-पत्रा पढ़ने की जरूरत क्या थी? दुर...अऽऽ...

भल, एक बात हुई कि आज आए देखुआ उन्हें चेता गए कि उनका बचुआ अब जवान हो रहा है। उसके चढ़ावे की तैयारी उन्हें करके रखनी होगी। गहने, गुरियें गढ़वाने-मंजवाने होंगे। दूल्हे का जामा अजमल दर्जी से सिलवा रखना होगा। धनुहीखेड़ा से दूल्हे का मौर मंगवाना होगा। दुलहिन के लिए मौरी। कौन बचुआ के बप्पा सिर धरे खड़े हैं जोड़-जुगाड़ के लिए। ऊपर से अब मन इस बात के लिए ललक रहा है कि देवी मैया की किरपा हुई तो बाना बनते ही इसी बसंत पंचमी को वह अपनी बहुरिया घर ले आएंगी। बसंत पंचमी तक लगुन के साये हैं। और जैसा कि उन्हें अनुमान हो रहा है, मातादीन द्विवेदीजी अपनी बिटिया का कन्यादान करने को उतावले दीख रहे।

रात चूल्हे-चौके से निपटकर खटोले पर अकड़ी पीठ सीधी की ही थी टिकैतिन कक्की ने कि उन्हें आभास हुआ कि उनकी कच्ची, सूनी अंगनाई में नव-परिणीता के आलता लगे गोड़ों की रुन-झुन गूंजने लगी है।

माथे पर कुहनी टेककर सोचने लगीं—भल, चढ़ावे में क्या-क्या चढ़ाएंगी अपनी बहुरिया को? उनके चढ़ावे में ले-दे के बेलज्ज-सी एक ठो बनारसी चढ़ी थी। भल, वे दो ठो बनारसी से क्या कम चढ़ाएंगी। संग में पेटीकोट और जंफर चढ़ाना न भूलेंगी। वैसे उनके देखते-देखते चढ़ावे के रीति-रिवाज बदलने लगे हैं। घड़ी, सैंडिलें और बटुवा भी अब चढ़ावे में चढ़ने लगे हैं। कपड़े-लत्ते अपनी जगह ठीक हैं, मगर असली चढ़ावा होता है गहने-गुरिया, जिन्हें देखने-सराहने, ललचाने पूरा गांव टूट पड़ता है। प्रतिष्ठा का प्रश्न है सो तय कर लें कि कौन-कौन से नग वे चढ़ाएंगी। झमेलों में फिर समय नहीं मिलेगा...

जेवरों के विषय में सोचते हुए तनिक उदास हो आई टिकैतिन कक्की।

उनकी गांठ में है ही कितना?

है क्यों नहीं। जो है उसमें से दस्तबंद और कंठा चढ़ाने में उन्हें अड़चन होगी। अड़चन यूं होगी कि उनके चढ़ावे में जेठानी का कंठा और दस्तबंद चढ़े थे। गौने में आने पर जेठानी ने चूं-चां की। तब सास जिंदा थीं। जेठानी की बेसब्री पर हड़कीं कि कौन आफत टूटी पड़ रही है! छोटे की दुलहिन के पहनने-ओढ़ने के दिन हैं। कुछ दिन और पहने-ओढ़ लेगी तुम्हारे जेवर तो कौन तोला दो तोला घिस जाएंगे?

निरुपाय जेठानी गम खाकर रह गई।

इसी बीच जेठानी के बप्पा का बायां फीलपांव मवाद उगलने लगा। महतारी-बाप की इकलौती संतान होने के चलते बाप की देखभाल, इलाज-पानी की जिम्मेदारी उनके कंधे पर आ पड़ी। महीने रहना पड़ गया मायके। खूब सेवा-टहल की बाप की। भल वे न बचे। उनके पलटते सावन बीत भादों शुरू हो गया। चौमासे में बूढ़ा सर्दी खा गई। डेढ़ महीना खटिया पर हग-मूत वे स्वर्ग सिधार गईं। बूढ़ा के किरिया-करम से निरताते ही एक दोपहर अपने जेवरों के लिए कटियाजुद्ध मचाई जेठानी ने। कक्की के जी में खोट समा गई थी सो गंगाजल उठाकर भी वे जेवरों के अपने पास होने की बात से साफ मुकर गईं। उन्होंने उल्टा जेठानी पर तर्राते हुए स्पष्ट कह दिया कि उनके मायके जाते ही एक संझा बूढ़ा ने उनसे कंठा, दस्तबंद वापस ले लिए थे—कहकर कि बहुत शौक तुमने कर लिया, दूसरे की चीज-बस्त का। मांग तो बूढ़ा उनसे उनके भी जेवर रही थीं। फिर उनके पहनने के शौक को लेकर सब्र खा गईं। अब वे क्या जानें कि बूढ़ा उनका कंठा, दस्तबंद कहां खोद, गाड़, सरिया गईं?

आरोप-प्रत्यारोप में दोनों भाइयों में लाठी चलने की नौबत आ गई। कुटुंबियों ने बीच-बिचौवल किया।

बूढ़ा की धरा-उठाई की अनुमित भूमि जगह-जगह खोद डाली गई। बस, बूढ़ा की कोठरी के सामनेवाली ओखली के नीचे चांदी के विक्टोरियन सिक्कों की छोटी बटलोई अवश्य गड़ी मिली। महीना न बीतने पाया कि दोनों भाइयों में बंटवारा हो गया।

अपने कष्ट को लेकर मन-ही-मन घुमड़ती रही टिकैतिन कक्की कि कक्का से कबूल लें अपनी लंपटगिरी, किंतु लाख चाहने पर भी साहस नहीं संजो पाईं।

एक गांव छोड़ के दूसरे गांव रताखेर में उनकी पितिआउत बहन का घर है। उनके गांव के रत्तीलाल सुनरवा की गढ़न में सफाई और महीनी है। उसी से कंठा और दस्तबंद तुड़वाकर बदले में बहू के कंगन और गुलूबंद गढ़वा लेंगी। गुलूबंद से गला कैसा भरा-भरा दीखता है!

चलो, निश्चित हुई गहने-गुरियों की चिंता से।

खटोले पर करवट भर के टिकैतिन कक्की ने चौके की ओर देखा।

बाहरवाले चूल्हे के ऊपर बने आले की लालटेन चूल्हे पर रखे बचुआ पढ़ने में तल्लीन नजर आया। पहर रात बीत रही होगी। टोके से फायदा नहीं। एक तो ऊंचे दर्जे की पढ़ाई, ऊपर से सिर पर खड़ा छमाही परीक्षा का भूत। वैसे बचुआ कम पाजी नहीं। महीनों ठिल्लड़बाजी में बिता देगा। खोपड़ी पर परीक्षा के आन खड़े होते ही किताबों में रात-दिन सिर गड़ाए उलझा रहेगा। बचुआ के ढर्रे में वे दखल नहीं देतीं। नतीजे में पूरे स्कूल में अव्वल रहता है उनका बचुआ। उनको उसी से मतलब।

दो-एक रोज में गड़े जेवर सावधानीपूर्वक निकालकर बचुवा को दिखा लेंगी कि जो उसे कुछ न भाए, तो रताखेर वाली मौसी के घर जाने से पहले बता दे, ताकि कानों के पुरानी चलन के बुंदे तुड़वाकर नई चलन की झुमकियां गढ़वा सकें। झुमकी पसंद न हों तो टॉप्स बन सकते हैं। लगुन-ब्याह पर पहने-ओढ़े बेटियों-बहुरियों को देखता ही होगा। आंखों को कोई चीज जंचती भी होगी। पूछ लेने में हर्ज नहीं। उस रोज नहीं, बरगदहाई (बड़ पूजा) के दिन मंझले भतीजे की बहुरिया से बचुआ को उन्होंने कहते सुना था कि –"भौजी, ओ भौजी! नाक की छोटी नथुनी उतार तुमने यह बुचुकी-सी टुरी क्यों पहन ली?"

पिछवाड़े से आंगन में पड़ने वाली नीम की सिमटती परछाईं को देख टिकैतिन कक्की ने उतरती दोपहरी का अनुमान लगाया। हो रहा होगा यही कोई चार का समय।

बचुआ स्कूल से घर क्यों नहीं पलटा? चूल्हा तोपे बिना कब तक बैठी उसकी बाट जोहती रहें?

दोपहर बाद जगनू लोध से सरसों के खेत में पानी लगाना तय हुआ था। खेत पर जाने से पहले जगनू कक्की को संग ले चलने के लिए घर आया था। कक्की ने उसे आगे लपक कर फौरन काम में जुट जाने की हिदायत दी थी। आश्वस्त करते हुए कि वह काम में मगन रहे। बचुआ के पांव घर में पड़े नहीं कि वह घर से बाहर हुईं नहीं।

आशंकित मन किसी करवट चैन नहीं लेने दे रहा टिकैतिन कक्की को। फिर बे-लागम हो रहे मन से स्वयं तक-वितर्क करने लगीं—बड़ी कक्षा का विद्यार्थी है उनका बचुआ। दसवीं में बैठ रहा है इस साल। रोक लिया गया होगा स्कूल में पढ़ने-पढ़ाने की खातिर। अचरज उन्हें इस बात पर हो रहा है कि बचुवा को जब भी स्कूल में किसी काम से रोका गया है, किसी-न-किसी विद्यार्थी के द्वारा उसने अपने देरी से पहुंचने की खबर भिजवाई है घर। आज क्या हो गया है उसे? इतनी गैरजिम्मेदारी तो उसने कभी नहीं दिखाई। एक तो हिंदुस्तान-पाकिस्तान की लड़ाई छिड़ी हुई है, कब क्या अनर्थ हो जाए, कौन जाने! मंझला भतीजा नरिंदरवा आकर बता रहा था उन्हें कि चाची, पाकिस्तानी जहाज कलकत्ता, कानपुर, लखनऊ तक चढ़ आए हैं।"

टिकैतिन कक्की और टिकी न रह सकीं घर में।

भड़भड़ाकर पहुंचीं ठाकुर राम खिलावनसिंह की देहरी। उम्मीद में कि उनका बेटा बचुआ का सहपाठी है, रमेसुर स्कूल से घर लौट आया होगा तो उससे बचुआ की खबर मिल जाएगी उन्हें।

इधर ठकुराइन भी हमेशा की भांति सब्र किए हुए बैठी हुई थीं कि बचुआ का मित्र उनका रमेसुर बचुआ के संग स्कूल से लौटकर गृहकार्य आदि के लिए कक्की के घर रुक गया होगा। आ जाएगा।

कक्की को बैठाने के लिए खड़ी खटिया सीधी कर, वक्र मुसकान मुस्कराती ठकुराइन नीचे झुकी उनकी पैलगी करने—"कक्की, हमारे रमेसुर को तुम अपने ठिकाने ही रख लो। नासिकाटे को पढ़ाकू बचुआ का संग-साथ ही सुहाता है। सुनाओ, क्या संदेश कहलवाया है हमारे बैरिस्टर ने?"

ठकुराइन का मजाक सुनकर कक्की चौंकी—"'रमेसुर हमारे ठिंया नहीं, दुलहिन!"

"क्यों, बचुआ के संग स्कूल से नहीं लौटा?" कक्की के जवाब ने ठकुराइन को चिंता में डाल दिया।

"न, यही पता लगाने तो हम आए हैं कि कहीं तुम्हारा रमेसुर जो स्कूल से आ गया होगा तो, हो सकता है, उसके हाथ बचुआ ने कोई संदेश पठवाया हो?"

ठकुराइन के चेहरे की रौनक अचानक मलिन हो आई।

घबराकर उन्होंने अपनी जेठानी के गोलू को पुकारकर दरवाजे दौड़ाया कि बाहर बंगले में बैठे हुए अपने चाचा को तनिक भीतर भेज दो। कह देना, उनसे बहुत जरूरी काम है। टिकैतिन कक्की आई हुई हैं।

जानती थी ठकुराइन कि उनके बुलाए अपने जमवाड़े से निकलकर आने से रहे ठाकुर रामखिलावन सिंह।

ठाकुर रामखिलावन सिंह अशांतचित्त टिकैतिन कक्की और अनमनी हो रही ठकुराइन पर बिगड़े—'फिजूल मामूली-सी बात को तिल का ताड़ बना रही हो तुम मेहरिया। स्कूल में विशेष पढ़ाई के लिए रोक लिए गए होंगे लड़के। हो सकता है,

दोनों निकल दिए हों और रास्ते में हों। अभी पता लग जाता है घंटे-खांड में। स्कूल कौन दूर है। मुश्किल से होगा यही कोई दो-अढ़ाई कोस।"

स्कूल में पता लगाने के लिए मंगतू लठैत को तुरंत साइकिल से दौड़ाया ठाकुर रामखिलावन सिंह ने, हिदायत के साथ कि चारों और नजर घुमाते हुए जाए। लड़के दिख जाएं तो उन्हें जबरन पीछे कैरियर और आगे हैंडिल पर बिठाकर पलट ले, वरना ये औरतें दिमाग चाटकर धर देंगी।

कुछ आश्वस्त हो टिकैतिन कक्की घर जाने को उद्यत हुई। मगर ठकुराइन ने उन्हें जबरन रोक लिया। तुलसी की पत्ती की चाय पिलाए बिना वे कक्की को नहीं जाने देंगी। जेठानी की बिटिया सावित्री को पुकारकर उन्होंने कक्की के जलपान के लिए ताजे बने लाई के लड्डू और कटोरे में सुबह औटे खोये में गुड़ की डली डालकर ले आने के लिए कहा।

बहाना बन गया सो बड़े दिनों बाद उनके घर आई थीं टिकैतिन कक्की। ठकुराइन के मान-मनुहार की उपेक्षा न हुई उनसे। उचाट चित बैठ गईं। बैठ गईं मगर चैन कहां! धाय उनका मन बचुआ के लिए चिंतित हो उठता, धाय सरसों के खेत में पानी लगाने गए हुए जगनू की बाबत सोचने लगता। कहीं ऐसा न हो, हरामखोर सरसों के बिरवों को पानी दिखाकर ही खिसक ले। बचुआ की खबर कसके लिए बिना जुड़ाने से रही आज। उसकी मामूली-सी लापरवाही के चलते कितने जरूरी कामों का हर्जा हो रहा है। अपने मरे बिना स्वर्ग मिलता है कहीं? ऊपर से काम मनचीता हुआ हो, न हुआ हो, पूरी मजूरी की खातिर छलछिद्र किए बिना मानता है जगनू बेईमान।

दोष उन मजूरों का नहीं, हरामखोर हो गए वकत का है। हुआ करे। वह भी टिकैतिन कक्की हैं। मनचीता काम हुए बिना उनकी टेंट से कोई माई का लाल कानी कौड़ी ढीली नहीं करवा सकता। जितना पानी लगाएगा दाढ़ीजार, उतनी ही मजूरी पाएगा उनसे। शेष काम के लिए दिमाग दिखाया जगनू ने तो लाड़ की दुम बैठा रहे अपने घर। उन्हें कोई शर्म? बेझिझक पानी उलीच खुद ही खेत सींच लेंगी।

आंचल के छोर से सधे गिलास से चाय का आखिरी घूंट सुड़ककर उठ खड़ी हुईं टिकैतिन कक्की। घंटे से ऊपर होने को आया मंगतू लठैत को साइकिल से स्कूल दौड़ाए हुए। कटुआ (बचपन में मंगतू की महतारी अपने मुसलमान प्रेमी के संग भाग गई थी, तब से लोग खीझने पर मंगतू को कटुआ कहकर गाली देते हैं) लड़कों को लेकर अब तक घर क्यों नहीं पलटा?

"अंखखेरी (आंखों से ढुंढवाई) में टेम लग गया होगा, कक्की।" अपनी घबराहट छिपाई ठकुराइन ने।

"काम का हर्जा हो रहा है। हम चलें, दुलहिन।" चलने को उद्यत हुई टिकैतिन कक्की ने ठकुराइन से अनुमति चाही–"लड़कों के आते ही बचुआ को सीधा घर दौड़ा देना। पानी लग रहा खेत में..."

"मजूर लगा लेगा पानी...वैसे ही चित्त खेत में लगने से रहा तुम्हारा, कक्की! सो घड़ी-खांड और रास्ता देख लो। बचुआ के आते ही संग-संग निकल लेना।" उनकी मन:स्थिति भांपकर ठकुराइन ने उन्हें चलते-चलते रोका।

"सो गलत ना कह रहीं, दुलहिन तुम!" मन की दुविधा स्वीकारते हुए पलटकर खटिया की पाटी से टिक गईं टिकैतिन कक्की।

तभी अपने कमरे से निकलकर छोटी ठकुराइन ने सीधे आकर, टिकैतिन कक्की की पैलगी कर उनका आशीष लिया और मंझली ठकुराइन से रात के भोजन की तैयारी बाबत निर्देश ले चौके की ओर बढ़ दी।

"पेट से है छोटी?"

"पांचवां लग रहा, कक्की।"

"रमेसुरा के ऊपर तुम पेट से नहीं हुईं, दुलहिन।"

"एक रमेसुरा की जान को ही धुकपुकाते दिन बीतता है, कक्की।"

"अई दूसरा नहीं जनोगी, दुलहिन, तो मरते दम तक जी धुकपुकाता रहेगा।"

"कपाल का लिखा भोगेंगे। खानदान की कटियाजुद्ध में होम करने की खातिर हमारी कोख बंजर ही सही।" कंठ भर्रा आया विचलित ठकुराइन का।

"मलाल त्याग दो, दुलहिन! भल गांव-जवार का जीवन ही कुरछेत्तर (कुरुक्षेत्र) ठहरा। कभी विश्वास नहीं किया हमने, कनफुस्सी खौले तेल-सी टपकती है कान में...हमारे मालिक असल मौत नहीं मरे। बंटवारे की खुन्नस में उनको संखिया चटा दिया।" उमड़े आंसू जबरन कंठ से घूंटे टिकैतिन कक्की ने–"हमारा कहा मानो दुलहिन, रमेसुरा का भाई-बहन आने दो..."

अचानक दुआरे उठी सुगबुग से कक्की के कान खड़े हुए–"लगता है, लड़के आ गए, दुलहिन!" आंचल से आंख पोंछते हुए वे चेहरे का तनाव हुसका, उमगी हुई-सी झपाटे से उठकर दुआरे की ओर लपकीं--एकदम बिसरकर कि उनके सामने बैठी मंझली ठकुराइन उतनी ही बेताबी से अपने रमेसुर की प्रतीक्षा कर रही हैं। यह भी बिसरकर कि दरवाजे मर्दों का बैठका होता है। भले घरों की मेहरिया कंधों पर पिछौरी (चादर) डाले बिना घर की देहरी नहीं लांघतीं।

देहरी लांघने से पहले बाहर का दृश्य उन्हें सनमना गया। ठाकुर रामखिलावन सिंह का दुआर मर्दों, बच्चों, बूढ़ों से अटा पड़ा दिखा। किसी कांटेदार के संग रामखिलावन की फौजदारी तो नहीं हो गई! अड़ियल, क्रोधी हैं तीनों भाई। मजाल कि उनकी इच्छा के बिना आंख के आगे मक्खी भनक ले।

टिकैतिन कक्की को देहरी के बाहर खड़ा देखकर ठाकुर रामखिलावन सिंह के सीने से सहमा चिपका खड़ा रमेसुर खूंटा-तोड़ गाय-सा उनकी ओर लपका और उनकी आशंकित थर्राती छाती से लिपटकर, दहाड़ें मारकर रोने लगा प्रलाप-सा करता हुआ–"अनर्थ हो गया, ककियाऽऽ! बचुआ का कत्ल हो गया हमारे धोखे में। हत्यारों ने बचुआ को मार डाला...नदी में जूते धोते हुए बचुआ को उन्होंने हमें समझा...हम

बरगद के पीछे पेशाब करने गए हुए थे कि तभी बचुआ की चीख सुनकर पलटे.. मगर दहशत के मारे पलटकर बरगद के पीछे ही छिपे गए...आपस में ठठ्ठा करते हुए कह रहे थे वे, ठाकुर रामखिलावन सिंह की छाती जुड़ा जाएगी। जालिम निरबंशिया हो गया...हूंअ...ऽऽऽ...हम...हम बरगद के पीछे ही दुबके बैठे रहे ककिया...हूंअऽऽ..."

टिकैतिन कक्की आगे कुछ नहीं सुन सकीं। जड़ मूरत-सी खड़ी ही अचेत हो भूमि पर ढह गईं। उनके पीछे उन्हें संभालने हाहाकार करती, लाग-लिहाज त्याग मंझली ठकुराइन दौड़ीं।

जघन्य हत्याकांड की हृदय-विदारक विडंबना सुनकर गांववालों का जी पथरा गया। रात घरों में चूल्हे नहीं जले। बच्चों तक ने रोटी की जिद नहीं की। नदी किनारे ही बचुआ की लाश का पंचनामा हुआ। पुलिस ने मंगतू लठैत और रमेसुरा के बयान लिए। मूर्च्छा टूटते ही टिकैतिन कक्की से दरोगा ने पूछा, "किसी से अदावत तो नहीं थी आपकी?"

"थी..." कक्की के सूखे पपड़ियाए होंठ बुदबुदाए।

"किससे?'

"विधाता से..."

जवाब सुनकर दरोगा हतप्रभ रह गया।

ठाकुर रामखिलावन सिंह सोच रहे थे—जाको राखे साइयां, मार सके ना कोय! यह प्रतिशोध पिरथोखेरे वालों का है। उनका वार गलत हुआ, खाली गया। ठाकुर रामखिलावन सिंह का वार गलत नहीं होता। न खाली जाता है। निर्दोष बचुआ के मरने का उन्हें गहरा अफसोस हुआ। खुराफातों से रमेसुरा को खींचकर पढ़ाई में दत्तचित्त करने वाला बचुआ ही था। सदा, सर्वदा के लिए कलंक लग गया उनके माथे पर। मामला चतुराई से दबा, पचा जाते वे, अगर जघन्य घटना से पहुंचे मानसिक आघात के चलते असंतुलित रमेसुरा जिस-तिस के सामने प्रलाप न करने लगता—'हमारे धोखे में हत्यारों ने बचुआ को मार डाला!'

अर्थी उठने से पहले अचेत टिकैतिन कक्की के मुख पर 'तड़ाक्-तड़ाक्' पानी के छींटे देकर उन्हें होश में लाने के लिए झिंझोड़ा जेठानी ने—"अरे, अभागिन डायन.. .जाते हुए बेटवा का मुंह तो देख ले आखिरी बार...तू न माटी हुई बेलज्जर जड़मूल परिवार लील गई...अब उठ..."

"हटो, अम्मा तुम!" बड़ी भतीज-बहू सिसकियां खींचती हुई सास के असमय कुबोलों से चिढ़कर उन्हें पीछे ठेलती आगे आई। दो अन्य मेहरियों के संग मिलकर उसने कक्की के सख्त भिंचे जबड़ों को चम्मच डालकर खोला। एक ने फुर्ती से अंजुरी में पानी भर मुंह में टपकाया। गाल थपथपाए। कुचला प्याज सुंघाया। तब कहीं जाकर टिकैतिन कक्की की मूर्च्छा टूटी।

हैरत-भरी आंखों से उन्होंने टिकटी से बंधे, शांत मुख-मुद्रा में सो रहे बचुआ को देखा। औंधी हो उन्मादिनी-सी उसकी आंखें, माथा, होंठ, गाल, बाल चूमने लगीं ' दिन चढ़े तू कभी सोया है पगले, उठ्‌ठ...उठ न बचुआऽऽ!"

कंठ में चीखें चीलों-सी मंडराने लगीं। आंचल, अंगोछा मुंह में देने के बाद भी रुकने को तैयार न हुईं।

टिकटी उठने को हुई कि दोनों हाथ उठाकर संयत होती-सी उठवइयों को एकाएक बरजा उन्होंने, "ठहरो भैया, दूल्हा बने बिना हमारा बचुआ अपने बप्पा के पास कैसे जाएगा? पूछेंगे नहीं मालिक, तेरी महतारी ने तेरी कोई हौंस पूरी नहीं की!"

उठीं कक्की। उठकर झपाटे से अपनी कोठरी की ओर दौड़ीं। आशंकित मंझली भतीज-बहू उनके पीछे लपकी। लौटी कक्की के थर्राते हाथों में थमी उनकी चढ़ावे की बड़ी-सी कांसे की परात में अजमल दर्जी से सिलाया गया बचुआ की भंवरों का गोटे लगा पीला जामा और लड़ियों, झूमरों-टंका खूबसूरत मौर (पगड़ी) रखा हुआ दिखा।

बंधी टिकटी खुलवाई कक्की ने। हौले हाथों से बचुआ की निश्चेष्ट देह को दूल्हे का पीला जामा पहनाया। हौले हाथों उसकी फरसा खाई खोपड़ी को दूल्हे का मौर पहनाया। कजलौटा मंगवाकर बड़ी भौजाई के हाथों नजर का टीका लगवाया। घड़ी-खांड मंत्र मुग्ध-सी दूल्हा बने बचुआ की मनोहारी छवि पीती रहीं। अचानक जेठानी को ढूंढ़ती हुई-सी पुकारा उन्होंने, "बड़े भैया कहां हैं?"

टिकटी को कंधा देने खड़े हुए जेठजी कक्की के निकट आ खड़े हुए, "क्या. ..कुछ कहना है, छोटे की दुलहिन?"

"बचुआ के हाथों पंडितजी को गऊदान करवाना है।"

कक्की का अटपटा प्रस्ताव सुनकर जेठजी चौंके, "बचुआ की इहलीला समाप्त हो गई, संकल्प कौन लेगा?"

'पूंछ ही पकड़नी है न गय्या की, सो बचुआ की मुट्‌ठी खोल पूंछ पकड़कर जल डाल देंगे पंडितजी..."

फिर लाचारी दर्शाती हुई बोली, "बचुआ को दसवीं की परीक्षा में बैठना है न! पूंछ पकड़कर वह चट् से वैतरणी पार कर लेगा...अऊर सुरग पहुंचकर अपनी परीक्षा में बैठ लेगा..."

असंबद्ध-सी फिर बोलीं, "कलेवा के बिना दिन काट लेता है हमारा बचुआ, दूध पिए बिना सो नहीं पाता..."

"आप गय्या खुलवा लाइए..." जेठजी को निश्चेष्ट खड़ा देखकर टिकैतिन कक्की उन पर बमकीं।

"बचुआ को दाग देने जा रहा है नरिंदर! अब इसे ही अपना बचुआ समझो, छोटे की दुलहिन! और छाती पर पत्थर धरो..." कक्की की अव्यवहारिकता से खिन्न हुए जेठजी।

"औलाद का सुख हमारे नसीब में है ही नहीं तो दूसरे की संतान सनाथ करने से रही। हमारे लेखे सब मिट्टी है अब।"

दु:ख-संताप ने मतिमारी नारी के बुद्धि विवेक हर लिए हैं। सोचते हुए अप्रसन्न जेठजी ने अपने बड़े बेटे सुरिंदर से कक्की के खूंटे से गाय खोल लाने का इशारा किया। सुरेंद्र तत्काल खूंटे से गाय खोल लाया। छाती कूटती मेहरियां टिकटी से दूर खिसक लीं और विलाप करती हुई कौतुक से सारा दृश्य देखने लगीं।

गाय की पूंछ बचुआ की मुट्ठी में चांपने से पूर्व पंडितजी ने कक्की की अंजुरी में जल भरकर उन्हें बचुआ की ओर से संकल्प लेने के लिए कहा। संकल्प-वाक्य कक्की के दोहराते ही उन्होंने गाय की पूंछ बचुआ की मुट्ठी में डाल दी। अध-उठी टिकटी उठवइए नीचे रखने ही जा रहे थे कि चेती टिकैतिन कक्की अचानक तड़कीं-"धोखा न करो, सुरिंदर बेटवा! हमारी दुधारू गय्या के बदले अपनी छटांक-भर दूध दे रही गय्या दान में भेड़े दे रहे हो..."

भरा आंगन चौंक पड़ा।

"दान की बछिया के दांत नहीं गिने जाते, छोटे की दुलहिन!" समय की नजाकत के बावजूद क्रोधित हो तर्क किया जेठजी ने।

"बछिया के दांत तीन हों, तेरह हों, बड़े भैया, बछिया तो कम-से-कम अपनी हो।" फिर काटो तो खून नहीं वाले संकोच से पानी-पानी हुए सुरेंद्र को आदेश देती हुई बोलीं-"जाओ सुरिंदर, खूंटे से बचुआ की गय्या खोल लाओ!"

गाय के आते ही संकल्प-विधि संयमित हो पूरी की टिकैतिन कक्की ने। किंतु टिकटी उठते ही उनकी छाती से दहलता हुआ संताप का ज्वालामुखी फट पड़ा। "मोर भय्या रेऽऽऽ...किसके भरोसे महतारी को छोड़ के चल दियेऽऽ... अब हम न जिएंगेऽऽ प्राण दे जल्दी ही तुम्हारे बप्पा के पास पहुंच जाएंऽऽऽगेऽऽ रे बचुआऽऽऽ..."

"विधि के विधान के आगे किसका वश!" ढाढ़स बोल बोलते हुए उनकी रताखेर वाली बहन ने टिकटी से अलग कर उन्हें पीछे से कौरिया लिया। उनके कौरियाते ही हाहाकार करती टिकैतिन कक्की धसकी भीत-सी अचेत हो उनकी बांहों में झूल गई।

अन्न जल छोड़े हुए तीसरा दिन लग गया टिकैतिन कक्की को। सगे-संबंधी, टोले-मोहल्लेवाले बार-बार समझा-बुझाकर थक-हार गए, मगर वे अपनी जिद से सूत-भर टस से मस नहीं हुईं। भांय-भांय करती आंखों से एक ही प्रश्न होता उनका कि चलो वे सब ही बता-समझा दें उन्हें कि अब उनके निस्सार जीवन का क्या कोई उद्देश्य शेष है?

रताखेर वाली बहन ने टोकते बोल सुनाए कक्की को-"अन्न-जल त्यागकर तुम बचुआ की तेरही होने तक जिंदा बचोगी? नहीं बचोगी तो उसका क्रिया-कर्म

विधि-विधान से कौन पूरा करवाएगा? असमय मृत्युदोष से मुक्ति मिलेगी बचुआ को? कैसी कठोर महतारी हो तुम..."

असहाय दृष्टि से कक्की ने रताखेर वाली बहन की ओर देखा, "लाओ, पानी पिला दो..."

मंझली भतीज-बहू राहत से सांस भर ढोले (बड़ा मटका) से गिलास भर लाई।

घूंट भरते ही बोतल के मुंह में फंसी गोटी-सा अटक गया आधा। गिलास-भर पानी बड़ी कठिनाई से कक्की ने अवरुद्ध कंठ से नीचे उतारा।

रात मनुहार करके मूंग की पतली खिचड़ी खिलाई बहन ने।

अगली भोर कक्की की झूली देह तनिक चैतन्य हुई। खटिया से उठते ही कुछ ढूंढ़ती हुई-सी वे घर-भर में डोलने लगीं। न पाकर व्यग्र-सी बहन से नदी किनारे पड़े मिले बचुआ के बस्ते के बाबत पूछा। कक्की का ध्यान बंटाने की मंशा से बहन ने बहाना बनाया-"बस्ता घर में कहां? वो तो पुलिस थाने में रखा हुआ है।"

कक्की ने उनका तर्क निरस्त किया-"कल संझा मनिंदरवा ले नहीं आया चौकी से!" निरुपाय बहन को छिपाया हुआ बस्ता निकालकर उन्हें देना ही पड़ा। बचुआ के खून से नहाया हुआ बस्ता विह्वल कक्की अपनी गोदी में यूं लेकर बैठ गई मानो दुधमुंहे बचुआ को गोदी में लिटाए हुए हों।

बस्ते पर रह-रहकर हाथ फेरती कक्की की गोदी से बस्ता तभी अलग किया बहन ने जब छोटे भतीजे मनिंदर ने आकर सूचित किया कि पंडित रेवाशंकर त्रिवेदी बप्पा के संग तेरही के संबंध में सलाह-मशविरा करने आना चाह रहे हैं-"भीतर भेज दूं उन्हें?"

पंडित रेवाशंकर त्रिवेदी ने कक्की से प्रश्न किया-"तेरही में कुल कितने महाब्राह्मण जिमाना चाहेंगी?"

"आप सबकी जैसी सलाह हो।"

"प्रश्न आपकी श्रद्धा का है..."

"दान-दक्षिणा का क्या हिसाब-किताब होगा?"

"धोती, कुर्ता अंगोछा, कांसे का लोटा, गिलास, ग्यारह-ग्यारह रुपये... शेष अपनी श्रद्धा..."

"सामान कहां से मंगवाना होगा?"

"महाब्राह्मणों की संख्या तय कर लें पहले से आप, उसी अनुसार धनुहीखेड़ा के बाजार से सारा सामान खरीदवा दूंगा। चाहे तो घर का कोई सदस्य साथ हो ले।"

कक्की पल-भर किसी सोच में निमग्न हुईं। रताखेर वाली बहन उनके धैर्य को देखकर आश्वस्त हुईं।

"कम से कम कितने महाबामन जिमाने होते हैं, पंडितजी?"

"शास्त्रानुसार-ग्यारह, इक्कीस, इकतीस, इक्यावन...जैसी श्रद्धा।"

"आप एक-सौ-एक न्यौत लीजिए।" कंठ भर्राया टिकैतिन कक्की का-"ब्याह, गौना, रौना होना नहीं, मोरे बचुआ का, कम से कम तेरही धूमधाम से हो। मेहनत-मशक्कत से जोड़ी पाई-पाई आखिर थी किसकी खातिर?"

डग-डग करती हुई अपनी कोठरी खोलने उठीं टिकैतिन कक्की। बक्से से हजार रुपये निकालकर पंडित रेवाशंकर त्रिवेदी के हाथ पकड़ा दिया-"सौदे की खातिर बड़े भैया को दिक् न करें आप, सामान उठवाने मनिंदरवा को संग ले लें।"

कक्की के घरफूंक तमाशे से अप्रसन्न जेठजी उनके और पंडित रेवाशंकर त्रिवेदी के वार्तालाप के दौरान मौन दुआरे हो लिए।

तेरही निपटते ही रताखेर वाली बहन ने निश्चय किया कि बहुत दिन हो गए उन्हें अपना घर-दुआर छोड़े। शेष बिखराहट सुलटा कल सांझ वे अपने ठियां हो लेंगी। एक गांव छोड़ गांव है उनका। काम-काज की पूछ-जांच बहनोई आकर करते ही रहेंगे। हफ्ते में दो-एक आवाजाही उनकी भी लग लेगी। कक्की की विचलित मनोदशा को लेकर इधर आश्वस्त हुई हैं वे। टूटे वज्रपात से स्वयं को साधा है उसने। उसके अकेले हो जाने की चिंता अलबत्ता खलबलाए हुए है उन्हें। वैसे मंझली भतीज-बहू दिन-भर परछाईं-सी मंडराती रहती है उनके पीछे। रात सोती भी उनके बगल में ही। तेरही से निरताते ही उसने उसे पास सुलाने से मना कर दिया-"किरिया-करम से फारिग हो लिया है नरिंदरवा। जाओ, जाकर उसके पास सोओ, दुलहिन!"

फिर भी जिठानी से विनती करके ही निकलेंगी कि दिन की बात जुदा ठहरी। रात-बिरात अकेला न छोड़ें उसे। पाताल-सा गहरा घाव आसानी से गम नहीं खाने का। बरसों-बरस खप जाएंगे सब्र आते।

अचानक आधी रात सांकल खुलने की खनक से रताखेर वाली बहन की नींद उचटी। उजियारे पाख में उजास से नहाए कच्चे आंगन को फलांगती उनकी कडुवाई आंखें खनक की दिशा टोहने दौड़ीं। देखा कि किवाड़ के पट खोले खड़ी टिकैतिन कक्की देहरी लांघने को तत्पर हो रहीं। माथा ठनका बहन का। तड़ से खटिया छोड़कर वे दरवाजे की ओर लपकीं। लंबे डग भरती टिकैतिन कक्की को उन्होंने देहरी के बाहर दबोच लिया।

"कौन-सा तमाशा है यह, छोट्टन?"

"बचुआ की तेरही हो गई बहनी, अब हम नहीं जीने के...प्राण दे देंगे सामनेवाली कुंइया में।" बदहवास कक्की उनकी पकड़ से छूटने को छटपटाई!

"पगला गई हो? पूरा टोला तुम्हारे दुआरे की कुंइया से पानी भरता है, छोट्टन। प्राण देने से कुंइया कलंकित नहीं हो जाएगी? पीने के काबिल पानी नहीं रह जाएगा?

ऊपर से चुड़ैल बनकर फिरोगी...रहोगी कुंइया में...कोई महतारी अपने बच्चन को कुंइया के पास फटकने न देगी..."

कक्की की नादानी पर क्षुब्ध हो डपटा रताखेर वाली बहन ने–"चलो, चलकर सो रहो। पहाड़ किस पर नहीं टूटता, छोट्टन! अपने कर्मों का फल भोगे-भुगते बिना छुटकारा है किसी का? सो जब तलक विधाता भुगताए, भुगत लो। अमरौती खाकर तो पैदा हुई नहीं?"

कक्की की कलाई धर बहन उन्हें घर के भीतर घसीट लाई।

बिछौने पर औंधे होते ही हिलक-हिलककर रोते हुए टिकैतिन कक्की विचार करने लगीं–बेनीति नहीं बहन की बातें। उन्हें नहीं जीना तो मर-खप औरों के लिए क्यों अभिशाप बन रही हैं? सांसारिकता से उनका मोहभंग हुआ है। औरों को जानने-बताने से फायदा?

किसी अजनबी जगह अनजान-अनाथ की भांति भी तो प्राण त्यागे जा सकते हैं! मरने से किसी को कोई कष्ट, आपत्ति नहीं होने वाली। जो मर गया, वो तर गया। होगा कोई, होने दो। उसके रहने, न रहने से कौन धरती की छाती हल्की हुई जा रही।

वैराग्य का अंधड़ पूरे वेग से झिझोंड़ता हुआ उन्हें अंतर्मन के भांय-भांय करते सन्नाटे में खींच ले गया...ओम् शंकर शंभो...ओम्...

तड़के सर्दी के बावजूद रतजगे से गहरी नींद में डूबी रताखेर वाली बहन को सोता हुआ छोड़कर देहीं लोई में लपेट, कंधे पर चुनियायी धोती डालकर टिकैतिन कक्की टट्टी फिरने निकली थीं और वहीं से गंगा नहाने। निश्चय करके कि अलोनी बाबा के दर्शन करके ही लौटेंगी घर।

गंगा में डुबकी लगाते हुए क्षण-भर के लिए उन्हें उसी अपघाती विचार ने धर दबोचा। डुबकी मार देह निश्चेष्ट न छोड़ दें? किंतु मृत्यु के बाद की संभावनाओं ने उन्हें बरज दिया। मछली, मगरमच्छ न भक्ष पाए उनकी मांस-मज्जा तो पानी में फूला-गला शरीर जा लगेगा किसी घाट किनारे। अनुमान लगाते कौन देर लगेगी। और जो नहीं चाहतीं, वही होगा। क्रिया-कर्म की जिम्मेदारी जेठजी पर आ पड़ेगी। मरते-मरते किसी की ऋणी होकर नहीं मरना उन्हें। मरना ही है तो किसी ऐसे पुण्य-स्थल पर जाकर जल-समाधि ले लें, जहां प्राण त्यागते ही सीधी स्वर्ग पहुंचें...मालिक और बचुआ के पास! बरसों-बरस से सुनती चली आ रही हैं–हरि की पौड़ी हरिद्वार में या त्रिवेणी में डूबकर प्राण गंवाओ तो सीधे मोक्ष पाओ।

गंगा किनारे कुटिया बना के रह रहे अलोनी बाबा ने पांव पड़ते ही उन्हें जान लिया–"जब घर-संसार ही नहीं रहा तब मायाजाल कैसा? तुम सदा-सर्वदा मुक्त हो, बेटी..."

"हरिद्वार हरि के चरणों में वास करना चाहती हो, अति उत्तम विचार है तुम्हारा। हम अपने स्वामीजी के आश्रम का पता और उनके नाम तुम्हें एक पत्र दे रहे हैं। कोई असुविधा नहीं होगी वहां तुम्हें, बेटी..."

"अच्छा बताओ, रेलगाड़ी या बस में चढ़ी हो कभी?"

"चलो, घबराओ नहीं। अरविंद तुम्हें आश्रम पहुंचा आएंगे।" अलोनी बाबा ने सिर पर हाथ रख, असीसते हुए निकट खड़े अपने वरिष्ठ चेले की ओर संकेत कर उन्हें आश्वस्त किया।

शांतचित्त टिकैतिन ने रास्ते में कई निर्णय ले डाले।

जेठानी के दबाए हुए गहने वह उन्हें लौटा देंगी, जिन्हें तुड़वाकर उन्होंने बचुआ के चढ़ावे के लिए कंगन और गुलेबंद गढ़वाए थे। दंडस्वरूप अपनी हंसली ऊपर से दे देंगी...मगर कपटी जेठानी को नहीं! बहुत हक दाबे बैठी हुई है उनका। सबके सामने मंझली भतीज-बहू को पहना देंगी। नरिंदर की बहू कैसे दौड़ी-दौड़ी उनकी सेवा-टहल में बकरी के छौने-सी चौकड़ी भरती रहती है। वैसे जेठानी का छल-छिद्र अप्रकट नहीं उन पर। मंझली को उनकी सेवा-टहल में छोड़ने का उनका मकसद यही था कि जो कुछ उनकी संचित जमा-पूंजी है, प्रसन्न हो, वे सब नरिंदर के नाम कर दें। ऐसी बैली (पगली) नहीं वे कि उनके झांसे से झूंस लें। दीगर बात यह है कि अल्हड़ मंझली स्वयं उन्हें भाती है।

मुख्य काम जो उन्हें करना है, वह यह कि अपनी अचल संपत्ति को जिसके नाम चढ़वाना है–चढ़वा देना है।

अगली सुबह ग्राम-पंचायत के पंचों, कुटुंबी जनों और लोध टोले से लेकर चमरा टोले तक की उपस्थिति में कक्की ने सदा-सर्वदा के लिए गृहत्याग हरिद्वार प्रयाण का फैसला कह सुनाया। फैसला सुनाने के पश्चात् उन्होंने घर-गृहस्थी की एक-एक संजोई हुई वस्तु जरूरतमंदों को दान कर दी। दांतों-तले उंगली दिए लोग सन्नाटा खींचे रहे।

बैलों की गोई कक्की ने मुसीबत की मारी रांड जगतिया भड़भुज्जन को उसकी खेती की गोड़ाई-जुताई के लिए खुलवा दी। घर-दुआर और पिछवाड़े लगी जमीन गांव में कन्या पाठशाला खोलने के लिए ग्राम-पंचायत को दान कर दी। अपने चढ़ावे के हंडे, बटुए, थाली, परात, लोटे, गिलास बिन महतारी की पली नत्थू नाई की बिटिया बिमली को कन्यादान में दे दिए। रजाई, गद्दे, तकिये, चादरें चमरा टोले के बूढ़े छिद्दू, गंडई, चतुरी को सौंप दिए। बंटाई में मिले बूढ़ा के संचित चांदी के रुपये, सेर-खांड की चांदी की करघनी और गोड़ के लच्छे मंझली बहू को जेठानी के जेवरों के साथ ही पहना दिए। चंद दिनों की मेहमान सांसों की खातिरदारी की खातिर सोने, ओढ़ने के लिए दरी, गुदड़ी, एक फींचकर एक पहनने के लिए एक जोड़ा धोती, एक जोड़ा पोलका, पानी पीने और शौच आदि जाने के लिए कांसे का एक लोटा-भर रख छोड़ा अपने लिए टिकैतिन कक्की ने।

रताखेर वाले बहनोई कक्की को सदैव आने-पाई खरे मनई लगे। उनसे ही विनती की कि वे उन पर आखिरी कृपा और करें। उनके चढ़ावे के जेवरों को बेचकर प्राप्त

रकम से वे कानपुर से लालइमली के जितने भी कंबल आ सकें-खरीद लाएं। गांव-जवार के कोढ़ी, अपंग, अनाथों की ठंड से रक्षा के लिए वे कंबल बांटेंगी। दूसरी सुबह हरिद्वार के लिए प्रस्थान कर देंगी।

तीसरे रोज अपने गांव के डॉक्टर महावीर की जीप में बहनोई लालइमली के कंबलों की चार भारी गांठें लदवाकर ले आए।

इस बीच ग्राम-पंचायतों के माध्यम से गांव-गांव डुग्गी पिट चुकी थी। निश्चित था कि कल सुबह से ही कोढ़ियों, अपाहिजों का कक्की के दुआरे तांता लगना शुरू हो जाएगा–'पहले आओ, पहले पाओ' घोषणा में स्पष्ट कर दिया गया था कि कंबल खत्म होने पर खाली हाथ लौटना संभव है।

बिकत, खरीद के हिसाब-किताब की रसीद दिखाते हुए बहनोई ने बताया कि कक्की के कुल जेवर-टांके आदि की कटाई के उपरांत–बाईस हजार तीन सौ पचहत्तर रुपये के बिके। कंपनी भाव पर उतनी ही रकम के जितने कंबल आ सके, उन्होंने खरीद लिए। एक अच्छा काम यह हुआ कि उद्देश्य से अवगत होते ही कंपनी वालों ने खरीद में विशेष छूट दी।

"कैंची दो जरा। एक गांठ का मुंह खोलकर तुम्हें कंबल दिखाते हैं, छोट्टन! पता नहीं तुम्हें शायद पसंद आएंगे या नहीं, वैसे कंबल उम्दा मिल गए हैं।"

कंबलों के प्रति टिकैतिन कक्की ने फिर भी कोई उत्सुकता नहीं प्रकट की। "होंगे बढ़िया, हमारे लेखे तो, जीजाजी, सब मिट्टी ठहरे!"

बहन न मानी। मंझली बहू को घर दौड़ाकर फौरन कैंची मंगवाई। गांठ खोलते ही पन्नी में सहेजा हुआ सबसे ऊपरवाला कंबल पन्नी से खींचकर देखती हुई टिकैतिन कक्की की आंखें चौंधिया गईं। जैसे बहनोई ने उनके हाथों में कंबल नहीं, मुलायम शिशु खरगोश लाकर पकड़ा दिया हो–झक्क सफेद जमीन पर हरे नीले चौखानेवाला कंबल...

उत्साहित बहनोई ने पन्नी से निकालकर उन्हें अन्य कंबल भी दिखाए। मनभावन रंगों में वे सब भी आकर्षक कंबल थे। किंतु कक्की की अनझिपी आंखों में सुरमे-सा अंज गया एक ही कंबल था–नीले चौखानेवाला कंबल। कंबल की तह को नजर बचाकर कक्की ने अपनी मुट्ठी में चांपकर देखा। उनकी रूखी, खुरदरी गदेलियों को कंबल की मखमली छुअन सुस्त अंगारों की नर्म आंच-सी गर्मा गई।

"है न बढ़िया? लाओ सरिया दें पन्नी में।" रताखेरवाली बहन ने कक्की के हाथ से नीले चौखानेवाला कंबल लेकर पन्नी में डालकर उसे अन्य कंबलों के साथ यथावत् रख दिया।

अगले रोज तड़के आने का वादा करके बहन-बहनोई कक्की के घर की देहरी से बाहर हो गए।

रात बड़ी देर तक दरी पर निश्चेष्ट पड़े रहने के बावजूद टिकैतिन कक्की की आंखें मुंदी पलकों के नीचे चकर-मकर डोलती रहीं। उन चकर-मकर डोलती आंखों को अचानक स्थिर कर दिया नीले चौखानेवाले कंबल ने। यह क्या देख रही है! पटपटाकर कक्की ने आंखें खोल दीं। उनकी खुली आंखों के कटोरों में आले पर रखी मध्यम लालटेन की कांपती जर्द मद्धम उजास आकर हिलग गई। नीले चौखानेवाला कंबल अचानक गायब हो गया। अबूझ भाव से अपनी दरी पर उठंग हो, उन्होंने खटोले पर रखी कंबलों की गांठों की ओर देखा। खुली गांठ के ऊपर पन्नी में तहाए रखे कंबलों में से नीचे चौखानेवाला कंबल उन्हें नजर नहीं आया। बंद रखा कंबल उन्हें दिखाई देता भी कैसे! कुहनी की तकिया पर करवट भरकर, कक्की ने आंखें मूंदकर फिर से सोने की कोशिश की। फिर वही हुआ। आंखें मुंदते ही पलकों के भीतर नीले चौखानेवाले कंबल का मनोहारी वितान तन गया।

गुदड़ी में उनके कब के दुबके गर्मा आए पांवों के तलुवे अचानक टिकैतिन कक्की को ठंडे होते हुए अनुभव हुए। अगहन चढ़ने में अभी हफ्ता-दस दिन शेष है, मगर लगता है कि अबकी सर्दी होते ही पींगें ले रही है।

गुदड़ी कहीं से उधड़ी हुई तो नहीं?

पांव में पंजों से ही उन्होंने गुदड़ी की ढकन को पांवों के इर्द-गिर्द टटोलने-फैलाने की कोशिश की। गुदड़ी टांगों के चारों ओर ठीक से दबी हुई महसूस हुई। ठंड फिर भी कम होने का नाम नहीं ले रही। ढीठ, कानखजूरे-सी तलुवों से रेंगती हुई टखनों को फलांग, पसलियों में धंस कंपकंपी छोड़ रही। दईमारी गुदड़ी की गरमाई कहां अलोप हो गई? अलोप नहीं होगी? गुदड़ी पर पुरानी धोती का खोल चढ़ा इस साल? यही दिन होते हैं उसमें नया खोल चढ़ने और तागा पड़ने के। मगर ऐसी भी नहीं झटकी-झिरी गुदड़ी कि भल अगहन की ठंड का सामना करने में असमर्थ हो। आने-जाने वालों की खातिर तीन-तीन लिहाफ भरवाए उन्होंने। बचुआ और बहुरिया के लिए बड़ी हौंस के साथ मखमली रजाई भरवाई, मगर अपनी दांतकाटी गुइंया-सी गुदड़ी की सुध न ली।

लातों से गुदड़ी परे झटककर अन्यमनस्क-सी कक्की सहसा अपनी दरी पर उठ बैठीं।

घड़ी भर को द्वंद्व में उलझी कुछ सोचतीं रहीं। मानो अपने भीतर उनकी स्वयं से गुत्थम-गुत्था हो रही हो। फिर उठीं, उठकर यंत्रचालित-सी कंबलों की गांठों के निकट आकर बैठ गईं। जर्द, उदास आंखें गड़ाकर उन्होंने खुली गांठ के ऊपर तहाए रखे हुए कंबलों में से नीला चौखानेवाला कंबल ढूंढ़ निकाला। पन्नी परे फेंककर उसकी मखमली तह पर हौले-हौले हाथ फेरा। नाक के पास ले जाकर उसकी जवान गंध को सूंघा। फिर कंबल उठाए हुए कक्की लालटेन वाले आले के निकट आई।

लालटेन की बत्ती उकसाई उन्होंने। बत्ती के सुनहरे आलोक में उन्होंने नीला चौखानेवाला कंबल पूरा खोलकर अपने दोनों बाजुओं की सीमा तक फैलाया और उसे मंत्रमुग्ध दृष्टि से देखने लगीं।

कहां देखा है उन्होंने ऐसा ही नीला चौखानेवाला कंबल?

शायद छुटपन में कलकत्ते वाली बिटालू बुआ के पास। कैसे बुआ के दोनों बच्चे लाट साहब जैसे नीले चौखानेवाला कंबल ओढ़कर सोते थे! ललक के एक दोपहरी वे बुआ के बच्चों के संग उनके कंबल में घुस ली थीं। आते-जाते बुआ की नजर उन पर पड़ गई। बिफरते हुए बुआ ने उन्हें अपने कंबल से बाहर खींच लिया था-"पसेरी-भर तेल खोपड़ी में छपछपाए तू कहां धंस रही कंबल के भीतर, छोट्टन? चल, निकल बाहर!"

बाजुओं में फैलाए हुए कंबल को अचानक टिकैतिन कक्की ने छाती से भींच लिया। उसे भींचे हुए ही वे अपनी दरी पर आकर बैठ गईं। घड़ी-भर मुर्तिवत् बैठी रहीं। फिर दरी पर पसरकर कंबल अपने ऊपर फैलाते हुए वे उसके भीतर दुबक गईं। नीले चौखानेवाले कंबल की रेशमी छुअन की गुनगुनी आंच आहिस्ता-आहिस्ता उनकी कांपती पसलियों में उतरने लगी।

टिकैतिन कक्की को महसूस हुआ कि बंद पलकों के भीतर कुछ देर पहले तक चकर-मकर कर रही उनकी आंखें अनायास नींद से बोझिल हो रही हैं...बड़ी जोरों की नींद आ रही है...

(1996)

●●●

www.ingramcontent.com/pod-product-compliance
Lightning Source LLC
LaVergne TN
LVHW040431051026
849517LV00002B/548